JANE AUSTEN

Lady Susan

e outras histórias

JANE AUSTEN

Lady Susan
e outras histórias

LENITA MARIA RIMOLI PISETTA
Tradução e apresentação

MARTIN CLARET

Lady Susan
e outras histórias

Uma viagem pela mente da Austen adolescente

As histórias aqui apresentadas, que pertencem ao que se costuma chamar de "juvenília" de Jane Austen, são obras escritas ou esboçadas quando a autora ainda era adolescente. Segundo seu sobrinho, James Austen-Leigh, que escreveu *A memoir of Jane Austen*, não é possível determinar com exatidão quando a autora começou a escrever, mas, existem cadernos contendo histórias que devem ter sido escritas quando ela era uma menina, pois eles somavam um número considerável quando ela tinha 16 anos.

Em geral, as primeiras histórias são inconsistentes e tendem para o exagero e o absurdo, mas nunca falta uma boa dose de ironia nos narradores de Austen.

Por exemplo: um rapaz vai pedir à mãe de sua amada a permissão para se casar com a filha. Caso ela aceite o pedido, ele lhe promete um frasco de sais de banho para todo o sempre, sem que nunca ela precise devolvê-lo. Caso a mãe da moça se recuse a dar a permissão, o rapaz diz que vai esfaqueá-la com um punhal. A tal situação segue-se a observação do narrador: "Persuasão tão doce e suave não poderia deixar de surtir o efeito desejado".

Em outra passagem, acontece uma festa à fantasia em que o traje mais admirado é o de "sol", e os olhos de quem o veste emitem raios tão luminosos que ninguém consegue se aproximar dele ou encarar diretamente seu rosto. Percebendo o incômodo que está causando aos outros convidados, o "sol" semicerra os olhos, e então todos podem identificá-lo imediatamente, no mesmo momento em que percebem que ele não está fantasiado. Trata-se da radiância de sua personalidade.

Uma mulher, ao ser contrariada, desmaia. E continua tendo desmaios sucessivos, de modo que "mal tinha paciência suficiente para se recuperar de um e já estava tendo outro". Aliás, os desmaios são bastante comuns nessas narrativas. No leito de morte, uma mulher diz à amiga que os desmaios foram o que a levou à beira da morte. Uma crise de desmaios durante uma estação do ano imprópria pode ser fatal. E ela deixa à amiga, que por sua vez tinha surtos nervosos, o seguinte ensinamento:

> Tome cuidado com desmaios, querida Laura... Um surto de frenesi não tem nem um quarto de seu efeito deletério; é um exercício corporal, e se não for por demais violento, arrisco dizer, tem consequências boas para a saúde. Fique louca quantas vezes quiser; mas não desmaie...

Uma personagem feminina tipicamente fútil, que só se preocupa com roupas e festas e gente "chique" é portadora de ideias estapafúrdias. Ela se esforça mais para expressar ideias extremadas do que para fazer algum sentido com o que fala. Quando sua nova amiga é acometida de uma dor de dente no dia de um baile importante, ela se mostra extremamente contrariada e solidária à enferma, expressando o seguinte desejo:

> "Seria bom se no mundo não existissem coisas como dentes; eles não passam de pragas para as pessoas, e arrisco dizer que as pessoas poderiam facilmente inventar um instrumento para comer que pudesse ser usado no lugar deles; pobrezinha".

Essa moça é do tipo que não sabe o que diz, e em muitas situações se mostra ridícula, infantil e fútil. Todo esse excesso tem um efeito cômico, provocado pelo sarcasmo dos narradores criados pela joveníssima e já bastante sarcástica Jane Austen.

Essas atitudes e falas esdrúxulas são consideradas uma crítica bem ácida a uma literatura popular que circulava na época de Austen e que era lida e comentada em seu ambiente doméstico. Aliás, como será possível notar, várias das histórias, principalmente as primeiras, levam uma dedicatória, às vezes meio fantasiosa, para um membro da família. Donde se conclui que a menina Jane Austen foi favorecida com um ambiente afeito aos livros, no qual ela foi se desenvolvendo muito precocemente.

"Sensibilidade"

Esse termo e o conceito a ele ligado estão bastante presentes nas histórias deste livro. Traços românticos aparecem em personagens que têm os nervos à flor da pele e colocam os sentimentos acima de tudo, acima até das regras sociais e da racionalidade.

A jovem Janetta, por exemplo, é naturalmente dotada de um coração suscetível e uma disposição compassiva. O pai dela, no entanto, faz de tudo para "sufocar a sensibilidade natural dela" e recomenda que Janetta se case com um determinado rapaz, que é descrito como alguém "sensível, bem-informado e gentil". No entanto, Laura e Sophia, personagens que assumem a função de "conselheiras" de Janetta, não se convencem com esses atributos racionais. O fator decisivo para elas considerarem inadequado esse rapaz recomendado pelo pai da moça é que ele não leu *Os sofrimentos do jovem Werther,* livro considerado como obra inaugural do romantismo e escrito por Göethe. Além disso, as conselheiras também julgam gravíssimo o fato de o pai de

Janetta estar forçando o casamento, como relata uma delas, referindo-se ao rapaz que era o preferido do pai da moça:

> Diziam que ele era sensível, bem-informado e gentil; nós não fingimos julgá-lo por esses detalhes insignificantes, e como estávamos convencidas de que ele não tinha alma, nunca lera *Os sofrimentos do jovem Werther* e seu cabelo não tinha nenhuma semelhança com o castanho-avermelhado, tivemos certeza de que Janetta não poderia sentir afeição por ele, ou pelo menos que ela não devia senti-la. A própria circunstância de o rapaz ter sido escolhido pelo pai da moça, além disso, lhe era tão desfavorável que, tivesse ele caído nas graças dela em todos os outros aspectos, mesmo assim, *esse detalhe* em si deveria ser razão suficiente aos olhos de Janetta para rejeitá-lo.

Sir Edward, jovem com título de nobreza e sem dinheiro que tenta impressionar Charlotte, recita para ela versos de poetas que admira e a moça fica na retaguarda. Depois de ele muito falar, ela se manifesta dizendo que, por não apreciar a vida irregular do poeta (no caso, Burns) ela também não pode apreciar a poesia dele. Nesse momento, Sir Edward afirma que prefere os vilões aos heróis, e que não se deve esperar de um gênio um comportamento convencional. O "fulgor do talento" e o "amor sem limites" deviam nortear a vida dos gênios e justificar seus atos intempestivos. Charlotte tira suas próprias conclusões:

> Aquilo era muito bonito. Mas se Charlotte entendeu alguma coisa, não era muito decente; e não estando, além disso, nem um pouco satisfeita com o estilo extraordinário de elogiar do rapaz, ela respondeu muito séria: — Realmente não entendo nada desse assunto. O dia está adorável. O vento, imagino, vem do sul.

Racionalidade

É notável a presença de jovens sensatas e racionais nas histórias de Austen, pelo menos nas mais recentes, que se apresentam neste livro a partir de *Lady Susan*. Depois de algumas narrativas com personagens e atos estapafúrdios, o leitor nota uma mudança, que talvez pudéssemos chamar de evolução, mas que, de qualquer maneira, exibe obras que estão mais próximas dos romances consagrados de Austen. É claro que continuam a existir personagens irracionais, mesquinhas, interesseiras e vis, mas elas são mais *verossímeis*. Se a primeira parte deste livro nos leva a dar boas gargalhadas, a segunda parte já nos faz pensar com mais profundidade.

A protagonista Emma, em *Os Watsons* tem uma situação muito singular. Criada por uma tia rica, ela volta, aos 18 anos, a viver no seio da família, que tem um nível de vida inferior àquele com o qual ela estava acostumada. Ela se vê quase obrigada a se casar, porque após a morte de seu pai, que já está bastante doente, ela e as irmãs não mais receberão os proventos que o pai recebia. É uma situação de extrema pressão, e algumas de suas irmãs, que ela não encontrava havia muito tempo, mostram-se totalmente empenhadas em arranjar um marido antes que seja tarde. As falas de Emma são muito sensatas e desafiadoras. Seu irmão mais velho lamenta que a tia que a criou não tenha legado a Emma nenhuma herança. E diz que o falecido marido dela não deveria ter deixado seu dinheiro em poder dessa tia. É interessante ver como Emma vira o argumento do irmão contra ele próprio:

— E então, Emma — disse ele — você é uma estranha em nossa casa. Deve ter sido muito esquisito para você voltar para cá. Que beleza o que sua Tia Turner fez! Meu Deus! Uma mulher nunca deveria receber dinheiro. Eu sempre disse que ela deveria ter doado algum valor a você desde a morte do marido.

— Fazendo isso, ela estaria *me* fazendo receber dinheiro — respondeu Emma; e *eu* também sou mulher.

Por esses e outros conflitos, Emma passa a ter outra visão do que pode significar uma reunião em família. Quando chega um convidado, mesmo não gostando dele, ela se sente aliviada: "Até Emma ficou feliz por ele ficar, pois estava começando a sentir que uma festa em família poderia ser a pior das festas...". Essa perspectiva de Emma desconstrói certos clichês de família com os quais convivemos e Emma, jovem como é, é perfeitamente capaz de detectar os problemas e defeitos da sua família.

Voltando à verossimilhança, essas moças racionais e de pensamento independente parecem até personagens meio "forçadas", no sentido de serem precoces demais e pensarem de uma forma independente demais. Mas para tirar essa convicção da cabeça, basta que nos lembremos da idade de Austen quando escreveu essas histórias. Se ela tinha ideias tão claras sobre a condição da mulher em sua época, sobre os conflitos familiares e muitos outros aspectos das relações sociais, por que suas personagens não podem tê-las?

Foi sugerido um pouco acima que as histórias deste volume se dividem em dois tipos: o primeiro seria o das personagens extravagantes e inverossímeis, e o segundo seria o das histórias mais realistas e sóbrias.

Lady Susan é o grande divisor de águas, apresentando a protagonista como uma mulher manipuladora que é capaz de quase tudo para realizar seus intentos, sendo dona de um extraordinário poder de sedução. A história é complexa, envolve vários personagens e se desenrola por meio de cartas. Esse gênero de texto, que ela emprega também em outras histórias deste volume, é classificado como "romance epistolar".

Mas a história anterior a *Lady Susan* é muito interessante, e é a primeira na sequência a apresentar personagens mais bem trabalhadas. A protagonista, Catharine, é uma moça vivaz que tem um espírito extrovertido e um bom humor constante. Ela é criada por uma tia porque ficou órfã. A tia cuida dela com carinho, mas teme por sua índole comunicativa, e receia que a moça se envolva com as pessoas erradas. Por isso, ela vigia Catharine de forma cerrada e às vezes chega a sufocá-la. Catherine, por sua vez, é descrita como uma jovem "de índole naturalmente boa", que "não se deprimia facilmente" e tinha um enorme "repositório de vivacidade e bom humor".

A tia da moça evita qualquer situação em que a sobrinha possa ser exposta à convivência com rapazes. Ela tem medo de que a sobrinha, Kitty, se apaixone e faça uma escolha insensata no que se refere ao casamento. Entre as circunstâncias que ela tenta evitar está receber parentes em sua casa, em especial uma família em que há um rapaz cuja descrição a deixou alarmada. Porém, em determinada ocasião, a Sra. Percival (esse era o nome da tia de Kitty), mais uma vez diante da insistência desses parentes para que os recebesse durante uma temporada, acaba aceitando, já que lhe asseguram que o rapaz está fazendo uma longa viagem, portanto não virá com eles.

A chegada dos Stanleys traz uma nova perspectiva para a narrativa, pois Catharine, sendo muito solitária, enxerga na filha deles, Camilla Stanley, a companheira ideal. No entanto, logo nas primeiras conversas entre as duas vai se delineando uma diferença radical entre elas, já que Camilla é superficial e só se importa com vestidos, festas e gente de dinheiro. Na primeira conversa das duas sobre livros, é possível perceber a distância entre as jovens:

— Suponho que você tenha lido os romances da Sra. Smith? — disse ela à companheira.

— Sim, claro! — respondeu a outra. — Gosto muito deles. São as coisas mais doces do mundo.

— E qual deles você prefere?

— Oh, céus... acho que não há comparação entre eles. *Emmeline* é *muito* melhor que qualquer um dos outros.

— Muita gente pensa assim, eu sei; mas *para mim* não parece haver tamanha desproporção entre o mérito das obras; você acha que esse é mais bem escrito?

— Oh, não sei nada sobre *esse aspecto;* mas é um romance melhor em *tudo*. Além disso, *Ethelinde* é tão longo...

— Essa é uma objeção muito comum, acredito — disse Kitty, — mas de minha parte, se um livro é bem escrito, eu sempre o considero curto demais.

— Eu também, só que me canso dele antes de terminar de lê-lo.

— Mas você não achou a história de *Ethelinde* muito interessante? E as descrições de Grasmere não são lindas?

— Ah, pulei toda essa parte, porque estava com tanta pressa para saber como terminava...

Camilla é assim, classifica tudo como espetacular ou péssimo, sempre se pautando por extremos, mas tem poucos argumentos para defender sua classificação. Ela "não entende nada" de qualquer questão mais complexa, ao passo que Kitty chega a emitir suas opiniões sobre política.

As várias conversas entabuladas entre as duas mostram que Catharine tem ideias formadas sobre vários assuntos, ao passo que Camilla naturaliza as situações e não enxerga em profundidade. Há duas antigas amigas de Kitty que, após a morte do pai, são acomodadas pela família em situações não muito desejáveis. A mais velha é praticamente obrigada a partir para as Índias Orientais com o intuito de realizar um "bom" casamento. A mais nova é acolhida na casa da tia, uma tal Lady Halifax que Camilla venera, buscando sempre aproximar-se dela e das filhas. Quando Kitty pergunta sobre sua amiga mais velha, que partiu para a Índia, Camilla responde, referindo-se à família das moças:

— Bem, eu acho que nunca houve família de maior sorte. Sir George Fitzgibbon, você sabe, mandou a moça mais velha para a Índia inteiramente às suas custas; dizem que ela está muito bem casada com um nobre e é a pessoa mais feliz do mundo.

Kitty contra-ataca nos seguintes termos:

— Mas você acha que é sorte uma moça de gênio e sentimento ser enviada a Bengala em busca de um marido, casar-se lá com um homem cujo temperamento ela não teve a oportunidade de julgar até que seu julgamento já não lhe sirva de nada, um homem que pode ser um tirano, um tolo ou ambas as coisas, pelo que ela sabe? Você chama *isso* de sorte?

Ela segue contestando a aparente felicidade que Camilla atribui às irmãs órfãs. Na verdade, as duas jovens eram muito amigas suas e segundo ela mesma, a "deixaram mal acostumada". Kitty declara só se sentir bem na companhia delas. Eles formavam uma família encantadora, que foi separada em virtude da morte do pai, que era o pároco local. Quando Kitty comenta que o novo pároco e sua família "ficam em desvantagem" em relação a eles, Camilla já vem com argumentos exaltados que se mostram vazios:

— Bem, declaro que é muita pena que lhes seja permitido viver. Eu queria que meu pai um dia desses propusesse na Câmara que se acabasse com eles. Tão abominavelmente orgulhosos da própria família! Arrisco dizer, afinal de contas, que não há nada especial nela.

O pai de Camilla é membro da Câmara dos Comuns, mas a moça parece não entender o que isso significa, a ponto de expressar o desejo de que a Câmara aprovasse alguma lei ou decisão que "acabasse" com a vida da família que ela está criticando. A diferença entre Kitty e Camilla só cresce à medida que elas conversam sobre vários assuntos, e Kitty acaba sentindo-se frustrada em relação a suas primeiras expectativas, de encontrar uma boa companhia que, em alguma medida, substituísse as amigas distantes.

E O FINAL?

O ponto alto da narrativa se dá quando o irmão de Camilla, que estava em uma "longa viagem", de repente aparece na residência da Sra. Percival e de Kitty de uma forma bastante inesperada, e Kitty é logo envolvida pela beleza, jovialidade, leveza e alegria do rapaz:

> Havia tamanho ar de bom humor e alegria em Stanley que Kitty, embora talvez não autorizada a se dirigir a ele com tanta familiaridade em tão pouco tempo após conhecê-lo, não pôde deixar de se entregar ao seu natural desembaraço e vivacidade quando ele se dirigia a ela. Além disso, ela era muito próxima da família dele, pois eles eram seus parentes, e ela escolheu considerar-se no direito, em virtude do parentesco, de esquecer que se conheciam há pouquíssimo tempo.

Acontece, então, o que a Sra. Percival temia: Kitty e Edward se aproximam, e a moça está cada vez mais encantada pelo rapaz. A tia, em reação ao que percebe como uma situação perigosa, exige que o rapaz deixe a casa às pressas. Quando Kitty acorda, ele já se foi. É nesse ponto que ficamos aflitos, sem poder adivinhar qual será o desfecho: terá Kitty, além do seu discernimento, capacidade de julgar corretamente a suposta sinceridade do rapaz? Será mesmo que ele está apaixonado por ela, ou será ela mais uma de suas conquistas passageiras? Serão fundados os temores da Sra. Percival em relação à sobrinha? Poderia Kitty sucumbir aos encantos perniciosos daquele rapaz?

A passagem a seguir mostra como Edward Stanley manipula a vontade do pai por meio de seus encantos pessoais:

> Edward conhecia bem o poder dessas suas características; a elas ele devia a permissividade do pai diante de erros que, fosse o filho desajeitado ou deselegante, teriam parecido muito sérios; a elas, mais até do que a sua pessoa ou fortuna, ele devia a consideração que quase todas as pessoas estavam dispostas a ter por ele, e que em particular as moças estavam inclinadas a nutrir.

Pode-se argumentar que Edward Stanley tem condições de seduzir Kitty assim como seduz a todos os que o rodeiam. Ele é um cidadão do mundo, viaja constantemente para países estrangeiros, deve ter muito a contar. Kitty, apesar de ter uma mente muito esclarecida e um pensamento razoavelmente autônomo, talvez fraqueje diante desse estilo urbano do rapaz.

* * *

A esta altura, algum leitor deve estar temendo a possibilidade do *spoiler* que, nos últimos tempos, tem exigido a atenção de muitas pessoas que escrevem sobre narrativas, tanto em livros como no cinema. Quando um texto ou uma crítica sobre determinada obra revela fatos que podem estragar a surpresa do leitor, há um aviso no próprio texto, que, em outras palavras, quer dizer: "se não quiser conhecer o final da história, interrompa a leitura aqui".

Neste nosso caso, não há como "dar *spoiler*", nessa e em outras histórias, simplesmente porque elas estão inacabadas. Jane Austen não chegou a finalizá-las, e por isso elas demoraram um tempo considerável para ser publicadas.

No caso da penúltima narrativa, *Os Watsons*, uma nota explicativa vem em socorro do leitor, apresentando-lhe um esquema de como a história poderia ter terminado, com base em um relato de Cassandra, irmã mais próxima de Jane Austen. Mas outras histórias terminam abruptamente e podem causar nos leitores algum nível de decepção.

Há um gênero que nos últimos anos vem crescendo e se consolidando, o da ficção de fãs, ou *fanfics*, em inglês. Ao que parece, os textos de Jane Austen inspiram muitos fãs a escreverem ou reescreverem finais, ou textos que descreveriam situações anteriores à obra original. Essa atividade é explorada didaticamente, em aulas de redação, por exemplo, como um estímulo para a escrita de ficção. Também é realizada por grupos de fãs que têm *sites* ou *blogs* na Internet e sentem o desejo de divulgar o próprio trabalho.

Essas iniciativas podem de fato ser muito interessantes e estimulam a criatividade. Podem ainda oferecer ao leitor de uma história inacabada o final que geralmente é tão desejado. Mas, na qualidade de leitora, lamento não ter tido acesso ao final que teria sido criado por Jane Austen, com toda a sua perspicácia e agudeza, mesmo em tempos juvenis.

FREDERIC E ELFRIDA

UM ROMANCE

Para a Srta. Lloyd
Minha querida Martha

Como singelo testemunho de minha gratidão por sua recente generosidade em haver finalizado minha capa de musselina, permita-me oferecer-lhe esta pequena obra de sua sincera amiga

A Autora

1

O tio de Elfrida era pai de Frederic; em outras palavras, eles eram primos de primeiro grau do lado do paterno.

Como ambos nasceram no mesmo dia e foram educados na mesma escola, não era de admirar que nutrissem um pelo outro algo mais do que uma simples polidez. Eles amavam com mútua sinceridade, mas estavam ambos determinados a não transgredir as regras do decoro e, portanto, não expressavam sua afeição nem à pessoa amada nem a mais ninguém.

Eram excepcionalmente belos e tão parecidos que não era qualquer pessoa que conseguia distinguir um do outro. Mais que isso, nem mesmo seus amigos mais próximos tinham como diferenciá-los, a não ser pelo formato do rosto, a cor dos olhos, a tez e o comprimento do nariz.

Elfrida tinha uma amiga íntima a quem, quando em visita a uma tia, ela escreveu a seguinte carta:

Para a Srta. Drummond
PREZADA CHARLOTTE — Eu lhe ficaria muito grata se você pudesse comprar para mim, durante sua estada com a Sra. Williamson, uma touca nova e moderna que combine com o tom de pele de sua

              E. Falknor

Charlotte, em cuja personalidade dominava o desejo de agradar a todos, ao retornar para o campo trouxe para a amiga a tão desejada touca, e assim terminou essa pequena aventura, para grande satisfação de todas as partes.

Ao voltar para Crankhumdunberry (a doce aldeia em que seu pai era pároco), Charlotte foi recebida com grande alegria por Frederic e Elfrida que, depois de apertá-la alternadamente contra o peito, propuseram levá-la para passear em um bosque de choupos que levava da residência paroquial até um gramado verdejante esmaltado com uma variedade de flores variegadas e banhado por um córrego murmurante, trazido do Vale de Tempe por meio de uma passagem subterrânea.

Nesse boque eles mal tinham permanecido mais que nove horas quando, de súbito, foram agradavelmente surpreendidos por uma voz absolutamente deliciosa trinando a seguinte estrofe.

Canção
Que Damon me queria sinceramente
Um dia eu cri e achei,
Mas vejo agora que ele nada sente,
Temo que me enganei.

Assim que os versos terminaram eles puderam ver, numa curva no bosque, duas elegantes jovens apoiadas no braço uma da outra, que, ao percebê-los, imediatamente tomaram outro caminho e desapareceram de vista.

2

Tendo-as observado suficientemente para saber que as moças não eram nem as duas Srtas. Green nem a Sra. Jackson e sua filha, Elfrida e seus companheiros não puderam conter sua surpresa diante do fato de elas terem aparecido, até que, recordando que uma nova família havia nos últimos tempos ocupado uma residência não muito distante do bosque, eles correram para casa, determinados a não perder tempo e logo fazer amizade com duas jovens tão afáveis e ilustres, que eles acertadamente imaginaram ser parte da tal família.

Movidos por essa determinação, foram naquela mesma noite fazer uma visita à Sra. Fitzroy e suas duas filhas. Conduzidos a uma elegante sala de visitas ornamentada com guirlandas de flores artificiais, ficaram impressionados com o envolvente exterior e com a bela aparência de Jezalinda, a mais velha das duas donzelas; mas depois de terem ficado muitos minutos sentados, a espirituosidade e os atrativos que resplandeciam na conversa da afável Rebecca os encantaram tanto que os três, ao mesmo tempo, puseram-se de pé e exclamaram:

— Adorável e muito encantadora beldade, não obstante sua vesguice medonha, suas tranças engorduradas e sua corcunda, que são mais aterradoras do que a imaginação pode pintar ou a pena descrever, não posso deixar de expressar meu embevecimento diante das envolventes qualidades mentais, que tão amplamente compensam o horror que sua primeira aparição deve sempre inspirar no visitante incauto. Seus sentimentos tão nobremente expressos sobre as diversas excelências das musselinas indianas e inglesas e a criteriosa preferência que dá às primeiras, excitaram em mim uma admiração da qual só posso dar uma ideia adequada assegurando-lhe que é quase igual à que sinto pela minha própria pessoa.

Depois, fazendo uma grande mesura para a adorável e embaraçada Rebecca, eles deixaram o cômodo e abalaram para casa.

A partir desse período, a intimidade entre as famílias Fitzroy, Drummond e Falknor foi aumentando dia a dia, até que enfim atingiu tal nível que eles não tinham escrúpulos de chutar uns aos outros janela afora diante da mais leve provocação.

Durante esse feliz estado de harmonia, a mais velha das Srtas. Fitzroy fugiu com o cocheiro e a afável Rebecca foi pedida em casamento pelo Capitão Roger de Buckinghamshire.

A Sra. Fitzroy não aprovou a união em virtude da tenra idade do jovem casal, Rebecca tendo apenas 35 anos e o Capitão Roger pouco mais de 63. Para contornar essa objeção, foi decidido que os dois deveriam esperar um tempo até que ficassem bem mais velhos.

3

Enquanto isso, os pais de Frederic propuseram aos pais de Elfrida uma união entre os dois, que, tendo sido aceita com prazer, as roupas do casamento foram compradas e nada restava a decidir exceto a data.

Quanto à adorável Charlotte, sendo com veemência importunada para fazer outra visita à tia, ela decidiu aceitar o convite e, em consequência disso, foi até a casa da Sra. Fitzroy para se despedir da afável Rebecca, que encontrou rodeada de pintas artificiais, pó de arroz, unguento para os cabelos e cosméticos, com os quais estava tentando em vão remediar a natural sem-gracice de seu rosto.

— Vim, minha afável Rebecca, despedir-me de você, pois devo passar uma quinzena com minha tia. Acredite-me, essa separação é dolorosa para mim, mas é tão necessária quanto o trabalho do qual você agora se ocupa.

— Ora, para lhe dizer a verdade, meu bem — respondeu Rebecca —, nos últimos tempos enfiei na cabeça (talvez com pouca razão) que minha pele não é de modo algum igual ao resto de meu rosto e portanto comecei a adotar, como você pode ver, a maquiagem branca e vermelha, que eu odiaria usar em qualquer outra ocasião, visto que odeio arte.

Charlotte, que entendeu perfeitamente o significado da fala da amiga, era por demais bondosa e prestativa para negar o que percebeu que a outra queria: um elogio; e as duas se despediram como as melhores amigas do mundo.

Com um peso no coração e lágrimas nos olhos, ela subiu no adorável veículo, uma *post-chaise*, que a levou para longe de seus amigos e sua casa; no entanto, triste como estava, ela nem imaginou a estranha e diferente maneira de seu retorno.

Ao entrarem na cidade de Londres, que era onde residia a Sra. Williamson, o boleeiro, cuja estupidez era surpreendente, declarou, e declarou sem a mínima vergonha ou escrúpulo, que, nunca tendo sido informado, ignorava completamente a que parte da cidade deveria se dirigir.

Charlotte, cuja natureza já afirmamos ser dominada por um sincero desejo de agradar a todos, com a maior condescendência e bom humor informou-lhe que deveria se dirigir a Portland Place, o que ele então fez, e Charlotte logo estava nos braços de uma tia amorosa.

Mal as duas haviam se sentado — como sempre, da maneira mais afetuosa, em uma única cadeira — e a porta de repente se abriu e um cavalheiro idoso com um rosto de aspecto doentio e um velho casaco rosado, em parte intencionalmente e em parte por fraqueza, caiu aos pés da adorável Charlotte, declarando seu afeto por ela e suplicando sua comiseração da forma mais comovente.

Não sendo capaz de tomar uma atitude que magoasse alguém, ela consentiu em tornar-se esposa dele; após o que o cavalheiro deixou a sala e tudo ficou calmo.

A calma, no entanto, durou pouco tempo, pois quando a porta se abriu pela segunda vez entrou um jovem e belo cavalheiro com um novo casaco azul e solicitou da adorável Charlotte a permissão de fazer-lhe a corte.

Havia algo na aparência do segundo desconhecido que influenciou Charlotte em favor dele tão completamente como a aparência do primeiro: ela não sabia explicar, mas era fato.

Tendo Charlotte, portanto, de acordo com aquele seu traço de personalidade que queria fazer todos felizes, prometido tornar-se sua esposa na manhã seguinte, ele partiu e as duas damas se sentaram para jantar um filhote de lebre, um par de perdizes, um trio de faisões e uma dúzia de pombos.

4

Foi só na manhã seguinte que Charlotte se lembrou do duplo compromisso em que se havia envolvido; mas, quando ela se lembrou, a reflexão sobre sua loucura anterior afetou-lhe tão fortemente a cabeça que ela resolveu ser culpada de uma loucura maior ainda, e com esse objetivo atirou-se num córrego profundo que atravessava a área de lazer de sua tia em Portland Place.

Ela flutuou até Crankhumdunberry, onde foi apanhada e enterrada; o seguinte epitáfio, composto por Frederic, Elfrida e Rebecca, foi colocado em seu túmulo.

Epitáfio
*Aqui jaz nossa amiga que, por ter prometido
Que dois aceitaria ter como maridos,
Atirou seu belo corpo e linda face
No riacho que atravessa Portland Place.*

Esses versos, tão patéticos quanto bonitos, nunca foram lidos por ninguém que passasse por ali sem que a pessoa ficasse com os olhos marejados de lágrimas, e se por acaso eles não o emocionam, leitor, sua mente não merece pôr os olhos neles.

Tendo prestado a última triste homenagem a sua amiga falecida, Frederic e Elfrida, junto com o Capitão Roger e Rebecca, retornaram para a residência da Sra. Fitzroy, a cujos pés se prostraram num único movimento e se dirigiram a ela da seguinte maneira:

— Senhora, quando o meigo Capitão Roger pela primeira vez se dirigiu à afável Rebecca, a senhora foi a única que se opôs à união deles por causa da tenra idade dos dois. Esse motivo não tem mais fundamento, tendo agora sete dias expirado, junto com a adorável Charlotte, desde que o Capitão falou com a senhora pela primeira vez sobre o assunto. Consinta, portanto, senhora, com a união deles e, como recompensa, este frasco de sais de cheiro, que tenho em minha mão direita, será seu e seu para sempre; nunca o pedirei de volta. Mas, se a senhora se recusar a permitir a união deles dentro de três dias, este punhal que tenho na mão esquerda será mergulhado no sangue do seu coração. Fale, então, senhora, e decida o destino deles e o seu.

Persuasão tão doce e suave não poderia deixar de surtir o efeito desejado. A resposta recebida foi esta:

— Meus caros jovens amigos, os argumentos que usaram são por demais justos e eloquentes para serem refutados; Rebecca, dentro de três dias você vai se unir ao capitão.

Essa declaração, que não poderia ser mais satisfatória, foi recebida com alegria por todos; e, sendo a paz mais uma vez restaurada de todos os lados, o Capitão Roger pediu a Rebecca que os brindasse com uma canção; concordando com o pedido, mas tendo garantido a todos que estava com uma gripe terrível, ela cantou assim:

CANÇÃO
Quando Corydon foi à feira
Comprou para Bess uma fita amarela,
Com que ela prendeu a cabeleira
E ficou muito, muito mais bela.

5

Dentro de três dias, o Capitão Roger e Rebecca se uniram e imediatamente após a cerimônia partiram no comboio para a sede do capitão em Buckinghamshire.

Os pais de Elfrida, embora desejassem sinceramente vê-la casada com Frederic antes de morrerem, ainda assim, sabendo que sua frágil constituição mental não suportaria a menor pressão e julgando corretamente que marcar o dia do casamento seria pressão grande demais, abstiveram-se de insistir com ela nesse assunto.

Semanas e quinzenas voaram sem que se avançasse um palmo naquele terreno; as roupas ficaram fora de moda e finalmente o Capitão Roger e sua esposa vieram fazer uma visita à mãe dela e apresentar-lhe sua bela filha de dezoito anos.

Elfrida, julgando que os antigos amigos estavam ficando muito velhos e muito feios para continuar a ser de alguma forma agradáveis, ficou deliciada em ouvir sobre a chegada de moça tão bela como Eleanor, com quem determinou travar a mais íntima amizade.

Mas a felicidade que esperara de um relacionamento com Eleanor ela logo descobriu que não teria, pois não só ela experimentou a mortificação de ser tratada como pouco mais que uma velha, mas passou realmente pelo horror de perceber uma crescente paixão no peito de Frederic pela filha da afável Rebecca.

No momento em que teve a primeira percepção de tal apego, ela correu para Frederic e, de forma verdadeiramente heroica, verborragicamente lhe comunicou sua intenção de se casar no dia seguinte.

Para alguém em tal situação e que tivesse menos coragem que Frederic, essa declaração teria sido a morte; mas ele, não ficando nada horrorizado, respondeu audaciosamente:

— Srta. Elfrida, *a senhorita* pode se casar amanhã, mas *eu* não.

Essa resposta a afligiu por demais, dada sua delicada constituição. Ela portanto desmaiou e, em um curto período teve tamanha sucessão de desmaios que mal tinha paciência suficiente para se recuperar de um e já estava tendo outro.

Embora ao enfrentar qualquer tipo de perigo para sua vida e liberdade Frederic fosse firme como rocha, ele em outros aspectos era mole como algodão, e imediatamente, ao ouvir sobre o aflitivo estado de Elfrida, foi correndo até ela e, encontrando-a em um estado melhor do que fora instruído a esperar, uniu-se a ela para sempre.

JACK E ALICE

U M ROMANCE

É respeitosamente dedicado ao
Ilustríssimo Senhor

FRANCIS WILLIAM AUSTEN
Aspirante a bordo do *Perseverance*, da frota de Sua Majestade
Por sua humilde e obediente serva

A Autora

1

O Sr. Johnson tinha certa vez cerca de cinquenta e três anos; doze meses depois disso ele fez cinquenta e quatro, o que o deliciou tanto que resolveu celebrar seu próximo aniversário dando uma festa à fantasia para seus filhos e amigos. Assim, no dia em que fez cinquenta e cinco anos, convites foram enviados para todos os seus vizinhos com esse propósito. Na verdade, seus conhecidos naquela parte do mundo não eram muito numerosos, já que consistiam apenas em Lady Williams, o Sr. e a Sra. Jones, Charles Adams e as três Srtas. Simpsons, que compunham a vizinhança de Pammydiddle e integraram a festa à fantasia.

Antes de eu começar a fazer um relato dessa noite, será adequado descrever para meus leitores as pessoas e personagens da festa que se apresentam a eles.

O Sr. e a Sra. Jones eram bastante altos e muito impetuosos, mas eram, em outros aspectos, pessoas de bom humor que se comportavam bem. Charles Adams era um jovem afável, educado e encantador, de uma beleza tão estonteante que apenas as águias conseguiam fitar seu rosto. A Srta. Simpson era gentil em sua pessoa, em suas maneiras e em sua disposição; uma ambição desmedida era seu único defeito. Sua segunda irmã, Sukey, era invejosa, vingativa e malvada. Sua figura era baixa, gorda e desagradável. Cecília, a mais nova, era perfeitamente bela, mas afetada demais para ser gentil. Em Lady Williams todas as virtudes se encontravam. Ela era uma viúva com uma bela herança e os vestígios de um belo rosto. Embora benevolente e franca, também era generosa e sincera; embora devota e bondosa, era religiosa e afável; e, embora elegante e agradável, era polida e interessante. Os Johnsons eram uma família amorosa e, embora um pouco viciados na bebida e nos dados, tinham muitas boas qualidades.

Tal era o grupo reunido na elegante sala de estar da Johnson Court, em meio ao qual a gentil figura de uma sultana era a mais notável das fantasias femininas. Dos homens, uma fantasia que representava o sol foi a mais admirada por todos. Os raios que se projetavam de seus olhos eram iguais aos daquele glorioso astro, embora infinitamente superiores. Tão intensos eram que ninguém ousava se aproximar mais que meia milha dele; portanto tinha a melhor parte da sala só para si mesmo, já que o tamanho daquele cômodo não excedia três quartos de milha no comprimento e meia milha na largura. O cavalheiro, percebendo afinal que a ferocidade de seus raios era muito inconveniente para o grupo, pois obrigava todos a se amontoar em um canto da sala, semicerrou os olhos, diante do que todos perceberam que se tratava de Charles Adams em seu mero casaco verde, sem fantasia alguma.

Quando o assombro dos convidados diminuiu um pouco, a atenção deles foi atraída por dois dominós que avançaram com horrível impetuosidade; eram ambos muito altos, mas pareciam, em outros aspectos, ter muitas boas qualidades.

— Esses — disse o arguto Charles — esses são o Sr. e a Sra. Jones. — E de fato eram eles.

Ninguém conseguia imaginar quem era a sultana! Até que, finalmente, quando ela se dirigiu a uma bela Flora que se reclinava sobre o sofá, numa pose estudada, e disse, "Oh, Cecília, eu gostaria de ser realmente o que finjo ser", foi descoberta pelo infalível gênio de Charles Adams, que percebeu tratar-se da elegante, mas ambiciosa, Caroline Simpson, e a pessoa a quem ela se dirigia ele corretamente imaginou ser sua bela, mas afetada, irmã Cecília.

Depois o grupo se aproximou de uma mesa de jogo onde estavam sentados três dominós (cada um com uma garrafa na mão) muito concentrados; mas uma mulher fantasiada de Virtude fugiu a passos apressados daquela cena chocante, enquanto uma mulherzinha gorda fantasiada de Inveja se sentava alternadamente ao lado dos três jogadores. Charles Adams continuava brilhante como sempre: logo descobriu que o grupo de jogadores era composto pelos três Johnsons, a Inveja era Sukey Simpson e a Virtude, Lady Williams.

As máscaras foram então todas removidas e o grupo se retirou para outra sala para participar de uma brincadeira elegante e bem-organizada, após o que, tendo sido as garrafas passadas de mão em mão de forma bastante rápida pelos três Johnsons, todos os circunstantes, inclusive a Virtude, foram levados para casa, completamente bêbados.

2

Durante três meses a festa à fantasia forneceu vasto material para conversa entre os habitantes de Pammydiddle; mas nenhum personagem ali foi tão amplamente comentado quanto Charles Adams. A singularidade de sua aparência, os raios que dardejavam dos olhos dele, a claridade de sua inteligência e sua pessoa como um todo tinham subjugado os corações de tantas jovens que das seis presentes na festa à fantasia apenas cinco não tinham sido cativadas por ele. Alice Johnson era a infeliz sexta moça cujo coração não fora capaz de resistir aos encantos dele. Mas, como pode parecer estranho para meus leitores que, sendo possuidor de tamanho valor e excelência, Charles Adams tenha conquistado somente ela, será necessário informá-los que as Srtas. Simpsons estavam protegidas do poder dele pela ambição, a inveja e a autoadmiração. Cada desejo de Caroline estava centrado em um marido nobre, ao passo que em Sukey tal excelência superior só poderia provocar a inveja dela e não seu amor; e Cecília estava muito ternamente apegada a si mesma para se encantar com qualquer outra pessoa. Quanto a Lady Williams e à Sra. Jones, a primeira era muito sensata para se apaixonar por alguém tão mais jovem que ela, e a segunda, embora fosse muito alta e impetuosa, gostava por demais do marido para pensar em algo assim.

No entanto, apesar de todos os esforços da parte da Srta. Johnson para descobrir nele algum afeto por ela, o frio e indiferente coração de Charles Adams mantinha ainda, ao que tudo indicava, sua natureza livre; educado com todos mas sem parcialidades com ninguém, ele continuava sendo o adorável, vivaz, mas insensível Charles Adams.

Certa noite, encontrando-se um pouco exaltada por causa do vinho (coisa não muito incomum), Alice decidiu buscar alívio para sua cabeça desorientada e seu coração apaixonado na conversa com a inteligente Lady Williams.

Encontrou a nobre senhora em casa, como em geral acontecia, pois Lady Williams não apreciava sair e, assim como o grande Sir Charles Grandison, desdenhava a atitude daqueles que fingem que saíram quando na verdade estão em casa, pois considerava esse costume, tão em voga na época, quase tão grave quanto a própria bigamia.

Apesar do vinho que estivera bebendo, a pobre Alice estava notavelmente desanimada; não conseguia pensar em nada além de Charles Adams, não conseguia comentar sobre mais nada exceto ele e, em resumo, falou tão abertamente que Lady Williams logo descobriu a afeição não correspondida que ela alimentava pelo rapaz, o que estimulou sua pena e compaixão de forma tão intensa que ela se dirigiu à moça nos seguintes termos:

— Percebo muito claramente, minha querida Srta. Johnson, que seu coração não foi capaz de suportar os fascinantes encantos desse jovem, e tenho pena de você por isso. É o seu primeiro amor?

— É sim.

— Fico ainda mais triste em ouvir *isso*; eu mesma sou um melancólico exemplo das tristezas que em geral acompanham um primeiro amor, e estou determinada a, no futuro, evitar tamanho infortúnio. Desejo que não seja muito tarde para você fazer o mesmo; se não for, esforce-se, minha querida jovem, para se proteger de um perigo tão grande. Um segundo relacionamento raramente traz consequências sérias; contra *essa condição*, portanto, não tenho o que dizer. Proteja-se de um primeiro amor e não precisará temer o segundo.

— A senhora mencionou algo sobre ter sido vítima desse infortúnio que agora bondosamente deseja que eu evite. Poderia me brindar com um relato de sua vida e aventuras?

— Com todo o prazer, meu amor.

3

— Meu pai era um cavalheiro dono de uma considerável fortuna em Berkshire; eu e mais algumas outras crianças éramos seus únicos filhos. Tinha seis anos de idade quando sofri o infortúnio de perder minha mãe e, estando eu naquela época em tenra idade, meu pai, em vez de me mandar para a escola, contratou uma governanta competente para supervisionar minha educação em casa. Meus irmãos foram colocados em escolas adequadas para suas idades e minhas irmãs, sendo todas mais novas que eu, permaneceram ainda sob os cuidados da babá.

"A Srta. Dickins era uma excelente governanta. Ela me conduziu nos caminhos da virtude; sob sua orientação, cada dia eu ficava mais afável, e poderia talvez ter nessa época alcançado a perfeição, não fosse minha preceptora arrancada de meus braços, antes que eu completasse dezessete anos. Nunca me esquecerei de suas últimas palavras: 'Minha querida Kittie', disse ela, 'boa noite para você!'.

"Nunca mais a vi — continuou Lady Williams, enxugando os olhos. — Ela fugiu com o mordomo naquela mesma noite. Fui convidada no ano seguinte por uma parente distante de meu pai a passar o inverno com ela em Londres. A Sra. Watkins era uma mulher elegante, de boa família e com posses; em geral era considerada uma bela mulher, mas eu, de minha parte, nunca a achei muito bonita. Ela tinha uma testa muito alta, os olhos muito pequenos e era por demais corada."

— *Como* assim? — interrompeu a Srta. Johnson, ficando vermelha de raiva. — A senhora acha que uma pessoa pode ser corada demais?

— Claro que sim, e vou lhe dizer por que acho isso. Quando uma pessoa tem um grau muito alto de vermelho em seu rosto, isso dá a ela, na minha opinião, uma aparência muito corada.

— Mas será que um rosto pode ter um tom corado demais?

— Certamente, minha querida Srta. Johnson, e vou lhe dizer por quê. Quando um rosto tem um tom muito corado, sua aparência não o favorece tanto quanto se tivesse um tom mais claro.

— Por favor, senhora, continue sua história.

— Bem, como disse antes, fui convidada por essa senhora para passar algumas semanas com ela em Londres. Muitos cavalheiros achavam que ela era bela, mas, na minha opinião, tinha uma testa muito alta, os olhos muito pequenos e era por demais corada.

— Sobre isso, como eu já disse antes, a senhora deve ter se enganado. A Sra. Watkins não poderia ser por demais corada porque ninguém pode ser por demais corado.

— Desculpe-me, querida, se não concordo com você nesse pormenor. Deixe-me explicar com clareza; minha ideia sobre esse caso é a seguinte: quando uma mulher tem uma proporção demasiadamente grande de vermelho em suas faces, ela decerto deve ser por demais corada.

— Mas, minha senhora, eu nego que seja possível alguém ter uma proporção demasiadamente grande de vermelho em suas faces.

— O quê, meu amor? Nem se a pessoa for por demais corada?

A Srta. Johnson tinha a essa altura perdido a paciência; sobretudo, talvez, porque Lady Williams continuava impassivelmente tranquila. É preciso lembrar, no entanto, que em um aspecto a senhora levava uma larga vantagem em relação a Alice; quero dizer, por não estar bêbada, já que, aquecida pelo vinho e exaltada pela paixão, a moça dispunha de pouquíssimo controle sobre seu humor.

A discussão chegou a um ponto tão exaltado por parte de Alice que "das palavras, ela quase passou aos socos", quando o Sr. Johnson por sorte entrou e, com alguma dificuldade, a afastou de Lady Williams, da Sra. Watkins e das faces coradas dela.

4

Meus leitores talvez imaginem que após tamanho tumulto não poderia continuar existindo mais intimidade alguma entre os Johnsons e Lady Williams, mas nisso estão enganados, pois a senhora era por demais sensata para se zangar com uma conduta que ela não podia deixar de perceber como a consequência natural da embriaguez, e Alice tinha um respeito por demais sincero por Lady Williams e gostava muito do clarete dela para não fazer qualquer concessão que estivesse a seu alcance.

Poucos dias após a reconciliação entre as duas, Lady Williams visitou a Srta. Johnson para propor uma caminhada até um pomar de cidreiras que conduzia do chiqueiro da sua propriedade até o tanque dos cavalos de Charles Adams. Alice apreciou tanto a bondade de Lady Williams em propor tal passeio e ficou tão satisfeita com a perspectiva de ver, ao final dele, um tanque de cavalos pertencente a Charles, que não pôde deixar de aceitar o convite com visível satisfação.

Elas não tinham ido muito longe quando Alice foi despertada do devaneio no qual contemplava a felicidade que a aguardava por Lady Williams, que disse assim:

— Até agora tenho evitado, minha querida Alice, continuar a narrativa de minha vida por não desejar lhe trazer de volta à memória uma cena que (por implicar para você mais desfavor que crédito) seria melhor esquecer do que recordar.

Alice já tinha começado a ficar corada e já ia falar, quando a senhora, percebendo a insatisfação da moça, continuou:

— Receio, minha querida jovem, que a tenha ofendido com o que acabei de dizer; asseguro-lhe que não tive a intenção de importuná-la com uma lembrança do que não se pode consertar; considerando tudo isso, não acho que você mereça ser culpada como muitas pessoas acham; pois, quando uma pessoa está alcoolizada, não há como responsabilizá-la por seus atos; uma mulher numa situação dessas está ainda mais desprotegida, porque não tem a cabeça forte o bastante para suportar a intoxicação.

— Senhora, não posso aguentar isso, insisto...

— Minha querida jovem, não se envergonhe; garanto-lhe que perdoei completamente tudo o que se relaciona a esse incidente; na verdade, nem fiquei zangada na ocasião, porque, como eu sabia o tempo todo, você estava quase completamente bêbada. Eu sabia que era inevitável que você falasse as coisas estranhas que falou. Mas percebo que a estou incomodando; então vou mudar de assunto e desejar que nunca mais ele seja mencionado; lembre-se, está tudo esquecido. Vou continuar minha história; mas preciso insistir em não lhe oferecer nenhuma descrição da Sra. Watkins: seria apenas reviver velhas histórias e, como você nunca a viu, não importa para você se a testa dela *era* muito alta, se seus olhos *eram* muito pequenos, ou se ela *era* por demais corada.

— Mais uma vez, Lady Williams: isso é demais...

A retomada da velha história provocou Alice de tal forma que não sei quais poderiam ter sido as consequências se a atenção delas não tivesse sido atraída por outro objeto. Uma adorável jovem, deitada sob uma cidreira e aparentemente acometida por fortes dores, era um objeto por demais interessante para não atrair a atenção das duas.

Esquecendo a própria discussão, Lady Williams e Alice foram cheias de ternura solidária ao encontro da moça, a quem se dirigiram nestes termos:

— Ó bela ninfa, você parece estar sendo vítima de um grande sofrimento, que ficaremos muito felizes em aliviar, se nos disser o que a aflige. Poderia nos brindar com um relato de sua vida e aventuras?

— Com todo o prazer, senhoras, se fizerem a gentileza de se sentar.

As duas ocuparam seus lugares e ela começou assim:

5

— Sou do norte do País de Gales e meu pai é um dos principais alfaiates do lugar. Tendo uma família numerosa, ele foi facilmente persuadido por uma irmã de minha mãe, que é uma viúva com boas condições financeiras que tem uma cervejaria na aldeia vizinha à nossa, a permitir que ela me levasse e me criasse às suas próprias custas. Desse modo, vivi com ela os últimos oito anos de minha vida, durante os quais ela me proporcionou a oportunidade de aprender com alguns dos melhores professores, que me ensinaram todas as habilidades exigidas de alguém de meu sexo e minha posição. Educada por eles, aprendi dança, música, desenho e várias línguas, por conta do que me tornei a mais talentosa filha de alfaiate do País de Gales. Nunca houvera criatura mais feliz que eu, até os últimos seis meses... mas eu deveria ter-lhes contado que a principal propriedade da região onde moro pertence a Charles Adams, o dono daquela casa de tijolos que podem ver ali adiante.

— Charles Adams! — exclamou a atônita Alice. — Você conhece Charles Adams?

— Para minha tristeza, senhora, eu o conheço. Ele veio cerca de seis meses atrás para receber os aluguéis da propriedade que acabei de mencionar. Foi nessa época que o vi pela primeira vez; como a senhora parece conhecê-lo, não preciso descrever quão atraente ele é. Não pude resistir aos seus encantos...

— Ah, e quem pode? — indagou Alice com um profundo suspiro.

— Minha tia, que é amicíssima da cozinheira dele, decidiu, a pedido meu, tentar descobrir, por intermédio da amiga, se existiria alguma chance de ele corresponder ao meu afeto. Com esse propósito, ela foi uma tarde tomar chá com a Sra. Susan, que, durante a conversa, mencionou como era bom seu emprego e como era bom seu patrão; diante disso minha tia começou a sondá-la com tanta habilidade que em pouco tempo Susan admitiu que achava que seu patrão jamais se casaria, "pois", disse ela, "ele declarou muitas e muitas vezes que sua esposa, quem quer que ela fosse, devia ter juventude, beleza, berço, inteligência, mérito e dinheiro. Muitas vezes", continuou ela, "me esforcei para fazê-lo mudar de ideia e convencê-lo da improbabilidade de algum dia ele conhecer uma dama assim; mas meus argumentos não tiveram efeito e ele continua firme como nunca em sua determinação". As senhoras podem imaginar minha tristeza ao ouvir isso; pois fiquei com medo de que, embora tenha juventude, beleza, inteligência e mérito, e embora seja a provável herdeira da casa e do comércio de minha tia, ele possa me considerar de classe inferior e, por isso, indigna de me casar com ele.

"Entretanto, eu estava determinada a tomar uma iniciativa ousada e assim escrevi a ele uma gentil carta oferecendo-lhe com grande ternura minha mão e meu coração. Em resposta recebi uma recusa furiosa e peremptória, mas julgando que ela era mais fruto da modéstia dele do que de qualquer outra coisa, insisti mais uma vez. Mas ele nunca respondeu a nenhuma de minhas outras cartas e logo depois deixou o país. Assim que fiquei sabendo de sua partida, enviei-lhe uma carta para cá, informando-o de que em breve iria me conceder a honra de visitá-lo pessoalmente em Pammydiddle, mas não recebi nenhuma resposta; assim, escolhendo interpretar o silêncio como consentimento, deixei o País de Gales sem avisar minha tia e cheguei aqui hoje cedo, após uma tediosa viagem. Quando perguntei pela propriedade dele, orientaram-me a vir por este bosque para chegar à casa que as senhoras veem ali adiante. Com o coração enlevado pela expectativa da felicidade de contemplá-lo, entrei no bosque e avancei até aqui, quando de repente percebi que minha perna estava presa, e ao buscar a causa, descobri que fora capturada por uma dessas armadilhas de aço que são tão comuns nas propriedades dos cavalheiros.

— Ah! — exclamou Lady Williams — que sorte tivemos em encontrá-la; caso contrário, poderíamos ter tido o mesmo azar.

— Realmente, para as senhoras é uma sorte eu ter estado aqui um pouco antes. Gritei, como podem facilmente imaginar, até que o bosque ecoasse meus gritos e até que um empregado do desumano canalha veio me ajudar e me libertou de minha odiosa prisão, mas não antes de uma de minhas pernas ser totalmente quebrada.

6

Diante de tão melancólico relato, os belos olhos de Lady Williams ficaram marejados de lágrimas, e Alice não pôde deixar de exclamar:

— Oh, cruel Charles, que fere os corações e as pernas de todas as belas.

Lady Williams então avançou para perto e observou que a perna da jovem devia ser consertada sem demora. Após examinar a fratura, portanto, começou imediatamente e realizou a operação com grande habilidade, o que foi ainda mais surpreendente, considerando-se que ela nunca havia feito uma operação desse tipo antes. Lucy então se levantou do chão e, percebendo que conseguia andar com a maior facilidade, acompanhou as duas até a casa de Lady Williams a pedido da própria senhora.

As formas perfeitas, o belo rosto e os elegantes modos de Lucy conquistaram de tal maneira os afetos de Alice que, quando se despediram, o que só aconteceu após a ceia, ela garantiu à outra que, exceto por seu pai, seu irmão, seus tios, tias, primos e outros parentes, Lady Williams, Charles Adams e mais umas dezenas de amigos particulares, ela gostava mais de Lucy do que de qualquer outra pessoa no mundo.

Essa afirmação tão elogiosa de sua consideração teria, com certeza, causado no seu objeto muito prazer, se Lucy não tivesse percebido que a afável Alice havia se servido à vontade do clarete de Lady Williams.

A senhora (cujo discernimento era grande) leu na expressão perspicaz de Lucy seus pensamentos sobre o assunto e, assim que a Srta. Johnson partiu, disse-lhe:

— Quando conhecer melhor a minha Alice, você não se surpreenderá, Lucy, ao ver a criaturinha beber um pouco demais; essas coisas acontecem todos os dias. Ela é detentora de muitas e raras qualidades, mas a sobriedade não é uma delas.

Toda a família, na verdade, forma um triste time de bêbados. Lamento dizer também que nunca vi três jogadores mais contumazes do que eles, especialmente Alice. Mas ela é uma moça encantadora. Imagino que não tenha um dos mais doces temperamentos do mundo; com certeza, já a vi tão exaltada! Entretanto, é uma jovem doce. Tenho certeza de que gostará dela. Não conheço quase ninguém tão afável. Oh! Se a tivesse visto na outra noite! Como estava tomada de cólera! E por uma trivialidade, ainda por cima! Ela realmente é uma moça encantadora. Sempre a amarei!

— Pelo que a senhora fala, ela parece ter muitas boas qualidades — respondeu Lucy.

— Ah, milhares delas — respondeu Lady Williams —, embora eu seja muito afeiçoada a ela, e talvez meu afeto tenha me deixado cega em relação a seus verdadeiros defeitos.

7

A manhã seguinte trouxe as três Srtas. Simpsons para visitar Lady Williams, que as recebeu com a máxima polidez e as apresentou a Lucy, de quem a mais velha se agradou tanto que, quando se despediu, declarou ser sua única ambição que Lucy as acompanhasse na manhã seguinte até Bath, onde elas passariam algumas semanas.

— Lucy — disse Lady Williams — está por conta própria e, se ela escolher aceitar tão delicado convite, espero que não hesite por algum motivo de delicadeza em relação a mim. Não sei, realmente, como serei capaz de me separar dela. Ela nunca esteve em Bath e devo considerar que seria um passeio dos mais agradáveis para ela. Fale, minha querida — continuou, voltando-se para Lucy —, o que me diz sobre a ideia de acompanhar essas damas? Vou ficar arrasada sem sua companhia... será uma viagem agradabilíssima para você; espero que vá; se for, tenho certeza, será a morte para mim... por favor, aceite.

Lucy pediu permissão para declinar da honra de acompanhar as três, com muitas expressões de gratidão pela extrema gentileza da Srta. Simpson em convidá-la.

A Srta. Simpson pareceu muito desapontada pela recusa. Lady Williams insistiu para que Lucy fosse... declarou que nunca a perdoaria se ela não fosse, e que não sobreviveria se ela fosse; em resumo, usou argumentos tão persuasivos que finalmente ficou resolvido que ela iria. As Srtas. Simpsons vieram buscá-la às dez horas na manhã seguinte, e Lady Williams teve logo a satisfação de receber de sua jovem amiga a agradável notícia de que elas haviam chegado a salvo em Bath.

Agora será apropriado voltar ao herói desta história, Jack, o irmão de Alice, de quem acredito praticamente não ter tido a oportunidade de falar; isso pode em parte dever-se a sua infeliz propensão ao álcool, que tão completamente o privava do uso daquelas faculdades das quais a natureza o dotara, com as quais nunca fazia nada digno de menção. Sua morte aconteceu logo após a partida de Lucy e foi a consequência natural de seu pernicioso hábito. Com a morte dele, sua irmã tornou-se a única herdeira de uma fortuna muito grande, e isso, ao lhe trazer renovadas esperanças de tornar-se uma esposa aceitável para Charles Adams, não poderia deixar de ser extremamente agradável para ela; e, como o efeito foi rejubilante, a causa mal pôde ser lamentada.

Percebendo que a violência de sua afeição por ele aumentava dia a dia, ela finalmente a revelou ao pai e manifestou o desejo de que ele propusesse uma união entre sua família e a de Charles. O pai concordou e partiu certa manhã para revelar o caso para o jovem. Sendo o Sr. Johnson um homem de poucas palavras, sua fala foi logo proferida e a resposta que ele recebeu foi a seguinte:

— Senhor, talvez se espere que eu pareça satisfeito e agradecido pela oferta que me fez: mas deixe-me dizer que a considero uma afronta. A meu ver, senhor, sou de uma beleza perfeita... onde o senhor veria uma pessoa mais elegante ou um rosto mais encantador? Além disso, senhor, imagino minhas maneiras e discurso e concluo que são do tipo mais polido; existe neles certa elegância, uma doçura especial que nunca vi e não consigo descrever. Deixando de lado a parcialidade, com certeza sou mais habilidoso em toda língua, toda ciência, toda arte e tudo o mais do que qualquer pessoa na Europa. Meu temperamento é sereno, minhas virtudes, inumeráveis, meu ser não tem par. Sendo, senhor, que assim é a minha personalidade, o que o senhor pretende, desejando que me case com sua filha? Deixe-me desenhar um breve esboço do senhor e dela. Considero o senhor um bom tipo de homem em termos gerais; um velho beberrão, com certeza, mas isso para mim não é nada. Sua filha, senhor, não é nem suficientemente bonita, suficientemente afável, suficientemente inteligente, nem suficientemente rica para mim. Não espero encontrar nada mais em minha esposa do que minha esposa encontrará em mim: a perfeição. Esses, senhor, são meus sentimentos, e tenho a honra de tê-los. Tenho uma amiga e agradeço por ter só uma. Ela está no momento preparando meu jantar, mas, se quiser vê-la, ela virá até aqui informá-lo de que esses são meus sentimentos.

O Sr. Johnson ficou satisfeito e, dizendo-se muito agradecido ao Sr. Adams pelas características que havia atribuído a ele e a sua filha, despediu-se e foi embora.

A infeliz Alice, ao ouvir do pai o triste relato do fracasso de sua visita, mal pôde suportar o desapontamento. Ela voou até a sua garrafa e logo o assunto foi esquecido.

8

Enquanto essas coisas transcorriam em Pammydiddle, Lucy conquistava todos os corações em Bath. Duas semanas de estadia ali haviam quase apagado de sua memória a cativante figura de Charles Adams. A lembrança do quanto havia sofrido seu coração por causa dos encantos dele e sua perna em razão da armadilha, possibilitou que ela o esquecesse com relativa facilidade, e foi isso o que decidiu fazer; e, com esse propósito, dedicou cinco minutos de cada dia à tarefa de expulsá-lo de sua memória.

Sua segunda carta a Lady Williams trazia a agradável notícia de que ela havia realizado seu objetivo de forma inteiramente satisfatória; ela também mencionou na carta uma proposta de casamento que havia recebido do Duque de ..., um idoso que tinha uma nobre fortuna e cuja saúde abalada era o principal motivo de ele ter viajado para Bath.

> Estou aflita [continuava ela] porque não sei se devo aceitar ou não. Existem milhares de vantagens que derivam de um casamento com o duque, pois, além daquelas inferiores, como posição social e fortuna, o casamento vai me proporcionar uma casa, o que entre todas as outras coisas é o que mais desejo. A bondade da senhora, desejando que eu permaneça sempre na sua companhia, é nobre e generosa, mas não suporto a ideia de ser um fardo sobre os ombros de alguém que tanto amo e estimo. Que as pessoas devem receber favores apenas daqueles que elas desprezam é um sentimento instilado em minha mente por minha respeitável tia em minha infância, e, na minha opinião, ele não pode ser superestimado. A excelente mulher de quem falo agora está, pelo que sei, muito furiosa por minha imprudente partida do País de Gales para me receber de volta. Preciso sinceramente me separar das damas com quem agora estou. A Srta. Simpson é, de fato (deixando de lado a ambição) muito afável, mas conviver com sua segunda irmã, a invejosa e malévola Sukey, é muito desagradável. Tenho motivos para pensar que a admiração com que fui recebida nos círculos dos grandes deste lugar despertou seu ódio e inveja; muitas vezes ela ameaçou e algumas vezes tentou cortar minha garganta. A senhora com certeza concordará, portanto, que não estou errada em desejar ir embora de Bath, e em desejar

ter uma casa que me receba quando partir daqui. Espero com impaciência seu conselho em relação ao duque e me despeço,

Atenciosamente,
Lucy

Lady Williams enviou a ela sua opinião sobre o assunto nos seguintes termos:

> Por que você hesita, minha querida Lucy, um momento sequer em relação ao duque? Investiguei o caráter dele e descobri que é um analfabeto sem princípios. Nunca deverá minha Lucy unir-se a tal homem. Ele tem uma magnífica fortuna, que aumenta a cada dia. Com que nobreza você a gastará! Que crédito terá ele aos olhos de todos! Como ele será respeitado por causa de sua esposa! Mas por que, minha muito estimada Lucy, por que você não decide essa situação de uma vez por todas e volta para nunca mais me deixar? Embora eu admire seus nobres sentimentos em relação a favores, deixe-me implorar que eles não a impeçam de me fazer feliz. Será, por certo, uma grande despesa ter você sempre junto a mim; não poderei arcar com ela. Mas o que é isso em comparação com a felicidade que terei com a sua companhia? Vai me arruinar, eu sei; portanto você com certeza não vai resistir a esses argumentos, nem se recusará a voltar para sua afetuosíssima
>
> C. Williams

9

Não se sabe qual poderia ter sido o efeito do conselho da senhora caso ele tivesse sido recebido por Lucy, já que a carta chegou algumas horas após ela ter exalado seu último suspiro em Bath. Foi vítima do ciúme e da malícia de Sukey, que, invejando os encantos superiores dela, a subtraiu, por meio de veneno, de um mundo que a admirava, na idade de dezessete anos.

Assim sucumbiu a afável e gentil Lucy, cuja vida não fora marcada por nenhum crime nem manchada por nenhuma mácula além do imprudente abandono da tia, e cuja morte foi sinceramente lamentada por todos os que a conheceram. Entre as pessoas que mais sofreram com sua morte estavam Lady Williams, a Srta. Johnson e o duque, as duas primeiras tendo uma verdadeira consideração por ela, mais particularmente Alice, que tinha passado toda uma tarde com Lucy e nunca mais voltara a pensar nela. As aflições do nobre senhor podem ser facilmente explicadas, já que ele perdera alguém por quem havia sentido, durante os últimos dez dias, uma terna afeição e uma sincera estima. Ele chorou a morte dela com inabalável constância durante a quinzena seguinte, no final da qual recompensou a ambição de Caroline Simpson, elevando-a ao nível de duquesa. Assim, finalmente ela se tornou completamente feliz, satisfazendo sua paixão preferida. Sua irmã, a pérfida Sukey, pouco depois foi da mesma maneira exaltada como realmente merecia, e como por suas ações parecera sempre ter desejado. Seu bárbaro assassinato foi descoberto e, apesar das intercessões de todos os amigos, ela foi rapidamente conduzida à forca. A bela mas afetada Cecília era por demais sensível aos próprios encantos superiores para não imaginar que, se Caroline pôde se casar com um duque, ela poderia sem censura aspirar às afeições de algum príncipe; e, sabendo que os príncipes de seu país estavam em sua maioria comprometidos, ela deixou a Inglaterra, e desde essa época ouvi dizer que é a sultana favorita do grande Mogul.

Enquanto isso, os habitantes de Pammydiddle estavam num estado de enorme assombro e perplexidade, tendo circulado a notícia do futuro casamento de Charles Adams. O nome da noiva ainda era segredo. O Sr. e a Sra. Jones imaginavam que seria a Srta. Johnson, mas *ela* sabia das coisas; e os receios *dela* estavam centrados na cozinheira dele, quando, para o espanto de todos, ele se casou publicamente com Lady Williams.

EDGAR E EMMA

Um conto

1

— Não posso imaginar — disse Sir Godfrey a sua esposa — por que continuamos em instalações tão deploráveis quanto estas, em uma desprezível cidade mercante, quando temos três boas casas de nossa propriedade situadas em alguns dos melhores lugares da Inglaterra, e perfeitamente prontas para nos receber!

— Tenho certeza, Sir Godfrey — respondeu Lady Marlow —, de que é muito contra minha vontade que tenhamos permanecido aqui tanto tempo; e por que viemos afinal de contas, na verdade, tem sido para mim um mistério, já que nenhuma de nossas casas tinha a mínima necessidade de reformas.

— Não, minha cara — respondeu Sir Godfrey —, você é a última pessoa que deveria ficar insatisfeita com a circunstância que sempre se destinou a ser um elogio a você; pois não pode deixar de perceber a enorme inconveniência a que suas filhas e eu fomos submetidos durante os dois anos em que ficamos amontoados nestas instalações, a fim de lhe dar prazer.

— Meu caro — retrucou Lady Marlow —, como pode ficar aí dizendo tantas mentiras, quando sabe muito bem que foi apenas para agradar às meninas e a você que deixei uma casa muito confortável, localizada em uma região deliciosa e circundada por uma agradabilíssima vizinhança, para viver dois anos num apinhado terceiro andar, em um lugar insalubre e cheio de fumaça, que me causou uma febre contínua e quase me fez ficar tuberculosa?

Como, após mais três falas desse tipo, não conseguiram determinar quem era mais culpado, prudentemente resolveram abandonar a discussão e, tendo feito as malas e pagado o aluguel, partiram na manhã seguinte com as duas filhas para sua residência principal em Sussex.

Sir Godfrey e Lady Marlow eram na verdade pessoas muito sensatas, embora (como aconteceu nesse caso), como muitas outras pessoas sensatas, eles às vezes cometessem uma tolice; apesar disso, em geral suas ações eram guiadas pela prudência e reguladas pela discrição.

Após uma viagem de dois dias e meio, chegaram a Marlhurst sentindo-se bem e de bom humor; estavam tão cheios de alegria por morar outra vez em um lugar que tinham deixado com mútuo pesar dois anos antes, que mandaram tocar os sinos e distribuíram uns trocados entre os sineiros.

2

A notícia da chegada deles, tendo sido rapidamente espalhada por toda a região, trouxe dentro de alguns dias visitas de boas-vindas feitas por todas as famílias dali.

Entre outros vieram os moradores de Willmot Lodge, uma bela *villa* não muito distante de Marlhurst. O Sr. Willmot era representante de uma família muito antiga e possuía, além da propriedade do pai, uma considerável parte de uma mina de chumbo e uma quota na loteria pública. Sua esposa era uma mulher agradável. Seus filhos eram numerosos demais para serem descritos com alguma particularidade; basta dizer que em geral tinham inclinações virtuosas e não eram dados à maldade. Como a família era muito grande para acompanhar os pais em todas as visitas, eles levavam nove de cada vez, alternadamente.

Quando sua carruagem estacionou à porta de Sir Godfrey, os corações das Srtas. Marlows pulsaram na ansiosa expectativa de rever uma família que lhes era tão querida. Emma, a mais nova (que estava mais especialmente interessada na chegada deles, tendo uma queda pelo filho mais velho), permaneceu na janela de seu quarto de vestir, numa esperança aflita de ver o jovem Edgar descer da carruagem.

O Sr. e a Sra. Willmot com as três filhas mais velhas apareceram primeiro... Emma começou a tremer. Robert, Richard, Ralph e Rodolphus apareceram em seguida... Emma empalideceu. As duas meninas mais novas foram tiradas da carruagem... Emma afundou no sofá sem fôlego. Um lacaio veio avisá-la da chegada do grupo; o coração dela estava cheio demais para conter suas aflições.

Ela precisava de uma confidente; em Thomas ela esperava encontrar um confidente fiel... pois precisava de um e Thomas era o único disponível. Para ele, Emma abriu o coração sem restrições, e depois de admitir sua paixão pelo jovem Willmot, pediu o conselho dele sobre como deveria se comportar naquela frustração melancólica em que se encontrava. Thomas, que de bom grado teria preferido não ouvir as queixas dela, pediu permissão para não dar nenhum conselho sobre o assunto, coisa que, muito contra a sua vontade, ela foi obrigada a conceder.

Dispensando-o, portanto, não sem veementes apelos a sua discrição, ela desceu com o coração pesado até a sala de visitas, onde encontrou o seleto grupo sentado numa postura social em torno de uma lareira crepitante.

3

Emma continuou na sala de visitas algum tempo antes de poder criar coragem suficiente para perguntar à Sra. Willmot sobre o resto de sua família; e, quando o fez, foi com uma voz tão baixa e titubeante que ninguém se deu conta de que ela tinha falado alguma coisa. Desanimada pelo fracasso de sua primeira tentativa, não fez nenhuma outra até quando a Sra. Willmot pediu que uma de suas meninas tocasse o sino para chamar a carruagem da família. Ela então atravessou a sala e, segurando a cordinha, disse, num tom resoluto:

— Sra. Willmot, a senhora não sairá desta casa até que me diga como vai todo o resto de sua família, particularmente seu filho mais velho.

Todos ficaram muito surpresos com essa fala inesperada, e mais ainda pela maneira como foi proferida; mas sendo que Emma, que não aguentaria ser desapontada mais uma vez, tinha pedido uma resposta, a Sra. Willmot fez este eloquente pronunciamento:

— Nossos filhos estão muito bem, mas atualmente a maioria deles está longe de casa. Amy está com minha irmã Clayton. Sam, em Eton. David, com seu Tio John. Jem e Will, em Winchester. Kitty, em Queens Square. Ned, com sua avó. Hetty e Patty, em um convento em Bruxelas. Edgar, na faculdade, Peter, com a ama de leite, e todo o resto (exceto os nove aqui presentes), em casa.

Foi com dificuldade que Emma conseguiu conter as lágrimas ao ouvir sobre a ausência de Edgar; ela, entretanto, manteve razoavelmente a compostura até que os Willmots se foram, quando então, não controlando o extravasamento de sua mágoa, deu-lhe livre vazão; e, retirando-se para seu quarto, continuou chorando pelo resto da vida.

HENRY E ELIZA

Um romance

É humildemente dedicado à
Srta. Cooper
por sua humilde e obsequiosa serva

A Autora

1

Enquanto Sir George e Lady Harcourt supervisionavam os trabalhos de seus ceifadores, recompensando o esforço de alguns com sorrisos de aprovação e punindo a indolência de outros com um cacete, eles perceberam, deitada e bem escondida embaixo da folhagem densa de um monte de feno, uma linda menininha que não tinha mais de três meses de idade.

Tocados pelos traços encantadores do rosto dela e deleciados com as respostas infantis embora vivazes que ela ofereceu para suas muitas perguntas, resolveram levá-la para casa e, não tendo filhos, criá-la com muito amor e todas as regalias.

Sendo eles boas pessoas, sua primeira e principal preocupação foi incitar nela um amor pela virtude e um ódio pelo vício, no que obtiveram tanto sucesso (Eliza tendo uma tendência natural nesse sentido) que, quando cresceu, ela se transformou no deleite de todos os que a conheciam.

Amada por Lady Harcourt, adorada por Sir George e admirada por todo mundo, ela viveu em um período de ininterrupta felicidade até que chegou à idade de dezoito anos, quando, tendo sido flagrada furtando uma nota de cinquenta libras, foi expulsa de casa por seus desumanos benfeitores. Tal transição para uma pessoa que não tivesse mente tão nobre e sublime como a de Eliza teria sido a morte, mas ela, feliz na consciência da própria superioridade, divertiu-se sentada sob uma árvore, compondo e cantando os seguintes versos:

Ainda que sempre a desgraça caminhe comigo,
Espero nunca sentir que me falta um amigo,
Um coração inocente vou sempre guardar,
E o caminho da virtude eu nunca vou deixar.

Tendo se divertido durante algumas horas com essa canção e suas próprias agradáveis reflexões, ela se levantou e pegou a estrada para M..., uma pequena cidade mercante, onde morava sua amiga mais íntima, que era gerente do *Red Lion*.

A essa amiga ela imediatamente se dirigiu e, tendo-lhe contado sua recente desgraça, comunicou-lhe o desejo de entrar em alguma família na humilde função de dama de companhia.

A Sra. Wilson, que era a criatura mais afável do mundo, logo que ficou sabendo do desejo da amiga sentou-se no bar e escreveu a seguinte carta para a duquesa de F..., a mulher que, entre todas as outras, ela mais estimava.

Para a Duquesa de F...
Receba em sua família, a pedido meu, uma jovem de caráter excepcional, que é tão bondosa a ponto de escolher sua companhia no lugar de pegar no batente. Apresse-se, e tome-a dos braços da sua

SARAH WILSON

A duquesa, cujo apreço pela Sra. Wilson a levaria a fazer qualquer coisa, ficou exultante pela oportunidade de agradar à amiga e, assim, imediatamente após ter recebido a carta, partiu para o *Red Lion*, aonde chegou naquela mesma noite. A Duquesa de F... tinha cerca de quarenta e cinco anos e meio de idade; suas paixões eram fortes, suas amizades, firmes, e suas inimizades, insuperáveis. Era viúva e tinha apenas uma filha, que estava prestes a se casar com um jovem de considerável fortuna.

Logo que avistou nossa heroína, a duquesa, jogando seus braços em torno do pescoço da moça, declarou-se tão satisfeita com ela que estava resolvida a jamais dela se separar. Eliza ficou deliciada com tal declaração de amizade e, após despedir-se do modo mais afetuoso possível de sua querida Sra. Wilson, acompanhou Sua Graça na manhã seguinte até sua propriedade em Surrey.

Com toda a consideração a duquesa apresentou-a a Lady Harriet, que se agradou tanto da aparência de Eliza que suplicou a ela que a considerasse uma irmã, o que Eliza com grande condescendência prometeu fazer.

O Sr. Cecil, noivo de Lady Harriet, estando frequentemente com a família, ficava frequentemente com Eliza. Aconteceu uma atração mútua e Cecil, tendo declarado seu amor primeiro, convenceu Eliza a aceitar se casar por licença, sem que corressem os proclamas, o que era fácil de conseguir, já que o capelão da duquesa, estando ele mesmo muito apaixonado por Eliza, aceitaria, eles tinham certeza, fazer qualquer coisa para agradá-la.

Certa noite, estando a duquesa e Lady Harriet ocupadas em uma reunião, os dois aproveitaram a oportunidade da ausência das damas e foram unidos pelo capelão enamorado.

Ao retornarem, as duas ficaram muito surpresas em encontrar, em vez de Eliza, o seguinte bilhete:

> Senhora — Nós nos casamos e fomos embora.
> Henry e Eliza Cecil

Sua Graça, assim que leu a carta, que explicava suficientemente tudo o que havia acontecido, foi tomada da mais violenta fúria e, após ter passado uma agradável meia hora chamando-os por todos os chocantes nomes que sua raiva lhe pôde sugerir, mandou atrás deles trezentos homens armados, com ordens para que não voltassem sem os corpos deles, mortos ou vivos; pretendendo, se lhe fossem trazidos na última condição, matá-los mediante algum tipo de tortura após alguns anos de confinamento.

Enquanto isso, Cecil e Eliza continuavam sua fuga para o Continente, que eles julgavam estar mais protegido do que sua terra natal dos efeitos terríveis da vingança da duquesa, que eles tinham tantos motivos para temer.

Na França permaneceram três anos, tempo durante o qual tiveram dois meninos, e no final Eliza tornou-se uma viúva sem nada para sustentar a si e aos filhos. Desde o casamento, vinham despendendo cerca de doze mil libras por ano e, sendo que as posses do Sr. Cecil somavam menos que um vigésimo disso, eles só tinham conseguido economizar uma ninharia, tendo vivido quase unicamente de sua renda.

Estando Eliza perfeitamente consciente do desarranjo de seus negócios, assim que o marido morreu, zarpou para a Inglaterra em um navio de guerra com cinquenta e cinco canhões, que eles tinham mandado construir em seus dias mais prósperos. Mas, assim que pisou na praia em Dover, levando um filho em cada mão, ela foi detida pelos soldados da duquesa e conduzida por eles a uma prisãozinha particular de sua patroa, que ela havia erigido para a recepção de seus próprios prisioneiros particulares.

Logo que entrou na masmorra, o primeiro pensamento que ocorreu a Eliza foi o de como sair dali. Ela foi até a porta, que estava trancada. Olhou para a janela, que tinha barras de ferro. Desapontada em ambas as expectativas, entrou em desespero por não conseguir realizar uma fuga, quando felizmente percebeu, no canto da cela, uma pequena serra e uma escada de corda. Com a serra ela imediatamente começou a trabalhar e, poucas semanas depois, já havia retirado todas as barras menos uma, à qual ela amarrou a escada.

Ocorreu então uma dificuldade que, por algum tempo, ela não soube solucionar. Seus filhos eram pequenos demais para descer a escada sozinhos, nem seria possível para ela levá-los no colo enquanto *ela* descesse. Finalmente decidiu jogar todas as suas roupas, das quais tinha uma boa quantidade, e então, tendo-lhes dado instruções estritas de que não se machucassem, jogou os filhos em cima delas. Ela mesma desceu com facilidade a escada, no final da qual teve a alegria de encontrar os menininhos em perfeita saúde e dormindo profundamente.

Nesse momento ela sentiu uma necessidade premente de vender seu guarda-roupa, tanto pela preservação dos filhos quanto pela própria. Com lágrimas nos olhos, desfez-se das últimas relíquias de sua antiga glória e, com o dinheiro obtido, comprou outras peças mais úteis, alguns brinquedos para os meninos e um relógio de ouro para si mesma.

Mas mal obteve ela os itens mencionados e já começou a sentir muita fome; e teve motivos para pensar que seus filhos também estavam no mesmo estado quando os viu arrancando com os dentes dois dedos dela.

Para remediar essas tristezas inevitáveis, decidiu retornar aos velhos amigos, Sir George e Lady Harcourt, cuja generosidade ela tantas vezes havia experimentado e esperava agora experimentar outra vez.

Ela tinha cerca de quarenta milhas a percorrer antes de chegar à hospitaleira mansão deles; tendo caminhado trinta milhas sem parar, viu-se na entrada de uma cidade aonde muitas vezes, em tempos mais felizes, ela acompanhara Sir George e Lady Harcourt para ali fazerem um repasto de frios em uma das estalagens.

Lembranças das aventuras vividas desde a última vez que tomara parte naquelas felizes refeições lhe permitiram ocupar sua mente por algum tempo, durante o qual ela ficou sentada nos degraus da porta da casa de um cavalheiro. Assim que essas lembranças se esgotaram, levantou-se e decidiu ir à própria estalagem que ela relembrava com tanto deleite, de cujos fregueses, à medida que saíam e entravam, esperava obter alguma coisa por caridade.

Mal tinha tomado seu posto no pátio da estalagem quando um veículo saiu dali e, ao virar a esquina onde Eliza estava, parou para proporcionar ao boleeiro uma oportunidade de admirar a beleza da paisagem. Eliza então avançou até a carruagem, e estava indo pedir uma esmola quando, ao fixar os olhos na dama que estava lá dentro, exclamou:

— Lady Harcourt.

Ao que a dama respondeu:

— Eliza!

— Sim, senhora, sou a infeliz Eliza.

Sir George, que também estava na carruagem, mas por demais assombrado para conseguir falar, estava prestes a exigir de Eliza uma explicação sobre a situação em que se encontrava, quando Lady Harcourt, num transe de alegria, exclamou:

— Sir George, essa não é apenas Eliza, nossa filha adotada, mas nossa filha verdadeira.

— Nossa filha verdadeira!? O que quer dizer, Lady Harcourt? Você sabe que nunca chegou a ter no ventre uma criança. Explique-se, eu lhe imploro.

— Você deve se lembrar, Sir George, que, quando viajou para a América, você me deixou grávida.

— Claro! Claro! Continue, minha querida Polly.

— Quatro meses depois de sua partida, dei à luz essa menina, mas, temendo seu justo ressentimento por ela não ser o menino que você desejava, eu a levei a um monte de feno e a deixei ali deitada. Algumas semanas depois você voltou e, felizmente para mim, não fez perguntas sobre o assunto. Internamente satisfeita com o bem-estar de minha filha, esqueci completamente que a tinha; tanto que, quando logo depois nós a encontramos no próprio monte de feno onde eu a havia colocado, não percebi, tanto quanto você não percebeu, que ela era nossa filha, e nada, arrisco-me a dizer, teria me trazido o fato à memória, exceto ouvir a voz dela, que agora me soa exatamente como a voz da minha própria filha.

— O relato racional e convincente que me fez de toda a história — disse Sir George — não deixa dúvidas de que ela é nossa filha e, como tal, perdoo de bom grado o furto de que ela é culpada.

Ocorreu então uma reconciliação mútua, e Eliza, subindo na carruagem com os dois filhos, retornou àquele lar do qual estivera ausente por quase quatro anos.

Logo que reassumiu seu poder usual em Harcourt Hall, formou um exército com o qual demoliu inteiramente a tão aconchegante prisão da duquesa, e com esse ato ganhou as bênçãos de milhares e o aplauso de seu próprio coração.

AMOR E AMIZADE

Enganados na amizade e traídos no amor

Um romance em uma série de cartas

A

MADAME LA COMTESSE DE FEUILLIDE

esta novela é dedicada por sua humilde serva
A Autora

Carta 1
Isabel para Laura

Com que frequência, em resposta às minhas repetidas súplicas para que você oferecesse a minha filha um relato detalhado dos infortúnios e aventuras de sua vida, você disse "Não, minha amiga, não vou atender a seu pedido até que eu não esteja mais correndo o risco de viver de novo aquelas terríveis situações".

Certamente a hora chegou. Você hoje completa cinquenta e cinco anos. Se for possível afirmar que uma mulher está protegida da determinada perseverança de pretendentes desagradáveis e das cruéis perseguições de pais obstinados, com certeza deve ser nessa fase da vida.

Isabel

Carta 2
Laura para Isabel

Embora eu não possa concordar com você no sentido de supor que nunca mais estarei exposta a infortúnios tão imerecidos como aqueles que vivi, mesmo assim, para evitar uma imputação de pertinácia ou má vontade, vou satisfazer a curiosidade de sua filha; e que a firmeza com que suportei as muitas aflições de minha vida pregressa venha a ser para ela uma útil lição que lhe dê força para enfrentar os pesares que possam se lhe impor.

LAURA

CARTA 3
LAURA PARA MARIANNE

Como filha de minha amiga mais íntima, acho que você tem o direito de conhecer minha triste história, que sua mãe tantas vezes me pediu que lhe contasse.

Meu pai era nascido na Irlanda e habitante do País de Gales; minha mãe era filha natural de um fidalgo escocês e uma corista italiana. Nasci na Espanha e fui educada em um convento na França.

Quando completei dezoito anos, fui trazida por meus pais para a casa da família, no País de Gales. Nossa mansão estava situada em uma das regiões mais românticas do Vale do Usk. Embora meus encantos estejam agora consideravelmente esmaecidos e de certa forma prejudicados pelos infortúnios que sofri, já fui bonita. Mas, mesmo sendo adorável, as minhas graças eram as menores de minhas perfeições. De todos os dotes costumeiros de meu sexo eu era senhora. Quando no convento, meu progresso sempre excedia os ensinamentos que recebia, minhas aptidões eram excelentes para minha idade, e eu depressa já havia ultrapassado meus mestres.

Minha mente era receptáculo de todas as virtudes, era o ponto de encontro de todas as boas qualidades e todos os nobres sentimentos.

Uma sensibilidade por demais consciente de todas as aflições de meus amigos, meus conhecidos e especialmente minhas próprias aflições era meu único defeito, se é que poderia ser chamado assim. Ai de mim! Como estou mudada agora! Embora meus infortúnios não causem em mim impressão mais fraca do

que já causaram antes, agora não sinto nada pelos dos outros. Meus dotes, também, começam a desaparecer. Não posso nem cantar tão bem nem dançar tão graciosamente como já fiz, e esqueci completamente o *Minuet Dela Cour*.
Adeus,

Laura

Carta 4
Laura para Marianne

Nossa vizinhança era escassa, já que era formada apenas por sua mãe. Ela provavelmente já lhe contou que, tendo sido deixada pelos pais na indigência, retirou-se para o País de Gales por motivos econômicos. Foi ali que nossa amizade começou. Isabel tinha então vinte e um anos. Embora fosse agradável tanto em sua pessoa quanto em seus modos, cá para nós ela nunca teve um centésimo de minha beleza ou de meus dotes. Isabel conhecera o mundo. Tinha passado dois anos em um dos primeiros internatos de Londres; estivera duas semanas em Bath e havia jantado uma noite em Southampton.

— Cuidado, minha Laura — ela sempre dizia. — Cuidado com as insípidas vaidades e as ociosas dissipações da Metrópole da Inglaterra. Proteja-se dos luxos sem sentido de Bath e dos peixes fedorentos de Southampton.

— Ai de mim — eu exclamava. — Como vou evitar esses males aos quais nunca estarei exposta? Que probabilidade existe de eu experimentar as dissipações de Londres, os luxos de Bath e os peixes fedorentos de Southampton? Eu, que estou fadada a despender meus dias de juventude e beleza em uma cabana humilde no Vale do Usk.

Ah! Mal sabia eu nessa época que em breve deveria trocar aquela humilde cabana pelos enganosos prazeres do mundo.

Adeus,

Laura

Carta 5
Laura para Marianne

Certa tarde de dezembro, enquanto meu pai, minha mãe e eu estávamos sentados conversando em torno de nossa lareira, ficamos de repente assustados ao ouvir violentas pancadas na porta de nossa rude cabana.

Meu pai teve um sobressalto.

— Que barulho é esse? — perguntou ele.

— Parece que são batidas fortes na porta — respondeu minha mãe.

— Parece mesmo — exclamei eu.

— Sou da sua opinião — disse meu pai. — Certamente parece ser causado por uma incomum violência exercida contra nossa inofensiva porta.

— Sim — exclamei. — Não posso deixar de pensar que deve ser alguém que pede para ser acolhido.

— Essa é outra questão — respondeu ele. — Não devemos pretender determinar por que motivo a pessoa pode estar batendo, embora eu esteja parcialmente convencido de que alguém *está* batendo na porta.

Nesse ponto, uma segunda e estrondosa pancada na porta interrompeu a fala de meu pai, e de alguma forma alarmou minha mãe e eu.

— Não seria melhor ir ver quem é? — disse ela. — Os empregados estão fora.

— Acho que seria — respondi.

— Certamente — acrescentou meu pai. — Sem dúvida alguma.

— Devemos ir agora? — indagou minha mãe.

— Quanto mais cedo melhor — respondeu ele.

— Oh, não percamos mais tempo — exclamei eu.

Uma terceira pancada, mais violenta do que as anteriores, agrediu nossos ouvidos.

— Tenho certeza de que alguém está batendo na porta — disse minha mãe.

— Acho que deve estar mesmo — respondeu meu pai.

— Acho que os empregados retornaram — disse eu. — Acho que estou ouvindo Mary dirigindo-se à porta.

— Fico contente com isso — exclamou meu pai — porque desejo saber quem é.

Eu estava certa em minha conjectura; pois Mary, entrando imediatamente na sala, nos informou que um jovem cavalheiro e seu servo estavam à porta; tinham perdido o caminho, estavam com muito frio e pediam para se aquecer junto ao nosso fogo.

— O senhor não vai deixá-los entrar? — perguntei.

— Você não tem objeções, minha querida? — indagou meu pai.

— Absolutamente nenhuma — declarou minha mãe.

Mary, sem esperar nenhuma outra ordem, imediatamente deixou a sala e logo retornou, apresentando o mais formoso e afável jovem que eu já tinha visto. O servo, ela o reteve consigo.

Minha sensibilidade natural já tinha sido grandemente afetada pelos sofrimentos do infeliz desconhecido e, logo que o contemplei, senti que dele devia depender a felicidade ou a desgraça de meu futuro.

Adeus,

LAURA

CARTA 6
LAURA PARA MARIANNE

O nobre rapaz nos informou que seu nome era Lindsay (por motivos particulares, no entanto, vou ocultá-lo sob o nome de Talbot). Ele nos disse que era filho de um baronete inglês, que sua mãe tinha morrido havia muitos anos e que ele tinha uma irmã de estatura média.

— Meu pai — disse ele — é um canalha vil e mercenário; é apenas para amigos tão especiais como este querido grupo composto por vocês que eu revelaria as imperfeições dele. Suas virtudes, meu afável Polydore — continuou ele, dirigindo-se a meu pai —, as suas, querida Claudia, e as suas, minha encantadora Laura, me convidam a depositar em vocês minha confiança.

Nós fizemos uma reverência.

— Meu pai, seduzido pelo falso brilho da fortuna e pela enganosa pompa da nobreza, insistiu que eu me casasse com Lady Dorothea. "Não, nunca", exclamei eu. "Lady Dorothea é adorável e sedutora; a ela não prefiro nenhuma mulher; mas saiba, senhor, que desprezo a ideia de me casar com ela em obediência aos seus desejos. Não, nunca dirão que satisfiz os desejos de meu pai".

Todos admiramos a nobreza viril da resposta dele. Ele continuou:

— Sir Edward ficou surpreso; talvez não esperasse encontrar oposição tão determinada a sua vontade. "Onde, Edward, em nome dos deuses", disse ele, "você aprendeu esse palavrório sem sentido? Suspeito que tenha andado lendo romances". Eu nem quis responder. Teria sido algo abaixo de minha dignidade. Montei em meu cavalo e, seguido por meu fiel William, parti em direção à propriedade de minha tia.

"A casa de meu pai está situada em Bedfordshire; a da minha tia, em Middlesex, e, embora me gabe de ser um conhecedor razoável de geografia, não sei o que aconteceu, mas me vi entrando neste belo Vale, que percebo que se localiza no sul do País de Gales, quando esperava chegar à propriedade de minha tia.

"Depois de ter vagado por algum tempo nas margens do Usk sem saber que rumo seguir, comecei a lamentar meu cruel destino da forma mais amarga e patética. Nesse momento estava completamente escuro, não havendo uma única estrela para guiar meus passos, e não sei o que poderia ter-me acontecido se não tivesse finalmente divisado através da solene escuridão que me rodeava uma luz distante que, à medida que me aproximei, descobri ser o alegre fogo de sua lareira. Impelido pela combinação de infortúnios sob os quais padecia, a saber, medo, frio e fome, não hesitei em pedir para se admitido, permissão que finalmente consegui; e agora, minha adorável Laura — continuou ele, tomando minha mão —, quando poderei receber a recompensa por todos os dolorosos sofrimentos pelos quais passei durante o período de meu apego a você, recompensa a que sempre aspirei? Oh, quando me recompensará entregando-me a sua pessoa?"

— Neste mesmo instante, meu querido e afável Edward — respondi.

Fomos imediatamente unidos por meu pai, que, embora nunca tivesse sido ordenado, havia sido criado na Igreja.

Adeus,

LAURA

Carta 7
Laura para Marianne

Permanecemos uns poucos dias no Vale do Usk após nosso casamento. Depois de me despedir afetuosamente de meu pai, minha mãe e minha Isabel, acompanhei Edward até a propriedade de sua tia em Middlesex. Philippa nos recebeu dando todas as demonstrações de afetuoso amor. Minha chegada foi de fato uma agradável surpresa para ela, que não apenas estivera totalmente ignorante sobre meu casamento com seu sobrinho como também nunca tinha tido a menor ideia de que existisse tal pessoa no mundo.

Augusta, irmã de Edward, estava visitando a tia quando chegamos. Constatei que ela era exatamente o que Edward dissera. De estatura média. Ela me recebeu com igual surpresa, mas não com a mesma cordialidade de Philippa. Houve desagradável frieza e proibitiva reserva na forma como me recebeu, atitudes que eram tão inesperadas quanto aflitivas; quando primeiro nos encontramos, não houve em suas maneiras e em sua forma de se dirigir a mim nada daquela interessante sensibilidade ou afável simpatia que deveria haver marcado nossa apresentação uma à outra. A linguagem dela não era nem calorosa nem cordial; sua forma de expressão, nem animada nem afetuosa; seus braços não estavam abertos para me receber em seu coração, embora os meus estivessem estendidos para apertá-la contra meu peito.

Uma rápida conversa entre Augusta e seu irmão, que ouvi por acaso, aumentou minha antipatia por ela e me convenceu de que seu coração era tão avesso aos doces laços do amor quanto para as carinhosas relações da amizade.

— Mas você acha que meu pai vai algum dia aceitar esse casamento imprudente? — indagou Augusta.

— Augusta — respondeu o nobre rapaz —, pensei que tivesse sobre mim uma opinião melhor do que imaginar que eu poderia me degradar de forma tão abjeta a ponto de considerar que a concordância de meu pai com qualquer de meus assuntos tenha interesse ou consequência para mim. Diga-me, Augusta, diga-me com sinceridade, já me viu consultar as preferências ou seguir os conselhos dele no detalhe mais insignificante, desde os quinze anos?

— Edward — replicou ela —, com certeza você é muito acanhado em seu autoelogio. Só desde que tinha quinze anos?! Querido irmão, desde que você tinha cinco anos de idade, não o culpo de ter deliberadamente contribuído para a satisfação de seu pai. Mas mesmo assim não deixo de ter minhas apreensões sobre você logo ser forçado a se degradar diante dos próprios olhos buscando um apoio para sua esposa na generosidade de Sir Edward!

— Nunca, nunca, Augusta, vou me apequenar dessa forma — disse Edward. — Apoio! Que apoio vai Laura precisar que venha dele?

— Apenas os apoios insignificantes da comida e da bebida — respondeu ela.

— Comida e bebida — respondeu meu marido num nobilíssimo tom de desprezo. — E você então imagina que não existe outro apoio para uma mente elevada (tal como é a de minha Laura) além da medíocre e indelicada ocupação de comer e beber?

— Nenhum tão eficiente, que eu saiba — respondeu Augusta.

— E você então nunca sentiu as prazerosas aflições do amor, Augusta? — retorquiu meu Edward. — Parece impossível, ao seu desprezível e corrompido paladar, viver de amor? Você é incapaz de conceber o luxo de passar todos os sofrimentos que a pobreza pode trazer ao lado do objeto de sua mais terna afeição?

— Você é por demais ridículo — disse Augusta — para eu discutir com você; talvez, entretanto, com o tempo você possa se convencer de que...

Nesse ponto fui impedida de ouvir o resto da fala pelo aparecimento de uma jovem muito linda, que foi conduzida até a sala pela porta perto da qual eu estava escutando. Ao ouvir que ela foi anunciada pelo nome de Lady Dorothea, imediatamente abandonei meu posto e a segui para dentro da sala de visitas, pois eu me lembrava muito bem de que ela era a dama proposta como esposa para meu Edward pelo cruel e inflexível baronete.

Embora Lady Dorothea estivesse oficialmente visitando Philippa e Augusta, tenho alguns motivos para imaginar que (tendo sabido do casamento e da chegada de Edward) seu principal motivo era me ver.

Logo percebi que, embora adorável e elegante em seu porte, e embora simpática e educada em seu modo de falar, ela era do tipo inferior de pessoa no que se refere a emoções delicadas, sentimentos ternos e sensibilidade refinada, tal como Augusta.

Ela permaneceu cerca de meia hora e durante sua visita não me confidenciou nenhum de seus pensamentos secretos, nem me pediu que lhe confidenciasse algum dos meus. Você logo poderá perceber, minha querida Marianne, que não consegui sentir nenhuma afeição ardente ou simpatia sincera por Dorothea.

Adeus,

LAURA

CARTA 8
LAURA PARA MARIANNE, *continuação*

Mal Lady Dorothea havia partido, outro visitante, tão inesperado quanto ela, foi anunciado. Era Sir Edward, que, informado por Augusta sobre o casamento do irmão dela, viera sem dúvida para reprová-lo por ter ousado unir-se a mim sem o conhecimento dele. Mas Edward, prevendo a intenção do pai, abordou-o com nobre valentia assim que o velho entrou, dirigindo-se a ele nestes termos:

— Sir Edward, conheço o motivo de sua vinda até aqui; o senhor vem com a vil intenção de me repreender por eu ter firmado um compromisso indissolúvel com minha Laura sem seu consentimento. Mas, senhor, orgulho-me desse ato. É meu maior prazer me gabar de ter causado insatisfação ao meu pai!

Dizendo assim, ele tomou minha mão e, enquanto Sir Edward, Philippa e Augusta estavam com certeza refletindo admirados sobre sua destemida coragem, conduziu-me da sala de visitas para a carruagem do pai, que ainda estava à porta e na qual fomos imediatamente levados para longe da perseguição de Sir Edward.

Os boleeiros haviam no início recebido unicamente as ordens de tomar a estrada para Londres; ao refletirmos por tempo suficiente, entretanto, ordenamos que rumassem para M..., morada do mais íntimo amigo de Edward, que ficava a apenas algumas milhas de distância.

Chegamos a M... em algumas horas e, anunciando nossos nomes, fomos imediatamente recebidos por Sophia, esposa do amigo de Edward. Depois de ter sido privada durante três semanas da companhia de uma verdadeira amiga (pois assim qualifico sua mãe), imagine meu enlevo quando contemplei alguém que era totalmente merecedora desse nome. Sophia estava um tanto acima da estatura média e tinha um porte muito elegante. Um delicado langor se espalhava em seus traços adoráveis, mas intensificava sua beleza. Era a característica da mente dela. Era toda sensibilidade e sentimento. Caímos nos braços uma da outra e, após termos trocado juras de amizade mútua pelo resto de nossas vidas, na mesma hora revelamos uma à outra os segredos mais íntimos de nossos corações. Fomos interrompidas nessa ocupação deleitosa pela entrada de Augustus (o amigo de Edward), que acabara de retornar de um passeio solitário.

Nunca vi uma cena tão tocante quanto a do encontro de Edward e Augustus.

— Minha vida! Minha alma — exclamou o primeiro.

— Meu anjo adorável! — respondeu o segundo, no momento em que caíam nos braços um do outro. Aquilo foi por demais comovente para os sentimentos de Sophia e os meus. Caímos desmaiadas, cada uma sobre um sofá.

Adeus,

LAURA

Carta 9
A mesma para a mesma

Mais para o fim do dia recebemos a seguinte carta de Philippa:

Sir Edward está extremamente furioso com sua partida abrupta; ele levou Augusta de volta para Bedfordshire. Por mais que eu deseje desfrutar outra vez de sua encantadora companhia, não posso pretender arrancá-los de amigos tão dignos e caros. Quando sua visita a eles terminar, confio que voltarão para os braços da sua

Philippa

Enviamos uma resposta adequada para esse afetuoso bilhete e depois de agradecer a ela a gentil oferta, lhe asseguramos que certamente nos valeríamos dela quando não tivéssemos outro lugar para ir. Embora, sem dúvida, nada poderia, para qualquer pessoa razoável, ter parecido mais satisfatório que uma resposta tão agradecida ao convite, não sei como aconteceu, mas ela com certeza era por demais volúvel e ficou descontente com nosso comportamento e, poucas semanas depois, seja para retaliar nossa conduta, seja para aliviar sua solidão, casou-se com um caça-dotes jovem e analfabeto. Esse passo incauto (embora soubéssemos que ele provavelmente nos privaria daquela fortuna da qual Philippa nos levou a ter expectativas) não despertou em nossas elevadas almas um único suspiro; entretanto, receosos de que ele pudesse acabar sendo uma fonte de inesgotável tristeza para a iludida noiva, nossa trepidante sensibilidade foi muito afetada logo que ficamos sabendo do evento. Os afetuosos rogos de Augustus e Sophia, de que para sempre considerássemos a casa deles como a nossa casa, facilmente nos persuadiram a decidir nunca mais deixá-los. Na companhia de meu Edward e desse casal afável, passei os momentos mais felizes da minha vida; nosso tempo era deleitosamente despendido em protestos mútuos de amizade e votos de amor inabalável, durante os quais nos protegíamos de ser interrompidos por visitantes invasivos e desagradáveis, já que Augustus e Sophia tinham, logo que chegaram à vizinhança, tomado o cuidado de informar as famílias ao redor de que, como a felicidade deles girava totalmente em torno deles mesmos, não desejavam nenhuma outra companhia. Mas, que lástima!, minha querida Marianne, a felicidade de que desfrutei naquele período era perfeita demais para durar muito. Um golpe muito violento e inesperado destruiu de uma vez toda sensação de prazer. Convencida como você deve estar, pelo que já lhe contei a respeito de Augustus e Sophia, de que nunca houve casal mais feliz que eles, não preciso, imagino, informá-la de que a união deles fora no sentido contrário dos desejos dos seus cruéis e mercenários pais, que tinham em vão se esforçado para obrigá-los a se comprometer em outros casamentos com pessoas que eles sempre detestaram; mas, com uma coragem heroica que merece ser relatada e admirada, os dois tinham constantemente se recusado a se submeter a esse poder despótico.

Após terem tão nobremente se libertado das algemas da autoridade parental por meio de um casamento clandestino, estavam determinados a nunca perder a boa reputação que haviam conquistado no mundo aceitando qualquer proposta de reconciliação que pudesse lhes ser feita por seus pais; a essa nova prova de sua nobre independência, no entanto, eles nunca foram expostos.

Estavam casados havia apenas alguns meses quando iniciou nossa visita, durante a qual haviam sido amplamente sustentados por uma considerável quantia em dinheiro que Augustus graciosamente surrupiara da escrivaninha de seu ignóbil pai, poucos dias antes de sua união com Sophia.

Com nossa chegada, as despesas deles aumentaram consideravelmente, embora os meios que tinham para pagá-las estivessem à época praticamente exauridos. Mas eles, nobres criaturas, desprezavam pensar um segundo sequer em seus problemas pecuniários e teriam corado diante da ideia de pagar suas dívidas. Foi uma lástima a recompensa que tiveram por comportamento tão desinteressado! O belo Augustus foi preso e nós ficamos todos arruinados. Essa traiçoeira deslealdade por parte dos impiedosos perpetradores da ação vai chocar sua natureza delicada, querida Marianne, da mesma forma que afetou à época a delicada sensibilidade de Edward, Sophia, da sua Laura e do próprio Augustus. Para completar essa barbaridade sem paralelos, fomos informados de que em breve seria realizado um leilão da casa. Ah! O que poderíamos nós fazer além do que fizemos!? Suspiramos e desmaiamos no sofá.

Adeus,

Laura

Carta 10
Laura, *continuação*

Quando estávamos razoavelmente recuperados das esmagadoras efusões de nossas tristezas, Edward determinou que deveríamos decidir qual seria o passo mais prudente a dar em nossa infeliz situação enquanto ele ia visitar seu amigo aprisionado para lamentar seus infortúnios. Prometemos que faríamos isso, e ele partiu em sua viagem até a cidade. Durante a ausência dele, fielmente cumprimos o que ele determinara, e, após a mais madura deliberação, finalmente concordamos que a melhor coisa que poderíamos fazer era deixar a casa, da qual esperávamos a qualquer momento que os Oficiais de Justiça viessem tomar posse. Aguardamos, portanto, com a maior impaciência, o retorno de Edward a fim de comunicar-lhe o resultado de nossas deliberações. Mas Edward não apareceu. Em vão contamos as tediosas horas da ausência dele, em vão choramos, em vão suspiramos; Edward não retornou. Isso foi por demais cruel, um golpe por demais inesperado em nossa delicada sensibilidade; não pudemos suportá-lo. Só pudemos desmaiar. Finalmente, reunindo toda a determinação que me restava, eu me levantei e, após embalar alguns trajes necessários para Sophia e para mim, arrastei-a até uma carruagem que tinha chamado e imediatamente partimos para Londres. Como a propriedade de Augustus ficava num raio de doze milhas da cidade, não demorou muito para que chegássemos lá, e assim que entramos em Holborn, abaixando uma das janelas da frente, perguntei a todas as pessoas de aparência decente que passaram na rua se elas tinham visto meu Edward.

Mas como avançávamos muito depressa para que elas tivessem tempo de responder a minhas repetidas perguntas, consegui pouca, ou melhor, não obtive nenhuma informação sobre ele.

— Para onde devo me dirigir? — perguntou o boleeiro.

— Para o presídio de Newgate, meu gentil rapaz — respondi —, para vermos Augustus.

— Oh, não, não! — exclamou Sophia. — Não posso ir para Newgate; não suportarei ver Augustus em confinamento tão cruel. Meus sentimentos estão suficientemente chocados pela *narrativa* dessa aflição, mas ver a cena ao vivo vai afetar profundamente minha sensibilidade.

Como eu concordava plenamente com ela a respeito da legitimidade de seus sentimentos, o boleeiro foi imediatamente ordenado a voltar para o campo. Talvez você tenha se surpreendido, querida Marianne, com o fato de eu, diante de toda a aflição que senti, desprovida de qualquer apoio, sem ter onde morar, nunca ter me lembrado de meu pai e minha mãe e de nossa cabana no Vale do Usk. Para explicar o aparente esquecimento, devo informá-la de uma banal circunstância relativa a eles que ainda não mencionei. A morte de meus pais algumas semanas após minha partida é a circunstância a que estou aludindo. Com a morte deles, tornei-me herdeira legítima da propriedade e da fortuna deles. Mas, pobre de mim! A casa nunca fora deles e a fortuna era apenas uma pensão que recebiam durante a vida. Tal é a perversidade do mundo! Para sua mãe eu teria retornado com prazer, teria ficado feliz em apresentar a ela a encantadora Sophia e alegremente permanecido o resto de minha vida na adorável companhia delas no Vale do Usk, se um obstáculo para a realização de tão agradável plano não tivesse interferido, obstáculo esse que foi o casamento e a mudança de sua mãe para uma parte distante da Irlanda.

Adeus,

Laura

Carta 11
Laura, *continuação*

— Tenho um parente na Escócia — disse-me Sophia enquanto deixávamos Londres — que com certeza não hesitará em me acolher.

— Devo mandar que o rapaz nos leve até lá? — indaguei, mas, lembrando-me no mesmo instante, exclamei: — Infelizmente, receio que será uma viagem longa demais para os cavalos.

Sem querer, no entanto, agir apenas com base em meu conhecimento inadequado da força e das habilidades dos cavalos, consultei o boleeiro, que concordou inteiramente comigo no assunto. Assim, decidimos trocar os cavalos na próxima cidade e fazer isso sempre que necessário ao longo da jornada. Quando chegamos à última estalagem na qual devíamos parar e que ficava a apenas algumas milhas da casa do parente de Sophia, não querendo incomodá-lo com uma chegada inesperada e inimaginável, enviamos para ele um bilhete elegante e muito bem redigido com um relato de nossa situação de desamparo e melancolia, expressando nossa intenção de passar alguns meses com ele na Escócia. Assim que despachamos a carta, imediatamente nos preparamos para segui-la em pessoa e estávamos subindo na carruagem com esse propósito quando nossa atenção foi atraída por uma carruagem que entrava no pátio da estalagem, puxada por quatro cavalos e trazendo a insígnia real. Um cavalheiro de idade consideravelmente avançada desceu do veículo. Logo que o vi minha sensibilidade foi maravilhosamente afetada e, quando o olhei uma segunda vez, uma instintiva empatia sussurrou em meu coração que ele era meu avô. Convencida de que não poderia estar enganada na minha opinião, imediatamente saltei da carruagem onde acabara de embarcar e, indo atrás do venerável estranho até o aposento que lhe tinha sido indicado, eu me ajoelhei na frente dele e supliquei que me reconhecesse como sua neta. Ele se assustou e, após ter examinado meus traços com muita atenção, levantou-me do chão e, envolvendo-me com seus braços avoengos, exclamou:

— Reconhecer-te! Sim, querida imagem de minha Laurina e da filha de Laurina, doce imagem de minha Claudia e da mãe de minha Claudia, reconheço-te como a filha de uma e a neta da outra.

Enquanto ele me abraçava assim tão ternamente, Sophia, atônita diante de minha saída precipitada, entrou no quarto me procurando. Assim que ela pousou os olhos no venerável fidalgo, ele exclamou com uma expressão do maior espanto:

— Outra neta! Sim, sim, percebo que você é a filha da filha mais velha da minha Laurina; sua semelhança com a bela Matilda é o suficiente para prová-lo.

— Oh! — respondeu Sophia. — Quando primeiro o vi o instinto da natureza sussurrou em meus ouvidos que éramos parentes em algum grau. Mas, se por meio de avôs ou avós, não pude precisar.

Ele a envolveu em seus braços e, enquanto os dois estavam ternamente enlaçados, a porta do quarto se abriu e um rapaz belíssimo entrou. Ao notá-lo, Lorde St. Clair estremeceu e, recuando alguns passos, com as mãos para o alto, disse:

— Mais um neto! Que felicidade inesperada! Descobrir no espaço de três minutos o mesmo número de descendentes. Este, tenho certeza, é Philander, o filho da terceira menina de minha Laurina, a afável Bertha; agora só falta a presença de Gustavus para completar a união dos netos de minha Laurina.

— E aqui está ele — disse um garboso jovem que naquele instante entrou no aposento —, aqui está o Gustavus que o senhor deseja ver. Sou o filho de Agatha, a quarta e última filha de sua Laurina.

— Vejo realmente que é — respondeu Lorde St. Clair. — Mas, digam-me, será que tenho mais algum neto nesta casa?

— Nenhum, meu senhor.

— Então vou tomar providências em relação a vocês quatro sem mais demoras. Aqui estão quatro cédulas de cinquenta libras cada. Fiquem com elas e lembrem-se de que cumpri o dever de um avô — completou, saindo do aposento e em seguida da estalagem.

Adeus,

LAURA

CARTA 12
LAURA, *continuação*

Você pode imaginar quanto ficamos surpresas diante da repentina partida de Lorde St. Clair.

— Ignóbil ancestral! — exclamou Sophia.

— Indigno avô! — exclamei eu, e imediatamente nós desmaiamos nos braços uma da outra.

Quanto tempo permanecemos nessa situação não sei; mas, quando nos recuperamos, nos vimos a sós, sem Gustavus, Philander ou as cédulas. Enquanto deplorávamos nossa má sorte, a porta do aposento se abriu e foi anunciado Macdonald. Era o primo de Sophia. A pressa com que veio em nosso socorro, logo após ter recebido o bilhete, falava tão enfaticamente em favor dele que não hesitei em declarar, à primeira vista, que era um amigo terno e gentil. Mas, coitada de mim! Pouco ele merecia esse qualificativo; pois, embora nos tenha dito que estava muito preocupado com nossos infortúnios, não pareceu que observá-los lhe tenha arrancado um único suspiro, nem o levou a lançar uma maldição contra nossos astros malignos. Ele disse a Sophia que sua filha desejava que ela o acompanhasse a Macdonald Hall, e que como amiga de sua prima ele ficaria feliz em me ver ali também. Para Macdonald Hall então partimos, e fomos recebidas com grande gentileza por Janetta, a filha de Macdonald e senhora da mansão. Janetta tinha naquela época apenas quinze anos; de índole naturalmente boa, dotada de um coração suscetível e de uma disposição compassiva, ela poderia, fossem essas afáveis qualidades adequadamente encorajadas, ter sido um ornamento para a natureza humana; mas infelizmente seu pai não possuía uma alma suficientemente elevada para admirar uma disposição tão promissora e havia se empenhado de todas as formas ao seu alcance para impedir que ela florescesse à medida que Janetta ficasse mais velha. Na verdade, ele havia de tal forma sufocado a nobre sensibilidade natural do coração dela que a convenceu a aceitar o pedido de casamento feito por um jovem recomendado por ele. Os dois deveriam se casar em poucos meses, e Graham estava na casa quando chegamos. *Nós* imediatamente percebemos qual era o caráter do rapaz. Era exatamente o homem que se esperaria que Macdonald escolhesse. Diziam que ele era sensível, bem-informado e gentil; nós não fingimos julgá-lo por esses detalhes insignificantes e, como estávamos convencidas de que ele não tinha alma, nunca lera *Os sofrimentos do jovem Werther* e seu cabelo não tinha nenhuma semelhança com o castanho-avermelhado, tivemos certeza de que Janetta não poderia sentir afeição por ele, ou pelo menos que não devia senti-la. A própria circunstância de o rapaz ter sido escolhido pelo pai da moça, além disso, lhe era tão desfavorável que, tivesse ele caído nas graças dela em todos os outros aspectos, mesmo assim, *esse detalhe* em si deveria ser razão suficiente aos olhos de Janetta para rejeitá-lo. Estávamos determinadas a apresentar à moça essas considerações sob a luz adequada e não duvidávamos de que obteríamos o sucesso desejado, tratando-se de alguém tão naturalmente bem-disposta, cujos erros no caso só tinham surgido por uma falta da necessária confiança em sua própria opinião e um adequado desprezo pela opinião do pai. Constatamos que ela se comportou como nossos desejos mais intensos poderiam ter esperado; não tivemos dificuldade em convencê-la de que era impossível ela amar Graham e que era seu dever desobedecer ao pai; o único ponto em que ela parecia hesitar era nossa afirmação de que ela deveria se ligar a alguma outra pessoa. Por algum tempo, ela perseverou em declarar que não conhecia nenhum outro rapaz por quem tivesse a mínima afeição; mas, quando lhe explicamos que isso era impossível, disse que acreditava que *realmente* gostava do capitão McKenzie mais do que de qualquer outra pessoa que conhecia. Essa confissão nos satisfez e, após termos enumerado as boas qualidades de McKenzie e assegurado a ela seu violento amor por ele, quisemos saber se ele havia de alguma forma declarado sua afeição por ela.

— Não tendo lhe declarado meus sentimentos, não tenho motivos para imaginar que ele algum dia sentiu afeição por mim — disse Janetta.

— De que ele com certeza a adora — disse Sophia — não pode haver dúvidas. A afeição deve ser recíproca. Ele nunca lhe lançou um olhar admirado... ternamente apertou sua mão... derrubou uma lágrima involuntária... e saiu da sala de repente?

— Nunca — respondeu ela —, que eu me lembre; na verdade, ele sempre saiu da sala quando terminava sua visita, mas nunca partiu de forma particularmente abrupta ou sem fazer uma reverência.

— De fato, minha querida — eu disse —, você deve estar enganada, pois é absolutamente impossível que ele algum dia tenha deixado você sem confusão, desespero e precipitação. Pense um momento, Janetta, e vai se convencer de como é absurdo supor que ele pudesse fazer uma reverência ou se comportar como qualquer outra pessoa.

Tendo resolvido esse ponto de modo que nos satisfizesse, o próximo passo foi determinar de que maneira deveríamos informar McKenzie sobre a opinião favorável que Janetta tinha dele... Finalmente concordamos em lhe dizer isso por meio de uma carta anônima que Sophia redigiu da seguinte maneira.

Oh, feliz enamorado da bela Janetta, oh, invejável possuidor do coração daquela cuja mão está destinada a outro, por que o senhor atrasa dessa forma uma confissão de sua afeição àquela que é o afável objeto desse sentimento? Oh!, considere que algumas semanas colocarão fim a cada promissora esperança que o senhor possa alimentar, unindo a infeliz vítima da crueldade do próprio pai ao execrável e detestável Graham.

Meus Deus! Por que o senhor não faz nada para evitar a infelicidade projetada dela e do senhor, cruelmente demorando-se para comunicar o plano que, sem dúvida, domina sua imaginação? Uma união secreta garantirá de imediato a felicidade de ambos.

O afável McKenzie, cuja modéstia, ele depois nos confessou, havia sido a única razão de ter por tanto tempo ocultado a violência de sua afeição por Janetta, ao receber esse bilhete voou nas asas do amor até Macdonald Hall, e com tanta força declarou seu amor por aquela que o inspirava que após umas poucas entrevistas privadas Sophia e eu experimentamos a satisfação de vê-los partir para Gretna Green, cidade que os dois escolheram para a celebração de suas núpcias, preferindo-a a qualquer outro lugar, embora ficasse a uma considerável distância de Macdonald Hall.

Adeus,

Laura

Carta 13
Laura, *continuação*

Tinham transcorrido quase duas horas depois da partida deles antes que Macdonald ou Graham tivessem levantado alguma suspeita sobre o ocorrido. E eles poderiam nunca ter desconfiado de nada, não fosse pelo pequeno acidente que se seguiu. Certo dia, tendo por acaso aberto uma gaveta particular na biblioteca de Macdonald com uma de suas próprias chaves, Sophia descobriu que era ali que ele guardava seus documentos importantes e, entre eles, algumas cédulas de considerável valor. Essa descoberta ela me comunicou; e tendo as duas juntas concordado que seria um tratamento adequado para um canalha tão vil como Macdonald tirar dele o dinheiro que talvez tivesse sido ganho desonestamente, determinamos que, na próxima vez que uma de nós duas passasse por ali, tiraríamos uma ou mais cédulas da gaveta. Esse plano bem arquitetado conseguimos com bastante frequência pôr em prática; mas, ai de nós!, bem no dia da fuga de Janetta, enquanto tirava majestosamente a quinta cédula da gaveta para colocá-la em sua bolsa, Sophia foi de repente interrompida em sua ocupação da forma mais impertinente pela entrada do próprio Macdonald, do modo mais abrupto e precipitado. Sophia (que, embora fosse toda doçura, sabia, quando a ocasião exigia, fazer valer sua dignidade de mulher) imediatamente lançou um olhar dos mais medonhos e, exibindo uma carranca para o intrépido ofensor, perguntou, em um arrogante tom de voz, por que a tranquilidade dela estava sendo tão insolentemente interrompida.

Macdonald, sem nenhum esforço para se desculpar pelo crime de que estava sendo acusado, mesquinhamente esforçou-se para censurar Sophia por roubar-lhe de forma tão vil o seu dinheiro... A dignidade de Sophia ficou ferida.

— Miserável! — exclamou ela, recolocando depressa a cédula na gaveta. — Como ousas me acusar de um ato cuja simples ideia me faria corar?

O vil miserável ainda não estava convencido e continuou a repreender a justamente ofendida Sophia com uma linguagem tão ignominiosa que finalmente provocou de forma tão intensa a doce natureza dela que a induziu a se vingar dele, informando-o da fuga de Janetta, bem como da parte ativa que nós duas tínhamos tido no caso. Nesse ponto da discussão, entrei na biblioteca e fiquei, como você pode imaginar, tão ofendida quanto Sophia diante das infundadas acusações do malévolo e desprezível Macdonald.

— Canalha perverso! — exclamei. — Como ousas de forma tão temerária sujar a imaculada reputação de pessoa tão excelente? Por que não suspeitas também da *minha* inocência?

— Fique tranquila, senhora — respondeu ele. — Eu *na verdade* suspeito e, portanto, desejo que as duas deixem esta casa em menos de meia hora.

— Vamos fazer isso de bom grado — respondeu Sophia. — Nossos corações há muito te detestam, e nada exceto nossa amizade por tua filha poderia nos ter induzido a permanecer tanto tempo debaixo deste teto.

— Sua amizade pela minha filha foi de fato exercida de modo tão poderoso que a jogou nos braços de um caça-dotes sem princípios — respondeu ele.

— Sim — exclamei eu —, em meio a cada infortúnio, nos trará consolo pensar que por esse único ato de amizade por

Janetta nós amplamente nos desobrigamos de cada favor que recebemos do pai dela.

— Esse deve ser mesmo um gratíssimo pensamento para suas mentes elevadas — disse ele.

Assim que fizemos as malas com nossas roupas e pertences, deixamos Macdonald Hall e, depois de termos andado quase uma milha e meia, sentamo-nos à margem de um córrego límpido para descansar nossas pernas exaustas. O lugar era adequado para a meditação. Uma mata de altos olmos nos protegia do lado leste. Um leito de densas urtigas, do lado oeste. Adiante fluía o murmurante riacho e atrás de nós corria a estrada principal. Estávamos inclinadas à contemplação e dispostas a desfrutar de lugar tão belo. Um silêncio mútuo que reinara algum tempo entre nós duas foi finalmente rompido por minha exclamação:

— Que paisagem linda! É uma pena que Edward e Augustus não estejam aqui para apreciar essas belezas conosco.

— Ah, minha querida Laura — lamentou Sophia —, pelo amor de Deus, evite trazer à minha memória a infeliz situação de meu marido aprisionado. Ai de mim, o que não daria para saber o destino de meu Augustus! Saber se ainda está na Prisão de Newgate ou se já foi enforcado. Mas nunca poderei controlar minha tenra sensibilidade a ponto de poder perguntar sobre ele. Oh, nunca mais, eu lhe imploro, nunca mais me deixe ouvi-la repetir esse idolatrado nome. Isso me afeta muito profundamente. Não suporto ouvir menções a ele; isso fere meus sentimentos.

— Perdoe-me, minha Sophia, por tê-la ofendido contra minha própria vontade — respondi. E então, mudando de assunto, convidei-a a admirar a nobre magnificência dos olmos que nos protegiam do zéfiro oriental.

— Ah, minha Laura — respondeu ela. — Evite assunto tão melancólico, eu lhe peço. Não volte a ferir minha sensibilidade com observações sobre esses olmos. Eles me lembram de Augustus. Ele era como eles, alto, majestoso; possuía a magnificência que você admira neles.

Fiquei em silêncio, com medo de voltar a perturbá-la, contra minha própria vontade, citando qualquer outro tema de conversa que pudesse mais uma vez fazê-la lembrar-se de Augustus.

— Por que você não fala, minha Laura? — disse ela depois de uma curta pausa. — Não posso suportar esse silêncio; você não deve me deixar sozinha com minhas reflexões; todas elas me levam a Augustus.

— Que céu lindo! — eu disse. — É um encanto o modo como o tom de azul varia com as delicadas faixas brancas.

— Oh, minha Laura — replicou ela, depressa desviando os olhos que haviam pousado momentaneamente no céu. — Não me aflija chamando minha atenção para um objeto que de forma tão cruel me fez lembrar o colete azul de meu Augustus, aquele listrado de branco! Por pena de sua desafortunada amiga, não mencione assunto tão aflitivo.

O que eu podia fazer? Os sentimentos de Sophia eram naquele momento tão delicados, e a ternura que ela sentia por Augustus, tão pungente, que eu não tinha força de iniciar qualquer outro tópico, justamente por medo de que pudesse de alguma forma imprevista despertar mais uma vez sua sensibilidade, direcionando-lhe os pensamentos para o marido. Entretanto, ficar em silêncio seria cruel. Ela me pedira que falasse.

Por uma sorte extrema me livrei desse dilema por um acidente que verdadeiramente veio a calhar; foi a feliz capotagem do fáeton de um cavalheiro na estrada que corria atrás de nós. Foi um acidente mais que feliz, já que desviou a atenção de Sophia das melancólicas reflexões às quais ela estivera se entregando antes. Imediatamente nos levantamos e corremos para socorrer aqueles que, poucos minutos antes, estavam numa posição tão elevada, em um elegantemente alto fáeton, mas que agora tinham sido derrubados e jaziam estatelados no chão.

— Que amplo tema para refletir sobre as incertas alegrias desta vida não proporcionaria esse fáeton e a vida do Cardeal Wolsey para um cérebro meditativo! — disse eu a Sophia no momento em que corríamos para o local do acidente.

Ela não teve tempo de me responder, pois tinha agora todos os pensamentos concentrados no horrível espetáculo diante de nós. Dois cavalheiros elegantemente vestidos, mas ensopados de sangue, foi o que primeiro nossos olhos viram; nós nos aproximamos; eram Edward e Augustus. Isso mesmo, minha querida Marianne, eram nossos maridos! Sophia soltou um grito e caiu desmaiada no chão; eu berrei e imediatamente enlouqueci. Ficamos as duas privadas de nossos sentidos durante alguns minutos e, quando os recobramos, os perdemos de novo. Durante uma hora e quinze minutos continuamos nessa desafortunada situação: Sophia desmaiando a cada momento e eu enlouquecendo com a mesma frequência. Por fim, um murmúrio do desditoso Edward (que era o único que ainda mantinha um sopro de vida) nos trouxe de volta à razão. Se tivéssemos imaginado antes que algum dos dois ainda vivia, teríamos poupado em parte nossa tristeza; mas, sendo que havíamos suposto quando os vimos que eles não estavam mais vivos, sabíamos que nada restava a ser feito a não ser o que estávamos fazendo. Assim, logo que ouvimos o murmúrio, adiamos nossas lamentações por um momento e rapidamente fomos até o querido jovem, ajoelhamo-nos cada uma de um lado dele e imploramos que não morresse.

— Laura — disse ele fixando em mim os agora lânguidos olhos. — Temo ter capotado!

Fiquei exultante ao perceber que ele ainda estava raciocinando.

— Oh, conte-me, Edward! — disse eu. — Conte-me, eu lhe imploro, antes que você morra, o que lhe aconteceu desde aquele dia infausto em que Augustus foi preso e nós fomos separados...

— Contarei — disse ele e, imediatamente, dando um suspiro profundo, faleceu. Sophia caiu mais uma vez desmaiada. Minha dor foi mais audível. Minha voz fraquejou, meus olhos assumiram um olhar vago, meu rosto ganhou a palidez da morte e meus sentidos ficaram consideravelmente prejudicados.

— Conte-me sobre fáetons — disse eu, delirando de uma forma frenética e incoerente. — Dê-me um violino. Vou tocar para ele e acalmá-lo em suas horas de melancolia. Cuidado, ó gentis ninfas, com o trovão de Cupido, evitem as flechas penetrantes de Júpiter. Olhem para aquele bosque de abetos. Vejo uma perna de carneiro. Disseram-me que Edward não estava morto; mas me enganaram; confundiram-no com um pepino.

Assim continuei desenfreadamente soltando exclamações sobre a morte de meu Edward. Durante duas horas delirei dessa forma insana e não teria parado, já que não estava nem um pouco fatigada, se Sophia, agora refeita de seu desmaio, não tivesse me convidado a considerar o fato de que a noite estava se aproximando e que o sereno começara a cair.

— E para onde vamos — indaguei eu — nos proteger dos dois?

— Para aquela cabana branca — respondeu ela, apontando para uma construção bem aprazível que se erguia por entre o bosque de olmos e que eu não tinha visto antes. Concordei e imediatamente nos dirigimos para lá; batemos na porta, que foi aberta por uma mulher velha; ao ouvir o pedido de nos hospedar por uma noite, ela nos informou que sua casa era muito pequena e tinha apenas dois cômodos, mas que seríamos, apesar disso, bem-vindas em um deles. Ficamos satisfeitas e entramos na casa, onde nos alegramos muito ao ver um fogo acolhedor. A dona da casa era viúva e tinha apenas uma filha, que naquela época estava com apenas dezessete anos; uma das melhores idades; mas que pena! Ela era muito sem graça e seu nome era Bridget... Portanto, nada se podia esperar dela;

não se podia supor que fosse dona de ideias elevadas, sentimentos delicados ou sensibilidades refinadas. Não passava de uma jovem de boa índole, cortês e prestativa; como tal, não podíamos desgostar dela; era apenas um objeto de desdém.

Adeus,

LAURA

Carta 14
Laura, *continuação*

Arme-se, minha afável e jovem amiga, com toda a filosofia de que é senhora; junte toda a coragem que possui; pois, infelizmente, no exame das próximas páginas sua sensibilidade vai ser desafiada da forma mais rigorosa. Oh! O que foram os infortúnios que eu já havia passado, e que já narrei a você, se comparados à desdita que agora vou começar a lhe contar? As mortes de meu pai, minha mãe e meu marido, embora tenham sido quase mais do que minha delicada natureza poderia suportar, foram ninharias em comparação à desgraça que estou prestes a lhe narrar. Na manhã seguinte à nossa chegada à cabana, Sophia reclamou de uma dor violenta em suas delicadas pernas, que veio acompanhada de uma desagradável dor de cabeça. Ela a atribuiu a um resfriado que contraíra durante seus contínuos desmaios ao ar livre enquanto caía o sereno, na noite anterior. Temi que aquele era muito provavelmente o motivo; pois como poderia se explicar o fato de eu ter escapado da mesma indisposição, a não ser supondo que os esforços corporais que eu fizera em meus repetidos surtos de frenesi haviam com tanta eficácia me aquecido e feito circular meu sangue a ponto de me proteger do frio sereno da noite; ao passo que Sophia, deitada no chão completamente inerte, devia ter sido exposta a todo o rigor desses elementos? Fiquei seriamente alarmada com a doença dela, que, embora isso lhe pareça desimportante, certa sensibilidade instintiva sussurrou aos meus ouvidos que por fim seria fatal para ela.

Pobre de mim! Meus temores foram completamente justificados; ela foi ficando cada vez pior e eu cada dia mais alarmada por ela. No fim, foi obrigada a se confinar na cama que nos fora atribuída por nossa valorosa senhoria. O problema dela se transformou em uma tuberculose galopante que em poucos dias a levou. Em meio a todos os meus lamentos por ela (e você pode apostar que eles foram violentos), eu ainda tinha algum consolo ao refletir que lhe prestara toda a atenção que pudera lhe oferecer em sua doença. Eu chorara por ela todos os dias; banhara seu doce rosto com minhas lágrimas e havia apertado suas belas mãos continuamente entre as minhas.

— Minha amada Laura — ela me disse, algumas horas antes de morrer —, que lhe sirva de aviso meu triste fim; evite a imprudente conduta que o ocasionou... Cuidado com crises de desmaios... Embora na hora elas possam ser reanimadoras e agradáveis, acredite em mim quando digo que, no final, se se repetirem com muita frequência e nas estações impróprias, elas se mostram destrutivas a sua constituição... Minha desgraça lhe ensinará isso... Morro como mártir de minha dor pela morte de meu Augustus... Um desmaio fatal me custou a vida... Tome cuidado com desmaios, querida Laura... Um surto de frenesi não tem nem um quarto de seu efeito deletério; é um exercício corporal e, se não for por demais violento, arrisco dizer, tem consequências boas para a saúde. Fique louca quantas vezes quiser; mas não desmaie...

Essas foram as últimas palavras que ela dirigiu a mim. Foi seu conselho no leito de morte para sua aflita Laura, que o seguiu com toda a fidelidade.

Depois de ter cuidado de minha pranteada amiga até que fosse conduzida ao seu precoce túmulo, imediatamente (embora fosse tarde da noite) deixei a detestável aldeia em que ela morreu, e perto da qual haviam morrido meu marido e Augustus. Eu não tinha me distanciado muitos metros dali quando fui alcançada por uma carruagem, na qual imediatamente ocupei um assento, determinada a continuar nessa condução até Edimburgo, onde esperava encontrar algum amigo bom e piedoso que me recebesse e me consolasse em minhas aflições.

Estava tão escuro quando embarquei na carruagem que não pude distinguir quantos eram os que viajavam comigo; só pude perceber que eram muitos. Entretanto, desatenta a qualquer coisa que se referisse a eles, entreguei-me às minhas tristes reflexões. Imperou um silêncio geral; um silêncio que não foi interrompido por nada a não ser o ronco alto e repetitivo de um dos viajantes.

"Que vilão analfabeto deve ser esse homem", pensei comigo mesma. "Que completa falta de um delicado refinamento deve ter um sujeito que pode nos chocar assim com ruído tão brutal. Ele deve, tenho certeza, ser capaz de qualquer ação maldosa! Não existe crime hediondo demais para tal personalidade!" Assim raciocinei com meus botões e, sem dúvida, essas eram as reflexões de meus companheiros de viagem.

Finalmente, o dia retornou e permitiu que eu contemplasse o patife sem princípios que tinha de forma tão violenta perturbado meus sentimentos. Era Sir Edward, pai de meu falecido marido. Ao lado dele estava Augusta, e no mesmo assento que eu estavam a sua mãe e Lady Dorothea. Imagine minha surpresa quando me vi sentada ali entre antigos conhecidos. Por maior que tenha sido espanto, ele cresceu ainda mais quando, olhando pela janela, vi o marido de Philippa, com Philippa ao seu lado, na boleia, e quando, ao olhar para trás, vi Philander e Gustavus no compartimento para bagagens.

— Céus! — exclamei. — Será possível que, de forma tão inesperada, eu esteja rodeada por meus parentes e conhecidos mais próximos?

Essas palavras despertaram o restante do grupo, e todos os olhos se dirigiram ao canto onde eu estava.

— Oh, minha Isabel — continuei, jogando-me, por cima de Lady Dorothea, nos braços dela —, receba mais uma vez em seu peito a desafortunada Laura. Ai de mim! Quando nos vimos pela última vez, no Vale do Usk, eu estava feliz por ter me unido ao melhor dos Edwards; naquela época eu tinha pai e mãe, e nunca conhecera infortúnios. Mas, agora, perdi todos os meus amigos, exceto você...

— O quê?! — interrompeu Augusta. — Então meu irmão está morto? Conte-nos, eu lhe imploro, o que aconteceu com ele?

— Sim, fria e insensível ninfa — respondi —, aquele jovem infeliz, seu irmão, já não vive, e você pode agora exultar por ser a herdeira da fortuna de Sir Edward.

Embora eu sempre a desprezasse desde o dia em que entreouvi a conversa dela com meu Edward, em sinal de civilidade assenti aos pedidos dela e de Sir Edward de que os informasse sobre todo o melancólico incidente. Eles ficaram extremamente chocados. Mesmo o empedernido coração de Sir Edward e o insensível coração de Augusta foram tocados de tristeza pela melancólica narrativa. A pedido de sua mãe, relatei a eles todos os infortúnios que me haviam afligido desde que nos separamos. Da prisão de Augustus e do sumiço de Edward; de nossa chegada à Escócia e de nosso inesperado encontro com nosso avô e nossos primos; de nossa visita a Macdonald Hall e do singular serviço que ali prestamos a Janetta; da ingratidão do pai dela; de seu comportamento desumano, do inexplicável e bárbaro tratamento que dispensou a nós, obrigando-nos a deixar a casa; de nossos lamentos pela perda de Edward e Augustus; e, finalmente, da melancólica morte de minha querida companheira.

A comiseração e a surpresa se estamparam com intensidade no rosto de sua mãe durante toda a narrativa, mas lamento dizer que, para a eterna exprobração da sensibilidade dela, o último sentimento predominou infinitamente. Além disso, impecável como fora minha conduta durante todo o desenrolar de meus últimos infortúnios e aventuras, ela fingia encontrar defeito em meu comportamento em muitas das situações nas quais eu fora colocada. Como eu sabia que sempre me comportara de uma maneira que refletia honra em meus sentimentos e refinamento, prestei pouca atenção ao que ela disse e pedi que satisfizesse minha curiosidade informando-me sobre como fora parar ali, em vez de ficar maculando minha reputação impecável com repreensões injustificáveis. Depois de ela concordar com meus desejos nesse particular e de relatar nos mínimos detalhes tudo o que lhe ocorrera desde nossa separação (esses particulares, se você ainda não os conhece, sua mãe lhe contará), pedi a Augusta que me desse o mesmo tipo de informação sobre si mesma, Sir Edward e Lady Dorothea.

Ela me disse que, tendo um considerável gosto pelas belezas naturais, sua curiosidade de contemplar as maravilhosas cenas daquela região do mundo havia sido tão estimulada pela obra *Passeio pelas Terras Altas*, de Gilpin, que ela convenceu o pai a fazer uma excursão pela Escócia e persuadiu Lady Dorothea a acompanhá-los. Que haviam chegado a Edimburgo alguns dias antes e, dali, fizeram passeios diários ao campo na carruagem em que estavam no momento e retornavam de um desses passeios agora. Minhas indagações seguintes foram a respeito de Philippa e seu marido, sendo que o último tinha, fiquei sabendo, após gastar toda a fortuna dela, recorrido para sua subsistência ao talento no qual ele mais se destacava, ou seja, conduzir passageiros, e que, tendo vendido tudo o que pertencia a eles exceto a carruagem, a havia transformado em uma diligência e, a fim de se afastar dos antigos conhecidos, a havia levado até Edimburgo, de onde ia a Sterling a cada dois dias; que Philippa, ainda conservando afeição por seu ingrato marido, o havia acompanhado até a Escócia e geralmente o acompanhava em suas pequenas excursões para Sterling.

— Foi apenas para lhes encher um pouco os bolsos — continuou Augusta — que meu pai sempre viajou na diligência deles para contemplar as belezas do campo desde nossa chegada à Escócia; pois com certeza teria sido muito mais agradável para nós visitar as Terras Altas em uma *post-chaise* do que simplesmente viajar de Edimburgo até Sterling e de Sterling até Edimburgo a cada dois dias em uma diligência desconfortável e cheia de passageiros.

Concordei totalmente com os sentimentos dela em relação ao caso e, em segredo, culpei Sir Edward por sacrificar dessa forma o prazer da filha por causa de uma velha ridícula cuja loucura em se casar com um homem tão jovem deveria ser punida. O comportamento dele, entretanto, estava completamente alinhado com sua personalidade como um todo; pois o que se podia esperar de um homem que não possuía o menor átomo de sensibilidade, que mal sabia o significado de empatia e que ainda por cima roncava?

Adeus,

Laura

Carta 15
Laura, *continuação*

Quando chegamos à cidade onde tomaríamos o café da manhã, eu estava decidida a falar com Philander e Gustavus, e com esse objetivo, assim que saí do veículo, fui até o compartimento de bagagens e ternamente perguntei como estava a saúde deles, expressando meus sentimentos relativos à dificuldade em que se encontravam. No início, pareceram bem confusos com minha aparição, sem dúvida temendo que eu lhes cobrasse o dinheiro que nosso avô deixara para mim e que eles injustamente me haviam roubado, mas, percebendo que não mencionei nada sobre esse assunto, pediram que eu entrasse no compartimento de bagagens, pois lá poderíamos conversar com mais tranquilidade. Entrei, portanto, e, enquanto o restante do grupo estava devorando chá verde e torrada com manteiga, nós nos banqueteamos de uma forma mais refinada e sentimental, ou seja, com uma conversa reservada. Informei-os de tudo o que me acontecera durante o percurso de minha vida e, a pedido meu, eles contaram todos os incidentes da vida deles.

— Somos filhos, como já sabe, das duas filhas mais novas que Lorde St. Clair teve com Laurina, uma cantora italiana de ópera. Nossas mães não podiam dizer com certeza quem eram nossos pais, embora em geral se acredite que Philander é o filho de um certo Philip Jones, um pedreiro, e que meu pai era Gregory Staves, um fabricante de espartilhos de Edimburgo. Isso, na verdade, tem pouca importância, pois, como nossas mães com certeza nunca se casaram com eles, o fato não desonra nosso sangue, que é do tipo mais antigo e puro. Bertha (mãe de Philander) e Agatha (minha própria mãe) sempre viveram juntas. Nenhuma delas era muito rica; suas fortunas juntas somavam nove mil libras, mas, como sempre se sustentaram com o capital e não com os juros, quando fizemos quinze anos nossas posses estavam reduzidas a novecentas libras. Essas novecentas elas sempre guardavam numa gaveta em uma das mesas que ficavam em nossa sala de estar compartilhada, pela conveniência de estarem sempre à mão. Se foi por causa da circunstância de a quantia estar facilmente acessível, ou por um desejo de independência, ou talvez ainda por um excesso de sensibilidade (que em nós sempre foi notável), não posso determinar agora, mas o certo é que, quando atingimos nosso décimo quinto aniversário, pegamos as novecentas libras e fugimos de casa. Tendo obtido esse prêmio, estávamos determinados a administrá-lo com economia e não o gastar com loucuras nem com extravagâncias. Com esse propósito, nós o dividimos em nove parcelas, uma das quais destinamos a alimentos, a segunda a bebidas, a terceira à limpeza, a quarta a carruagens, a quinta a cavalos, a sexta a empregados, a sétima a divertimentos, a oitava a roupas e a nona a fivelas de prata. Tendo assim organizado nossas despesas para dois meses (já que esperávamos conseguir que as novecentas libras durassem o mesmo período), corremos para Londres e tivemos a sorte de gastar o dinheiro em sete semanas e um dia, ou seja, seis dias antes do que pretendíamos. Logo que tínhamos assim tão alegremente nos desincumbido do peso de tanto dinheiro, começamos a pensar em retornar a nossas mães, mas, tendo ouvido por acidente que elas estavam morrendo à míngua, desistimos desse intento e decidimos nos empregar em alguma companhia de atores mambembes, já que sempre tivéramos uma queda para o teatro. Assim, oferecemos nossos serviços a uma delas e fomos aceitos; nossa companhia era de fato bem pequena, consistindo em apenas o gerente, sua mulher e nós dois, mas éramos menos empregados a pagar e a única inconveniência da situação era o reduzido número de peças que, por falta de pessoas para representarem os personagens, podíamos encenar. Entretanto, nós não ligávamos para bagatelas. Uma de nossas montagens mais admiradas foi *Macbeth*, em que nos saímos muito bem. O gerente sempre fazia o papel de Banquo, e sua esposa, o de Lady Macbeth. Eu era as Três Bruxas, e Philander, todos os outros personagens. Para dizer a verdade, essa tragédia não foi apenas a melhor, mas a única peça que encenamos; depois de a termos apresentado em toda a Inglaterra e País de Gales, viemos à Escócia para exibi-la ao restante da Grã-Bretanha. Estávamos casualmente instalados naquela mesma cidade para onde você foi e encontrou nosso avô. Estávamos no pátio da estalagem quando a carruagem entrou e, percebendo pelos brasões a quem ela pertencia, e sabendo que Lorde St. Clair era nosso avô, decidimos tentar tirar algo dele revelando o parentesco. Você conhece o sucesso que a tentativa alcançou. Tendo obtido as duzentas libras, imediatamente saímos da cidade, deixando nosso gerente e sua esposa para representarem *Macbeth* por conta própria, e pegamos a estrada para Sterling, onde gastamos nossa pequena fortuna em grande estilo. Estamos agora voltando para Edimburgo a fim de obter alguma promoção no campo do teatro; e essa, querida prima, é a nossa história.

Agradeci ao afável jovem por sua interessante narrativa e, após expressar meus desejos de que eles tivessem saúde e felicidade, deixei-os em seu pequeno compartimento e voltei para os meus outros amigos, que me esperavam impacientes.

Minhas aventuras estão agora chegando ao fim, minha querida Marianne; pelo menos por agora.

Quando chegamos a Edimburgo, Sir Edward me disse que, como viúva de seu filho, ele desejava que eu aceitasse de suas mãos a soma de quatrocentas libras por ano. Com cortesia declarei que aceitaria, mas não pude deixar de observar que o indiferente baronete a ofereceu mais em virtude de eu ser viúva de Edward do que de eu ser a refinada e afável Laura.

Estabeleci minha residência num romântico povoado nas Terras Altas da Escócia, onde desde essa época continuo, quando posso (não sendo interrompida por visitas indesejáveis), a entregar-me, numa melancólica solidão, a meus incessantes lamentos pela morte de meu pai, minha mãe, meu marido e minha amiga.

Augusta está casada há vários anos com Graham, o homem que, entre todos os outros, mais se adequava a ela; conheceu-o durante sua visita à Escócia.

Sir Edward, na esperança de ganhar um herdeiro para seu título de nobreza e sua propriedade, ao mesmo tempo casou-se com Lady Dorothea. Seus desejos foram realizados.

Philander e Gustavus, depois de terem aumentado sua reputação por suas atuações no campo do teatro em Edimburgo, mudaram-se para Covent Garden, onde ainda se exibem com os pseudônimos de Lewis e Quick.

Philippa há muito pagou sua dívida para com a natureza; seu marido, entretanto, continua conduzindo a diligência de Edimburgo a Sterling.

Adeus, minha querida Marianne.

Laura

Uma história da Inglaterra

Do reinado de Henrique IV
até a morte de Carlos I
escrita por
uma parcial, preconceituosa
e ignorante historiadora

Com ilustrações de sua irmã Cassandra
N.B. Haverá pouquíssimas datas nesta história

Para
a Srta. Austen
filha mais velha do Rev. Austen,
esta obra é dedicada com
todo o respeito pela

Aut

Henrique IV

Henrique IV ascendeu ao trono da Inglaterra para sua grande satisfação no ano de 1399, depois de ter persuadido seu primo e predecessor, Ricardo II, a abdicar da posição em favor dele e ir viver o resto de sua vida no Pomfret Castle, onde acabou sendo assassinado. Deve-se supor que Henrique era casado, já que com certeza teve quatro filhos, mas carece-me competência para informar ao leitor quem foi sua esposa. Seja como for, ele não viveu por toda a eternidade; e, tendo caído doente, seu filho, o Príncipe de Gales, veio e tomou-lhe a coroa; em consequência do que o rei fez um longo discurso, para o qual devo indicar ao leitor as peças de Shakespeare, e o príncipe fez um ainda mais longo. Ficando as coisas assim acertadas entre eles, o rei morreu, e foi sucedido por seu filho Henrique, que havia anteriormente surrado Sir William Gascoine.

Henrique V

Esse príncipe, após ter subido ao trono, ficou bastante reformado e afável, abandonando todos os seus companheiros devassos e nunca mais espancando Sir William. Durante seu reinado, Lorde Cobham foi queimado vivo, mas me esqueci do motivo. Sua Majestade voltou então seus pensamentos para a França, para onde foi e lutou na famosa Batalha de Agincourt. Depois disso, casou-se com a filha do rei, Catherine, mulher muito agradável segundo nos relata Shakespeare. Entretanto, apesar de tudo isso ele morreu, e foi sucedido por seu filho Henrique.

Henrique VI

Não posso dizer muito sobre a sanidade desse rei. Nem diria, se pudesse, pois ele era lencastriano. Suponho que vocês saibam tudo sobre as guerras entre ele e o Duque de York, que estava do lado certo; se não sabem, é melhor ler alguma outra história, pois não serei muito prolixa nesta aqui, pretendendo com ela apenas aliviar meu mau humor *contra* e demonstrar meu ódio *para com* todas aquelas pessoas cujos partidos ou princípios não se alinham com os meus, e não oferecer informações. Esse rei se casou com Margaret de Anjou, uma mulher cujas aflições e infortúnios foram tão grandes a ponto de fazerem que eu, que a odeio, tenha pena dela. Foi nesse reinado que Joana D'Arc viveu e fez uma tremenda *algazarra* entre os ingleses. Eles não deveriam tê-la queimado, mas a queimaram. Houve várias batalhas entre as casas de Lencastre e York, as quais a primeira (como era esperado) em geral venceu. Enfim eles foram inteiramente derrotados; o rei foi assassinado; a rainha foi mandada para casa; e Eduardo IV ascendeu ao trono.

Eduardo IV

Esse monarca ficou famoso apenas por sua beleza e coragem, das quais a gravura que apresentamos dele e seu destemido comportamento ao casar-se com uma mulher enquanto estava noivo de outra são provas suficientes. Sua esposa foi Elizabeth Woodville, uma viúva que, pobre mulher, foi tempos depois confinada a um convento por aquele monstro de iniquidade e avareza, Henrique VII. Uma das amantes de Eduardo era Jane Shore, que foi tema de uma peça, mas essa peça é uma tragédia e portanto não vale a pena ser lida. Tendo realizado todas essas nobres ações, Sua Majestade morreu e foi sucedida por seu filho.

Eduardo V

Esse desafortunado príncipe viveu tão pouco que ninguém teve tempo de pintar seu retrato. Ele foi assassinado por uma manobra de seu tio, cujo nome era Ricardo III.

Ricardo III

A personalidade desse príncipe foi em geral tratada com muito rigor pelos historiadores, mas, como ele era um *York*, sinto-me inclinada a supor que foi um homem muito respeitável. Na verdade, declarou-se com segurança que ele matou seus dois sobrinhos e sua esposa, mas também se declarou que ele *não* matou seus dois sobrinhos, o que estou inclinada a acreditar que é verdade; e, se esse for o caso, também se pode afirmar que ele não matou a esposa, pois, se Perkin Warbeck era realmente o Duque de York, por que não poderia Lambert Simnel ser a viúva de Ricardo? Inocente ou culpado, ele não reinou em paz por muito tempo, pois Henrique Tudor, Conde de Richmond, o maior vilão que já existiu, fez um grande estardalhaço para conseguir a coroa e, tendo matado o rei na Batalha de Bosworth, a conseguiu.

Henrique VII

Esse monarca, logo após ascender ao trono, casou-se com a Princesa Elizabeth de York, e por meio dessa aliança provou claramente que pensava que seu direito à coroa era inferior ao dela, embora fingisse o contrário. Nesse casamento, teve dois filhos e duas filhas, das quais a mais velha se casou com o Rei da Escócia e teve a felicidade de ser a avó de um dos primeiros personagens do mundo. Mas *dela* terei oportunidade de falar mais longamente no futuro. A filha mais nova, Mary, casou-se primeiro com o Rei da França e em seguida com o Duque de Suffolk, com quem teve uma filha, mais tarde mãe de Lady Jane Grey, que, embora fosse inferior a sua adorável prima, a Rainha da Escócia, era mesmo assim uma jovem afável e famosa por ler grego enquanto os outros estavam caçando. Foi no reinado de Henrique VII que Perkin Warbeck e Lambert Simnel, mencionados anteriormente, fizeram sua aparição, sendo que o primeiro deles foi colocado no tronco, refugiou-se na Abadia Beaulieu e foi decapitado com o Duque de Warwick, e o segundo foi acolhido na cozinha do rei. Sua Majestade morreu e foi sucedido por seu filho Henrique, cujo único mérito foi o de não ser *tão* mau quanto sua filha Elizabeth.

Henrique VIII

Seria uma afronta aos meus leitores se eu supusesse que não estão familiarizados com as particularidades do reinado desse rei tanto quanto eu. Será, portanto, uma forma de poupar *a eles* a leitura do que já leram antes, e *a mim* o trabalho de escrever sobre aquilo que não recordo à perfeição, oferecer apenas um esquema dos principais eventos que marcaram seu reinado. Entre esses particulares podemos destacar o fato de que o Cardeal Wolsey disse ao Abade da Abadia de Leicester que "tinha vindo repousar seus ossos entre eles", a reforma da religião e a cavalgada do rei pelas ruas de Londres com Ana Bolena. Entretanto, é justo e é meu dever declarar que essa afável mulher era completamente inocente dos crimes dos quais foi acusada, sendo provas suficientes disso sua beleza, elegância e vivacidade, para não mencionarmos seus solenes protestos de inocência, a debilidade das acusações contra ela, e o caráter do rei; todas essas coisas adicionam alguma confirmação, embora talvez sejam confirmações frágeis em comparação àquelas anteriormente alegadas em favor dela. Embora eu não costume indicar muitas datas, considero apropriado apresentar algumas e vou, é claro, escolher as mais importantes para o leitor saber; acho correto informar que a carta dela endereçada ao rei foi datada de 6 de maio. Os crimes e crueldades desse príncipe foram por demais numerosos para serem mencionados (como acredito que esta história plenamente demonstrou), e nada se pode dizer em sua defesa, a não ser que abolir as casas religiosas e abandoná-las às danosas depredações do tempo foi de uma utilidade infinita para a paisagem da Inglaterra em geral, o que provavelmente foi um dos principais motivos para ele ter feito isso, já que, se não fosse por essa razão, por que um homem que não era religioso se incomodaria em abolir uma religião que havia séculos estava estabelecida no reino? A quinta esposa de Sua Majestade era sobrinha do Duque de Norfolk e, embora universalmente perdoada dos crimes pelos quais foi decapitada, há quem diga que levou uma vida dissoluta antes do casamento; sobre isso, entretanto, tenho muitas dúvidas, já que ela era parente daquele nobre Duque de Norfolk, que foi tão veemente na sua defesa da Rainha da Escócia e que acabou sendo vítima dela. A última esposa do rei conseguiu sobreviver a ele, mas o fez com dificuldade. Ele foi sucedido por seu único filho, Eduardo.

Eduardo VI

Como esse príncipe tinha apenas nove anos de idade quando seu pai morreu, muitas pessoas consideravam-no muito jovem para governar e, como o falecido rei era da mesma opinião, o irmão de sua mãe, o Duque de Somerset, foi escolhido Protetor do reino durante sua minoridade. Esse homem foi, no geral, uma personalidade muito afável e, de certa forma, é um dos meus favoritos, embora eu não ouse de modo algum afirmar que ele se equiparava a homens de primeira linha como Robert, Duque de Essex, Delamere ou Gilpin. Ele foi degolado, fato que com razão o deixaria orgulhoso se tivesse sabido que Maria, Rainha da Escócia, morreu da mesma forma; mas como era impossível que ele tivesse consciência do que não havia acontecido, não parece que tenha ficado particularmente deliciado com o modo como morreu. Depois de sua morte, o duque de Northumberland ficou encarregado de cuidar do rei e do seu reino, o que fez tão bem que o rei morreu e o reino foi deixado para sua nora, Lady Jane Grey, que já foi mencionada como leitora de grego. Se ela de fato entendia a língua, ou se esse estudo foi realizado apenas por um excesso de vaidade, pelo que acredito que ela era sempre notável, não se sabe. Independentemente da causa, ela preservou a mesma aparência de sabedoria e de desprezo pelo que poderia ser considerado prazer, durante toda a sua vida, pois se declarou incomodada com a ideia de ser nomeada rainha e, ao ser conduzida ao cadafalso, escreveu uma fase em latim e outra em grego ao ver o cadáver de seu marido cruzando acidentalmente seu caminho.

Maria

Essa mulher teve a boa sorte de ser encaminhada para o trono da Inglaterra, apesar das pretensões, mérito e beleza superiores de suas primas, Mary, Rainha da Escócia, e Jane Grey. Tampouco posso sentir pena dos súditos pelos infortúnios que viveram durante o reinado dela, já que plenamente os mereciam, por terem permitido que ela sucedesse o irmão; o que foi loucura dupla, já que eles deviam ter previsto que, se morresse sem filhos, ela seria sucedida por aquele flagelo da humanidade, aquela peste da sociedade, Elizabeth. Foram muitos os mártires da religião protestante durante seu reinado; suponho que não tenham sido menos que doze. Ela se casou com Felipe, Rei da Espanha, que no reinado da irmã dela ficou famoso por construir Armadas. Ela morreu sem filhos, e então chegou o terrível momento em que a destruidora de todo consolo, a maldosa traidora da confiança nela depositada e assassina da prima ascendeu ao trono.

Elizabeth

O peculiar infortúnio dessa mulher foi ter tido maus ministros, já que, por mais malvada que fosse, não poderia ter cometido tamanha imensidão de crimes se esses homens vis e depravados não os tivessem apoiado e sido coniventes com eles. Sei que muitas pessoas afirmaram e acreditaram que Lorde Burleigh, Sir Francis Walsingham e os outros que ocupavam cargos de estado importantes foram ministros competentes, dignos e experientes. Mas, oh, como devem ser cegos esses escritores e leitores para não enxergar o verdadeiro mérito, o mérito desprezado, negligenciado e difamado, se conseguem persistir nessas opiniões quando ponderam que esses homens, esses incensados homens, representaram um escândalo para seu país e para seu sexo quando permitiram — e nisso a ajudaram — que a rainha confinasse, durante dezenove anos, uma *mulher* que, se as alegações de parentesco e mérito não tivessem nenhum valor, mesmo assim, como rainha e como alguém que condescendeu em depositar confiança em Elizabeth, tinha todos os motivos para esperar assistência e proteção; e finalmente quando permitiram que Elizabeth levasse essa afável mulher a uma morte prematura, imerecida e escandalosa. Poderá qualquer pessoa que reflita por um instante sobre essa mácula, essa eterna mácula em seu entendimento e caráter, permitir que qualquer elogio seja feito a Lorde Burleigh ou Sir Francis Walsingham? Oh, que tipo de pessoa devia ser essa princesa enfeitiçadora, cujo único amigo era na época o Duque de Norfolk, e cujos únicos amigos são agora o Sr. Whitaker, a Sra. Lefroy e a Sra. Knight e eu mesma, essa mulher que foi abandonada pelo próprio filho, aprisionada pela prima, abusada, reprovada e vilipendiada por todos, o que não terá sofrido sua mente nobilíssima quando foi informada de que Elizabeth havia ordenado sua morte! Entretanto, ela suportou tudo com uma força inabalável, firme em sua mente; constante em sua religião; e preparando-se para enfrentar o cruel fim para o qual ela foi destinada com uma magnanimidade que só poderia ter sido gerada de uma consciente inocência. E, no entanto, você poderia acreditar, leitor, que alguns empedernidos e fervorosos protestantes a tenham maltratado por essa firmeza na religião católica que a fazia tão nobre? Mas essa é uma prova impressionante da mente estreita *deles* e de seus julgamentos preconceituosos. Ela foi executada no salão nobre do Fotheringay Castle (lugar sagrado!) numa quarta-feira, 8 de fevereiro de 1586, para a eterna reprovação de Elizabeth, de seus ministros e da Inglaterra em geral. Talvez não seja desnecessário, antes que eu conclua totalmente meu relato dessa desfortunada rainha, observar que ela fora acusada de vários crimes durante o período em que reinou na Escócia, dos quais devo agora garantir a meu leitor que ela era inteiramente inocente; nunca tendo sido culpada de nada mais que imprudências às quais ela foi conduzida pela abertura de seu coração, sua juventude e sua educação. Tendo a confiança de que essa afirmação que acabei de fazer eliminou qualquer suspeita e dúvida que poderiam ter surgido na mente do leitor a partir do que outros historiadores escreveram sobre ela, vou agora mencionar os eventos restantes que marcaram o reinado de Elizabeth. Foi mais ou menos por essa época que viveu Sir Francis Drake, o primeiro navegador inglês a realizar uma viagem de circum-navegação, para ser o ornamento de seu país e sua profissão. Apesar de ser grande e justamente celebrado como navegador, não posso deixar de prever que ele será igualado, neste ou no próximo século, por alguém que, embora atualmente seja inexperiente e jovem, já promete responder a todas as expectativas ardentes e otimistas de seus parentes e amigos, entre os quais incluo a afável senhora para quem esta obra é dedicada, e minha não menos afável pessoa.

De uma profissão diferente, e brilhando em outra esfera da vida, mas igualmente conspícuo no caráter de um *Duque*, assim como Drake foi conspícuo no caráter de um *marinheiro*, foi Robert Devereux, Lorde Essex. Esse desafortunado jovem não era muito diferente em caráter daquele igualmente desafortunado Frederic Delamere. A comparação pode ser levada ainda mais adiante, e Elizabeth, tormento de Essex, pode ser comparada com Emmeline de Delamere. Não teria fim o relato dos infortúnios desse nobre e galante duque. Basta dizer que ele foi decapitado em 25 de fevereiro, após ter sido Lorde Tenente da Irlanda, após ter empunhado a espada, e após ter prestado muitos outros serviços a seu país. Elizabeth não sobreviveu a sua perda, e morreu *tão* arrasada que, se isso não fosse uma ofensa à memória de Maria, eu teria pena dela.

Jaime I

Embora esse rei tivesse alguns defeitos, entre os quais está, e é o principal, o fato de ter permitido à mãe que morresse, em geral não posso deixar de gostar dele. Casou-se com Ana da Dinamarca e teve vários filhos; felizmente para ele, o filho mais velho, Príncipe Henrique, morreu antes de seu pai. Se isso não acontecesse, ele teria sofrido os males que sobrevieram a seu desafortunado irmão.

Como sou simpatizante da religião católica romana, é com infinito pesar que me vejo obrigada a criticar o comportamento de qualquer membro dela: no entanto, sendo que a verdade deve ser bastante tolerada em um historiador, preciso dizer que em seu reinado os Católicos Romanos da Inglaterra não se comportaram como cavalheiros com os protestantes. De fato, seu comportamento para com a Família Real e para com ambas as Câmaras do Parlamento pode justificadamente ser por elas considerado descortês; e até Sir Henry Percy, embora com certeza fosse o homem mais bem educado de todo o grupo, não teve nada daquela polidez geral que é tão universalmente agradável, já que suas atenções ficaram inteiramente direcionadas para Lorde Mounteagle.

Sir Walter Raleigh floresceu nesse reinado e no seguinte, e detém o respeito e a veneração de muitas pessoas; mas como era inimigo do nobre Essex, não tenho nenhum elogio a lhe fazer, e posso indicar a todos os que se interessem pelas particularidades da sua vida a peça *O crítico*, do Sr. Sheridan, na qual poderão encontrar muitas anedotas interessantes tanto dele quanto de seu amigo Sir Christopher Hatton. Sua Majestade era daquela disposição afável que tende à amizade, e nesse aspecto tinha uma penetração mais profunda que a de muitas outras pessoas para descobrir méritos. Certa vez ouvi uma excelente charada sobre um carpete [*carpet*], que o presente assunto me fez lembrar, e como acho que pode proporcionar algum divertimento aos meus leitores *decifrá-la*, tomo a liberdade de apresentá-la.

CHARADA
Meu primeiro é o que meu segundo foi para o Rei Jaime I
E você pisa em toda a minha extensão

Os principais queridos [*pets*] de Sua Majestade foram Car, que foi posteriormente nomeado Duque de Somerset e cujo nome talvez tenha alguma parte na charada acima mencionada, e George Villiers, posteriormente Duque de Buckingham. Ao morrer, Sua Majestade foi sucedido por seu filho Carlos.

Carlos I

Esse afável monarca parece ter nascido para sofrer infortúnios iguais aos sofridos por sua adorável avó; infortúnios que ele não poderia merecer, sendo descendente dela. Decerto nunca houve antes tantas personalidades detestáveis ao mesmo tempo na Inglaterra como nesse período de sua história; nunca foram tão escassos os homens afáveis. O número deles em todo o reino somava apenas *cinco*, além dos habitantes de Oxford que sempre foram leais a seu rei e fiéis a seus interesses. Os nomes desses cinco nobres que nunca esqueceram o dever do súdito nem se desviaram de seu vínculo com Sua Majestade eram os seguintes: o rei em pessoa (sempre constante no apoio a si mesmo), o Arcebispo Laud, o Duque de Strafford, o Visconde Faulkland e o Duque de Ormond, que eram quase igualmente zelosos e esforçados na causa. Como os *vilões* da época formariam uma lista longa demais para ser escrita ou lida, vou me contentar em mencionar os líderes da gangue. Cromwell, Fairfax, Hampden e Pym podem ser considerados os causadores originais de todos os distúrbios, angústias e guerras civis em que a Inglaterra esteve por muitos anos mergulhada. No reinado de Carlos I, bem como no de Elizabeth, apesar de meu apreço pelos escoceses, sou obrigada a considerá-los tão culpados quanto os ingleses em geral, já que ousaram pensar diferentemente de seu soberano, esquecer a adoração que, como *Stuarts*, era seu dever prestar a eles, rebelar-se contra, destronar e aprisionar a infeliz Maria e se opor, enganar e vender o não menos desafortunado Carlos. Os eventos do reinado desse monarca são muito numerosos para minha pena, e na verdade a récita de quaisquer eventos (com exceção da que eu mesma faço) não me interessa; meu principal motivo para compor a *História da Inglaterra* foi o de provar a inocência da rainha da Escócia, e disso me lisonjeio a mim mesma por ter efetivamente feito, e insultar Elizabeth, embora eu tenha muito medo de não ter chegado aonde pretendia na segunda parte de meu objetivo. Como, portanto, não é minha intenção fazer nenhum relato particular das angústias nas quais esse rei foi envolvido por causa da improbidade e crueldade de seu Parlamento, vou me satisfazer em defendê-lo da acusação de um governo arbitrário e tirânico, de que ele muitas vezes foi alvo. Isso, me parece, não é difícil, pois com um único argumento tenho certeza de satisfazer todas as pessoas sensatas e bem-intencionadas cujas opiniões foram adequadamente conduzidas por uma boa formação; e esse argumento é que ele era um STUART.

Sábado, 26 de novembro de 1791.

AS TRÊS IRMÃS

Um romance

Para o Ilustríssimo Sr.
Edward Austen

O romance a seguir, que está inacabado,
é respeitosamente dedicado
por sua humilde serva
A Autora

Srta. Stanhope para Sra...

Minha querida Fanny — Sou a criatura mais feliz do mundo, pois recebi um pedido de casamento do Sr. Watts. É a primeira vez na vida que recebo um pedido desses e mal posso saber como estimá-lo devidamente. Como triunfarei sobre as Duttons! Não pretendo aceitar o pedido, pelo menos acredito que não, mas, como não tenho certeza, dei a ele uma resposta ambígua e fui embora. E agora, minha querida Fanny, quero seu conselho sobre se devo aceitar ou não o pedido dele e, para que você possa julgar seus méritos e o conjunto dos fatos, vou lhe fazer um relato. Ele é um homem bem velho, com cerca de trinta e dois anos, muito sem graça, *tão* sem graça que não aguento olhar para ele. É extremamente desagradável e o odeio mais do que qualquer outra pessoa no mundo. Ele tem uma grande fortuna que renderá uma boa herança para mim; mas, por outro lado, é muito saudável. Em resumo, não sei o que fazer. Praticamente insinuou que, se eu o recusar, vai pedir a mão de Sophy e, se *ela* o recusar, a de Georgiana, e não posso suportar que qualquer uma das duas se case antes de mim. Se eu o aceitar, sei que serei infeliz pelo resto de minha vida, pois ele é muito mal-humorado e ranzinza, extremamente ciumento e tão mesquinho que é impossível conviver em uma casa com ele. Disse-me que mencionaria o caso a mamãe, mas insisti que não o fizesse, pois muito provavelmente ela me obrigaria a me casar com ele independentemente de eu querer ou não;

entretanto, provavelmente ele já *falou* com ela, já que nunca faz nada que se deseja que ele faça. Acho que vou aceitá-lo. Será uma vitória espetacular me casar antes de Sophy, Georgiana e as Duttons. E ele prometeu providenciar uma carruagem nova para a cerimônia, mas nós quase brigamos decidindo a cor, pois insisti que fosse azul com bolinhas prateadas, e ele declarou que deveria ser cor de chocolate; e, para me provocar ainda mais, disse que a carruagem seria tão baixa quanto a antiga. Não vou aceitá-lo, declaro aqui. Ele disse que viria amanhã de novo para ter minha resposta definitiva, então acredito que devo ficar com ele enquanto tenho a oportunidade. Sei que as Duttons vão me invejar e poderei ser dama de companhia para Sophy e Georgiana em todos os bailes de inverno. Mas, então, qual seria a utilidade disso, se provavelmente ele não permitirá que eu vá, pois sei que odeia dançar, e não passa pela cabeça dele que as coisas que ele odeia possam ser apreciadas por outras pessoas; e, além disso, ele fala muito bem de mulheres que ficam sempre em casa e esse tipo de coisa. Acredito que não vou aceitá-lo; eu recusaria a mão dele imediatamente se tivesse certeza de que nenhuma de minhas irmãs aceitaria o pedido dele e, se elas não aceitassem, que ele não pediria a mão das Duttons. Não posso correr esse risco; então, se ele prometer que encomendará uma carruagem ao meu gosto, vou aceitá-lo; e, se não, ele que ande sozinho nela. Espero que você aprecie minha determinação; não consigo pensar em nada melhor.

Da sua sempre devotada

MARY STANHOPE

DA MESMA PARA A MESMA

QUERIDA FANNY — Eu mal tinha lacrado minha última carta para você quando minha mãe veio até mim e disse que queria falar comigo sobre um assunto muito particular.

— Ah, sei o que a senhora quer falar — eu disse. — Aquele bobo do Sr. Watts acabou de lhe contar tudo, embora eu tenha pedido que não o fizesse. No entanto, a senhora não vai me forçar a aceitá-lo se eu não quiser.

— Não vou forçá-la, filha, mas só quero saber o que decidiu em relação às propostas dele, e insistir que decida por uma coisa ou outra porque, se *você* não o aceitar, *Sophy* poderá fazê-lo.

— De fato — respondi rapidamente — Sophy não precisa se preocupar, pois com certeza eu mesma me casarei com ele.

— Se essa é a sua decisão — indagou minha mãe —, por que você temeria que eu a forçasse a fazer o que não quer?

— Ora, porque ainda não me decidi se vou ou não me casar com ele.

— Você é a moça mais estranha do mundo, Mary. O que você diz num instante desdiz no seguinte. Diga-me, de uma vez por todas, se quer ou não se casar com o Sr. Watts.

— Céus, mamãe, como posso lhe dizer o que eu mesma não sei?

— Então exijo que decida, e depressa, pois o Sr. Watts disse que não vai tolerar suspense.

— Isso depende de mim.

— Não, não depende, pois se você não der a ele sua resposta definitiva amanhã, quando ele vier tomar chá conosco, ele pretende pedir a mão de Sophy.

— Então vou contar a todo mundo que ele se comportou muito mal comigo.

— De que servirá isso? O Sr. Watts já foi por muito tempo maltratado por tantas pessoas que não se importará.

— Eu gostaria de ter um pai ou um irmão, porque eles poderiam brigar com ele.

— Eles seriam espertos se o fizessem, pois o Sr. Watts fugiria primeiro; e, portanto, você deve e vai resolver se o aceita ou o recusa antes de amanhã à noite.

— Mas por quê, no caso de eu não o aceitar, ele vai pedir a mão de minhas irmãs?

— Por quê? Porque ele deseja se ligar à família e porque elas são tão bonitas quanto você.

— Mas será que Sophy o aceitará, mamãe, se ele pedir a mão dela?

— Muito provavelmente. Por que não aceitaria? Se, entretanto, ela decidir não o aceitar, então Georgiana deverá aceitar, pois estou determinada a não deixar que escape uma oportunidade dessas de colocar uma filha numa posição tão vantajosa. Portanto, aproveite ao máximo seu tempo; deixo você para decidir a questão consigo mesma.

E então ela foi embora. A única coisa em que consigo pensar, minha querida Fanny, é perguntar a Sophy e Georgiana se elas o aceitariam se ele pedisse a mão delas e, se elas responderem que não aceitariam, estou resolvida a recusá-lo também, pois o odeio mais do que você possa imaginar. Quanto às Duttons, se ele se casar com uma *delas*, ainda terei o triunfo de tê-lo recusado primeiro. Então, adeus, minha querida amiga.

Com carinho,

M.S.

Srta. Georgiana Stanhope para Srta...

Quarta-feira

Minha querida Anne — Sophy e eu estamos pregando uma pequena peça em nossa irmã mais velha, com a qual ainda não estamos completamente reconciliadas; entretanto, as circunstâncias eram tais que, se há algo que justifique esse ato, essas próprias circunstâncias devem fazer isso. Nosso vizinho, o Sr. Watts, pediu Mary em casamento: um pedido que ela não soube como receber, pois, embora tenha uma especial aversão por ele (no que não está sozinha), ela preferiria se casar com ele a arriscar que ele pedisse a mão de Sophy ou a minha, o que, no caso de ela recusá-lo, ele disse que faria; pois você deve saber que a pobre moça considera a possibilidade de nós nos casarmos antes dela um dos maiores infortúnios que lhe possam acontecer, e para impedi-lo estaria disposta a garantir para si mesma uma tristeza eterna casando-se com o Sr. Watts. Uma hora atrás ela veio nos sondar sobre nossas inclinações a respeito do caso, que deveriam determinar a dela. Um pouco antes de ela vir minha mãe nos tinha feito um relato sobre o assunto, dizendo-nos que ela certamente não permitiria que o Sr. Watts encontrasse uma esposa que não fosse em nossa família.

— E, portanto — ela disse —, se Mary não aceitar o pedido dele, Sophy deve aceitar; e, se Sophy não aceitar, Georgiana *aceitará*.

Pobre Georgiana! Nenhuma de nós tentou mudar a decisão de minha mãe, que, lamento dizer, em geral é mais estritamente mantida do que racionalmente embasada. Assim que ela saiu, entretanto, quebrei o silêncio para assegurar a Sophy que, se Mary não aceitasse se casar com o Sr. Watts, eu não esperava que ela sacrificasse a felicidade *dela* tornando-se esposa dele movida por uma generosidade para comigo, o que eu temia que sua boa natureza e afeição de irmã pudessem induzi-la a fazer.

— Vamos nos gabar — respondeu ela — pelo fato de que Mary não vai recusar o pedido dele. Mas como posso esperar que minha irmã aceite um homem que não pode fazê-la feliz?

— *Ele* não pode, isso é verdade, mas sua fortuna, seu nome, sua casa, sua carruagem a farão feliz, e não tenho dúvida de que Mary vai se casar com ele; na verdade, por que ela não deveria? Ele não tem mais de 32 anos, uma idade muito adequada para um homem se casar. Ele é sem graça, com certeza, mas também qual é a importância da beleza em um homem? Se ele simplesmente tem uma aparência aristocrática e uma expressão sensível no rosto, é suficiente.

— Isso tudo é verdade, Georgiana, mas a figura do Sr. Watts infelizmente é extremamente vulgar e sua expressão é muito austera.

— E, falando agora do gênio dele: foi considerado ruim, mas que o mundo não se engane em seu julgamento. Existe uma franqueza sincera em sua disposição que cai bem para um homem. Dizem que é sovina; vamos classificar isso de prudência. Dizem que é desconfiado. *Essa qualidade* procede de um calor do coração sempre perdoável na juventude e, em resumo, não vejo motivo pelo qual ele não possa ser um ótimo marido, ou por que Mary não poderia ser muito feliz com ele.

Sophy riu; eu continuei:

— Entretanto, quer Mary o aceite, quer não, estou resolvida. Minha decisão está tomada. Nunca me casaria com o Sr. Watts, nem que a mendicância fosse a única alternativa. Tão deficiente em todos os aspectos! Medonho em sua pessoa e sem nenhuma qualidade para compensar isso! Sua fortuna com certeza é respeitável. Mas não é muito grande. Três mil libras por ano. O que são três mil libras por ano? É apenas seis vezes o que minha mãe recebe. Essa quantia não vai me tentar.

— Apesar disso, será uma nobre fortuna para Mary — disse Sophy, rindo mais uma vez.

— Para Mary! Sim, de fato vou ficar satisfeita de ver *Mary* tão rica assim.

Assim continuei falando e divertindo minha irmã até que Mary entrou no quarto aparentando grande agitação. Ela se sentou. Abrimos-lhe espaço perto do fogo. Ela parecia não saber como começar e, finalmente, disse meio confusa:

— Diga-me, Sophy, tem alguma intenção de se casar?

— Me casar?! De jeito nenhum. Mas por que está me perguntando? Conhece alguém que tem a intenção de me propor casamento?

— Eu... não... por que conheceria? Mas não posso lhe fazer uma pergunta comum?

— Não muito *comum*, Mary, com certeza — eu disse.

Ela fez uma pausa e, depois de alguns momentos de silêncio, continuou:

— O que você acharia de se casar com o Sr. Watts, Sophy? Pisquei para Sophy e respondi no lugar dela.

— Quem é que não ficaria feliz em se casar com um homem de três mil libras por ano que tem uma carruagem com uma parelha de cavalos, arreios de prata, um compartimento para bagagens na frente e uma janela que permite olhar para fora na parte de trás?

— Isso é muito verdade — respondeu ela. — Muito verdade. Então você o aceitaria se ele a pedisse em casamento, Georgiana? E *você* o aceitaria, Sophy?

Sophy não apreciava a ideia de dizer uma mentira e enganar a irmã; ela evitou a primeira coisa e salvou metade da sua consciência por meio de um subterfúgio.

— Com certeza eu agiria da mesma forma que Georgiana.

— Bem — disse Mary com um olhar de triunfo. — Fui pedida em casamento pelo Sr. Watts.

Nós ficamos, é claro, muito surpresas.

— Oh, não aceite o pedido — eu disse — e então talvez ele possa se casar comigo.

Em resumo, meu plano deu certo e Mary está decidida a fazer isso para impedir nossa suposta felicidade; o que, na realidade, ela não teria feito para garanti-la. Entretanto, afinal de contas, meu coração não me absolve e Sophy está ainda mais cheia de escrúpulos. Tranquilize nossas mentes, minha querida Anne, escrevendo e nos dizendo que aprova nossa conduta. Pense muito bem na situação. Mary terá um prazer real em ser uma mulher casada e capaz de nos acompanhar aos bailes, o que ela com certeza fará, pois vou me considerar inclinada a contribuir o máximo possível para a felicidade dela em uma condição que a fiz escolher. Eles provavelmente terão uma carruagem nova, o que para ela será o paraíso, e, se pudermos convencer o Sr. Watts a colocar em uso seu fáeton, ela vai ficar feliz demais. Essas coisas, entretanto, não seriam para Sophy ou para mim uma compensação para a infelicidade doméstica. Lembre-se de tudo isso e não nos condene.

Sexta-feira

Ontem à noite, o Sr. Watts tomou chá conosco, como havia sido combinado. Assim que a carruagem dele parou diante da porta, Mary foi para a janela.

— Você acreditaria, Sophy — disse ela —, o velho tolo quer que sua nova carruagem seja da mesma cor da antiga, e baixa do mesmo jeito, também. Mas não será assim — *vou* fazer prevalecer a minha opinião. E, se ele não quiser que a carruagem nova seja tão alta quanto a das Duttons, e azul com bolinhas prateadas, não vou aceitar o pedido dele. Isso mesmo, não o aceitarei. Aí vem ele. Sei que ele será rude; sei que estará mal-humorado e não dirá uma única coisa agradável nem se comportará como um namorado.

Ela então se sentou e o Sr. Watts entrou pela porta.

— Senhoras, o seu mais humilde servo.

Nós o cumprimentamos e ele se sentou.

— Está um tempo agradável, senhoras.

Depois, virando-se para Mary:

— Bem, Srta. Stanhope, espero que *finalmente* tenha tomado uma decisão e tenha a bondade de me contar se vai *condescender* em se casar comigo.

— Acho — disse Mary — que o senhor deveria ter feito a pergunta de um modo mais cavalheiresco do que esse. Acho que não aceitarei seu pedido se o senhor *agir* de maneira tão estranha.

— Mary! — disse minha mãe.

— Bem, mamãe, se ele ficar tão ofendido...

— Cale-se, Mary, por favor. Você não deve ser tão rude com o Sr. Watts.

— Por favor, senhora, não reprima a Srta. Stanhope obrigando-a a ser educada. Se ela não aceitar meu pedido, vou pedir a outra moça, já que não sou guiado por nenhuma preferência especial pela senhorita acima de suas irmãs; para mim não faz diferença com qual das três eu venha a me casar.

Será que já existiu um patife igual? Sophy ficou vermelha de raiva e eu me senti *tão* ofendida!

— Bem, então — disse Mary num tom irritado —, *vou* aceitar seu pedido se for *obrigada* a fazê-lo.

— Eu pensaria, Srta. Stanhope, que quando são feitas propostas como a que fiz não se pode cometer grande violência contra as inclinações a aceitá-las.

Mary murmurou alguma coisa que eu, que estava sentada ao lado dela, só consegui entender como "De que serve uma grande herança, se os homens vivem para sempre?". E depois disse num tom audível:

— Lembre-se do dinheiro da mesada; duzentas libras por ano.

— Cento e setenta e cinco, senhora.

— São duzentas mesmo, senhor — disse minha mãe.

— E lembre-se de que deverei ter uma nova carruagem alta como a das Duttons, e azul com bolinhas prateadas; e também espero ganhar um novo cavalo, um traje de renda fina e um número infinito das joias mais valiosas. Diamantes como nunca se viram, pérolas grandes como as da Princesa Badroulbadour no quarto volume de *As mil e uma noites*, e rubis, esmeraldas, topázios, safiras, ametistas, novaculitas, ágatas, contas, vidrilhos, enfeites e pérolas, rubis, esmeraldas e pedras sem número. O senhor deve mandar restaurar o seu fáeton, que deverá ser pintado de um tom creme, com uma grinalda de flores prateadas ao redor dele; o senhor deverá comprar quatro dos melhores baios do reino e me levar para passear todos os dias. E isso não é tudo; o senhor deverá remobiliar a nossa casa toda de acordo com o meu gosto, deverá contratar mais dois lacaios para me atender e duas mulheres para me servir, deverá sempre permitir que eu faça o que quiser e ser um bom marido.

Nesse ponto ela parou de falar, acho que bastante sem fôlego.

— É muito razoável, Sr. Watts, que minha filha tenha essas expectativas.

— E é muito razoável, Sra. Stanhope, que sua filha fique desapontada...

Ele ia continuar falando, mas Mary o interrompeu:

— O senhor deverá construir para mim uma bela estufa e enchê-la de plantas. O senhor deverá permitir que eu passe todos os verões em Bath, todas as primaveras em Londres, todos os verões fazendo alguma excursão e todo outono em uma estância de águas, e, se ficarmos em casa no restante do ano — nesse ponto Sophy e eu demos risada —, o senhor não fará nada além de oferecer bailes e festas à fantasia. O senhor deverá construir um cômodo com esse propósito e um teatro para que sejam encenadas peças. A primeira peça que teremos será *Qual é o homem*, e eu farei o papel de Lady Bell Bloomer.

— E diga-me, Srta. Stanhope — perguntou o Sr. Watts —, o que devo esperar da senhorita em troca de tudo isso?

— Esperar? Ora, o senhor deve esperar me ver satisfeita.

— Seria estranho se eu não esperasse. Suas expectativas, senhorita, são muito elevadas para mim, e deverei pedir a mão da Srta. Sophy, que talvez não tenha elevado tanto assim as dela.

— O senhor está enganado ao fazer essa suposição — disse Sophy —, pois, embora possam não ir exatamente na mesma direção, minhas expectativas são tão elevadas quanto as de minha irmã, pois espero que meu marido seja bem-humorado e alegre; que considere minha felicidade em tudo o que fizer e me ame com constância e sinceridade.

O Sr. Watts ficou olhando para ela.

— Essas ideias são de fato muito esquisitas, minha jovem. É melhor descartá-las antes de se casar, ou será obrigada a descartá-las depois.

Enquanto isso, minha mãe estava passando um sermão em Mary, que percebera que tinha ido longe demais, e exatamente quando o Sr. Watts estava se voltando a mim, para, acredito, pedir minha mão, ela se dirigiu a ele em uma voz meio humilde e meio amuada.

— O senhor está enganado, Sr. Watts, se acha que eu estava sendo sincera quando disse que esperava tanta coisa. Entretanto, devo ganhar uma nova carruagem.

— Isso mesmo, senhor, o senhor deve concordar que Mary tem o direito de esperar isso.

— Sra. Stanhope, *pretendo* e sempre pretendi adquirir uma nova carruagem quando me casasse. Mas ela será da mesma cor da minha carruagem atual.

— Acho, Sr. Watts, que o senhor deveria fazer a gentileza de perguntar a minha filha qual é o gosto dela nesses assuntos.

O Sr. Watts não podia concordar com aquilo e, por algum tempo, insistiu que a carruagem devia ser cor de chocolate, enquanto Mary estava ansiosa para que fosse azul com bolinhas prateadas. Finalmente, entretanto, Sophy propôs que para agradar ao Sr. Watts ela deveria ser marrom escura e para agradar a Mary ela deveria ser bem alta e ter um debrum prateado. Finalmente chegaram a esse acordo, embora com relutância de ambos os lados, já que cada um tinha a intenção de fazer as coisas exatamente do seu jeito. Procedemos então a outras questões, e ficou acertado que eles se casariam tão logo os papéis estivessem prontos. Mary estava querendo muito uma licença especial e o Sr. Watts falava de proclamas. Finalmente concordaram com uma licença comum. Mary receberá todas as joias da família, que são muito insignificantes, acredito, e o Sr. Watts prometeu comprar um cavalo de montaria para ela, mas, em troca, ela não deve ir à cidade ou qualquer outro lugar público durante três anos. Ela não terá nem estufa, nem teatro nem fáeton; deverá se contentar com uma serviçal e sem um empregado a mais. Levou toda a noite para acertar todos esses pontos; o Sr. Watts jantou conosco e não foi embora antes da meia-noite.

Assim que ele partiu, Mary exclamou.

— Graças a Deus! Finalmente ele se foi; como o odeio!

Foi em vão que mamãe tentou mostrar a ela a inadequação em que ela estava incorrendo por não gostar daquele que seria seu marido, pois persistia em declarar sua aversão a ele e dizer que esperava nunca mais vê-lo outra vez. Que casamento será esse! Adeus, minha querida Anne. Sua sincera amiga,

GEORGIANA STANHOPE

A MESMA PARA A MESMA

Sábado

QUERIDA ANNE — Mary, ansiosa para que todos soubessem de seu casamento que se aproxima e mais particularmente desejosa de triunfar, como diz ela, sobre as Duttons, quis que fôssemos caminhando com ela esta manhã até Stoneham. Como não tínhamos mais nada para fazer, concordamos prontamente e fizemos um passeio tão agradável quanto é possível com Mary, cuja conversa estava inteiramente centrada em falar mal do homem com quem tão logo deverá se casar e ansiar por uma carruagem azul com bolinhas prateadas. Quando chegamos à casa das Duttons, encontramos as duas moças na sala com um rapaz muito belo que, é claro, nos foi apresentado. Ele é filho de Sir Henry Brudenell de Leicestershire. O Sr. Brudenell é o homem mais belo que vi em minha vida; nós três nos agradamos muito dele. Mary, que desde o momento em que entramos estava ficando cada vez mais enlevada com a noção de sua própria importância e com o desejo de torná-la pública, não conseguiu ficar calada por muito tempo depois que nos sentamos e, logo, dirigindo-se para Kitty, disse:

— Você não acha que será necessário colocar novos engastes em todas as joias?
— Necessário para o quê?
— Para o quê! Ora, para minha aparição.
— Perdão, mas não estou entendendo você. De que joias está falando, e onde será sua aparição?
— No próximo baile, com certeza, depois que eu me casar. Você pode imaginar a surpresa delas. No início ficaram incrédulas, mas quando confirmamos a história finalmente acreditaram.
— E com quem você vai se casar? — foi obviamente a primeira pergunta. Mary fingiu estar acanhada e respondeu com embaraço, fitando o chão.
— Com o Sr. Watts.
Isso também exigiu nossa confirmação, pois elas mal podiam acreditar que alguém com a beleza e a fortuna (embora pequena, mas mesmo assim uma herança) de Mary pudesse se casar de livre e espontânea vontade com o Sr. Watts. Uma vez apresentado o assunto, e tendo ela se tornado o objeto da atenção de todos do grupo, Mary se livrou de todo o embaraço e ficou perfeitamente falante e comunicativa.
— Surpreende-me que vocês nunca tenham ouvido falar no assunto, pois em geral coisas desse tipo são conhecidas de toda a vizinhança.
— Garanto-lhe — disse Jemima — que nunca tive a mínima suspeita de algo desse tipo. Faz tempo que está acontecendo?
— Ah, sim! Desde quarta-feira.
Eles todos sorriram, principalmente o Sr. Brudenell.
— Vocês devem saber que o Sr. Watts está muito apaixonado por mim, de modo que, da parte dele, o casamento é por puro amor.
— Não só da parte dele, suponho... — indagou Kitty.
— Ah! Quando há tanto amor de um dos lados, não existe possibilidade de amor do outro lado. Entretanto, não o desprezo muito, embora ele seja muito sem graça, com certeza.

O Sr. Brudenell ficou olhando, as Srtas. Dutton riram e Sophy e eu ficamos genuinamente envergonhadas com nossa irmã.

Ela continuou:

— Vamos ter uma nova carruagem e, muito provavelmente, vamos restaurar nosso fáeton.

Isso nós sabíamos que era falso, mas a pobre moça estava satisfeita com a ideia de convencer o grupo de que isso aconteceria e eu não a impediria de ter uma diversão tão inocente.

Ela continuou:

— O Sr. Watts deve me presentear com suas joias de família, que imagino serem muito valiosas.

Não pude deixar de cochichar para Sophy:

— Imagino que não.

— Essas são as joias que, suponho, deverão ser reengastadas antes que possam ser usadas de novo. Não deverei usá-las antes do primeiro baile após meu casamento. Se a Sra. Dutton não for ao baile, espero que vocês permitam que eu as acompanhe; com certeza deverei levar Sophy e Georgiana.

— Você é muito bondosa — disse Kitty — e, como está inclinada a cuidar de jovens moças, devo aconselhá-la a convencer a Sra. Edgecumbe a deixar você acompanhar suas seis filhas, o que, com suas duas irmãs e nós duas, tornará sua aparição pública muito respeitável.

Kitty fez rir a todos nós, com a exceção de Mary, que não entendeu o que ela quis dizer e respondeu friamente que não gostaria de acompanhar tantas pessoas. Sophy e eu agora nos esforçávamos para mudar o rumo da conversa, mas conseguimos só por alguns minutos, pois Mary se encarregou de trazer a atenção deles outra vez para ela e seu casamento iminente. Lamentei por minha irmã, vendo que o Sr. Brudenell parecia sentir prazer em ouvi-la falar do assunto e parecia até encorajá-la com perguntas e observações, pois estava evidente que seu único objetivo era troçar dela. Receio que a achou muito ridícula. Ele mantinha o semblante muito sério, mas era fácil perceber que era com dificuldade que o fazia. Finalmente, no entanto, pareceu cansado e irritado com a ridícula conversa dela, pois se voltou para nós e falou muito pouco com ela durante meia hora, até deixarmos Stoneham. Assim que saímos da casa, todas nós passamos a elogiar a pessoa e as maneiras do Sr. Brudenell.

Encontramos o Sr. Watts em casa.

— Então, Srta. Stanhope — disse ele —, a senhorita pode perceber que vim lhe fazer a corte seguindo os modos de um namorado.

— Bem, o senhor não precisava ter me dito isso. Sei muito bem por que o senhor veio.

Sophy e eu saímos da sala, imaginando, é claro, que atrapalharíamos se uma cena de namoro fosse acontecer. Ficamos surpresas quando Mary veio quase imediatamente depois de nós.

— E o seu namoro acabou tão rápido? — perguntou Sophy.

— Namoro! — respondeu Mary. — Nós estávamos discutindo. Watts é um grande tolo! Espero nunca mais vê-lo de novo.

— Temo que você vai vê-lo — disse eu —, já que ele vai jantar aqui hoje. Mas por que vocês discutiram?

— Ora, só porque eu lhe disse que tinha visto um homem muito mais bonito que ele esta manhã ele teve um acesso de fúria e me chamou de megera, então só permaneci lá para lhe dizer que o considerava um salafrário e vim embora.

— Curta e grossa! — disse Sophy. — Mas me diga, Mary, como vão consertar isso?

— Ele deveria me pedir desculpas; mas, se ele pedisse, eu não o perdoaria.

— Então o pedido dele não seria muito útil.

Após nos vestirmos para o jantar, voltamos à sala de visitas, onde mamãe e o Sr. Watts estavam concentrados numa conversa.

Parece que ele estivera reclamando para ela do comportamento da filha, e ela o havia persuadido a não pensar mais no assunto. Ele, portanto, recebeu Mary com toda a sua costumeira civilidade e, a não ser por uma menção ao fáeton e outra à estufa, a noite transcorreu com grande harmonia e cordialidade. Watts vai para a cidade apressar os preparativos para o casamento.

De sua afetuosa amiga,

G. S.

LESLEY CASTLE

UM ROMANCE EPISTOLAR INACABADO

Ao Ilustríssimo Senhor
Henry Thomas Austen

Senhor — Valho-me da liberdade com a qual frequentemente me honrou para lhe dedicar um de meus romances. Que esteja inacabado, eu lamento; apesar disso, temo que, no que depender de mim, ele permanecerá assim; e que, até onde foi realizado, deve ser tão banal e indigno do senhor é outra preocupação de sua humilde serva,

A Autora

Srs. Demand & Co.
Por favor, queiram pagar a Sra. Jane Austen, Solteirona, a quantia de cem guinéus em nome deste seu humilde servo,

H. T. Austen

Carta 1
Srta. Margaret Lesley para Srta. Charlotte Lutterell

Lesley Castle, 3 de janeiro de 1792

Meu irmão acabou de nos deixar. "Matilda", disse ele ao partir, "você e Margaret cuidarão, tenho certeza, de minha queridinha do mesmo modo que ela poderia ter sido cuidada por uma tolerante, afetuosa e afável mãe". Lágrimas lhe rolaram no rosto quando ele proferiu essas palavras; a lembrança daquela que tinha de forma tão libertina desgraçado o perfil da mãe e tão abertamente violado as obrigações conjugais o impediu de dizer algo mais; ele abraçou sua doce filha e, depois de apressadamente dizer adeus a Matilda e a mim, separou-se de nós e, sentando-se em sua carruagem, tomou o caminho de Aberdeen. Nunca existiu jovem melhor! Ah! Ele absolutamente não merecia os infortúnios por que passou na condição de casado. Marido tão bom para esposa tão ruim! Pois você sabe, minha querida Charlotte, que a desprezível Louisa o deixou, junto com a filha e sua reputação, algumas semanas atrás, na companhia de Danvers e da desonra. Nunca houve um rosto mais doce, uma forma mais bela ou um coração menos afável que os de Louisa! A filha já tem os encantos pessoais de sua infeliz mãe! Tomara que herde do pai os traços morais! Lesley atualmente tem apenas vinte e cinco anos, e já se entregou à melancolia e ao desespero; que diferença existe entre ele e o pai! Sir George tem cinquenta e sete e ainda permanece o belo e galante rapaz, o alegre e lépido jovem que seu filho realmente era cerca de cinco anos atrás, e que *ele* tenta aparentar desde que posso recordar. Enquanto nosso pai circula pelas ruas de Londres, alegre, perdulário e imprudente aos cinquenta e sete, Matilda e eu continuamos isoladas da humanidade em nosso velho castelo em ruínas, que se situa a duas milhas de Perth, sobre uma enorme e saliente rocha, de onde se tem uma ampla vista da cidade e seus aprazíveis arredores. Mas, embora isoladas de quase todo o mundo (pois não visitamos ninguém exceto os McLeods, os McKenzies, os McPhersons, os McCartneys, os McDonalds, os McKinnons, os McLellans, os McKays, os Macbeths e os Macduffs), não somos nem melancólicas nem infelizes; pelo contrário, nunca houve duas moças mais joviais, mais agradáveis, ou mais espirituosas do que nós. Lemos, bordamos, caminhamos e, quando cansadas dessas ocupações, aliviamos nossos espíritos ou com uma canção animada ou uma dança graciosa, ou com algum dito espirituoso e uma tirada sagaz. Somos belas, minha querida Charlotte, muito belas e a maior de nossas perfeições é que nós mesmas somos inteiramente indiferentes a elas. Mas por que me ocupo tanto comigo mesma? Devo, sim, repetir os elogios a nossa querida sobrinha, a inocente Louisa, que está neste exato momento sorrindo num suave cochilo sobre o sofá. A adorada criatura acabou de fazer dois anos; é tão bela como se tivesse vinte e dois, ajuizada como se tivesse trinta e dois, e prudente como se tivesse quarenta e dois. Para convencê-la disso, devo informá-la de que ela tem uma tez muito bela e traços muito delicados, que já sabe as duas primeiras letras do alfabeto e que nunca rasga seus vestidos. Se ainda não a convenci da beleza, da sensatez e da prudência da menina, não tenho mais nada para apoiar minha afirmação, e você portanto não terá como se convencer disso a não ser vindo até Lesley Castle e, vendo Louisa pessoalmente, decidindo por si mesma. Ah! minha querida amiga, como eu ficaria feliz em vê-la aqui dentro destas veneráveis paredes! Agora faz quatro anos que saí da escola e me separei de você; que dois corações tão ternos, tão intimamente ligados pelos laços da simpatia e da amizade, tivessem de ser tão amplamente afastados um do outro, é comovente demais. Moro em Perthshire; você, em Sussex. Poderíamos nos encontrar em Londres, se meu pai se dispusesse a me levar até lá, e se sua mãe estivesse lá no mesmo período. Poderíamos nos encontrar em Bath, em Tunbridge, ou em qualquer outro lugar na verdade, se simplesmente pudéssemos estar no mesmo local juntas. Apenas temos de esperar que esse período chegue. Meu pai não deve voltar para nós até o outono; meu irmão vai deixar a Escócia em alguns dias; ele está ansioso para partir em viagem. Jovem equivocado! Ele em vão tenta crer que mudar de ares vai curar as mágoas de um coração partido! Tenho certeza, minha querida Charlotte, que você se unirá a mim em preces pela recuperação, por parte do infeliz Lesley, de sua paz mental, que é imprescindível para a própria paz mental desta tua amiga,

M. Lesley

Carta 2
Srta. C. Lutterell para Srta. M. Lesley, em resposta

Glenford, 12 de fevereiro

Devo lhe pedir mil desculpas por ter demorado tanto a agradecer, querida Peggy, sua agradável carta, o que, acredite-me, eu não teria postergado tanto não tivesse cada momento de meu tempo durante as últimas cinco semanas sido dedicado tão completamente aos preparativos do casamento de minha irmã, impedindo-me de dedicá-lo a você e a mim. E agora o que me exaspera mais do que qualquer outra coisa é o fato de o compromisso ter sido rompido, e todo o meu trabalho, jogado fora. Imagine como foi grande meu desapontamento, considerando-se que depois de eu ter trabalhado dia e noite a fim de organizar o jantar de núpcias para a data designada, depois de ter preparado rosbife, carneiro assado e feito sopa em quantidades suficientes para durarem toda a lua de mel do casal, sofri a humilhação de descobrir que eu estivera grelhando, assando e cozinhando a carne e a mim mesma para nada. De fato, minha querida amiga, não me lembro de ter sofrido aborrecimento igual ao que enfrentei na última segunda-feira, quando minha irmã chegou correndo na despensa, onde eu estava, com o rosto branco como merengue, e me disse que Henry havia caído do cavalo e fraturado o crânio, e o médico dissera que o estado dele era gravíssimo.

— Meu Deus — falei —, não diga! Ora! Qual, em nome de Deus, será o destino de todos esses víveres?! Nunca conseguiremos comê-los enquanto ainda estiverem bons. No entanto, vamos chamar o médico para nos ajudar. Devo dar conta do filé, minha mãe vai tomar a sopa e você e o médico devem consumir o resto.

Nesse ponto fui interrompida ao ver minha pobre irmã cair, aparentemente inerte, sobre uma das cômodas onde guardamos as toalhas de mesa. Imediatamente chamei minha mãe e as empregadas e finalmente conseguimos despertá-la; assim que recobrou os sentidos, ela se mostrou determinada a ir ter com Henry, e estava tão absurdamente imbuída desse propósito que tivemos a maior dificuldade do mundo para impedir que o colocasse em prática; por fim, entretanto, mais por força do que por convencimento, conseguimos que ela fosse para seu quarto. Nós a deitamos em sua cama, e ela permaneceu por várias horas acometida por terríveis convulsões. Minha mãe e eu continuamos no quarto com ela e, quando qualquer intervalo de tolerável compostura em Heloísa nos permitia, uníamo-nos em sinceras lamentações pelo terrível desperdício de nossas provisões que aquele evento ocasionaria, bem como em maquinações para nos livrar delas. Concordamos que a melhor coisa que poderíamos fazer era começar a comê-las imediatamente, e assim pedimos o presunto frio e as aves, e logo pusemos em prática nosso plano de devoração com grande entusiasmo. Tentamos convencer Heloísa a comer uma asa de galinha, mas ela não conseguiu. Ela estava, entretanto, muito mais calma do que antes; as convulsões que sofrera deram lugar a uma quase perfeita insensibilidade. Esforçamo-nos para despertá-la de todas as formas que estavam em nosso poder, mas nada produziu efeito. Falei com ela sobre Henry.

— Querida Heloísa — eu disse —, não há motivo para você chorar tanto por uma futilidade dessas — (eu só estava tentando minimizar o ocorrido para consolá-la). — Imploro que não se importe com isso. Veja bem, isso não me chateia nem um pouco, embora talvez *eu* possa sofrer mais que todos, afinal de contas. Pois não apenas serei obrigada a comer todas as iguarias que já preparei, mas também deverei preparar tudo de novo para vocês caso Henry se recupere (o que, no entanto, não é muito provável); ou, no caso de ele morrer (como suponho que acontecerá), deverei preparar um jantar para você quando se casar com alguma outra pessoa. Dessa forma, você pode perceber que, embora possa afligi-la pensar nos sofrimentos de Henry, ouso dizer que ele morrerá logo, e então seu sofrimento acabará e você vai se acalmar, ao passo que meu problema durará muito mais, pois, por mais que eu trabalhe, estou certa de que a despensa não poderá ser esvaziada em menos de duas semanas.

Assim, fiz tudo o que estava em meu poder para consolá-la, mas sem sucesso, e finalmente, quando vi que ela não dava sinais de me ouvir, eu não disse mais nada e, guardando o resto do presunto e da galinha, mandei William perguntar como estava Henry. Não se esperava que ele vivesse muitas horas; morreu no mesmo dia. Tomamos todo o cuidado possível para informar Heloísa do melancólico evento da forma mais delicada; mesmo assim, apesar de todo o cuidado, o sofrimento dela ao ficar sabendo foi muito violento para que mantivesse a razão, e ela continuou delirando violentamente por muitas horas. Ela ainda está muito doente, e os médicos têm muito medo de que fique tísica. Estamos, portanto, indo para Bristol, onde pretendemos ficar durante a próxima semana. E agora, minha querida Margaret, deixe-me falar um pouco de seus assuntos; e em primeiro lugar devo informá-la de que nos foi relatado confidencialmente que seu pai vai se casar; não quero acreditar em notícia tão desagradável, mas ao mesmo tempo não posso desacreditá-la completamente. Escrevi para minha amiga Susan Fitzgerald pedindo informações sobre o assunto; como está agora em Londres, ela poderá fornecê-las. Não sei quem é a mulher. Julgo que seu irmão está extremamente certo na decisão que tomou de viajar, pois isso talvez ajude a apagar de sua memória aqueles eventos desagradáveis que tanto o afligiram. Fico feliz em saber que, embora isoladas de todo o mundo, nem você nem Matilda estão enfaradas ou infelizes; e que vocês nunca conheçam nada disso é o sincero desejo de sua afetuosa amiga

C. L.

P.S. Recebi neste instante a resposta de minha amiga Susan, que encaminho a você, e sobre a qual você fará suas reflexões.

A carta anexada
MINHA CARA CHARLOTTE. Você não poderia ter pedido informações sobre o casamento de Sir George Lesley para uma pessoa mais capaz de fornecê-las do que eu mesma. Sir George está certamente casado; eu mesma estive presente na cerimônia, o que não deve surpreendê-la quando eu assinar esta carta, como sua afetuosa amiga

SUSAN LESLEY

Carta 3
Srta. Margaret Lesley para Srta. C. Lutterell

Lesley Castle, 16 de fevereiro

Fiz minhas reflexões sobre a carta que você anexou e enviou para mim, minha querida Charlotte, e agora vou lhe dizer quais foram elas. Refleti que, se com esse segundo casamento Sir George terá uma segunda família, nossa fortuna será consideravelmente diminuída; que, se a esposa dele tiver um gênio extravagante, ela o encorajará a perseverar naquele estilo de vida alegre e perdulário para o qual ele precisa de pouquíssimo encorajamento, e que receio que já provou de modo bem claro ser muito prejudicial para a saúde e a fortuna dele; que ela agora será a dona das joias que antes adornavam nossa mãe e que Sir George sempre nos prometeu; que, se eles não vierem para Perthshire, não poderei satisfazer minha curiosidade de conhecer minha madrasta; e que, se eles vierem, Matilda não mais se sentará na cabeceira da mesa do pai. Essas, minha querida Charlotte, foram as melancólicas reflexões que povoaram minha imaginação depois de eu ter lido a carta que Susan lhe enviou, e que também surgiram na cabeça de Matilda quando ela mesma a leu. As mesmas ideias, os mesmos temores, imediatamente ocuparam a mente dela, e não sei qual reflexão a afligiu mais, se a provável diminuição de nossas posses ou a própria posição dela. Nós duas queremos saber se Lady Lesley é bonita e qual é a sua opinião sobre ela; como você a honra chamando-a de amiga, ficamos felizes supondo que ela seja afável. Meu irmão já está em Paris. Ele pretende sair de lá daqui a poucos dias para começar sua viagem para a Itália. Ele escreve num tom bastante alegre, diz que o ar da França melhorou muito sua saúde e seu ânimo; que agora parou completamente de pensar em Louisa e já não sente nenhuma pena ou afeição, que até se sente grato por ela ter fugido, pois acha muito agradável ser mais uma vez solteiro.

Com isso, você pode perceber que ele recobrou inteiramente o modo alegre e o gênio vivaz pelos quais outrora era conhecido. Quando ele conheceu Louisa, o que faz pouco mais de três anos, era um dos mais animados e agradáveis jovens da época. Acredito que você nunca tenha ouvido os particulares da ocasião em que ele a conheceu. Tudo começou na casa do Coronel Drummond em Cumberland, onde ele estava passando o Natal em que completou vinte e dois anos. Louisa Burton era filha de um parente distante da Sra. Drummond, que, tendo morrido poucos meses antes em extrema pobreza, deixou sua única filha, na época com cerca de dezoito anos, aos cuidados de qualquer parente que estivesse disposto a cuidar dela. A Sra. Drummond foi a única que se dispôs a assumir essa tarefa: Louisa foi então transferida de um casebre miserável em Yorkshire para uma elegante mansão em Cumberland, e de qualquer aflição pecuniária que a pobreza poderia infligir para todas as elegantes satisfações que o dinheiro pode comprar. Louisa era naturalmente maldosa e astuta; mas fora ensinada a disfarçar sua real disposição sob a aparência de uma insinuante doçura, por um pai que sabia muito bem que um bom casamento era a única oportunidade que ela teria de não passar fome, e que se gabava de que, com uma porção tão generosa de beleza pessoal, aliada a certa gentileza de maneiras e uma fala envolvente, ela tinha uma boa chance de agradar a algum jovem em condições de se casar com uma moça sem um tostão. Louisa aderiu perfeitamente aos planos do pai e estava determinada a implementá-los com todo o seu cuidado e atenção. Fazendo uso de perseverança e dedicação, acabou disfarçando tão completamente sua verdadeira índole sob a máscara da inocência e da mansidão a ponto de se impor a todos os que, por não a conhecerem intimamente e de longa data, não haviam descoberto seu verdadeiro caráter. Nessas condições estava Louisa quando o incauto Lesley a viu pela primeira vez na Drummond House. Seu coração, que (para usar sua comparação favorita) era tão delicado, tão doce e tão suave quanto um merengue, não pôde resistir aos atrativos dela. Em pouquíssimos dias, ele estava se apaixonando, e logo depois já estava apaixonado. E, antes de um mês, eles se casaram. Meu pai no início ficou muito insatisfeito com uma ligação tão apressada e imprudente; mas, quando viu que eles não se importavam com essa reação, concordou perfeitamente com o casamento. A propriedade perto de Aberdeen, que meu irmão possui por causa da generosidade de seu tio-avô e independentemente de Sir George, era mais que suficiente para sustentá-lo, e também a minha irmã, com elegância e tranquilidade. Durante o primeiro ano, ninguém foi mais feliz que Lesley, e ninguém mais afável nas aparências do que Louisa. E ela se comportava de forma tão cordata e com tanto cuidado que, embora Matilda e eu frequentemente passássemos várias semanas com eles, nenhuma de nós duas teve a mínima suspeita sobre a verdadeira disposição dela. Depois do nascimento de Louisa, entretanto, que na opinião de todos supostamente fortaleceria os sentimentos dela por Lesley, a máscara que ela sustentara por tanto tempo foi pouco a pouco caindo, e, como provavelmente ela se considerava segura da afeição do marido (que de fato parecia, se possível, aumentada pelo nascimento da filha), não dava mostras de se esforçar para impedir que essa afeição diminuísse. Com isso, nossas visitas a Dunbeath eram agora menos frequentes e muito menos agradáveis do que costumavam ser. Nossa ausência, entretanto, nunca foi mencionada ou lamentada por Louisa, que, na companhia do jovem Danvers, que ela conhecera em Aberdeen (ele frequentava uma das universidades de lá), sentia-se muito mais feliz do que na de Matilda ou desta sua amiga, embora nunca tenha havido moças mais agradáveis que nós. Você conhece o triste fim de toda a felicidade conjugal de Lesley; não vou falar disso de novo. Adeus, minha querida Charlotte; embora eu ainda não tenha falado nada sobre o assunto, espero que me faça a justiça de acreditar que *penso* muito e *sinto* muito pela aflição de sua irmã. Não tenho dúvidas de que o ar saudável de Bristol Downs vai eliminá-la completamente, apagando da mente dela a lembrança de Henry. Sempre sua amiga,

M. L.

Carta 4
Srta. C. Lutterell para Srta. M. Lesley

Bristol, 27 de fevereiro

Minha querida Peggy — Acabei de receber sua carta, que, tendo sido enviada para Sussex enquanto eu estava em Bristol, foi reenviada para cá e, por algum inexplicável atraso, só agora chegou até mim. Agradeço muito o relato que a carta contém sobre como Lesley conheceu Louisa, apaixonou-se por ela e com ela se casou, que não me interessou nem um pouco menos em virtude de ter sido repetido muitas vezes na minha presença.

Tenho a satisfação de informá-la de que temos todos os motivos para imaginar que nossa despensa está agora quase vazia, já que deixamos ordens específicas para que os empregados comessem tanto quanto conseguissem, e que contratassem duas diaristas para ajudá-los. Trouxemos conosco uma torta fria de pombo, um peru frio, uma língua fria e meia dúzia de galantinas, que tivemos a sorte de, junto com a senhoria, seu marido e seus três filhos, liquidar em menos de dois dias após nossa chegada. A pobre Heloísa ainda está tão indiferente, tanto em saúde como em espírito, que temo muito que o ar de Bristol Downs, apesar de tão saudável, não tenha sido capaz de expulsar o pobre Henry da memória dela.

Você me pergunta se sua nova madrasta é bonita e afável. Vou agora lhe fazer uma exata descrição dos encantos físicos e mentais dela. É pequena e extremamente bem feita; é naturalmente pálida, mas usa uma boa quantidade de *rouge*; tem belos olhos e belos dentes, como ela terá o cuidado de informar a você assim que a vir, e é no geral muito bonita. É notavelmente bondosa quando as coisas saem do jeito que ela quer, e muito vivaz quando não está desanimada. É naturalmente extravagante e não muito afetada; nunca lê nada além das cartas que recebe de mim e nunca escreve nada além das respostas a elas. Toca, canta e dança, mas não gosta de fazer nenhuma dessas coisas, e não é excelente em nenhuma, embora diga que é intensamente apaixonada por todas. Talvez você me lisonjeie a ponto de ficar surpresa diante do fato de que uma pessoa que menciono com tão pouca afeição seja minha amiga; mas, para lhe dizer a verdade, nossa amizade surgiu mais por um capricho da parte dela do que por estima minha. Passamos dois ou três dias juntas com uma senhora em Berkshire a quem nós duas por acaso estávamos ligadas. Durante a visita, estando o tempo notavelmente ruim, e sendo nosso grupo particularmente enfadonho, ela foi boa o bastante para conceber uma violenta preferência por mim, que muito depressa se transformou em uma inequívoca amizade e terminou em uma correspondência estabelecida. Ela, a esta altura, provavelmente está cansada de mim como estou dela; mas, como é educada demais e eu muito polida para assumirmos isso, nossas cartas ainda são frequentes e afetuosas como sempre, e nossa ligação, firme e sincera como quando começou. Como aprecia muito os prazeres de Londres e de Brighton, ela vai, arrisco dizer, ter dificuldade em convencer-se, mesmo que seja para satisfazer a curiosidade que, sem dúvida, ela sente de contemplar vocês, a abandonar aqueles antros de dissipação pela tristeza melancólica, embora venerável, do castelo que vocês habitam. Talvez, entretanto, se vir a própria saúde prejudicada por tanta diversão, ela possa reunir força suficiente para viajar à Escócia na esperança de a viagem se mostrar minimamente benéfica para sua saúde, se não propícia para sua felicidade.

Seus temores, lamento dizer, sobre a extravagância de seu pai, sua fortuna, as joias de sua mãe e a situação de sua irmã, devo supor que são muito bem fundados. Minha amiga tem, dela mesma, quatro mil libras, e provavelmente gastará a mesma quantia todo ano em roupas e lugares públicos, se puder fazê-lo; com certeza não vai se esforçar para resgatar Sir George de seu estilo de vida, ao qual ele está acostumado há tanto tempo, e assim existe algum motivo para temer que você terá sorte se ficar com algum dinheiro. As joias, imagino, sem dúvida também serão dela, e existem muitos motivos para supor que ela presidirá a mesa do marido em detrimento da filha dele. Mas, sendo que um assunto tão melancólico como esse provavelmente a deixará muito perturbada, não vou continuar tratando dele.

A indisposição de Heloísa nos trouxe a Bristol numa época tão pouco elegante do ano que na verdade encontramos apenas uma família aristocrática desde que chegamos. O Sr. e a Sra. Marlowe são pessoas muito agradáveis; vieram para cá em virtude do problema de saúde do filho; você pode imaginar que, sendo eles a única família com quem podemos conversar, ficamos íntimos; de fato nos encontramos quase todos os dias e jantamos com eles ontem. Passamos um dia muito agradável e tivemos um ótimo jantar, embora com certeza a vitela estivesse terrivelmente malpassada e o molho, sem gosto. Durante todo o jantar, não pude evitar o desejo de ter estado presente no momento do preparo da comida. Um irmão da Sra. Marlowe, o Sr. Cleveland, está com eles agora; é um belo rapaz e parece ter muitas qualidades. Digo a Heloísa que ela deveria tentar conquistá-lo, mas ela não parece apreciar nem um pouco a proposta. Eu gostaria de vê-la casada e Cleveland tem um patrimônio muito bom. Talvez você esteja se perguntando por que não considero *a mim mesma* e não só a minha irmã em meus planos matrimoniais; mas para lhe dizer a verdade não desejo nunca desempenhar um papel mais importante em um casamento do que aquele de organizar e servir o jantar, e, portanto, enquanto eu puder ter qualquer pessoa conhecida que se case por mim, nunca vou eu mesma fazê-lo, já que tenho fortes suspeitas de que não teria tempo para preparar o jantar do meu próprio casamento como tenho para preparar o dos amigos.

Atenciosamente,

C. L.

Carta 5
Srta. Margaret Lesley para Srta. Charlotte Lutterell

Leslie Castle, 18 de março

No mesmo dia em que recebi sua adorável carta, Matilda recebeu uma de Sir George, escrita de Edimburgo, informando-nos que ele próprio teria o prazer de nos apresentar Lady Lesley na noite seguinte. Isso, como você pode supor, nos surpreendeu consideravelmente, em especial porque a descrição que você fez da madame nos deu motivos para imaginar que havia pouca chance de ela visitar a Escócia numa época em que Londres deve estar tão animada. Como era nossa obrigação, porém, ficarmos deliciadas diante de tal prova de consideração como a visita de Sir George e Lady Lesley, preparávamo-nos para enviar-lhes uma resposta expressando a felicidade que sentimos com a antevisão de tamanha alegria quando, felizmente, recordando que, como eles deviam chegar ao castelo no dia seguinte, seria impossível meu pai receber a carta antes que partisse de Edimburgo, nós nos contentamos em deixá-los pensar que estávamos tão felizes quanto deveríamos estar. Às nove da noite do dia seguinte eles chegaram, acompanhados de um dos irmãos de Lady Lesley. A madame corresponde perfeitamente às descrições que você fez dela, a não ser pelo fato de eu não a achar tão atraente quanto você parece achar. Ela não tem um rosto ruim, mas há algo tão pouco majestoso naquela figura diminuta que a transforma, em comparação com a elegante estatura de Matilda e minha, em uma anã insignificante. Estando perfeitamente satisfeita sua curiosidade em nos conhecer (que deve ter sido grande, para fazê-la viajar mais de quatrocentas milhas), ela já começa a mencionar o retorno deles para a cidade, e expressou o desejo de que a acompanhássemos. Não podemos recusar o pedido dela, já que vem ratificado pelas ordens de nosso pai, e também reforçado pela insistência do Sr. Fitzgerald, que com certeza é um dos mais agradáveis rapazes que já vi. Ainda não se sabe, porém, quando devemos ir, mas, qualquer que seja a data, com certeza levaremos a pequena Louisa conosco. Adeus, minha querida Charlotte; Matilda une seus cumprimentos a você e Heloísa com os de sua sempre amiga

M. L.

Carta 6
Lady Lesley para Srta. Charlotte Lutterell

Lesley Castle, 20 de março

Chegamos aqui, querida amiga, quinze dias atrás, e já me arrependo de termos deixado nossa encantadora casa em Portman Square para visitar um castelo tão lúgubre e deteriorado como este. Você não conseguiria fazer uma ideia suficientemente medonha do formato deste lugar, que mais parece um calabouço. Na verdade ele fica empoleirado numa rocha que me pareceu tão completamente inacessível que achei que seria puxada para cima por uma corda. E me arrependi sinceramente de ter satisfeito minha curiosidade de conhecer minhas enteadas ao custo de ser obrigada a entrar em sua prisão de forma tão perigosa e ridícula. Mas, logo que me vi a salvo no interior desta impressionante construção, consolei-me com a esperança de ter meu ânimo revivido ao contemplar duas belas moças, como me foram descritas em Edimburgo as Srtas. Lesley. Porém, mais uma vez tudo o que encontrei foi desapontamento e surpresa. Matilda e Margaret Lesley são duas moças grandes, altas, incomumente gigantescas, de uma estatura adequada para habitarem um castelo tão grande quanto elas. Eu gostaria, minha querida Charlotte, que você pudesse contemplar essas duas gigantes escocesas; tenho certeza de que a deixariam louca de susto. Estar na companhia delas realça minhas qualidades, por isso as convidei para me acompanharem a Londres, onde deverei estar dentro de quinze dias. Além das duas lindas donzelas, encontrei aqui uma pirralha mimada, que acho que é parente deles; elas me disseram quem a menina era e me relataram numa longa cantilena a história do pai dela com uma Sra. *Fulana* que esqueci completamente. Detesto escândalos e odeio crianças. Desde que cheguei tenho sido atormentada por cansativas visitas de um bando de deploráveis escoceses com nomes dificílimos; foram tão polidos, fizeram tantos convites e falaram de fazer outra visita dentro de tão pouco tempo que não consegui me controlar e os afrontei. Acho que não deverei vê-los de novo tão cedo, mas na qualidade de família somos tão enfadonhos que não sei o que fazer comigo mesma. Essas moças só sabem tocar árias escocesas, só sabem desenhar montanhas escocesas e só leem poetas escoceses, e odeio tudo o que é escocês. Em geral fico metade do dia diante da minha penteadeira com grande prazer, mas por que deveria me enfeitar aqui, se na casa não há uma única criatura a quem eu deseje agradar? Acabei de ter uma conversa com meu irmão durante a qual ele me ofendeu gravemente e, como não tenho nada mais interessante para lhe enviar, vou detalhá-la para você. Devo lhe dizer que, nos últimos quatro ou cinco dias, tenho suspeitado fortemente que William está demonstrando alguma afeição por minha enteada mais velha. Confesso que, se *eu* estivesse inclinada a me apaixonar por qualquer mulher, não teria escolhido

Matilda Lesley como alvo de minha paixão, pois não há nada que odeie mais do que uma mulher alta; mas, entretanto, não há como explicar o gosto de alguns homens e, como William tem quase um metro e oitenta, não é de causar surpresa que ele simpatize com essa altura. Agora, como tenho grande afeição pelo meu irmão e ficaria muito triste em vê-lo infeliz, o que suponho que acontecerá se não se casar com Matilda, e como, além disso, sei que a situação dele não lhe permitirá se casar com uma mulher que não tenha uma fortuna, e que os bens de Matilda são inteiramente dependentes do pai dela, que não terá nem interesse nem minha permissão para dar a ela qualquer coisa no momento, pensei que estivesse fazendo o bem ao meu irmão inteirando-o disso, para que ele pudesse escolher por si mesmo entre reprimir sua paixão ou amar e desesperar-se. Assim, estando esta manhã sozinha com ele em um dos horríveis e velhos cômodos deste castelo, esclareci o assunto da seguinte maneira:

— Pois bem, meu querido William, o que acha dessas moças? De minha parte, não as acho tão sem graça quanto esperava; mas talvez você considere que estou sendo parcial com as filhas de meu marido e talvez esteja certo. Elas são, de fato, tão parecidas com Sir George que é natural pensar...

— Minha querida Susan! — exclamou ele em tom de grande surpresa. — Você realmente não pensa que elas têm a mínima semelhança com o pai delas! Ele é tão sem graça! Mas me desculpe... Eu havia esquecido totalmente com quem estava conversando...

— Oh, por favor, não me leve a mal — respondi. — Todos sabem que Sir George é terrivelmente feio, e garanto a você que sempre o considerei pavoroso.

— Você me surpreende muito — respondeu William — com o que me diz tanto de Sir George quanto de suas filhas. Não pode considerar seu marido tão carente de encantos pessoais como está dizendo, nem enxergar alguma semelhança entre ele e as Srtas. Lesley, que são, na minha opinião, perfeitamente diferentes dele e perfeitamente bonitas.

— Se é essa a sua opinião em relação às garotas, ela certamente não prova a beleza do pai, pois, se são perfeitamente diferentes dele e muito bonitas ao mesmo tempo, é natural supor que ele seja muito sem graça.

— De modo algum — disse ele —, pois o que pode ser bonito em uma mulher pode ser desagradável em um homem.

— Mas você mesmo admitiu alguns minutos atrás que ele era muito sem graça — disse eu.

— Os homens não julgam a beleza de pessoas de seu próprio sexo – respondeu ele.

— Nem os homens nem as mulheres podem considerar Sir George tolerável.

— Bem, bem... — disse ele — não vamos discutir a beleza *dele*, mas sua opinião sobre as *filhas* dele é com certeza muito singular, pois, se a entendi bem, você disse que não as considera tão sem graça quanto esperava.

— Ora, então *você* as considera mais sem graça? — indaguei.

— Mal posso acreditar que você esteja falando sério — respondeu ele — quando fala delas de forma tão esquisita. Não acha que as duas Srtas. Lesleys são duas moças muito bonitas?

— Por Deus, não! — exclamei. — Acho-as terrivelmente sem graça.

— Sem graça! — retrucou ele. — Minha querida Susan, não é possível que realmente pense assim! Ora, você não poderia mencionar um único traço na fisionomia de qualquer uma das duas no qual identificasse um defeito...

— Ora, pode estar certo que sim. Vamos lá. Vou começar pela mais velha, Matilda. Posso começar, William? — disse eu, lançando-lhe o olhar mais arguto possível, com o objetivo de envergonhá-lo.

— Elas são tão parecidas — disse ele — que devo supor que os defeitos de uma seriam encontrados na outra.

— Bem, então, em primeiro lugar: as duas são terrivelmente altas!

— De fato são *mais altas* que você — disse ele com um sorriso insolente.

— Não — respondi. — Nada disso me interessa.

— Bem, mas... — continuou ele — embora elas possam estar acima da estatura comum, suas figuras são perfeitamente elegantes; e, quanto aos rostos, elas têm lindos olhos.

— Não posso considerar minimamente elegantes aquelas figuras enormes e brutas; e, quanto aos olhos delas, as duas são tão altas que nunca consegui esticar suficientemente meu pescoço para poder vê-los.

— Além disso — replicou ele —, talvez você esteja certa de não tentar isso, pois talvez os olhos delas a ofusquem com seu brilho.

— Ora! Certamente — disse eu, com a maior complacência, pois lhe garanto, querida Charlotte, que não fiquei nem um pouco ofendida; embora, pelo que se seguiu, alguém poderia supor que William estava consciente de ter-me dado motivos para me sentir ofendida, pois, aproximando-se de mim e tomando minha mão, ele disse:

— Você não deve ficar tão séria, Susan; estou com medo de tê-la ofendido.

— Me ofendido?! Querido irmão, como pode uma ideia dessas lhe ter passado pela cabeça? — respondi. — De modo algum! Garanto-lhe que não estou nem um pouco surpresa por vê-lo defender tão calorosamente a beleza daquelas moças...

— Sim, mas... — William me interrompeu — lembre-se de que ainda não terminamos nossa discussão sobre elas. Que defeito você encontra na pele delas?

— As duas são horrivelmente pálidas.

— Elas sempre têm alguma cor, e depois de algum exercício essa característica é bastante acentuada.

— Sim, mas, se alguma vez chover nesta parte do mundo, elas nunca serão capazes de melhorar sua aparência comum... a não ser que se divirtam correndo de um lado para outro nestas horríveis galerias e antecâmaras.

— Bem — retrucou ele em um tom de irritação, lançando-me um olhar impertinente —, se elas *têm* pouca cor, pelo menos é toda delas.

Isso foi demais, minha querida Charlotte, pois tenho certeza de que ele teve o descaramento, com aquele olhar, de fingir suspeitar da veracidade do tom da minha pele. Mas você, tenho certeza, vai defender minha pessoa toda vez que a vir tão cruelmente atacada, pois pode dar testemunho de quantas vezes protestei contra o hábito de usar *rouge*, e quantas vezes disse que o desaprovava. E garanto a você que minhas opiniões ainda são as mesmas. Bem, não suportando tanta suspeita por parte de meu irmão, saí imediatamente do recinto e desde esse momento estou no meu quarto de vestir escrevendo-lhe esta carta. Que carta longa escrevi! Mas você não deve esperar outra carta assim tão longa quando eu voltar para Londres, pois é apenas em Lesley Castle que as pessoas têm tempo de escrever até para uma Charlotte Lutterell. Fiquei tão irritada com o olhar de William que não consegui reunir paciência para continuar ali e lhe dar conselhos sobre seu afeto por Matilda, que me fizera por puro amor iniciar a conversa com ele. E depois da conversa estou tão completamente convencida de sua violenta paixão por ela que tenho certeza de que ele nunca ouviria conselhos sobre o assunto e, portanto, não vou mais me preocupar nem com ele nem com sua favorita. Adeus, minha garota.

Sua afetuosa

Susan L.

Carta 7
Srta. C. Lutterell para Sra. M. Lesley

Bristol, 27 de março.

Recebi nesta semana cartas de você e de sua madrasta que me divertiram bastante, pois percebo que vocês duas estão com um inequívoco ciúme da beleza uma da outra. É muito estranho que duas mulheres bonitas, embora sejam madrasta e enteada, não possam estar na mesma casa sem se indisporem uma com a outra por causa de suas caras. Convença-se de que vocês duas são perfeitamente belas e não mencione mais o assunto. Suponho que esta carta deva ser enviada para Portman Square, onde provavelmente (apesar de seu grande apreço por Lesley Castle) você não estará triste por estar. Apesar de tudo o que as pessoas possam dizer sobre campos verdejantes e o interior, sempre fui da opinião de que Londres e seus divertimentos devem ser muito agradáveis por um tempo, e ficaria muito feliz se a renda de minha mãe lhe permitisse nos levar para passear em lugares públicos durante o inverno. Sempre desejei especialmente ir a Vauxhall, para comprovar se o rosbife é cortado em fatias tão finas quanto dizem, pois tenho uma leve suspeita de que poucas pessoas entendem da arte de cortar rosbife frio tão bem quanto eu: mais ainda, seria difícil se eu não soubesse algo do assunto, pois foi a parte da minha educação à qual mais me dediquei. Minha mãe sempre achou que eu era *sua* melhor aluna, ao passo que, quando meu pai era vivo, Heloísa era a melhor aluna *dele*. Com certeza nunca houve neste mundo duas disposições mais diferentes. Nós duas amávamos ler. *Ela* preferia histórias, e *eu*, receitas. Ela adorava fazer desenhos, e eu, galinhas. Ninguém podia cantar uma canção melhor do que ela, e ninguém podia fazer uma torta melhor que a minha. E assim continuou sendo quando deixamos de ser crianças. A única diferença é que todas as discussões sobre a excelência superior de nossos afazeres, que eram tão frequentes *naquela época*, não o são mais. Temos há muito tempo um acordo de sempre admirar o trabalho uma da outra: eu nunca deixo de ouvir a música *de minha irmã*, e ela está constantemente comendo *minhas* tortas. Pelo menos era assim até que Henry Hervey apareceu em Sussex. Antes da chegada de sua tia a nossa vizinhança, onde ela se estabeleceu, você sabe, cerca de um ano atrás, as visitas dele a ela eram pré-combinadas e duravam um período igual e determinado; mas, quando ela se mudou para o Hall, que fica a alguns passos de nossa casa, essas visitas foram ficando mais frequentes e longas. Isso, como você pode supor, não podia agradar à Sra. Diana, que é inimiga declarada de tudo o que não é regido pelo decoro e pela formalidade, ou que tem pouquíssima semelhança com a distinção e as boas maneiras. Ora, tão grande era a aversão dela pelo comportamento do sobrinho que muitas vezes a ouvi dando tais sinais diante dele que, não estivesse o rapaz tão envolvido na conversa com Heloísa, eles teriam lhe chamado a atenção e o entristecido muito. A alteração no comportamento de minha irmã, que já mencionei anteriormente, agora estava acontecendo. O acordo que havíamos feito, de admirar as produções uma da outra, ela não parecia mais considerar e, embora eu constantemente aplaudisse até as danças populares que ela tocava, nem mesmo uma torta de pombo de minha feitura podia obter dela uma única palavra de aprovação. Isso com certeza seria o bastante para deixar qualquer pessoa irritada; entretanto, eu estava fria como um *cream-cheese* e, tendo tomado minha decisão e elaborado um plano de vingança, eu estava determinada a permitir que as coisas fossem do jeito dela e não repreendê-la uma única vez. Meu plano era tratá-la como ela me tratava e, mesmo que ela pudesse até desenhar meu retrato ou tocar "Ele é um bom companheiro" (que é a única canção de que realmente gosto), eu não diria nada, nem "Obrigada, Heloísa". Isso em contraste com minha atitude anterior, durante tantos anos constantemente reverenciando-a, toda vez que ela tocava, com *Bravo*, *Bravíssimo*, *Encore*, *Da capo*, *Allegretto*, *Con expressione* e *Poco presto* e muitas outras palavras igualmente bizarras que, todas elas, segundo Heloísa, expressavam minha admiração; e acho mesmo que expressavam, pois vejo algumas delas em todas as páginas de todo livro de partituras, e imagino que sejam os sentimentos do compositor.

Executei meu plano com grande minúcia. Não posso dizer que tive sucesso, pois, lamentavelmente, meu silêncio enquanto ela tocava não parecia desagradá-la nem um pouco; ao contrário, ela chegou a me dizer um dia:

— Bem, Charlotte, fico muito feliz que tenha finalmente abandonado aquele hábito ridículo de aplaudir minha execução na espineta até ficar rouca e me deixar com dor de cabeça. Fico muito agradecida por guardar sua admiração para si mesma.

Nunca vou me esquecer da resposta muito sagaz que dei àquela observação:

— Heloísa — eu disse —, pode ficar muito tranquila em relação a todos esses temores no futuro, pois tenha a certeza de que sempre guardarei minha admiração para mim mesma e minhas realizações, nunca a estendendo às suas.

Essa foi a única coisa ríspida que eu disse em minha vida; não que eu não tenha com frequência me sentido extremamente satírica, mas essa foi a única vez que expressei meus sentimentos.

Suponho que nunca houve dois jovens que tivessem maior afeição um pelo outro do que Henry e Heloísa; não, o amor de seu irmão pela Srta. Burton não pode ter sido tão forte, embora possa ter sido mais violento. Você pode imaginar, portanto, quão afrontada minha irmã deve ter ficado por ele lhe ter pregado tal peça. Pobre menina! Ela ainda lamenta a morte dele com igual constância, apesar de ele já estar morto há mais de seis semanas; mas algumas pessoas são mais afetadas por essas coisas que as outras. O péssimo estado de saúde em que a perda dele a deixou a torna fraca e tão incapaz de suportar o mínimo esforço que ela chorou a manhã toda simplesmente por ter se despedido da Sra. Marlowe, que, com seu marido, irmão e filho, deve deixar Bristol hoje. Lamento vê-los partir porque são a única família com quem temos algum contato, mas nunca pensei em chorar; com certeza Heloísa e a Sra. Marlowe sempre foram mais unidas entre si do que comigo e, portanto, adquiriram uma afeição mútua que não torna as lágrimas tão imperdoáveis nelas como as tornaria em mim. Os Marlowe estão indo para a cidade; Cleveland vai acompanhá-los, já que nem Heloísa nem eu conseguimos prendê-lo; espero que você ou Matilda tenham melhor sorte. Não sei quando vamos deixar Bristol. O ânimo de Heloísa está tão fraco que ela não tem vontade alguma de viajar, apesar de, certamente, não estar melhorando com a estada aqui. Uma ou duas semanas, espero, poderão determinar o que devemos fazer. Enquanto isso, receba meus... etc. etc. etc.

Charlotte Lutterell

Carta 8
Srta. Lutterell para Srta. Marlowe

Bristol, 4 de abril

Fico-lhe muito agradecida, querida Emma, por esse sinal de afeição que me gabo de ter recebido de você na forma de proposta de nos tornarmos correspondentes. Garanto-lhe que será um grande alívio para mim lhe escrever e, na medida em que minha saúde e meu ânimo me permitirem, você vai encontrar em mim uma correspondente muito constante; não direi que serei divertida, pois você conhece suficientemente minha situação para saber que em mim a alegria seria imprópria, e eu conheço muito bem meu próprio coração para não perceber que isso não seria natural. Você não deve esperar novidades, pois não visitamos ninguém que seja minimamente conhecido, ou em cujas atividades tenhamos algum interesse. Não deve esperar escândalos porque, pelo mesmo motivo, estamos igualmente impedidas tanto de ouvi-los quanto de inventá-los. Não deve esperar de mim nada além das efusões melancólicas de um coração partido que está sempre retornando à alegria que já sentiu e que mal tolera a desgraça em que se encontra. A oportunidade de escrever, de falar com você sobre meu Henry será um privilégio para mim, e sua bondade não vai, eu sei, recusar-se a ler o que tanto aliviará meu coração escrever. Antes eu pensava que ter o que em geral se chama uma amizade (quero dizer alguém de meu próprio sexo com quem eu possa conversar com menos reserva do que com qualquer outra pessoa), que não fosse minha irmã, nunca seria objeto de meu desejo, mas como estava enganada! Charlotte está muito ocupada com duas correspondentes secretas desse tipo para oferecer a mim o lugar de uma delas, e espero que você não me considere infantil e romântica quando digo que ter uma amiga compassiva e bondosa, que possa ouvir minhas mágoas sem se esforçar para me dar consolo, era o que há algum tempo eu desejava quando nosso encontro com você, a intimidade que se seguiu e particularmente a atenção afetuosa que você me dedicou quase desde o princípio me fizeram alimentar a ideia de que essas atenções pudessem ser aperfeiçoadas por meio de um contato mais íntimo, transformando-se em uma amizade que, se você fosse como eu desejava, seria a maior felicidade que poderia sentir. Descobrir que essas esperanças se realizaram é de fato uma satisfação, uma satisfação que, agora, é praticamente a única que posso experimentar. Sinto-me tão fraca que tenho certeza de que, se estivesse aqui ao meu lado, você me obrigaria a parar de escrever, e não posso lhe dar prova maior de minha afeição do que agindo como sei que você gostaria que eu agisse, estando presente ou ausente. Sou amiga sincera de minha querida Emma,

E.L.

Carta 9
Sra. Marlowe para Srta. Lutterell

Grosvenor Street, 10 de abril

Será que preciso lhe dizer, minha querida Heloísa, como sua carta foi bem recebida por mim? Não posso lhe dar prova maior do prazer que tive ao recebê-la, ou do desejo que sinto de que sua correspondência possa ser regular e frequente, do que lhe dando um exemplo tão bom quanto faço agora, respondendo a ela antes do final da semana. Mas não imagine que reivindico algum mérito por ser tão pontual; pelo contrário, garanto que é para mim uma gratificação muito maior lhe escrever do que passar a noite num concerto ou num baile. O Sr. Marlowe deseja tanto que eu apareça em algum dos lugares públicos todas as noites que não gosto de lhe negar esse pedido, mas, ao mesmo tempo, desejo tanto permanecer em casa que, independentemente do prazer que sinta dedicando qualquer parcela do meu tempo a minha querida Heloísa, a liberdade que reivindico, por ter uma carta a escrever, de ficar em casa com meu filhinho, você deve convir comigo, será em si mesma um motivo (se um motivo se faz necessário) para eu me corresponder prazerosamente com você. Quanto ao assunto de suas cartas para mim, seja ele sério, seja alegre, se tem relação com você, deve ser igualmente interessante para mim; não que eu não pense que sua entrega melancólica a suas mágoas, repetindo-as e narrando-as para mim, só vai encorajá-las e intensificá-las, e que seria mais prudente de sua parte evitar assunto tão triste; entretanto, conhecendo o prazer calmante e melancólico que isso deve lhe proporcionar, não posso me convencer a lhe negar tão grande entrega, e só vou insistir para que você não espere que eu a encoraje por meio de minhas cartas; pelo contrário, minha intenção é enchê-las com sagacidade tão animada e humor tão calmante que elas até provocarão um sorriso nas feições doces, porém tristes, de minha Heloísa.

Em primeiro lugar você deve saber que encontrei as três amigas de sua irmã, Lady Lesley e suas enteadas, duas vezes em público desde que estou aqui. Sei que você ficará impaciente para saber minha opinião sobre a beleza das três damas de quem você ouviu falar tanto. Ora, como você está doente e infeliz demais para ser vaidosa, acho que posso me arriscar a informá-la de que não gosto do rosto de nenhuma das três como gosto do seu. Mesmo assim, são todas bonitas. Na verdade, eu havia encontrado Lady Lesley anteriormente; as enteadas, acredito, seriam em geral consideradas mais bonitas do que Sua Senhoria e, no entanto, com os encantos de sua tez exuberante, alguma afetação e muita conversa inteligente (aspectos nos quais ela é superior às jovens), ouso dizer que ela conquistará para si tantos admiradores quantos conquistarão os traços mais comuns de Matilda e Margaret. Tenho certeza de que você concordará comigo quando digo que nenhuma delas tem uma estatura adequada para a real beleza, quando souber que duas delas são mais altas e a outra mais baixa que nós duas. Apesar desse defeito (ou melhor, por causa dele), há algo muito nobre e majestoso nas figuras das Srtas. Lesley, e algo agradavelmente vivaz na aparência de sua bela madrastazinha. Mas, embora as duas possam ser majestosas e a outra vivaz, nenhuma das três possui um rosto com a encantadora doçura das faces de minha Heloísa, cuja languidez atual está muito longe de degradar. O que meu marido e meu irmão diriam de nós se soubessem de todas as belas coisas que estive lhe dizendo nesta carta? É muito ruim que uma mulher bonita não possa ouvir que é bonita de ninguém do seu mesmo sexo sem que se suponha que essa pessoa seja sua inimiga assumida ou sua dama de companhia. Como as mulheres são mais afáveis nesse particular! Um homem pode dizer quarenta coisas educadas para outro sem que suponhamos que foi pago para isso, e, contanto que ele cumpra seu dever junto a nosso sexo, não nos preocupamos se ele é ou não educado com o próprio sexo.

A Sra. Lutterell em sua bondade aceitará meus cumprimentos, Charlotte, meu amor, e Heloísa, os mais sinceros votos pela recuperação de sua saúde e ânimo que podem ser oferecidos por sua afetuosa amiga

E. Marlowe

Receio que esta carta será um exemplo pobre de meus poderes no lado da espirituosidade; e sua opinião sobre eles não aumentará muito quando eu lhe garantir que fui divertida tanto quanto pude.

Carta 10
Srta. Margaret Lesley para Srta. Charlotte Lutterell

Portman Square, 13 de abril

Minha querida Charlotte — Deixamos Lesley Castle no dia 28 do mês passado e chegamos a salvo em Londres após uma viagem de sete dias; tive o prazer de encontrar sua carta aqui aguardando minha chegada e a agradeço do fundo do coração. Ah! minha querida amiga, cada dia mais lamento ter abandonado os prazeres serenos e tranquilos do castelo que deixamos, trocando-os pelas diversões incertas e inconstantes desta celebrada cidade. Não que eu finja afirmar que essas diversões incertas e inconstantes sejam minimamente desagradáveis para mim; pelo contrário, aprecio-as por demais e deveria apreciá-las ainda mais se não tivesse a certeza de que toda aparição que faço em público só reforça as amarras que prendem aqueles seres infelizes de cuja paixão é impossível não me apiedar, embora esteja além de minhas possibilidades retribuí-la. Em resumo, querida Charlotte, minha sensibilidade pelos sofrimentos de tantos jovens afáveis, meu desprezo pela extrema admiração que desperto, e minha aversão a ser tão celebrada em público e, em particular, nos jornais e nas colunas sociais, são as razões por que não posso apreciar mais plenamente as diversões tão variadas e agradáveis de Londres. Quantas vezes desejei possuir tão pouca beleza pessoal quanto você; que minha figura fosse igualmente deselegante, meu rosto tão desagradável e minha aparência tão insatisfatória quanto a sua! Mas ah! Como é improvável que tal evento venha a acontecer; já contraí varíola, e devo portanto me submeter a meu infeliz destino.

 Agora vou lhe confessar, minha querida Charlotte, um segredo que muito perturbou a tranquilidade de meus dias, e que é daquele tipo que exige a mais inviolável discrição de sua parte. Na segunda-feira retrasada, Matilda e eu acompanhamos Lady Lesley a uma festa noturna na residência da Honorável Sra. Kickabout; fomos acompanhadas pelo Sr. Fitzgerald, que é um jovem muito afável em termos gerais, embora talvez um pouco singular em seu gosto; ele está apaixonado por Matilda. Mal tínhamos cumprimentado a senhora da casa e feito reverências para umas dez outras pessoas quando minha atenção foi atraída pela aparição de um rapaz, o mais adorável de seu sexo, que naquele momento adentrou a sala com outro cavalheiro e uma dama. Desde o primeiro momento que o contemplei, tive certeza de que dele dependia minha futura felicidade na vida. Imagine minha surpresa quando ele me foi apresentado pelo nome de Cleveland. Imediatamente o reconheci como sendo o irmão da Sra. Marlowe, e aquele que minha Charlotte conheceu em Bristol. O Sr. e a Sra. Marlowe eram o cavalheiro e a dama que o acompanhavam. (Você não considera a Sra. Marlowe bonita?) O jeito elegante do Sr. Cleveland, suas maneiras educadas e sua encantadora reverência imediatamente confirmaram minha afeição. Ele não falou; mas posso imaginar tudo o que teria dito se tivesse aberto a boca. Posso imaginar aqui comigo o entendimento culto, os nobres sentimentos e a elegante linguagem que teriam brilhado de forma tão evidente na conversa do Sr. Cleveland.

A aproximação de Sir James Gower (um dos meus demasiadamente numerosos admiradores) impediu a descoberta desses poderes, dando fim a uma conversa que nunca chegamos a começar e atraindo minha atenção para ele. Mas, oh! Como são inferiores os talentos de Sir James em relação aos do seu tão invejado rival! Sir James é um de nossos visitantes mais frequentes e está quase sempre entre o nosso grupo. Desde esse dia, encontramos muitas vezes o Sr. e a Sra. Marlowe, mas não Cleveland. Ele está sempre ocupado em algum outro lugar. A Sra. Marlowe me cansa sobremaneira toda vez que a encontro, com suas conversas sobre você e Heloísa. Ela é tão enfadonha! Vivo na esperança de encontrar o irresistível irmão dela esta noite, já que vamos à residência de Lady Flambeau, que é, sei disso, íntima dos Marlowe. Nosso grupo será Lady Lesley, Matilda, Fitzgerald, Sir James Gower e eu. Temos visto muito pouco Sir George, que está quase sempre na mesa de jogo. Ah! Minha pobre fortuna, onde estarás agora? Vemos mais Lady L., que sempre faz sua aparição (cheia de *rouge*) na hora do jantar. Ai de mim! Com que esplêndidas joias ela estará enfeitada esta noite, na residência de Lady Flambeau? Mas mesmo assim me pergunto como ela pode se deliciar em usá-las; com certeza ela deve perceber a inadequação ridícula de carregar sua pequena e diminuta figura com ornamentos tão supérfluos; será possível que não perceba quão enormemente superior é uma simplicidade elegante em relação ao mais estudado atavio? Se ela presenteasse Matilda e a mim com as joias, como ficaríamos agradecidas. Como cairiam bem os diamantes em nossas majestosas figuras! E como surpreende que essa ideia nunca tenha ocorrido a *ela*. Estou certa de que não refleti sobre esse assunto uma vez só; refleti cinquenta vezes. Toda vez que vejo Lady Lesley usando as joias, essas reflexões imediatamente me vêm à cabeça. E são joias de minha mãe, ainda por cima! Mas não vou dizer mais nada sobre assunto tão melancólico. Deixe-me diverti-la com algo mais agradável. Matilda recebeu esta manhã uma carta de Lesley, pela qual tivemos o prazer de saber que ele está em Nápoles, converteu-se ao catolicismo romano, obteve uma das Bulas Papais para anular seu primeiro casamento e já está casado com uma senhora napolitana de grande nobreza e fortuna. Ele nos contou, além disso, que praticamente a mesma coisa aconteceu com sua primeira esposa, a indigna Louisa, que também está em Nápoles, converteu-se ao catolicismo romano e logo deve se casar com um nobre napolitano de grande e distinto valor. Ele disse que os dois são atualmente grandes amigos, perdoaram todos os erros do passado e pretendem, no futuro, ser ótimos vizinhos. Ele convida Matilda e a mim para lhe fazermos uma visita na Itália, levando a pequena Louisa, a quem a mãe, a madrasta e ele estão igualmente desejosos de ver. Quanto a aceitarmos o convite, no momento isso é muito incerto; Lady Lesley nos aconselha a irmos sem demora; Fitzgerald se oferece para nos acompanhar até lá, mas Matilda tem dúvidas sobre o decoro de um plano desses; ela reconhece que seria muito agradável. Tenho certeza de que ela gosta do rapaz. Meu pai prefere que não tenhamos pressa, já que talvez, se esperarmos alguns meses, tanto ele quanto Lady Lesley nos darão o prazer de nos acompanhar. Lady Lesley diz que não, que nada poderá tentá-la a abandonar os divertimentos de Brighton por uma viagem à Itália só para encontrar nosso irmão.

— Não! — diz a desagradável mulher. — Certa época na vida fui tola o suficiente para viajar, não sei quantas centenas de milhas, para visitar duas pessoas da família, e descobri que não valeu a pena; então, que o diacho me carregue se eu voltar a ser tão tola outra vez.

Assim fala Sua Senhoria, mas Sir George ainda persiste em dizer que talvez em um ou dois meses poderão nos acompanhar.

Adeus, minha querida Charlotte.

Da sua

Margaret Lesley

EVELYN

SRTA. MARY LLOYD

Este romance é, com sua permissão, dedicado por sua humilde serva

A Autora

Em uma parte retirada do condado de Sussex há uma aldeia (pelo que sei) chamada Evelyn, talvez um dos pontos mais belos do sul da Inglaterra. Um cavalheiro, atravessando a localidade a cavalo cerca de vinte anos atrás, teve opinião tão inteiramente semelhante à minha nesse aspecto que apeou numa pequena taberna e perguntou com grande determinação se havia alguma casa para alugar na freguesia.

A dona do estabelecimento, que como todos em Evelyn, era notavelmente afável, sacudiu a cabeça após aquela pergunta, mas parecia não querer dar resposta alguma. Ele não podia aguentar a incerteza, mas não sabia como obter a informação que desejava. Repetir a pergunta que, ao que parecia, já tinha deixado a boa senhora incomodada, era impossível. Ele desviou o rosto do dela, visivelmente perturbado.

"Em que situação estou" disse ele consigo mesmo, andando até a janela e levantando a vidraça. Sentiu-se reanimado pelo ar, que apreciou de forma muito mais intensa após ter aberto a janela. Mas isso durou apenas um momento. A agonizante dor da dúvida e do suspense voltaram a oprimir seu ânimo. A boa senhora, que havia acompanhado em ansioso silêncio todas as mudanças de expressão com aquela benevolência característica dos habitantes de Evelyn, pediu que ele lhe revelasse a causa de sua inquietação.

— Existe algo, senhor, que eu possa fazer para aliviar suas angústias? Diga-me de que modo posso aliviá-las e, acredite-me, o amigável bálsamo do consolo não lhe faltará, senhor, porque sou, de fato, uma alma solidária.

— Afável mulher — disse o Sr. Gower, comovido quase até as lágrimas por aquela generosa oferta —, essa grandeza de espírito, em uma pessoa para quem sou praticamente um estranho, serve apenas para me fazer desejar ainda mais calorosamente uma casa nesta encantadora aldeia. O que eu não daria para ser seu vizinho e ser abençoado pela convivência com a senhora e o maior conhecimento de suas virtudes! Diga-me então, ó melhor das mulheres, não existe possibilidade? Não posso mencionar, mas a senhora sabe o que quero dizer...

— Infelizmente, senhor — respondeu a Sra. Willis, — não há *nenhuma*. Todas as casas desta aldeia, em virtude da aprazível localização e da pureza do ar, no qual não sopram nem a miséria, nem a doença nem o vício, estão ocupadas. No entanto... — e após uma pequena pausa ela continuou — há uma família que, embora seja muito apegada ao lugar, por uma peculiar generosidade de disposição talvez esteja disposta a lhe oferecer sua casa.

Ele avidamente apegou-se a essa ideia e, tendo recebido as orientações para chegar ao local, partiu imediatamente e caminhou até lá. À medida que se aproximava da propriedade, foi ficando cada vez mais encantado com sua localização. A casa ficava exatamente no centro de um cercado circular demarcado por estacas e margeado por uma plantação de choupos negros e abetos, formando três fileiras alternadas. Um caminho coberto de cascalhos atravessava essa bela plantação de arbustos e, como o restante do cercado estava livre de outras árvores, via-se sua superfície perfeitamente plana e suave sobre a qual pastavam quatro vacas brancas, localizadas em pontos equidistantes umas das outras; a aparência do lugar quando o Sr. Gower adentrou o cercado era incomumente impressionante. Uma passarela maravilhosamente margeada, coberta também de cascalhos e sem nenhum desvio ou interrupção, levava imediatamente à casa.

O Sr. Gower tocou a campainha; a porta logo foi aberta:
— O Sr. e a Sra. Webb estão em casa?

— Estão, meu bom senhor — respondeu o empregado, que, indo à frente, conduziu o Sr. Gower pela escada até uma sala de visitas muito elegante, onde uma senhora, levantando-se de sua poltrona, deu-lhe as boas-vindas com toda a generosidade que a Sra. Willis havia atribuído à família.

— Seja bem-vindo, ó melhor dos homens, bem-vindo a esta casa e a tudo o que ela contém. William, conte a seu patrão da felicidade que estou sentindo; convide-o para tomar parte nela. Traga já um chocolate quente, estenda uma toalha sobre a mesa da sala de jantar e traga o pastelão de carne de veado. Enquanto isso, sirva ao cavalheiro alguns sanduíches e traga um cesto de frutas, mande aqui para cima umas tortas geladas e uma terrina de sopa, e não se esqueça das geleias e bolos.

Depois, voltando-se para o Sr. Gower e pegando a carteira:
— Aceite isto, meu bom senhor; acredite-me, o senhor é bem-vindo a tudo o que está em meu poder oferecer. Eu gostaria que minha bolsa estivesse mais pesada, mas o Sr. Webb deve compensar minhas deficiências. Sei que ele tem dinheiro em casa que chega a cem libras, o que lhe trará imediatamente.

O Sr. Gower se sentiu subjugado pela generosidade dela quando colocou a carteira no bolso e, de tão agradecido que estava, mal pôde se expressar de forma inteligível ao aceitar as cem libras. O Sr. Web logo entrou na sala e repetiu todos os protestos de amizade e cordialidade que sua mulher já havia feito. O chocolate, os sanduíches, as geleias, os bolos, a torta gelada e a sopa logo surgiram, e o Sr. Gower, após ter experimentado um pouco de tudo e embolsado o resto, foi conduzido até a sala de jantar, onde apreciou uma refeição excelente e os vinhos mais requintados, enquanto o Sr. e a Sra. Webb ficaram em pé ao lado dele, estimulando-o a comer e beber um pouco mais.

— E agora, meu bom senhor — disse o Sr. Webb, quando o repasto do Sr. Gower estava concluído —, o que mais podemos fazer para contribuir para sua felicidade e expressar a afeição que lhe temos? Diga-nos o que mais deseja receber, e pode confiar que ficaremos agradecidos em ouvir seus desejos.

— Então me dê sua casa e propriedade; não peço nada mais.

— São seus — exclamaram os dois em uníssono —, de agora em diante são seus.

Selado o acordo e recebido o presente pelo Sr. Gower, o Sr. Webb tocou a campainha para pedir que preparassem a sua carruagem, dizendo ao mesmo tempo para William que chamasse as senhoritas.

— Ó melhor dos homens — disse a Sra. Webb —, não vamos mais tomar seu tempo.

— Não se desculpe, querida senhora — respondeu o Sr. Gower. — Os senhores podem permanecer pela próxima meia hora, se assim desejarem.

O casal ficou extasiado de admiração diante de tanta polidez; mas aquilo, eles concordaram, só contribuía para fazer a conduta deles parecer mais imperdoável por tomar o tempo dele.

As senhoritas logo entraram na sala. A mais velha tinha cerca de dezessete anos, a outra era muitos anos mais nova. Assim que fixou os olhos na Srta. Webb, o Sr. Gower sentiu que algo mais era necessário para a sua felicidade, além da casa que havia recebido.

A Sra. Webb apresentou-lhe sua filha:

— Nosso caro amigo, o Sr. Gower, meu bem; ele foi tão bondoso que aceitou esta casa, pequena como é, prometendo ficar com ela para sempre.

— Permita-me assegurar-lhe, senhor — disse a Srta. Webb —, que fico muito comovida com sua bondade que, dada a pouca intimidade que o senhor tem com meu pai e minha mãe, é extraordinariamente lisonjeira.

O Sr. Gower fez uma reverência.

— A senhorita é muito amável; asseguro-lhe que aprecio a casa sobremaneira. E, se eles completassem sua generosidade concedendo-me a mão de sua filha mais velha em casamento, com um considerável dote, eu não teria mais nada a desejar.

Esse elogio fez corar as faces da adorável Srta. Webb, que parecia, entretanto, aguardar a opinião do pai e da mãe. *Eles* se entreolharam encantados.

Finalmente a Sra. Webb, quebrando o silêncio, disse:

— Pesa sobre nós uma carga de favores feitos pelo senhor que jamais poderemos retribuir. Tome nossa menina, nossa Maria, que deverá assumir a tarefa de se esforçar para retribuir um pouco de sua tamanha benevolência.

O Sr. Webb acrescentou:

— A fortuna dela está em torno de dez mil libras, que é uma quantia quase pequena demais para um dote.

Entretanto, sendo tal objeção imediatamente descartada pela generosidade do Sr. Gower, que se declarou satisfeito com a quantia mencionada, o Sr. e a Sra. Webb, junto com a filha mais nova, partiram e, no dia seguinte, as núpcias de sua filha mais velha com o Sr. Gower foram celebradas.

Esse homem afável agora se via completamente feliz; unido a uma jovem adorável e valorosa, com uma bela fortuna e uma casa elegante, estabelecido na aldeia de Evelyn e, dessa forma, apto a cultivar sua amizade com o Sra. Willis, teria ele ainda algum desejo a ser realizado? Por alguns meses, ele julgou que *não*, até que, um dia, enquanto caminhava entre os arbustos de braço dado com Maria, os dois observaram uma rosa totalmente desabrochada que jazia no cascalho; caíra de uma roseira que, com três outras, haviam sido plantadas pelo Sr. Webb para conferir uma agradável variedade à passarela. Essas quatro roseiras serviam também para demarcar a extensão da área dos arbustos, e por meio delas o viajante sempre saberia quanto já avançara em torno do cercado.

Maria se abaixou para apanhar a bela flor e, com toda a generosidade de sua família, estendeu-a ao marido.

— Meu caro Frederic — disse ela —, peço que aceite esta encantadora rosa.

— Rose! — exclamou o Sr. Gower. — Oh, Maria! Do que essa rosa não me faz lembrar! Ai de mim, minha pobre irmã, como negligenciei sua pessoa!

A verdade era que o Sr. Gower era o único filho homem de uma grande família, da qual a Srta. Rose Gower era a décima terceira filha. Essa jovem, cujos méritos mereciam um destino melhor do que ela encontrara, era a queridinha da família. Pela alvura de sua pele e pelo brilho de seu olhar, merecia totalmente a afeição especial deles. Outra circunstância contribuía para o grande amor que dedicavam a ela: tinha uma das mais belas cabeleiras do mundo. Alguns meses antes do casamento do irmão, o coração dela se prendera às atenções e encantos de um jovem cuja alta posição social e grande herança pareciam predizer objeções da família dele a um casamento que seria altamente desejável para a família da moça. Propostas foram feitas pelo jovem e ponderadas objeções apresentadas por seu pai; exigia-se que ele voltasse de Carlisle, onde estava com sua adorada Rose, para a residência da família em Sussex. O rapaz foi obrigado a obedecer, e o irritado pai, percebendo pela sua conversa como ele estava determinado a não se casar com nenhuma outra mulher, o enviou para passar duas semanas na Ilha de Wight aos cuidados do capelão da família, com a esperança de que sua constância fosse sobrepujada pelo tempo e pela vivência num país estrangeiro. Os dois então se prepararam para dizer adeus à Inglaterra; ao nobre jovem não foi permitido ver sua Rose. Eles zarparam, mas formou-se uma tempestade que desafiou a perícia dos marinheiros. O barco naufragou na costa de Calshot e todos os que estavam a bordo pereceram. A notícia do triste acontecimento logo chegou a Carlisle, e a bela Rose foi afetada por ela de uma forma impossível de expressar em palavras. Foi para aliviar a aflição dela, mediante a obtenção de um retrato do infeliz namorado, que o irmão empreendeu uma viagem para Sussex, onde esperava que seu pedido não fosse negado pelo severo, mas angustiado, pai. Quando chegou a Evelyn, ele não estava a muitas milhas do Castelo de..., mas os agradáveis acontecimentos que lhe sobrevieram naquele local tinham-no por um período feito esquecer totalmente o motivo de sua viagem e sua triste irmã. O pequeno incidente da rosa, entretanto, trouxe de volta à sua mente tudo o que concernia a ela, e ele se arrependeu amargamente de sua negligência. Ele voltou na mesma hora para casa e, movido pelo pesar, pela apreensão e pela vergonha, escreveu a seguinte carta para Rose.

Evelyn, 14 de julho

MINHA DILETA IRMÃ — Como agora faz quatro meses que deixei Carlisle, período durante o qual não lhe escrevi uma única vez, talvez me acuse injustamente de negligência e esquecimento. Ai de mim! Eu coro quando reconheço a verdade de sua acusação. Mas, se você ainda vive, não pense muito mal de mim, nem suponha que eu poderia por um único momento esquecer a situação de minha Rose. Acredite-me, não vou mais me esquecer de você, mas vou me apressar o máximo possível até o Castelo de ... se constatar, por sua resposta, que ainda está viva. Maria me acompanha em todos os humildes e afetuosos desejos de seu afetuoso irmão,

F. GOWER

Ele aguardou na mais ansiosa expectativa uma resposta à sua carta, que chegou tão logo a grande distância desde Carlisle permitiu. Mas infelizmente não veio de Rose.

Carlisle, 17 de julho

Querido irmão — Nossa mãe tomou a liberdade de abrir sua carta endereçada à pobre Rose, já que ela está morta há seis semanas. Sua longa ausência e prolongado silêncio nos causaram grande aflição e a levaram mais depressa para o túmulo. Sua viagem ao Castelo de..., portanto, pode ser cancelada. Você não nos disse onde esteve desde a época em que partiu de Carlisle, nem de forma alguma explica sua tediosa ausência, o que nos deixa surpresos. Todos nos unimos enviando nossos cumprimentos a Maria, e pedimos para saber de quem se trata.

Sua afetuosa irmã,

M. Gower

Essa carta, pela qual o Sr. Gower foi obrigado a atribuir à própria conduta a causa da morte da irmã, foi um choque tão violento para os sentimentos dele que, apesar de morar em Evelyn, onde raramente se ouvia falar de doenças, ele sofreu um ataque de gota que, confinando-o ao próprio quarto, proporcionou a Maria a oportunidade de brilhar na atividade predileta de Sir Charles Grandison, a enfermagem. Nenhuma mulher poderia ser mais afável do que Maria naquelas circunstâncias e, finalmente, graças a suas incansáveis atenções, ela teve o prazer de vê-lo gradualmente poder usar de novo os pés. Foi uma bênção da qual ele com certeza se valeu, pois, assim que estava em condições de sair de casa, montou seu cavalo e foi até o Castelo de..., no desejo de descobrir se Sua Senhoria, abrandada pela morte do filho, poderia se convencer a permitir o casamento se ele e Rose ainda estivessem vivos. Sua afável Maria o seguiu com o olhar até não conseguir mais vê-lo; depois, afundando-se na poltrona, tomada de tristeza, percebeu que na ausência dele não podia ter nenhum conforto.

O Sr. Gower chegou tarde da noite ao castelo, que ficava localizado no alto de um rochedo arborizado com uma bela vista do mar. O Sr. Gower não desgostou da localização, embora ela fosse muito inferior à de sua própria residência. Havia uma irregularidade na inclinação do solo e uma profusão de velhas árvores que lhe pareceram inadequadas ao estilo do castelo, que era uma construção muito antiga e, segundo ele pensava, carecia do cercado de Evelyn Lodge para formar um contraste e dar mais vida à estrutura. O velho e sisudo castelo, que austero acompanhava seu avanço pela trilha sinuosa, o encheu de terror. Tampouco ele se considerou a salvo até ter entrado na sala de visitas, onde a família tomava chá. O Sr. Gower era totalmente desconhecido de todos daquele círculo, mas, embora sempre fosse tímido no escuro e ficasse facilmente amedrontado quando sozinho, não lhe faltou aquela indispensável e nobre coragem que lhe possibilitou, sem nenhum acanhamento, introduzir-se em um grande grupo de nível superior, que ele nunca encontrara antes, e tomar seu assento entre eles com perfeita indiferença.

O nome Gower não era totalmente desconhecido de Lorde... Ele se sentiu perturbado e atônito, mas mesmo assim levantou-se e recebeu o visitante com toda a polidez de um homem bem-educado. Lady..., que sentia pela morte do filho uma tristeza mais profunda do que aquela que o coração empedernido do esposo era capaz de sentir, mal pôde permanecer em seu lugar quando descobriu que ele era irmão da pranteada Rose.

— Meu senhor — disse o Sr. Gower assim que se sentou —, talvez esteja surpreso por receber a visita de um homem que não tinha a menor expectativa de ver aqui. Mas minha irmã, minha desventurada irmã, é a verdadeira causa de eu vir aqui incomodá-lo. A infeliz garota agora não existe mais; e, embora *ela* não possa ter nenhum prazer com isso, mesmo assim, para a satisfação de nossa família, desejo saber se a morte desse desafortunado casal tocou seu coração de forma suficientemente profunda para permitir o casamento, o que em circunstâncias mais felizes o senhor não foi convencido a fazer, supondo-se que os dois estivessem agora vivos.

Sua Senhoria parecia tomada pela perplexidade. Lady... não pôde suportar a menção de seu filho e deixou a sala aos prantos; o resto da família continuava ouvindo com atenção, quase convencido de que o Sr. Gower perdera a razão.

— Sr. Gower — respondeu Sua Senhoria —, essa é uma pergunta muito estranha; parece-me que o senhor está supondo uma impossibilidade. Ninguém pode lamentar mais sinceramente a morte de meu filho do que sempre lamentei, e me causa profunda tristeza saber que o falecimento da Srta. Gower foi apressado pelo dele. Apesar disso, supô-los vivos é destruir de uma vez o motivo para uma mudança em meus sentimentos em relação ao caso.

— Meu senhor — respondeu o Sr. Gower, furioso —, percebo que é um homem dos mais inflexíveis e que nem mesmo a morte de seu filho pode fazê-lo desejar para ele felicidade em sua vida futura. Não vou mais tomar seu tempo. Percebo, percebo com clareza, que o senhor é um homem muito vil; e agora tenho a honra de desejar a todos os senhores e senhoras uma boa noite.

Ele imediatamente deixou a sala, esquecendo, no calor da fúria, como era tarde, situação que em qualquer outro contexto o teria feito tremer, e deixando todo o grupo com a impressão de que estava louco. Quando, entretanto, montou seu cavalo e os grandes portões do castelo o trancaram para fora, sentiu todo o seu corpo estremecer. Se considerarmos a situação dele, de fato sozinho, a cavalo, numa época do ano tão avançada quanto agosto e tão tarde do dia quanto vinte e uma horas, sem uma luz para guiá-lo exceto a da lua quase cheia, e as estrelas que o alarmavam com seu cintilar, quem pode deixar de sentir pena dele? Nenhuma casa no espaço de um quarto de milha, e um castelo sisudo, enegrecido pela sombra profunda das nogueiras e pinheiros atrás dele. Ele se sentiu, de fato, quase enlouquecido pelos próprios medos e, fechando os olhos até chegar à aldeia, para evitar a visão de ciganos ou fantasmas, percorreu a todo galope o caminho inteiro.

Ao chegar em casa, ele tocou a campainha, mas ninguém apareceu; tocou uma segunda vez, mas a porta não foi aberta; tocou uma terceira e uma quarta vez, sem obter sucesso. Observando que a janela da sala de jantar estava aberta, pulou para dentro e fez seu caminho pela casa até o quarto de vestir de Maria, onde encontrou todos os empregados juntos tomando chá. Surpreso diante de visão tão incomum, ele desmaiou; ao se recuperar, encontrou-se deitado no sofá, com a aia da mulher ajoelhada ao seu lado, umedecendo-lhe as têmporas com água de alecrim. Por ela ficou sabendo que sua amada Maria havia ficado tão triste com sua partida que morrera de coração quebrantado cerca de três horas depois.

Ele então se recompôs o suficiente para dar as ordens necessárias para o funeral, que aconteceu na segunda-feira seguinte, sendo aquele dia um sábado. Depois de haver organizado a ordem do cortejo fúnebre, o Sr. Gower partiu para Carlisle para extravasar sua tristeza no seio da família. Chegou lá sentindo-se bem de saúde e de espírito, após uma deliciosa viagem de três dias e meio. Qual não foi sua surpresa ao entrar na sala de desjejum e deparar-se com Rose, sua querida Rose, sentada num sofá; ao vê-lo ela desmaiou e teria caído, se um cavalheiro que estava sentado de costas para a porta não tivesse se levantado e evitado que fosse ao chão. Ela despertou logo e então apresentou o cavalheiro para seu irmão como seu marido. Um tal de Sr. Davenport.

— Mas, minha querida Rose — disse atônito Gower —, pensei que estivesse morta e enterrada.

— Ora, meu querido Frederick — respondeu Rose —, quis que você pensasse assim, na esperança de que espalhasse a notícia por todo o país e ela de alguma forma chegasse até o Castelo de... Com isso eu esperava, de um jeito ou de outro, tocar os corações de seus moradores. Foi só anteontem que fiquei sabendo da morte de meu amado Henry, da qual tomei conhecimento por Davenport, que concluiu o relato oferecendo-se a mim em casamento. Aceitei o pedido enlevada, e me casei ontem.

O Sr. Gower abraçou sua irmã e cumprimentou o Sr. Davenport; depois fez um passeio pela cidade. Passando por um bar, pediu uma jarra de cerveja, que lhe foi trazida imediatamente por sua antiga amiga, a Sra. Willis.

Grande foi seu espanto ao ver a Sra. Willis em Carlisle. Mas, sem esquecer o respeito que a ela devia, dobrou um joelho e recebeu dela a caneca cheia do líquido espumante, mais agradável para ele que um néctar dos deuses. Imediatamente ofereceu a ela sua mão e seu coração, que ela bondosamente concordou em aceitar, dizendo-lhe que estava apenas fazendo uma visita ao primo, que era gerente do *Anchor*, e estava pronta para retornar a Evelyn quando ele quisesse. Na manhã seguinte eles se casaram e partiram para Evelyn. Quando chegou em casa, ele se recordou de que não tinha ainda escrito para o Sr. e a Sra. Webb para informá-los da morte da filha, da qual ele supôs corretamente que nada sabiam, já que não assinavam nenhum jornal. Imediatamente despachou a seguinte carta.

Evelyn, 19 de agosto de 1809

CARÍSSIMA SENHORA — Como as palavras poderiam expressar a intensidade de meus sentimentos?! Nossa Maria, nossa amada Maria, já não vive mais; deu seu último suspiro no sábado, dia 12 de agosto. Imagino a senhora neste momento tomada por uma agonia de pesar, lamentando não por si mesma, mas pela minha perda. Fique tranquila, estou feliz; na companhia de minha adorável Sarah, que mais posso desejar?

Receba meus respeitos,

F. GOWER

Westgate Buildings, 22 de agosto

Ó Generoso, melhor dos homens — Como nos alegramos em saber de seu atual bem-estar e felicidade! E como somos verdadeiramente gratos por sua incomum generosidade em escrever enviando-nos suas condolências pelo desastroso acidente que sobreveio a Maria. Anexei a esta carta uma ordem de pagamento de nosso banco no valor de trinta libras, e o Sr. Webb se junta a mim pedindo que o senhor e a afável Sarah a aceitem.

Com nossos profundos agradecimentos,

Anne Augusta Webb

O Sr. e a Sra. Gower residiram muitos anos em Evelyn, vivendo uma perfeita felicidade, recompensa justa por suas virtudes. A única alteração que ocorreu em Evelyn foi que o Sr. e a Sra. Davenport foram morar lá, na antiga residência da Sra. Willis, e foram durante muitos anos os proprietários do *White Horse Inn*.

CATHARINE

ou

O CARAMANCHÃO

Para
a Srta. Austen

Madame — Encorajada por seu caloroso apoio à *Bela Cassandra* e a *Uma história da Inglaterra*, que por meio de sua generosa ajuda ganhou espaço em todas as bibliotecas do reino, e tiveram sessenta edições, tomo a liberdade de solicitar o mesmo empenho para o romance apresentado a seguir, de que humildemente me gabo, que possui mais méritos que qualquer outro já publicado ou que possa surgir no futuro, exceto aquele que proceda da pena desta sua mais humilde serva,
A Autora

Steventon, agosto de 1792

Como muitas heroínas antes dela, Catharine teve o infortúnio de perder os pais quando era muito pequena, e de ter sido criada sob os cuidados de uma tia solteirona que, embora a amasse ternamente, vigiava sua conduta com uma severidade tão minuciosa que provocava em muitas pessoas, e principalmente em Catharine, a dúvida sobre ela realmente a amar. Com frequência ela fora privada de um verdadeiro prazer por causa desse cuidado ciumento, sendo algumas vezes obrigada a abrir mão de um baile porque um oficial estaria lá, e a dançar com um parceiro indicado pela tia e não com alguém de sua própria escolha. Mas Catharine tinha uma índole naturalmente boa, não se deprimia facilmente e possuía tamanho repositório de vivacidade e bom humor que só poderia ser esvaziado por algum problema muito grave.

Além desses antídotos contra qualquer desapontamento, e dos consolos que os acompanhavam, a moça tinha outro, que lhe proporcionava constante alívio em todos os seus infortúnios, e que era um belo caramanchão sombroso, trabalho de seus próprios esforços infantis, apoiado pelos de duas pequenas companheiras que haviam residido no mesmo povoado. Para esse caramanchão, que ficava ao final de um caminho muito agradável e retirado no quintal, ela se dirigia sempre que algo a perturbava, e ele tinha notável poder de encanto sobre os sentidos dela, tranquilizando sua mente e acalmando seu espírito. A solidão e o pensamento poderiam talvez produzir os mesmos efeitos em seu quarto; entretanto, o hábito fortalecera de tal forma a ideia inicialmente plantada pela fantasia que esse pensamento nunca ocorreu a Kitty: estava totalmente persuadida de que apenas o caramanchão poderia fazê-la voltar a seu estado normal.

Kitty tinha imaginação muito viva, e em suas amizades, bem como em todo o cerne de sua mente, era entusiasmada. Esse amado caramanchão fora o trabalho coletivo dela e de duas amigas, por quem, desde seus primeiros anos de vida, sentira a mais terna consideração. Elas eram filhas do clérigo da paróquia, de cuja família, enquanto eles ali permaneceram, sua tia fora extremamente íntima; e as três garotinhas, embora ficassem separadas a maior parte do ano por seguirem métodos escolares diferentes, estavam constantemente juntas durante as férias das Srtas. Wynnes. Naqueles dias de feliz infância, que agora tanta saudade despertavam em Kitty, aquela pérgula fora construída, e agora que ela estava separada, talvez para sempre, das queridas amigas, o ambiente despertava nela, mais que qualquer outro local, as ternas e melancólicas lembranças de horas agradáveis à época, ao mesmo tempo tão tristes, e ainda assim tão calmantes!

Fazia agora dois anos que o Sr. Wynne morrera e consequentemente a família se dispersara, tendo sido deixada em grande aflição. Eles haviam sido reduzidos a um estado de absoluta dependência em relação a alguns parentes que, embora muito opulentos e muito próximos deles, foram com muita dificuldade convencidos a prover a eles algum meio de se sustentar. A Sra. Wynne fora felizmente poupada do conhecimento e da participação na aflição dos filhos, tendo sido libertada de uma dolorosa enfermidade poucos meses antes da morte do marido.

A filha mais velha fora obrigada a aceitar a oferta de um dos primos de enviá-la para as Índias Orientais e, embora infinitamente contra suas inclinações, precisara abraçar essa única possibilidade que lhe era oferecida para seu sustento; no entanto, essa opção era tão contra suas ideias de decência, tão contrária a seus desejos, tão repugnante a seus sentimentos, que ela quase teria escolhido a escravidão, caso lhe fosse oferecida uma escolha. Seus atrativos pessoais haviam obtido para ela um marido logo que chegou a Bengala, e agora já estava casada havia quase um ano. Esplêndida, mas muito infelizmente casada. Unira-se a um homem que tinha o dobro de sua idade, cuja disposição não era afável e cujos modos eram brutos, embora seu caráter fosse respeitável. Kitty tivera duas vezes notícias da amiga desde o casamento, mas as cartas dela eram sempre insatisfatórias e, embora ela não declarasse abertamente seus sentimentos, cada linha provava que era infeliz. Não falava com prazer de nada que não fossem aquelas diversões que as três haviam partilhado e que agora não voltariam mais, e parecia não ter nenhuma alegria a não ser o prospecto de voltar à Inglaterra.

Sua irmã fora acolhida por outra parente, a viúva Lady Halifax, como dama de companhia para suas filhas, e fora com a família para a Escócia mais ou menos na mesma época em que Cecília partiu da Inglaterra. Sobre Mary, portanto, Kitty tinha notícias com mais frequência, mas suas cartas não eram mais consoladoras. De fato, não havia na sua situação a triste desesperança que havia na da irmã; não estava casada e ainda podia esperar uma mudança em sua condição; porém, no momento não tinha nenhuma expectativa imediata disso, em uma família em que, apesar de todos serem seus parentes, ela não tinha amigos; em geral escrevia cartas cheias de desânimo, para o qual a separação de sua irmã e o casamento dela haviam contribuído enormemente.

Assim, separada das duas pessoas que mais amava no mundo, embora Cecília e Mary fossem ainda mais queridas por tê-las perdido, tudo que trazia uma lembrança delas era duplamente apreciado, e os arbustos que haviam plantado, e as lembranças que haviam trocado, eram considerados sagrados.

 A paróquia de Chetwynde estava agora sob a direção de um Sr. Dudley cuja família, diferentemente dos Wynnes, produzia apenas aborrecimentos e problemas para a Sra. Percival e sua sobrinha. O Sr. Dudley, que era o filho mais novo de uma família muito nobre, uma família conhecida mais por seu orgulho do que por sua opulência, obcecado com a própria dignidade e cioso de seus direitos, estava o tempo todo discutindo, senão com a própria Sra. Percival, com seu capataz ou seus colonos acerca do dízimo, e com os principais vizinhos acerca do respeito e reverência que exigia. A esposa, mulher pouco instruída e rude, sendo de uma família antiga, tinha orgulho dessa família sem saber por quê e, como o marido, era também arrogante e briguenta, sem considerar o motivo. A única filha do casal, que herdara a ignorância, a insolência e o orgulho dos pais, era, pela beleza que a deixava injustificadamente vaidosa, considerada por eles uma criatura irresistível, bem como a futura restauradora, por meio de um casamento esplêndido, da dignidade que sua situação degradada e o fato de o Sr. Dudley ter sido obrigado a receber as ordens para trabalhar numa paróquia do interior tinham agravado tanto. Eles ao mesmo tempo desprezavam as Percivals por serem pessoas de uma família comum e as invejavam por elas terem dinheiro. Tinham ciúmes por serem mais respeitadas que eles e, embora fingissem considerá-las insignificantes, buscavam continuamente diminuí-las na opinião da vizinhança com relatos escandalosos e cheios de malícia. Uma família daquelas contribuía muito pouco para consolar Kitty pela perda das Wynnes, ou para preencher, com sua convivência, aquelas horas ocasionalmente aborrecidas que, em um lugar tão isolado, às vezes ocorriam por falta de companhia.

Sua tia gostava demasiadamente dela e sentia-se muito mal se a visse desanimada por um momento que fosse; no entanto, vivia num receio tão constante de que ela se casasse de forma imprudente, se tivesse a oportunidade de escolher, e ficava tão contrariada com o comportamento da sobrinha quando a via com jovens rapazes (pois por sua própria natureza Kitty era desinibida e sem reservas) que, embora ela muitas vezes desejasse, para o bem da sobrinha, que a vizinhança fosse mais numerosa e que ela mesma tivesse aprendido a conviver mais com essas pessoas, a lembrança de que havia um rapaz em quase todas as famílias sempre falava mais alto que esse desejo.

Os mesmos receios que impediam a Sra. Percival de socializar muito com os vizinhos a levavam igualmente a evitar convidar seus parentes para uma temporada em sua casa. Assim, ela constantemente se esquivava da tentativa de uns parentes distantes de visitá-la em Chetwynde todos os anos, já que havia um rapaz na família de quem ela ouvira muitas descrições que a alarmaram. Entretanto, esse filho estava em uma longa viagem, e a repetida insistência de Kitty, junto com a consciência de ter negado sem nenhuma cerimônia as frequentes solicitações de seus amigos para que os recebesse, e um verdadeiro desejo de vê-los, facilmente a convenceram a solicitar com grande insistência uma visita deles no verão seguinte. Assim, o Sr. e a Sra. Stanley viriam, e Catharine, por ter algo para esperar, alguma coisa que certamente aliviaria o tédio de um convívio próximo e constante com a tia, estava tão encantada, seus ânimos tão elevados, que nos três ou quatro dias anteriores à chegada deles ela praticamente não conseguia se concentrar em ocupação nenhuma. Nesse ponto, a Sra. Percival sempre a considerava defeituosa e frequentemente reclamava de uma falta de constância e perseverança em suas ocupações, virtudes que não combinavam de modo algum com a impetuosa disposição de Kitty e talvez não se encontrassem em alguma pessoa jovem. O tédio da conversa da tia e a falta de companhias agradáveis aumentavam consideravelmente esse desejo de mudança em suas ocupações, pois Kitty logo se via cansada de ler, bordar ou desenhar na sala da Sra. Percival muito mais do que em sua pérgula, aonde a tia, por medo da umidade, nunca a acompanhava.

Como sua tia se gabava da adequação precisa e da elegância com que tudo na família era conduzido e não tinha maior satisfação que saber que sua casa estava sempre na mais completa ordem, pois sua fortuna era considerável e seus empregados, numerosos, poucos foram os preparativos necessários para a recepção de seus visitantes. O dia de sua vinda, tão esperado, finalmente chegou, e o ruído da carruagem de quatro cavalos avançando no pátio foi para Catharine um som mais interessante do que a música de uma ópera italiana, que, para a maioria das heroínas, é o máximo do prazer. O Sr. e a Sra. Stanley eram pessoas de grande fortuna e notável elegância. Ele era membro da Câmara dos Comuns, e por isso eles agradavelmente precisavam residir metade do ano em Londres, onde a Srta. Stanley fora educada pelos melhores professores desde os seis anos até a última primavera, período que, compreendendo doze anos, havia sido dedicado à aquisição de dotes que agora deviam ser ostentados e, em alguns anos, inteiramente esquecidos.

Ela tinha uma aparência elegante, era bem bonita e por certo não carecia de talentos; mas aqueles anos que deviam ter sido despendidos na aquisição de um conhecimento útil e em aperfeiçoamentos intelectuais foram todos empregados no aprendizado de desenho, italiano e música, mais especificamente a última, e ela agora unia a esses talentos uma inteligência que não fora aperfeiçoada pela leitura e uma mente totalmente privada de gosto e apreciação. Seu temperamento era naturalmente bom, mas, não dispondo de reflexão, ela não tinha nem paciência quando era contrariada nem conseguia sacrificar seus desejos para promover a felicidade dos outros.

Todas as suas ideias estavam focadas na elegância de sua aparência e na admiração que ela queria atrair. Declarava seu amor pelos livros sem ler, era vivaz sem espirituosidade e, em geral, bem-humorada sem ter por quê.

Assim era Camilla Stanley; e Catharine, que se impressionara com a aparência da outra, e que, por sua situação solitária, era propensa a gostar de qualquer pessoa, embora seu entendimento e julgamento não fossem, em outras circunstâncias, facilmente satisfeitos, sentiu ao ver a Srta. Stanley que ela seria exatamente a companheira que queria e que, em algum grau, a compensaria pela perda de Cecília e Mary Wynne. Assim, apegou-se a Camilla desde o dia de sua chegada e, por serem as únicas pessoas jovens na casa, estavam por inclinação constantemente juntas. Kitty era uma leitora voraz, embora não fosse muito profunda, e se sentia inteiramente encantada em constatar que a Srta. Stanley gostava igualmente de ler. Ávida por comprovar que seus sentimentos referentes aos livros eram semelhantes, logo começou a questionar a nova amiga sobre o assunto; mas, embora tivesse muita leitura em História Moderna, Kitty optou por falar primeiro de livros mais leves, que eram universalmente lidos e admirados.

— Suponho que tenha lido os romances da Sra. Smith? — disse ela à companheira.

— Sim, claro! — respondeu a outra. — Gosto muito deles. São as coisas mais doces do mundo.

— E qual deles você prefere?

— Oh, céus... Acho que não há comparação entre eles. *Emmeline* é *muito* melhor que qualquer um dos outros.

— Muita gente pensa assim, eu sei; mas *para mim* não parece haver tamanha desproporção entre o mérito das obras; acha que esse é mais bem escrito?

— Oh, não sei nada sobre *esse aspecto*; mas é um romance melhor em *tudo*. Além disso, *Ethelinde* é tão longo...

— Essa é uma objeção muito comum, acredito — disse Kitty —, mas, de minha parte, se um livro é bem escrito, sempre o considero curto demais.

— Eu também, só que me canso dele antes de terminar de lê-lo.

— Mas você não achou a história de *Ethelinde* muito interessante? E as descrições de Grasmere não são lindas?

— Ah, pulei toda essa parte, porque estava com tanta pressa para saber como terminava... — Depois, fazendo uma transição fácil, ela acrescentou: — Vamos para os Lagos neste outono e estou louca de alegria; Sir Henry Devereux prometeu ir conosco, o que vai tornar tudo tão divertido, você sabe...

— Aposto que sim; mas acho uma pena que a capacidade de divertir de Sir Henry não seja reservada para uma ocasião em que possa ser mais útil. Entretanto, invejo você por essa perspectiva.

— Ah, estou tão feliz só de pensar nisso tudo; não consigo pensar em mais nada. Garanto que não fiz nada neste último mês além de planejar as roupas que levaria comigo, e finalmente decidi levar pouca coisa além de meu traje de viagem e aconselho você a fazer o mesmo, quando for; pois pretendo, no caso de haver alguma corrida, ou de pararmos em Matlock ou Scarborough, mandar fazer algumas roupas para a ocasião.

— Vocês pretendem visitar o interior de Yorkshire?

— Acredito que não; na verdade não sei nada do trajeto, pois nunca me incomodo com essas coisas. Só sei que vamos de Derbyshire para Matlock e Scarborough, mas, para onde vamos primeiro, não sei nem quero saber. Espero poder encontrar certos amigos meus em Scarborough. Augusta me disse em sua última carta que Sir Peter falou em ir; mas, também, isso é tão incerto. Não suporto Sir Peter, é uma criatura tão horrível...

— É mesmo? — perguntou Kitty, sem saber mais o que dizer.

— Ah, ele é muito chocante.

Nesse ponto a conversa foi interrompida, e Kitty ficou com uma dolorosa dúvida sobre os detalhes da personalidade de Sir Peter; só sabia que ele era horrível e chocante, mas por que e em que aspecto eram pontos que ainda precisavam ser descobertos. Mal sabia o que pensar sobre a nova amiga; ela parecia ser vergonhosamente ignorante sobre a geografia da Inglaterra, se a entendera direito, e igualmente privada de gosto e informação. No entanto, Kitty preferia não decidir de forma apressada; queria ao mesmo tempo fazer justiça à Srta. Stanley e também comprovar que ela era tudo o que desejava que fosse; assim, decidiu suspender todo julgamento por algum tempo. Após o jantar, a conversa tomou o rumo do mundo político e a Sra. Percival, que tinha a firme opinião de que toda a raça humana estava se degenerando, disse que, na opinião dela, tudo em que acreditava estava indo para o beleléu, toda a ordem estava sendo destruída na face da terra, e a Câmara dos Comuns, ela tinha ouvido falar, às vezes se reunia até às cinco horas da manhã, e a depravação nunca antes fora tão generalizada, e ela concluiu com um desejo de poder viver para ver restauradas de novo as boas maneiras do povo do reinado da Rainha Elizabeth.

— Bem — disse a sobrinha —, acredito que a senhora tem alguma chance de ver isso acontecer, como qualquer outra pessoa, mas espero que, junto com a época, a senhora não queira que a própria Rainha Elizabeth seja restaurada.

— A Rainha Elizabeth — disse a Sra. Stanley, que nunca arriscava fazer uma observação histórica que não fosse bem fundamentada — viveu bastante e era uma mulher inteligente.

— Isso é verdade — respondeu Kitty —, mas não considero nenhuma dessas duas circunstâncias meritórias nela, além de estarem bem longe de me fazer desejar que ela retorne, pois, se por acaso ela voltasse com as mesmas habilidades e a mesma boa saúde, poderia causar o mesmo prejuízo e durar tanto quanto durou antes... — E então, voltando-se para Camilla, que estava sentada ao seu lado, em silêncio, já havia algum tempo: — O que *você* acha de Elizabeth, Srta. Stanley? Espero que não vá defendê-la.

— Oh, céus! — respondeu a Srta. Stanley. — Não sei nada de política, e não suporto esse assunto.

Kitty teve um sobressalto com essa repulsa, mas não respondeu nada; de que a Srta. Stanley devia ser ignorante do que não conseguia distinguir da política, estava perfeitamente convencida. Ela se recolheu ao seu aposento, sem saber o que pensar sobre a nova amiga, temendo que ela fosse muito diferente de Cecília e Mary. Acordou na manhã seguinte para ficar ainda mais convencida disso, e a cada dia sua convicção se consolidava ainda mais. Ela não encontrava variedade na conversa da moça; não recebia nenhuma informação dela que não tivesse a ver com a moda, e nenhuma diversão a não ser seu desempenho na espineta; e, após repetidos esforços de encontrar em Camilla o que queria, foi obrigada a desistir de tentar e considerar suas tentativas como infrutíferas. Ocasionalmente surgia em Camilla algo parecido com humor que a enchia de esperança de que a amiga poderia finalmente ter algum talento natural, embora não aperfeiçoado, mas essas manifestações fugazes eram tão raras e tão mal fundamentadas que no fim Kitty se convenceu de que eram meramente acidentais. Todo o seu estoque de conhecimento se esgotou em poucos dias e, quando Kitty já havia aprendido como era grande a casa deles em Londres, quando os eventos de moda começavam, quem eram as beldades celebradas e qual era o melhor modista de chapéus, Camilla não tinha mais nada a ensinar, a não ser sobre a personalidade de alguns de seus conhecidos quando eles surgiam na conversa, e isso ela fazia com igual desembaraço e brevidade, dizendo que a pessoa era ou a criatura mais doce do mundo, e alguém que ela idolatrava, ou horrível, chocante e indigna de ser vista.

Como Catharine estava muito desejosa de obter toda informação possível sobre as pessoas da família Halifax e, concluindo que a Srta. Stanley poderia conhecê-las, já que parecia conhecer todas as pessoas importantes, aproveitou uma oportunidade num momento em que Camilla estava enumerando todo mundo da alta sociedade que sua mãe visitava para perguntar se Lady Halifax estava inclusa.

— Ah, obrigada por me lembrar dela, é a mulher mais doce do mundo e uma de nossas amigas mais íntimas. Acho que não se passa um dia, durante os seis meses que ficamos em Londres, sem que nos vejamos. E me correspondo com todas as moças.

— Então eles *são* uma família agradável? — perguntou Kitty.
— Devem mesmo ser, senão, com encontros tão frequentes, a conversa acabaria.

— Oh, céus, de jeito nenhum — disse a Srta. Stanley —, pois algumas vezes não conversamos durante um mês inteiro. Às vezes nos encontramos apenas em público e, então, você sabe, é comum não conseguirmos chegar suficientemente perto deles; mas nesse caso sempre acenamos com a cabeça e sorrimos.

— O que já é ótimo. Mas eu ia perguntar se você viu uma Srta. Wynne com eles.

— Sei perfeitamente de quem está falando. Ela usa um chapéu azul. Eu a vi muitas vezes na Brook Street, quando estive nos bailes de Lady Halifax; ela dá um baile por mês durante o inverno. Mas pense quanta bondade há nela para cuidar da Srta. Wynne, pois é uma parente muito distante, e tão pobre que, segundo me contou a Srta. Halifax, sua mãe foi obrigada a lhe dar roupas. Não é uma vergonha?

— Que ela seja tão pobre? É vergonhoso sim, tendo a família tantos conhecidos ricos.

— Não; não é isso! Quero dizer, não é vergonhoso que o Sr. Wynne tenha deixado os filhos em tão péssimas condições, quando na verdade era pastor de Chetwynde e de mais duas ou três localidades, e tinha apenas quatro filhos para cuidar? O que teria feito se tivesse dez, como muitas pessoas têm?

— Ele lhes teria dado uma educação igualmente boa e os deixado igualmente pobres.

— Bem, acho que nunca houve família de maior sorte. Sir George Fitzgibbon, você sabe, mandou a moça mais velha para a Índia inteiramente às suas custas; dizem que ela está muito bem casada com um nobre e é a pessoa mais feliz do mundo. Lady Halifax, como você mesma mencionou, toma conta da mais nova e a trata como se fosse sua filha; não aparece em público com ela, claro; mas a moça está sempre presente quando a senhora oferece seus bailes e ninguém pode ser mais bondosa com ela do que Lady Halifax; a senhora a teria levado para Cheltenham no ano passado, se houvesse acomodações suficientes nos alojamentos, e portanto você não pode achar que *ela* tenha algo de que se queixar. E também há os dois filhos: para um deles, o Bispo de M... conseguiu um lugar no exército, como tenente, acho; o outro está numa ótima situação, eu sei, pois acho que alguém o colocou em uma escola no País de Gales. Você os conhecia quando moravam aqui?

— Muito bem. Nós nos encontrávamos com a mesma frequência com que sua família se encontra com os Halifaxes na cidade, mas, como nunca tínhamos dificuldade alguma para nos aproximar e conversar, quase nunca nos despedíamos apenas com um aceno de cabeça e um sorriso. Eles eram, na verdade, uma família encantadora, e acredito que haja pouquíssimas pessoas como eles no mundo; os vizinhos que temos agora na residência paroquial ficam em desvantagem em comparação a eles.

— Oh, patifes horríveis. Pergunto-me como você os suporta...

— Ora, o que você faria?

— Oh, Senhor! Se eu estivesse em seu lugar, eu os xingaria o tempo todo.

— É o que faço, mas não adianta.

— Bem, declaro que é muita pena que lhes seja permitido viver. Eu queria que meu pai um dia desses propusesse na Câmara que se acabasse com eles. Tão abominavelmente orgulhosos da própria família! Arrisco dizer, afinal de contas, que não há nada especial nela.

— Há sim, acho que eles *têm* motivos para dar valor à própria família, se é que alguém tem; pois, você sabe, ele é irmão de Lorde Amyatt.

— Sim, sei disso tudo muito bem, mas não é motivo para serem tão horríveis. Lembro-me de ter encontrado a Srta. Dudley na primavera passada com Lady Amyatt em Ranelagh, e ela estava usando um chapéu tão medonho que não consigo suportá-las desde essa época. Então você considerava as Wynnes muito agradáveis?

— Você fala como se houvesse alguma dúvida! Agradáveis! Elas eram tudo o que pode interessar e atrair. Não tenho condições de fazer justiça aos méritos delas, embora não os perceber seja, na minha opinião, impossível. Elas me deixaram mal-acostumada. Só me sinto bem na companhia delas.

— Bem, é exatamente isso o que sinto em relação às Srtas. Halifaxes; aliás, preciso escrever para Caroline amanhã e não sei o que dizer a ela. As Barlows, também, são moças tão queridas; mas eu gostaria que o cabelo de Augusta não fosse tão escuro. Não suporto Sir Peter, patife horroroso! Ele está *sempre* acamado sofrendo de gota, o que é extremamente desagradável para a família.

— E talvez não muito agradável para *ele mesmo*. Mas, quanto aos Wynnes; você realmente acha que são pessoas de sorte?

— Se penso isso? Ora, não é assim que todo mundo pensa? A Srta. Halifax, e Caroline e Maria, todas elas dizem que eles são as pessoas mais afortunadas do mundo. Assim como Sir George Fitzgibbon e todo mundo...

— Ou seja, todas as pessoas que lhes impuseram uma obrigação. Mas você acha que é sorte uma moça de gênio e sentimento ser enviada a Bengala em busca de um marido, casar-se lá com um homem cujo temperamento ela não teve a oportunidade de julgar até que seu julgamento já não lhe servisse de nada, um homem que pode ser um tirano, um tolo ou ambas as coisas, pelo que ela sabe? Chama *isso* de sorte?

— Não sei nada sobre tudo isso; só sei que Sir George foi extremamente bondoso em dar o que ela precisava e ainda pagar a passagem, e que ela não encontraria muitas pessoas que fariam a mesma coisa.

— Eu gostaria que ela não tivesse encontrado *uma* — disse Kitty, impetuosa. — Ela poderia ter permanecido na Inglaterra e sido feliz.

— Bem, não consigo entender que sofrimento existe em passear tendo duas ou três agradáveis moças como companhia, fazer uma deliciosa viagem a Bengala ou Barbados, ou qualquer lugar que seja, e logo após a chegada se casar com um homem muito encantador e imensamente rico. Não vejo sofrimento algum em tudo isso.

— Seu modo de representar o caso — disse Kitty, rindo — com certeza cria uma ideia bem diferente da minha. Mas, supondo que tudo isso seja verdade, mesmo assim, como não era certo que ela teria tanta sorte, seja na viagem, seja nas companhias ou no marido, ao ser obrigada a correr o risco de tudo se mostrar muito diferente, ela sem dúvida passou por um grande sofrimento. Além disso, para uma moça com o mínimo de delicadeza, essa viagem em si, uma vez que o seu destino é tão universalmente conhecido, é uma punição que não precisa de nada mais para ser muito cruel.

— Não vejo as coisas dessa maneira. Ela não é a primeira moça que foi para as Índias Orientais em busca de um marido, e declaro que eu consideraria a empreitada muito divertida se fosse pobre.

— Acho que, *nesse caso*, você pensaria muito diferente. Mas pelo menos não vai defender a situação da irmã dela, vai? Dependente, até para suas roupas, da vontade dos outros, que com certeza não têm pena dela, pois, pelo que ela mesma conta, todos a consideram muito sortuda.

— Você é extremamente melindrosa, juro; Lady Halifax é uma mulher encantadora e uma das criaturas de temperamento mais doce do mundo; tenho certeza de que estou certa em falar bem dela, pois lhe devemos muitas obrigações. Ela muitas vezes me acompanhou a acontecimentos sociais quando minha mãe estava indisposta e, na primavera passada, me emprestou seu próprio cavalo três vezes, o que foi um favor prodigioso, pois ele é o animal mais belo que já se viu, e sou a única pessoa a quem ela o emprestou. Além disso — continuou ela —, as Srtas. Halifaxes são muito agradáveis. Maria é uma das moças mais inteligentes que já existiram; pinta com tinta a óleo e toca qualquer peça só olhando a partitura. Antes de eu deixar Londres, ela me prometeu um de seus quadros, mas me esqueci inteiramente de pedi-lo a ela. Eu daria tudo para tê-lo.

— Mas não foi muito estranho — disse Kitty — que o Bispo tenha mandado Charles Wynne para o mar, quando poderia ter tido uma chance muito melhor de arrumar para ele um trabalho na igreja, que era a profissão preferida de Charles e aquela que seu pai desejava para ele? O Bispo, eu sei, sempre prometeu ao Sr. Wynne uma paróquia importante e, como nunca realizou a promessa, acho que deveria transferi-la para o filho.

— Acredito que você acha que ele deveria ter abdicado do seu próprio bispado em favor do rapaz; parece determinada a permanecer insatisfeita com tudo o que foi feito por eles.

— Bem — disse Kitty —, esse é um assunto sobre o qual nunca concordaremos e, portanto, será inútil continuarmos conversando sobre ele, ou mesmo mencioná-lo outra vez.

Em seguida ela deixou a sala e, correndo para fora da casa, logo chegou a seu querido caramanchão, onde pôde se entregar em paz a todo o seu ódio ressentido contra os parentes dos

Wynnes, agora ainda mais exaltado pelo fato de ter ouvido de Camilla que em geral se considerava que eles tinham agido muito bem. Ela se divertiu algum tempo xingando e odiando todos eles, com grande veemência, e, depois de pagar esse tributo à sua afeição pelas Wynnes, quando o caramanchão começava a exercer sua costumeira influência sobre seu ânimo, ela contribuiu para que ele ficasse mais calmo pegando um livro, pois sempre tinha um à mão, e lendo.

Tinha ficado assim ocupada durante uma hora quando Camilla veio correndo na direção dela, toda agitada e, aparentemente, muito satisfeita.

— Oh, minha querida Catharine — disse ela, meio sem fôlego —, tenho notícias deliciosas para você; mas nunca vai adivinhar o que é. Somos as criaturas mais felizes do mundo. Você acredita? Os Dudleys enviaram um convite para um baile na casa deles. Que pessoas encantadoras eles são! Eu não sabia que havia tanta sensatez na família; declaro que os venero. E, por uma feliz coincidência, espero chegar de Londres amanhã uma nova touca, que servirá perfeitamente para o baile; fio dourado, será a coisa mais angelical; todo mundo vai querer copiar o modelo.

A expectativa de um baile era de fato muito agradável para Kitty, que, gostando de dançar e raramente podendo fazê-lo, tinha motivos para sentir ainda mais prazer que a amiga, para quem isso não era novidade. O deleite de Camilla, entretanto, não era de modo algum inferior ao de Kitty, e ela o expressava mais intensamente. A touca chegou e todos os outros preparativos logo foram finalizados; enquanto eles ainda estavam em curso os dias passavam depressa e alegremente, mas, quando as ordens já não eram mais necessárias, quando o bom gosto não podia ser exibido e as dificuldades não precisavam mais ser vencidas, o curto período que restava até o dia do baile pairava pesado sobre elas, e cada hora era longa demais. As raríssimas vezes em que Kitty tinha podido ter o prazer de dançar eram uma desculpa para a impaciência *dela*, e uma desculpa para a ociosidade que a impaciência ocasionou em uma mente por natureza muito ativa; mas sua amiga, sem esses atenuantes, estava muito pior que ela. Não conseguia fazer nada exceto ir da casa para o jardim e do jardim para a rua, perguntando-se quando chegaria a quinta-feira, o que ela poderia com facilidade ter respondido, e contando as horas que passavam, o que apenas servia para encompridá-las.

Elas se recolheram aos seus aposentos muito animadas na quarta-feira à noite, mas Kitty acordou na manhã seguinte com uma terrível dor de dente. Foi em vão que no início ela tentou se enganar; seus sentimentos eram testemunhas muito lancinantes da realidade; sem nenhum sucesso tentou dormir para ver se a dor passava, pois a dor que sentia a impedia de fechar os olhos. Então chamou a empregada e, com a ajuda da governanta, todos os remédios que o livro de receitas e a memória desta última continham foram testados, mas sem efeito; pois, embora eles aliviassem a dor por um curto período, ela sempre retornava. Viu-se então obrigada a desistir da tentativa e se reconciliar não apenas com o sofrimento de uma dor de dente, mas também com a perda do baile e, embora tivesse esperado tão avidamente o dia desse evento, sentido tanto prazer com os preparativos necessários e prometido a si mesma aproveitar muito a noite, não ficou tão totalmente privada de resignação como muitas moças da idade dela teriam ficado naquela situação. Considerava que havia infortúnios de magnitude muito maior que a perda de um baile, infortúnios que eram vividos diariamente por uma parcela da humanidade, e que poderia chegar o tempo em que ela olharia para trás com surpresa e até com inveja por não ter sofrido nenhum tormento maior na vida.

Refletindo dessa forma, logo se condicionou a ter tanta resignação e paciência quanto a dor lhe permitisse, dor que, além disso, era o seu maior sofrimento, e contou a triste história quando entrou na sala de desjejum com tolerável compostura. Lamentando mais a dor de dente que a decepção da sobrinha, tendo temido que não fosse possível impedi-la de dançar com um *homem* se ela fosse ao baile, a Sra. Percival estava ávida para tentar tudo o que já havia sido ministrado para aliviar a dor, e ao mesmo tempo declarou que ela não podia sair de casa. A Srta. Stanley, que misturou sua preocupação pela amiga com um pavor de que a proposta da mãe dela, de que todos ficassem em casa, pudesse ser aceita, foi muito violenta em sua tristeza na ocasião e, embora suas apreensões em relação ao assunto logo tenham sido afastadas por Kitty, que protestou que preferia ir ao baile daquele jeito a que ninguém fosse, continuou a lamentar o fato com uma veemência tão incessante que finalmente espantou Kitty para seu quarto. Como seus medos agora estavam inteiramente dissipados, ela tinha mais tempo para ter dó de Kitty e persegui-la; embora ficasse a salvo no seu quarto, Kitty frequentemente saía dele e ia para algum outro cômodo na esperança de aliviar um pouco a dor, e nesses momentos não conseguia escapar de Camilla.

— Com certeza, nunca aconteceu algo tão chocante — dizia Camilla —, e em um dia como este, ainda por cima! Pois não teria importância, você sabe, se tivesse acontecido *em qualquer outra ocasião*. Mas é sempre assim. Nunca na vida estive em um baile em que algo não tivesse acontecido, impedindo alguém de ir! Seria bom se no mundo não existissem coisas como dentes; eles não passam de pragas para as pessoas, e arrisco dizer que as pessoas poderiam facilmente inventar um instrumento para comer que pudesse ser usado no lugar deles; pobrezinha! Que dor deve estar sentindo! Declaro que é muito chocante olhar para você. Mas não vai arrancá-lo, vai? Pelo amor de Deus, não arranque esse dente; pois não há nada de que eu tenha mais pavor. Declaro que preferiria sofrer as maiores torturas do mundo a ter um dente arrancado. Nossa!, com que paciência você aguenta isso tudo! Como pode ficar tão calma? Senhor, se estivesse em seu lugar, faria tanto escândalo que ninguém ia me aguentar. Eu infernizaria todos vocês.

"É o que você está fazendo agora", pensou Kitty.

— De minha parte, Catharine — disse a Sra. Percival —, não tenho dúvidas de que você pegou essa dor de dente por ficar tanto tempo sentada naquela pérgula, que está sempre úmida. Sei que isso arruinou a sua saúde completamente; e, de fato, não acredito que foi muito benéfico para mim; fiquei lá sentada no mês de maio passado para descansar, e nunca mais me senti bem. Vou mandar John derrubá-la, garanto a você.

— Sei que a senhora não vai fazer isso — disse Kitty —, já que sabe como eu ficaria infeliz se isso acontecesse.

— Você fala de uma forma ridícula, menina; é tudo capricho e bobagem. Por que não pode fazer de conta que esta sala é uma pérgula?

— Se esta sala tivesse sido construída por Cecília e Mary, eu a teria valorizado na mesma medida, tia, pois não é apenas o nome pérgula que me encanta.

— Ora, ora, Sra. Percival — disse a Sra. Stanley —, suspeito que a afeição de Catharine por seu caramanchão é o efeito de uma sensibilidade que a enobrece. Adoro ver uma amizade entre jovens e sempre considero que ela é uma marca indubitável de uma disposição afável e afetuosa. Desde que Camilla era pequena venho lhe ensinando a pensar dessa forma e fiz muitos esforços para apresentá-la a pessoas da mesma idade que davam mostras de poder merecer sua consideração. Existe algo muito belo, penso eu, no fato de moças se corresponderem entre si, e nada forma mais o bom gosto do que cartas sensíveis e elegantes. Lady Halifax pensa exatamente como eu. Camilla se corresponde com as filhas dela, e acredito que posso me arriscar a dizer que nenhuma delas fica *pior* por causa disso.

Essas ideias eram, de fato, modernas demais para a Sra. Percival, que considerava que uma correspondência entre moças não produzia bem algum e poderia frequentemente estimular imprudências e erros, pelo efeito de conselhos perniciosos e maus exemplos. Ela não pôde, assim, deixar de dizer que tinha vivido cinquenta anos no mundo sem jamais ter tido uma correspondente e que não se considerava nem um pouco menos respeitável por causa disso. A Sra. Stanley não conseguiu dizer nada em resposta a isso, mas sua filha, que era menos governada pelas boas maneiras, disse daquele seu jeito imprudente:

— Mas quem pode dizer o que a senhora poderia ter sido se *tivesse* tido uma correspondente? Talvez isso a tivesse feito uma criatura muito diferente. Declaro que não poderia viver sem as correspondentes que tenho nem em troca do mundo inteiro. É o maior deleite de minha vida, e a senhora não tem ideia de quanto as cartas delas formaram meu bom gosto, como diz mamãe, pois tenho notícias delas toda semana.

— Você recebeu uma carta de Augusta Barlow hoje, não foi, meu bem? — disse a mãe dela. — Ela escreve extremamente bem, sei disso.

— Isso mesmo, mamãe, a mais deliciosa carta de que a senhora ouviu falar. Ela me enviou uma longa descrição do vestido de gala que usou na posse do Regente e que ganhou de presente de Lady Susan; o vestido é tão lindo que estou morrendo de inveja.

— Bem, estou prodigiosamente feliz em ter notícias tão boas de minha jovem amiga. Tenho grande consideração por Augusta e com toda a sinceridade compartilho a alegria geral da ocasião. Mas ela diz alguma coisa a mais? A carta parecia bem longa. Eles estão em Scarborough?

— Oh, meu Deus, ela não mencionou nada sobre isso, agora estou me lembrando; e na última vez que escrevi para ela me esqueci completamente de perguntar. Ela de fato não fala nada a não ser sobre a posse do Regente.

"Ela *deve mesmo* escrever bem", pensou Kitty, "para preencher uma longa carta apenas com a descrição de uma touca e uma pelerine".

Deixou então a sala, cansada de ouvir uma conversa que, embora pudesse diverti-la, se ela estivesse bem, servia apenas para deixá-la mais fatigada e deprimida no doloroso estado em que se encontrava. Sentiu-se feliz quando chegou a hora de se vestirem, pois Camilla, satisfeita por ver-se rodeada pela mãe e metade das empregadas da casa, não quis a ajuda dela e estava muito agradavelmente ocupada para querer a companhia da amiga. Permaneceu na sala até que se juntaram a ela o Sr. Stanley e sua tia, que, entretanto, após algumas perguntas, permitiram que ficasse em paz e começaram sua costumeira conversa sobre política. Nesse assunto eles nunca concordavam, pois o Sr. Stanley, que se considerava perfeitamente qualificado por seu posto na Câmara a dar opiniões sem hesitar, mantinha de forma resoluta que havia muito tempo que o reino não estava tão florescente e próspero, e a Sra. Percival, com igual entusiasmo, embora talvez sem tantos argumentos, com a mesma veemência afirmava que toda a nação logo estaria arruinada, e tudo, como ela se expressava, estava indo para o beleléu. No entanto, não era desinteressante para Kitty ouvir a discussão, especialmente à medida que se livrava da dor e, sem fazer nenhum aparte, achou muito divertido observar a impetuosidade com que os dois defendiam suas opiniões e não conseguiu deixar de pensar que o Sr. Stanley não ficaria mais desapontado se as expectativas de sua tia se concretizassem do que ela ficaria mortificada em caso contrário. Depois de esperarem um tempo considerável, a Sra. Stanley e sua filha apareceram e Camilla, cheia de ânimo e perfeitamente satisfeita com sua aparência, foi mais violenta do que nunca em sua lamentação sobre o problema da amiga, ao mesmo tempo que ensaiava sua dança escocesa pela sala.

    Finalmente eles partiram, e Kitty, com mais condições de se divertir do que tivera todo o dia anterior, escreveu um longo relato de seus infortúnios para Mary Wynne. Quando a carta estava concluída, teve a oportunidade de testemunhar a veracidade da afirmação que diz que as tristezas são aliviadas pela comunicação, pois sua dor estava nesse momento tão reduzida que começou a aventar a hipótese de seguir os outros até a residência do Sr. Dudley. Eles tinham saído havia uma hora e, como tudo referente ao seu traje estava pronto, ela considerou que em mais uma hora poderia estar lá, já que o caminho até o destino era tão curto. Os outros tinham ido na carruagem do Sr. Stanley, e portanto ela poderia ir na da tia. Como o plano parecia tão fácil de executar e prometia tanto prazer, foi finalmente adotado após alguns minutos de deliberação e, correndo escada acima, ela tocou a campainha em grande agitação, chamando sua ama. O frenesi e a pressa que se seguiram por quase uma hora foram por fim alegremente concluídos quando ela já estava muito bem-vestida e especialmente bela.

Anne foi então enviada com a mesma pressa para pedir a carruagem, enquanto a patroa colocava as luvas e arranjava as pregas do vestido. Em alguns minutos ela escutou a carruagem se aproximando da porta e, embora a princípio surpresa com a rapidez com que ela fora preparada, concluiu após alguma reflexão que os homens tinham tido de antemão alguma pista das intenções dela, e estava saindo apressada da sala quando Anne entrou correndo e em grande agitação, exclamando:

— Meu Deus, senhorita! Chegou aí um homem em uma carruagem de quatro cavalos, e não consigo de forma alguma descobrir quem é! Eu estava atravessando o saguão quando a carruagem se aproximou, e eu sabia que ninguém exceto Tom estaria por ali para deixá-lo entrar, e ele parece tão esquisito, a senhorita sabe, agora que o cabelo dele está todo encaracolado, que eu não estava querendo que o cavalheiro o visse. Por isso eu mesma fui abrir a porta. E o cavalheiro é o jovem mais lindo que a senhorita desejaria ver; fiquei quase envergonhada por ele me ver de avental, senhorita, mas, apesar de ser tão imensamente lindo, ele não pareceu se importar. E me perguntou se a família estava em casa; e eu disse que todos tinham saído menos a senhorita, já que eu não lhe negaria a sua presença porque tenho certeza de que a senhorita gostaria de vê-lo. Então ele me perguntou se o Sr. e a Sra. Stanley não estavam hospedados aqui, e eu disse que sim, e então...

— Céus! — exclamou Kitty. — O que pode significar tudo isso? E quem ele pode ser? Nunca o viu antes? E ele lhe disse seu nome?

— Não, senhorita, não disse nada sobre isso. Então eu disse que viesse até a sala, e ele foi prodigiosamente agradável, e...

— Quem quer que seja esse rapaz — respondeu a jovem patroa —, ele a deixou muito impressionada, Ama. Mas de onde ele veio? E o que quer aqui?

— Oh, senhorita, eu ia lhe falar que imagino que o negócio dele seja com a senhorita; pois me perguntou se a senhorita estava disponível para receber alguém, e queria que eu lhe transmitisse seus cumprimentos, e disse que de bom grado a aguardaria. No entanto, achei que seria melhor que ele não entrasse em seu quarto de vestir, especialmente porque tudo está tão desarrumado, então lhe disse que, se não se incomodasse em esperar na sala, eu subiria correndo a escada a fim de lhe dizer que fosse até lá, e me arrisquei a dizer que *a senhorita* o atenderia. Meu Deus, senhorita, aposto que ele veio para convidá-la para dançar com ele esta noite, e está com a carruagem pronta para levá-la à residência do Sr. Dudley.

Kitty não pôde deixar de rir diante daquela ideia e desejou que pudesse ser verdadeira, já que provavelmente estava muito atrasada para dançar com qualquer outro cavalheiro.

— Mas o que em nome do Pai ele pode ter para me dizer? Talvez tenha vindo assaltar a casa; mas pelo menos tem estilo; e será algum consolo pelas nossas perdas termos sido roubadas por um cavalheiro que vem numa carruagem com quatro cavalos. Que tipo de libré usam os empregados dele?

— Ora, essa é a coisa mais maravilhosa nele, senhorita, pois não tem nenhum empregado e veio com cavalos alugados de uma estrebaria de estalagem, mas ele é belo como um príncipe, apesar disso, e tem toda a aparência de um príncipe. Venha, querida senhorita, desça, pois tenho certeza de que ficará encantada ao vê-lo.

— Bem, acho que devo ir; mas isso é muito esquisito. O que ele pode ter para me falar? — Depois, dando uma olhada no espelho, caminhou com grande impaciência, embora tremendo a cada passo por não saber o que esperar lá embaixo; e, depois de fazer uma pequena pausa diante da porta para reunir coragem para abri-la, entrou resolutamente na sala.

O estranho, cuja aparência não desmereceu a descrição que ela havia ouvido da ama, levantou-se ao vê-la entrar e, colocando de lado o jornal que estivera lendo, avançou na direção dela com um ar da mais perfeita tranquilidade e vivacidade, e disse:

— Com certeza é uma circunstância muito embaraçosa ser obrigado a me apresentar desta forma, mas tenho certeza de que a necessidade da situação vai justificar minhas desculpas e evitar que a senhorita pense mal de mim. *Seu* nome, não preciso perguntar. A Srta. Percival é muito minha conhecida por meio de descrições, e não preciso de nenhuma informação referente a isso.

Kitty, que estivera esperando que ele dissesse o próprio nome, e não o dela, e que, além disso, tendo convivido tão pouco socialmente e nunca antes tendo vivido uma situação daquelas, sentiu-se incapaz de perguntar, embora estivera planejando sua fala enquanto descia a escada; ficou tão confusa e nervosa por aquela fala inesperada que só conseguiu fazer uma ligeira mesura e aceitar a cadeira que ele lhe indicou, sem saber direito o que estava fazendo.

O cavalheiro então continuou:

— Arrisco dizer que está surpresa ao me ver de volta da França tão cedo, e na verdade nada, exceto os negócios, poderia ter me trazido para a Inglaterra; um caso muito melancólico me fez retornar, e não quis ir embora de novo sem prestar meus cumprimentos à família em Devonshire que há tanto tempo desejo conhecer.

Kitty, que ficou ainda mais surpresa por ele supor que ela mesma estava surpresa do que por ver uma pessoa na Inglaterra que havia deixado o país sem que ela de modo algum ficasse sabendo, continuava ainda em silêncio, espantada e perplexa, e seu visitante continuou a falar:

— Talvez a senhorita suponha que eu estava ainda *mais* desejoso de visitá-la, já que o Sr. e a Sra. Stanley estavam aqui. Eles estão bem? E a Sra. Percival, como *ela* está? — Em seguida, sem esperar uma resposta, acrescentou: — Mas, minha prezada Srta. Percival, suponho que a senhorita esteja de saída; e estou atrasando sua chegada a seu compromisso. Como posso desejar ser perdoado por essa injustiça?! E, ao mesmo tempo, como poderei, nesta situação, deixar de ofender? A senhorita parece estar vestida para um baile. Mas esta é a terra da alegria, eu sei; há muitos anos tenho o desejo de visitar a cidade. Vocês aqui têm bailes, imagino, pelo menos uma vez por semana. Mas aonde foram os outros de seu grupo, e que tipo de anjo cheio de misericórdia por mim impediu que *a senhorita* os acompanhasse?

— Talvez, senhor — disse Kitty, extremamente confusa com o modo dele de falar com ela, e altamente incomodada com a liberdade dessa conversa com alguém que nunca tinha visto antes e cujo nome *ainda* nem sabia —, talvez o senhor conheça o Sr. e a Sra. Stanley, e seu assunto seja com eles.

— A senhorita me honra — respondeu ele sorrindo — supondo que eu conheça o Sr. e a Sra. Stanley; só os conheço de vista; são parentes muito distantes; apenas meu pai e minha mãe. Nada mais que isso, eu lhe asseguro.

— Minha nossa! — disse Kitty. — Então é o Sr. Stanley? Peço-lhe mil desculpas; embora, refletindo um pouco mais, não saiba pelo quê, pois o senhor nunca mencionou seu nome.

— Perdoe-me; fiz um belíssimo discurso quando a senhorita entrou na sala, tudo em torno de me apresentar; garanto que *para mim* foi um ótimo discurso.

— O discurso com certeza teve muito mérito — disse Kitty sorrindo. — Achei isso enquanto o senhor o fazia; mas, como nunca mencionou seu nome, como uma *apresentação*, o discurso poderia ter sido melhor.

Havia tamanho ar de bom humor e alegria em Stanley que Kitty, embora talvez não autorizada a se dirigir a ele com tanta familiaridade em tão pouco tempo após conhecê-lo, não pôde deixar de se entregar ao seu natural desembaraço e vivacidade quando ele se dirigia a ela. Além disso, era muito próxima da família dele, pois eles eram seus parentes, e ela escolheu considerar-se no direito, em virtude do parentesco, de esquecer que se conheciam havia pouquíssimo tempo.

— O Sr. e a Sra. Stanley e sua irmã estão muito bem — disse ela — e ficarão, arrisco dizer, muito surpresos em vê-lo. Mas lamento saber que seu retorno à Inglaterra foi motivado por uma circunstância desagradável.

— Ora, não mencione esse fato. — disse ele — É um caso muito chocante e abominável, que me arrasa quando penso nele. Mas aonde foram meu pai, minha mãe e também sua tia? Oh, sabe que encontrei a criadinha mais bonita do mundo quando cheguei aqui? Ela me conduziu ao interior da casa. No início, achei que era a senhorita.

— O senhor me honra muito, e dá mais crédito a minha boa natureza do que mereço, pois *nunca* atendo a porta quando alguém chega aqui.

— Não, não fique furiosa; não quero ofender. Mas, diga-me, aonde vai assim tão elegante? Sua carruagem está quase chegando.

— Estou indo a um baile na residência de um vizinho, onde sua família e minha tia já estão.

— Eles se foram sem a senhorita! O que significa *isso*? Mas suponho que seja como eu e leve muito tempo para se vestir.

— Eu teria mesmo me demorado muito, se esse fosse o caso, pois eles já estão lá há quase duas horas. O motivo, entretanto, não foi o que o senhor supôs. Fui impedida de ir por conta de uma dor...

— Por uma dor! — interrompeu o Sr. Stanley. — Céus, isso é muito terrível! Independentemente da região do corpo afetada. Mas, minha cara Srta. Percival, o que acha de eu acompanhá-la? E que tal dançar comigo também? *Eu* acho que seria muito agradável.

— Também não faço objeção alguma, sem dúvida — disse Kitty, rindo ao constatar quão próxima da verdade fora a suposição da criada. — Pelo contrário, ficarei muito honrada com as duas coisas e garanto que será muito bem recebido pela família que está oferecendo o baile.

— Oh, que se danem! Quem se preocupa com isso? Não podem me impedir de entrar na casa. Mas temo fazer uma triste figura entre todos os belos de Devonshire, neste traje de viagem todo empoeirado, e não tenho como trocá-lo. Talvez a senhorita possa me conseguir um pouco de pó de arroz, e também um par de sapatos de um dos homens, pois eu estava com tanta pressa de deixar Lyons que não tive tempo de preparar nenhuma bagagem, apenas um pouco de roupa branca.

Kitty prontamente se ocupou de arranjar tudo o que ele queria e, dizendo ao lacaio que o conduzisse ao quarto de vestir do Sr. Stanley, deu à ama ordens para levar a ele pó de arroz e unguento perfumado para os cabelos, ordens que a ama decidiu cumprir em pessoa. Como os preparativos com a vestimenta estavam limitados a artigos muito simples, Kitty, é claro, esperava que ele estivesse pronto em dez minutos; mas constatou que não havia sido apenas um exagero da vaidade dele dizer que era tão demorado nesse aspecto, pois Stanley a manteve esperando durante mais de uma hora, de modo que o relógio dera dez badaladas antes de ele entrar na sala, e os outros tinham saído para a festa às oito.

— Bem — disse ele quando entrou —, não fui mesmo rápido? Nunca me apressei tanto em minha vida.

— Nesse caso, o senhor foi muito rápido mesmo — respondeu Kitty —, pois todos os méritos, o senhor sabe, são comparativos.

— Sabia que a senhorita ficaria feliz em ver meu esforço de me apressar. Mas venha, a carruagem está pronta; então, não me faça esperar! — E dizendo isso ele a tomou pela mão e juntos saíram da sala. — Ora, querida prima — disse ele quando estavam sentados na carruagem —, será uma surpresa agradabilíssima para todos verem você entrando na sala com um rapaz tão elegante quanto eu. Espero que sua tia não fique alarmada.

— Para lhe dizer a verdade — respondeu Kitty —, acho que a melhor forma de impedir isso é mandar chamá-la, ou chamar sua mãe, antes que entremos na sala, especialmente porque o senhor é totalmente desconhecido e deve, é claro, ser apresentado ao Sr. e à Sra. Dudley.

— Oh, bobagem! — disse ele. — Eu não esperava que a senhorita fosse tão cheia de cerimônia; nossa amizade torna ridículos esses melindres; além disso, se entrarmos juntos, seremos o grande assunto nacional.

— Por *mim* — respondeu Kitty —, esse seria com certeza um poderoso argumento; mas não sei se minha tia pensaria da mesma forma. Mulheres na idade dela têm ideias estranhas sobre boas maneiras, o senhor sabe.

— E é justamente por isso que a senhorita deve romper com elas; e por que a senhorita deveria se negar a entrar comigo em uma sala onde estão todos os nossos parentes, se já me deu a honra de me deixar entrar em sua carruagem sem nenhuma acompanhante? Não acha que sua tia vai ficar igualmente furiosa por um ou por outro desses crimes?

— Sim, é verdade — disse Catharine. — Não sei, mas ela pode ficar ofendida; entretanto, o fato de eu ter ofendido o decoro uma vez não é motivo para ofendê-lo outra.

— Pelo contrário, é esse mesmo o motivo que torna impossível impedir que isso aconteça, já que a senhorita não pode ofender o decoro *pela primeira vez* de novo.

— O senhor é muito engraçado — disse ela rindo —, mas temo que seus argumentos me divirtam demais para me convencer.

— Pelo menos eles a convencerão de que sou muito agradável; o que, no final das contas, é para mim a convicção mais feliz e, quanto ao assunto das boas maneiras, vamos deixá-lo de lado até chegarmos ao nosso destino. Esse é um baile mensal público, suponho. Nada além de dançar aqui.

— Pensei que havia lhe dito que o baile está sendo oferecido pelo Sr. Dudley...

— Ah, isso mesmo, falou sim; mas por que o Sr. Dudley não ofereceria um baile todos os meses? Além disso, quem é esse homem? Todo mundo oferece bailes hoje em dia, acho; penso que eu mesmo devo logo oferecer um. Mas, diga-me, a senhorita gosta de meu pai e minha mãe? E Camilla, a pobrezinha, ela não a enfarou até a morte com as Halifaxes?

Nesse momento, a carruagem felizmente parou à porta da residência do Sr. Dudley, e Stanley ficou tão ocupado em ajudá-la a descer que nem esperou a resposta, nem se lembrou de que o que dissera exigia uma. Eles entraram no pequeno vestíbulo que o Sr. Dudley tinha alçado à dignidade de saguão, e Kitty imediatamente desejou que o lacaio que estava subindo as escadas à frente informasse à Sra. Percival ou à Sra. Stanley da chegada deles; mas Stanley, que não tinha o hábito de ser contrariado e estava impaciente com a situação, nem permitiu que ela esperasse, nem ouviu o que ela disse e, passando com força o braço dela em volta do seu, subjugou a voz dela com a rapidez da sua, e Kitty, meio furiosa e meio rindo, foi obrigada e subir com ele a escada, e foi com dificuldade que conseguiu que ele soltasse a mão dela antes de entrarem no salão.

A Sra. Percival estava, naquele exato momento, do lado oposto do recinto, ocupada em uma conversa com uma senhora, a quem estivera fazendo um longo relato da infeliz frustração de sua sobrinha e da terrível dor que ela com tanta força enfrentara ao longo do dia.

— Deixei-a, no entanto — disse ela —, um pouquinho melhor, graças a Deus! Espero que tenha conseguido se divertir com um livro, pobrezinha! Caso contrário, deve estar muito entediada. Provavelmente a esta hora estará dormindo, o que, enquanto ela está passando tão mal, é a melhor coisa a fazer, a senhora sabe...

A mulher estava prestes a indicar que concordava com essa opinião, quando o ruído de vozes na escada e a abertura da porta pelo lacaio, como se anunciando a entrada de um grupo, atraiu a atenção de todos no salão; e aconteceu que, num desses intervalos entre as danças, quando todos parecem felizes em se sentar, a Sra. Percival teve a oportunidade muito infeliz de ver sua sobrinha, que ela supunha estar acamada e, na melhor das hipóteses, divertindo-se com um livro, entrar no recinto na mais perfeita elegância, com um sorriso nos lábios e um rubor nas faces que misturava alegria e confusão, acompanhada por um jovem incomumente belo, e que, sem aparentar a confusão da moça, aparentava a mesma vivacidade dela. Corando de raiva e espanto, a Sra. Percival levantou-se de sua cadeira, e Kitty foi ansiosa na direção dela, impaciente para explicar o que, na opinião dela, parecia maravilhoso para todos, mas extremamente ofensivo *para a tia*, ao passo que Camilla, quando viu o irmão, correu imediatamente na direção dele e logo começou a explicar com suas palavras e ações quem era ele.

O Sr. Stanley, que era tão louco pelo filho a ponto de o prazer em revê-lo após uma ausência de três meses impedi-lo de, naquele momento, sentir qualquer raiva contra o rapaz por ter retornado à Inglaterra sem avisá-lo, recebeu-o com igual surpresa e deleite; e, logo compreendendo a causa da viagem, abdicou de conversar mais com ele, pois o filho estava ansioso para ver a mãe, e era necessário que fosse apresentado à família do Sr. Dudley. Para qualquer pessoa exceto Stanley, essa apresentação seria muito desagradável, pois os anfitriões sentiram sua dignidade arranhada quando o rapaz chegou sem ser convidado, e o receberam com uma empáfia além da normal neles. Mas Stanley, com sua vivacidade que raramente era subjugada e com um desprezo pela censura à qual não se submetia, tendo uma opinião sobre sua própria condição e uma perseverança em seus próprios planos que não seriam sobrepujadas pela conduta alheia, não deu mostras de perceber nada disso. Assim, as civilidades que eles ofereceram friamente foram recebidas pelo rapaz com uma naturalidade e uma alegria peculiares dele; e então, acompanhado pelo pai e pela irmã, entrou em outra sala, onde a mãe estava jogando cartas, para experimentar outro encontro e ser submetido a uma repetição de prazer e surpresa e explicações.

Enquanto essas ações se desenrolaram, Camilla, ávida por comunicar tudo o que sentia a alguém que pudesse ouvi-la, voltou-se para Catharine e, sentando-se ao lado dela, imediatamente começou:

— Oh, por acaso já testemunhou algo tão encantador quanto isto? Mas é sempre assim: nunca em minha vida vou a um baile em que não aconteça algo inesperado que seja muito agradável!

— Um baile — respondeu Kitty — parece ser uma experiência muito frutuosa para você...

— Oh, céus, é mesmo. Mas pense só no retorno tão repentino de meu irmão; e em que coisa chocante o trouxe de volta! Nunca ouvi nada tão terrível!

— Por favor, me diga, o que o fez deixar a França? Lamento que seja algo tão triste.

— Oh, está além de qualquer coisa que você possa conceber! Sua égua favorita, que foi solta no parque quando ele viajou, por algum motivo adoeceu; não, acredito que tenha sido um acidente, mas de qualquer forma foi uma coisa ou outra, ou então alguma outra coisa, e aí eles enviaram imediatamente um mensageiro a Lyons, onde estava o meu irmão, pois sabiam que para ele essa égua era a coisa mais importante do mundo; e assim meu irmão partiu direto para a Inglaterra, sem nem mesmo trazer uma muda de roupa! Fiquei furiosa com ele; foi muito chocante, você sabe, que ele tenha vindo sem nenhum casaco a mais...

— É, de fato — disse Kitty —, parece mesmo ter sido um acontecimento chocante, do começo ao fim.

— Oh, está além de qualquer coisa que você possa conceber! Eu preferia que *qualquer* coisa tivesse acontecido, exceto ele perder aquela égua.

— Menos ele vir sem outro casaco.

— Ah, sim, isso me perturbou mais do que você possa imaginar. Bem, e então Edward chegou a Brampton na mesma hora em que o pobre animal morria; mas, como não conseguiu permanecer lá *depois disso*, veio diretamente a Chetwynde de propósito para nos visitar. Espero que ele não vá para o exterior de novo.

— Você acha que ele não irá?

— Oh, meu Deus, com certeza irá, mas eu queria de todo o coração que não fosse. Você não imagina como gosto dele! Aliás, você mesma não está apaixonada por ele?

— Com certeza, estou — respondeu Kitty, rindo. — Sou apaixonada por todos os homens belos que vejo.

— O mesmo vale para mim; *eu* estou sempre apaixonada por todos os homens belos do mundo!

— Nesse ponto você me supera — respondeu Catharine —, pois me apaixono apenas por aqueles que eu *realmente* vejo.

A Sra. Percival, que estava sentada do outro lado dela e que começava agora a distinguir palavras como *amor* e *homem belo*, voltou-se apressada para elas e disse:

— De que está falando, Catharine?

Ao que a sobrinha imediatamente respondeu com o simples artifício de uma criança:

— De nada não, senhora.

Já havia ouvido um duro sermão da tia sobre a imprudência de seu comportamento durante toda a noite; ela censurava a sobrinha por ter vindo ao baile, por ter vindo na mesma carruagem que Edward Stanley e mais ainda por entrar no salão com ele. Pela última ofensa mencionada, Catharine não sabia que desculpa apresentar e, embora quisesse em resposta à segunda dizer que não achava polido fazer o Sr. Stanley *caminhar*, não ousou brincar com a tia, que teria ficado ainda mais ofendida com isso. A primeira acusação, entretanto, ela considerou muito sem propósito, pois pensava que era mais que justo ela ir ao baile.

Essa conversa só continuou até que Edward Stanley, entrando no salão, veio imediatamente na direção dela e, dizendo que todos esperavam que *ela* começasse a próxima dança, conduziu-a ao lugar de honra; pois Kitty, impaciente por escapar daquela companhia tão desagradável, sem hesitar nem sentir o menor escrúpulo de receber tal distinção, imediatamente estendeu ao rapaz sua mão e alegremente deixou seu assento.

Essa conduta, entretanto, foi causa de grande ressentimento por parte de várias moças presentes, entre elas a Srta. Stanley, cuja consideração por seu irmão, embora *excessiva*, e cuja afeição por Kitty, embora *prodigiosa*, não estavam à prova de tamanho insulto a sua importância e sua paz. Porém, Edward havia consultado apenas suas próprias inclinações para decidir que a Srta. Percival começaria a dança; além disso, não tinha motivos para saber que isso poderia ser desejado ou esperado por qualquer outra pessoa na festa. Na qualidade de herdeira, ela com certeza tinha posição social, mas seu berço não lhe concedia qualquer outra reivindicação de nobreza, pois seu pai fora um comerciante. Era exatamente essa circunstância que tornava esse infeliz acontecimento tão ofensivo para Camilla, pois, embora ela algumas vezes se gabasse, com o orgulho de seu coração e na ânsia de ser admirada, que não sabia quem fora seu avô, e ignorasse tudo o que se relacionava à genealogia tanto quanto ignorava os assuntos de astronomia (e, ela poderia ter acrescentado, geografia), ela era muito orgulhosa de sua família e seu círculo de amizades e ficava facilmente ofendida se eles fossem tratados com desrespeito.

— Eu não teria me importado — disse ela à mãe — se tivesse sido a filha de *qualquer outra pessoa*; mas vê-la fingir que está acima *de mim*, quando o pai dela era apenas um negociante, é demais! É uma afronta enorme para toda a nossa família! Declaro que penso que papai devia interferir nisso, mas ele não se importa com nada que não seja a política. Se eu fosse o Sr. Pitt ou o Lorde Chanceler, ele cuidaria para que eu não fosse insultada, mas nunca pensa em *mim*. E é muito provocador que *Edward* tenha permitido que ela ocupasse a posição de honra. Eu queria de todo o coração que ele nunca tivesse vindo para a Inglaterra! Tomara que ela caia e quebre o pescoço, ou torça o tornozelo.

A Sra. Stanley concordava perfeitamente com a filha em relação ao assunto; e, embora com menos violência, expressou quase os mesmos sentimentos diante da indignidade. Kitty, enquanto isso, não percebia que tinha ofendido alguém, estando portanto impossibilitada de pedir desculpas ou de fazer uma reparação; toda a sua atenção estava concentrada na felicidade de estar dançando com o rapaz mais elegante do baile, e todas as outras pessoas para ela não existiam. De fato, a noite, para *ela*, evoluiu deliciosamente; ele dançou com ela quase todo o tempo, e a soma dos atrativos que ele possuía, de personalidade, trato e vivacidade, conquistou a preferência de Kitty como quase sempre fazia com as outras pessoas. Ela estava feliz demais para se preocupar com o mau humor da tia, que ela não conseguia deixar de notar, ou com a alteração no comportamento de Camilla, que ela finalmente foi obrigada a perceber. Sua animação estava acima da influência do desprazer de qualquer pessoa, e ela permanecia indiferente em relação à causa do aborrecimento de Camilla e também à continuação do de sua tia.

Embora o Sr. Stanley nunca pudesse realmente sentir-se ofendido por qualquer imprudência ou tolice do filho, que lhe havia proporcionado o prazer de revê-lo, estava perfeitamente convencido de que Edward não devia permanecer na Inglaterra, e decidido a fazê-lo partir o mais breve possível. Mas, quando falou com Edward sobre isso, percebeu que o filho estava muito menos disposto a voltar à França do que a acompanhá-los na viagem que tinham planejado, que ele garantia ao pai que para ele seria infinitamente mais agradável; e que, quanto à questão de viajar para outros países, ele a considerava sem importância e passível de ser postergada para alguma outra ocasião, quando não tivesse nada melhor a fazer. O rapaz apresentou esses argumentos de uma maneira que mostrava claramente que ele não tinha a menor dúvida de que seriam acatados e parecia considerar que as objeções do pai foram feitas apenas para manter a autoridade; e, sendo assim, ele não via dificuldade em combatê-las. Finalmente concluiu dizendo, quando a carruagem em que retornavam chegou à residência da Sra. Percival:

— Bem, senhor, vamos resolver essa questão alguma outra hora; felizmente, ela é de tão pouca importância que uma discussão imediata é desnecessária.

Dizendo isso, desceu da carruagem e entrou na casa sem esperar a resposta do pai.

Foi só quando retornavam para casa que Kitty pôde entender a frieza no comportamento de Camilla para com ela, tão evidente que era impossível não perceber. Quando, entretanto, elas estavam sentadas na carruagem com as duas outras senhoras, a indignação da Srta. Stanley não pôde mais ser reprimida e explodiu nestas palavras de desafogo:

— Bem, preciso dizer *isto*: nunca estive em um baile mais maçante em toda a minha vida. Mas é sempre assim: sempre me desaponto nos bailes por um motivo ou por outro. Queria que não existissem bailes.

— Lamento, Srta. Stanley — disse a Sra. Percival, aproximando-se dela —, que não tenha se divertido; tudo foi feito com a melhor das intenções, tenho certeza, e sua mãe não vai se sentir encorajada a levá-la a outro baile se a senhorita é tão difícil de satisfazer.

— Não entendo o que a senhora quer dizer, com *minha mãe* me levando a outro baile. A senhora sabe que já fui apresentada à sociedade.

— Oh, minha querida Sra. Percival — disse a Sra. Stanley —, não acredite em tudo o que minha jovial Camilla diz, pois às vezes ela está com o ânimo nas alturas e, então, fala sem pensar. Tenho certeza de que é *impossível* qualquer pessoa ter estado em um baile mais elegante e agradável, e é isso o que ela quer dizer, tenho certeza.

— Com certeza, é isso mesmo — disse Camilla, bastante emburrada. — Só devo acrescentar que não é muito agradável que alguém seja tão rude comigo e de forma tão chocante! Com certeza não estou nem um pouco ofendida, não ligaria se o mundo todo ficasse acima de mim, mas mesmo assim é extremamente abominável, algo que não posso suportar. Não dou a menor importância para isso, pois para mim daria na mesma ficar ou não em posição de destaque a noite inteira. Mas que uma pessoa chegue no meio da noite e tome o lugar de todo mundo não é algo a que eu esteja acostumada e, embora não me importe nem um pingo com isso, garanto que não vou esquecer ou perdoar isso com facilidade.

Essa fala, que explicava perfeitamente a Kitty tudo o que estava acontecendo, foi rapidamente seguida por um submisso pedido de desculpas por parte dela, que era sensata demais para ter orgulho da própria família e bondosa demais para ficar de mal com qualquer pessoa. O pedido de desculpas foi feito realmente considerando a ofensa, e com tanta doçura e sinceridade, que foi quase impossível para Camilla manter a raiva que o havia ocasionado; na verdade ela se sentiu muito gratificada ao ver que Catharine não tivera a intenção de insultá-la e estava longe de esquecer a diferença de nível social entre elas, pela qual *agora* ela só podia sentir pena de Kitty. E, sendo seu bom humor restaurado com a mesma facilidade com que fora perdido, ela falou com grande deleite sobre a noite maravilhosa e declarou que nunca estivera em um baile tão agradável. Os mesmos esforços que tinham obtido o perdão da Srta. Stanley garantiram a cordialidade da mãe dela, e nada exceto o bom humor da Sra. Percival faltava para tornar completa a felicidade das demais; mas ela, ofendida com Camilla pela sua afetada superioridade, e mais ofendida ainda por o irmão dela ter vindo a Chetwynde, e desgostosa com a noite em geral, continuava quieta e amuada e restringiu a expansividade das que a acompanhavam. Ansiosamente agarrou a primeira oportunidade oferecida na manhã seguinte para falar com o Sr. Stanley sobre o retorno do filho dele e, depois de ter dito que achava uma enorme tolice o fato de ele ter retornado, concluiu que desejava que dissesse ao Sr. Edward Stanley que era regra em sua casa nunca admitir um rapaz como visitante por um longo período.

— Não estou falando — continuou ela — por desrespeito ao senhor, mas não posso permitir que ele permaneça; não se sabe o que poderia acontecer se ele continuasse aqui, pois as moças hoje em dia sempre preferem um belo jovem a qualquer outro homem, embora eu nunca tenha entendido por quê; afinal, o que significam a juventude e a beleza? Não passam de pobres substitutos do verdadeiro mérito e valor; acredite-me, primo, apesar de tudo o que possam dizer em contrário, não existe nada como a virtude para fazer de nós o que devemos ser, e, quanto ao fato de um rapaz ser jovem e belo e ser uma companhia agradável, isso não ajuda em nada, pois é muito melhor que esse rapaz seja respeitável. Sempre *pensei* assim, e sempre *pensarei* assim, e portanto o senhor deverá me satisfazer solicitando a seu filho que deixe Chetwynde, ou não respondo pelo que possa acontecer entre ele e minha sobrinha. O senhor deve estar surpreso por *me* ouvir falando isso — continuou ela, abaixando a voz —, mas, para dizer a verdade, Kitty é uma das moças mais impudicas que existem. Posso lhe garantir, senhor, já vi que ela é capaz de ficar cochichando e rindo com um rapaz que ela não encontrou mais de meia dúzia de vezes. O comportamento dela é verdadeiramente escandaloso e, portanto, peço-lhe que mande seu filho embora imediatamente, ou tudo irá para o beleléu.

O Sr. Stanley, que no começo da fala dela mal pudera adivinhar a que ponto chegariam suas insinuações sobre a impudicícia de Kitty, tentava agora acalmar os medos dela, garantindo-lhe que sua intenção era permitir que o filho continuasse com eles apenas aquele dia, e que ela poderia confiar que ele estaria ainda mais empenhado nisso, já que queria lhe agradar. Ele também acrescentou que sabia que Edward queria muito retornar à França, já que sensatamente considerava todo o tempo que perdera e que o impedira de realizar os planos nos quais agora estava envolvido, embora ele mesmo estivesse convencido do contrário. As garantias do Sr. Stanley acalmaram um pouco a Sra. Percival e a aliviaram em parte de suas preocupações e temores, dispondo-a a se comportar com polidez com o filho dele durante o curto período de sua estada em Chetwynde.

O Sr. Stanley foi imediatamente ter com Edward, a quem repetiu a conversa que tivera com a Sra. Percival, e insistiu com veemência que era necessário que o filho deixasse Chetwynde no dia seguinte, já que dera a sua palavra quanto a isso. O filho, entretanto, impressionado apenas com as ridículas apreensões da Sra. Percival e exultante por tê-las despertado, parecia imbuído apenas da ideia de como alimentá-las, e não prestou atenção a qualquer outra parte da conversa com o pai. O Sr. Stanley não conseguiu arrancar dele uma resposta definitiva e, embora ainda esperasse o melhor, separou-se do filho quase furioso.

O filho, embora de modo algum disposto a se casar, nem de forma alguma apegado à Srta. Percival, a não ser na qualidade de uma garota agradável e jovial que parecia gostar da companhia dele, tinha um prazer enorme em acirrar os temores ciumentos da tia dela dando atenção à moça, sem considerar que efeito essa provocação poderia ter sobre a madame. Ele sempre se sentava ao lado de Kitty quando ela estava na sala, parecia frustrado quando ela saía e era o primeiro a perguntar se ela voltaria logo. Adorava os desenhos dela e se encantava com suas execuções na espineta; tudo o que ela fazia parecia interessá-lo; a conversa dele só se dirigia a ela, e ela parecia ser o único objeto da sua atenção. Que esses esforços fossem percebidos por alguém tão sensível a manifestações desse tipo como a Sra. Percival era mais que natural, e que eles tivessem igual influência sobre a sobrinha dela, que era dona de uma imaginação vivaz e uma disposição romântica e já gostava extremamente dele, sem dúvida desejando que ele sentisse o mesmo em relação a ela, era igualmente óbvio. A cada momento que ela se convencia mais do afeto do rapaz, ele se lhe tornava ainda mais agradável, alimentando na mente dela um desejo de conhecê-lo melhor. Quanto à Sra. Percival, ela se torturou o dia todo; nada do que ela já sentira em situações semelhantes se comparava às sensações que agora a dominavam; seus temores nunca tinham sido despertados com tanta força e, na verdade, com tanto fundamento. Sua antipatia por Stanley, sua fúria contra a sobrinha, sua ânsia por separá-los venceram toda polidez e boas maneiras e, embora ele nunca tivesse mencionado qualquer intenção de partir no dia seguinte, ela não conseguiu se segurar e perguntou-lhe após o jantar, em sua ânsia de vê-lo longe dali, a que hora ele pretendia partir.

— Oh, minha senhora — respondeu ele —, se eu partir à meia-noite, pode considerar-se com sorte; e, se eu não fizer isso, poderá culpar-se a si própria por ter deixado que eu decidisse a hora de minha partida.

A Sra. Percival ficou muito ruborizada ao ouvir isso e, sem se dirigir a ninguém em particular, imediatamente começou uma longa cantilena sobre o chocante comportamento dos rapazes modernos, e sobre a notável alteração que ocorrera neles desde o tempo dela, que ela exemplificava com muitas anedotas instrutivas sobre o decoro e a modéstia que marcavam as personalidades daqueles que ela conhecera quando jovem. Isso, no entanto, não impediu que ele fosse caminhar no jardim com a sobrinha dela, sem nenhuma outra companhia, por quase uma hora naquela noite. Eles haviam deixado a sala com esse propósito na companhia de Camilla, num momento em que a Sra. Percival estava ausente, e demorou um pouco para que ela percebesse, ao retornar, aonde eles tinham ido. Camilla caminhara duas ou três voltas com eles pela passarela que levava ao caramanchão, mas logo se cansou de ouvir uma conversa da qual raramente era convidada a participar e que, por algumas vezes mencionar livros, ela não acompanhava. Deixou-os no caramanchão e foi em outra direção, no intuito de experimentar as frutas e apreciar a estufa da Sra. Percival. Sua ausência não foi nem um pouco lamentada; na verdade, mal foi percebida, e eles continuaram conversando sobre quase todos os assuntos, pois Stanley raramente se detinha muito tempo em um, e tinha algo a dizer sobre todos, até que foram interrompidos pela tia dela.

A essa altura Kitty estava perfeitamente convencida de que, tanto em dotes naturais quanto em qualidades intelectuais, Edward Stanley era infinitamente superior a sua irmã. Seu desejo de saber que ele era assim havia induzido a moça a aproveitar cada oportunidade de mencionar temas de História, e logo eles se engajaram em um embate histórico, para o qual ninguém era mais apto que Stanley, que estava tão longe de tomar qualquer partido que mal tinha uma opinião fixa sobre o assunto. Assim, ele sempre podia ficar de qualquer um dos lados, e sempre argumentar com equilíbrio. Em sua indiferença por todos esses tópicos ele era muito diverso de sua companheira, cujo julgamento, guiado por sentimentos que eram acalorados e intensos, e, embora nem sempre infalível, ela defendia com um espírito e um entusiasmo que marcavam sua convicção. Eles tinham ficado, portanto, algum tempo conversando dessa maneira sobre a personalidade de Ricardo III, que ele defendia com veemência, quando de repente segurou a mão da moça e exclamou muito emocionado:

— Palavra de honra, a senhorita está totalmente enganada — e então pressionou os lábios contra a mão dela e saiu correndo do caramanchão.

Atônita diante desse comportamento, que ela não conseguia explicar, Kitty continuou imóvel por alguns momentos no assento onde ele a havia deixado; estava a ponto de ir atrás dele pela passagem estreita por onde ele saíra quando, olhando para a passarela que ficava imediatamente à frente do caramanchão, viu a tia vindo na direção dela mais rápido do que era seu costume. Isso explicou imediatamente por que ele a havia deixado, mas o fato de ele a ter deixado daquela maneira ficava ainda mais difícil de explicar. Sentiu-se bastante confusa por ter sido vista pela tia naquele local junto com Edward, e por aquela reação dele, que ela não sabia explicar, ter sido testemunhada por alguém que considerava odioso qualquer galanteio. Ela, portanto, continuou confusa, nervosa e sem saber o que fazer, permitindo assim que sua tia se aproximasse e sem sair do caramanchão. A expressão da Sra. Percival de forma alguma animou o espírito da sobrinha, que esperava em silêncio a acusação e em silêncio imaginava sua defesa. Depois de alguns momentos de suspense, pois a Sra. Percival estava muito esbaforida para falar imediatamente, ela começou, com grande fúria e aspereza, a seguinte arenga:

— Ora, ora, *isso* vai além de qualquer coisa que eu poderia supor. Mesmo *sabendo* como você era *dissoluta*, eu não estava preparada para ver isso. Isso ultrapassa qualquer coisa que você fez *antes*; qualquer coisa que ouvi em toda a minha vida! Nunca testemunhei tamanha pouca-vergonha numa garota assim! E essa é a recompensa por todos os cuidados que tomei com sua educação; por todas as minhas tribulações e ansiedades; e Deus sabe quantas foram! Tudo o que sempre quis foi criar você no caminho da virtude; nunca quis que tocasse espineta, nem que desenhasse melhor que qualquer outra pessoa; mas eu queria que você fosse respeitável; e boa; vê-la capaz e disposta a dar um exemplo de modéstia e virtude para os jovens daqui. Eu lhe comprei os *Sermões* de Blair e *Coelebs busca uma esposa*. Eu lhe entreguei a chave da minha própria biblioteca e emprestei de meus vizinhos muitos bons livros para você, tudo com esse propósito. Mas eu poderia ter poupado tanto esforço. Oh, Catharine! Você é uma criatura depravada, e não sei o que vai lhe acontecer. Estou feliz, entretanto — continuou ela, suavizando um pouco o tom da voz —, em ver que se envergonha do que fez, e, se estiver verdadeiramente arrependida, e seu futuro for uma vida de penitência e aprimoramento moral, talvez você possa ser perdoada. Mas vejo claramente que está tudo indo para o beleléu, e o reino em breve será privado de toda ordem.

— Não, contudo, em virtude de alguma conduta minha — disse Catharine num tom de grande humildade —, pois dou minha palavra de honra de que não fiz nada nesta noite que possa contribuir para a subversão da ordem do reino.

— Está enganada, filha — respondeu ela —, o bem de toda nação depende da virtude de seus indivíduos, e qualquer pessoa que ofenda o decoro e as boas maneiras de forma tão grave certamente está apressando sua ruína. Você deu um mau exemplo ao mundo, e o mundo está bem disposto a recebê-lo.

— Perdão, tia — disse a moça —, mas só *posso* ter dado um exemplo para a *senhora*, que foi a única testemunha da ofensa. Mas dou-lhe minha palavra: não há perigo a temer em relação ao que fiz; o comportamento do Sr. Stanley me deixou tão surpresa quanto a senhora, e só posso supor que foi motivado por sua empolgação, autorizada, na opinião dele, por nossa amizade. Mas a senhora não acha que está ficando muito tarde? Na verdade, é melhor ir para casa.

Essa fala, como ela bem sabia, não seria respondida pela Sra. Percival, que imediatamente se levantou e caminhou depressa, dominada por tantas apreensões com a própria saúde a ponto de esquecer pelo momento toda a ansiedade relativa à sobrinha, que caminhou em silêncio ao lado dela, remoendo pensamentos sobre a ocorrência que tinha causado tanto susto à tia.

— Estou pasma com minha própria imprudência — disse a Sra. Percival —, como pude ser tão avoada a ponto de ficar ao ar livre a esta hora da noite? Com certeza terei uma recaída do reumatismo depois disso. Já começo a sentir muito frio. Já devo ter pegado uma constipação terrível; com certeza ficarei acamada todo o inverno depois disso. — E, em seguida, contando nos dedos: — Deixe ver; estamos em julho; o frio logo vai chegar... agosto, setembro, outubro, novembro, dezembro, janeiro, fevereiro, março, abril... É muito provável que não me recupere de novo antes de maio. Devo e vou mandar derrubar esse caramanchão; ele vai acabar me matando; quem sabe... *agora*... talvez nunca me recupere. Coisas assim *já* aconteceram. Minha amiga particular, Srta. Sarah Hutchinson, morreu exatamente por causa disso; ficou ao ar livre uma noite em abril e se molhou toda, pois choveu muito forte; não trocou de roupa quando voltou para casa. Não se sabe quantas pessoas morreram por terem pegado uma constipação! Não acredito que haja outra doença no mundo, exceto a varíola, que não comece com uma constipação.

Kitty em vão tentava convencê-la de que seus temores eram infundados; que ainda não era suficientemente tarde para pegar uma constipação e que, mesmo que fosse, ela não teria nenhuma outra complicação e estaria recuperada em menos de dez meses. A Sra. Percival apenas falava que sabia de problemas de saúde muito mais do que uma moça que sempre estivera perfeitamente bem, e subiu correndo a escada, deixando a Kitty a tarefa de desculpar-se em seu nome junto ao Sr. e à Sra. Stanley por ter-se recolhido. Embora a Sra. Percival parecesse perfeitamente satisfeita com a qualidade das desculpas dela, Kitty se sentiu meio constrangida quando percebeu que o único motivo que podia apresentar era a possibilidade de a tia *talvez* ter pegado um resfriado, pois a Sra. Percival recomendara a ela que não desse muita importância à questão para não os assustar. O Sr. e a Sra. Stanley, no entanto, que sabiam muito bem que a prima ficava facilmente apavorada diante da possibilidade de adoecer, receberam a explicação com muito pouca surpresa e com toda a devida preocupação.

Edward e a irmã entraram, e Kitty não teve dificuldades em conseguir dele uma explicação por sua conduta, pois ele estava muito entusiasmado com o assunto e muito ansioso para saber dos resultados do acontecido para se conter e não fazer perguntas imediatas sobre ele; e ela não pôde deixar de ficar surpresa e ofendida com a tranquilidade e indiferença com que ele assumiu que toda a intenção dele fora assustar a tia, fingindo uma afeição por Kitty, um plano muito incompatível com a predileção que, naquelas alturas, ela quase se convencera de que ele tinha por ela. Era verdade que ela não havia convivido o suficiente com o rapaz para estar de fato apaixonada, mas mesmo assim se sentiu muito desapontada diante do fato de um moço tão belo, tão elegante e tão jovial ser tão totalmente desprovido de sentimentos a ponto de fazer deles sua principal diversão. Havia algo de novo na personalidade dele que para ela era muito encantador; sua presença era agradabilíssima;

seu ânimo e vivacidade combinavam com os dela, e suas maneiras eram ao mesmo tempo tão vivas e insinuantes que ela achava impossível que ele não fosse afável, e estava pronta para acreditar que ele realmente era assim. Edward conhecia bem o poder dessas suas características; devia a elas a permissividade do pai diante de erros que, fosse o filho desajeitado ou deselegante, teriam parecido muito sérios; a elas, mais até do que a sua pessoa ou fortuna, ele devia a consideração que quase todas as pessoas estavam dispostas a ter por ele, e que em particular as moças estavam inclinadas a nutrir.

Kitty reconhecia a influência dessas qualidades naquele momento; sua raiva se dissipara completamente, e sua alegria não fora apenas restaurada, mas intensificada. A noite passou tão agradavelmente quanto a anterior; eles continuaram conversando um com o outro durante a maior parte dela, e tal era a força de suas palavras e o brilho de seus olhos que, quando eles se despediram para ir dormir, embora tivesse apenas algumas horas antes descartado totalmente essa ideia, Catharine se sentiu quase convencida de que ele estava apaixonado por ela. Refletiu sobre a conversa que tiveram e, embora os dois tivessem discorrido sobre assuntos diversos e indiferentes, e ela não pudesse recordar exatamente qualquer fala da parte dele que expressasse algum afeto, mesmo assim estava quase certa de que o sentimento existia; mas, receando ser presunçosa demais ao supor tal coisa sem motivos suficientes, resolveu suspender a conclusão final sobre o assunto até o dia seguinte, e mais especialmente até a despedida, momento em que indiscutivelmente seria revelado algum sentimento por parte dele, se de fato existisse. Quanto mais ficava ao lado dele, mais se sentia inclinada a gostar dele e mais desejosa de que ele gostasse *dela*. Kitty estava convencida de que ele era por natureza muito inteligente e tinha um bom coração, e que seu jeito descuidado e negligente, que, embora para *ela* combinasse muito bem com *ele*, ela sabia que muitas pessoas considerariam defeitos de seu caráter, apenas procedia de uma jovialidade sempre agradável nos rapazes, e não provava que ele tinha uma personalidade fraca ou um raciocínio confuso.

Tendo resolvido esse ponto consigo mesma, e estando totalmente convencida por seus próprios argumentos de sua veracidade, foi dormir muito alegre, determinada a estudar a personalidade dele e vigiar seu comportamento ainda mais no dia seguinte. Acordou com as mesmas resoluções e provavelmente as teria colocado em prática se Anne não a tivesse informado, assim que entrou no quarto, de que o Sr. Edward Stanley já havia partido. Num primeiro momento, ela se recusou a acreditar no que ouvira, mas, quando a ama garantiu que ele havia pedido uma carruagem na noite anterior para as sete horas da manhã seguinte, e que ela mesma o tinha visto partir nela pouco depois das oito, não pôde mais resistir aos fatos.

"E essa", pensou consigo mesma, corada de raiva pela sua própria tolice, "essa é a afeição que eu estava tão certa de que ele sentia por mim. Oh! Que bicho bobo é a mulher! Que presunçosa, que irracional eu fui! Supor que um rapaz ficaria seriamente preso, no período de vinte e quatro horas, a uma garota que não tem nada que a recomende a não ser um belo par de olhos! E ele realmente partiu! Partiu talvez sem nem pensar em mim! Oh! Por que não levantei às oito horas? Mas essa é uma boa punição por minha preguiça e insensatez, e estou verdadeiramente feliz com isso. Mereço tudo isso, e dez vezes mais, por tamanha vaidade. Pelo menos vai ser útil para mim nesse aspecto; vai me ensinar no futuro a *não* pensar que todos estão apaixonados por mim. Mesmo assim, eu *gostaria* de tê-lo encontrado antes que partisse, pois talvez demore muitos anos antes de nos encontrarmos de novo. Pelo modo como nos deixou, entretanto, ele demonstra não ter dado a mínima importância para isso. Como é estranho que tenha partido sem nos avisar nem se despedir de ninguém! Mas isso é próprio dos rapazes, governados pelo capricho do momento, ou motivados apenas pelo desejo de fazer algo estranho! Seres totalmente irresponsáveis! E as moças são igualmente ridículas! Logo começarei a pensar como minha tia, que acha que tudo está indo para o beleléu, e que toda a raça humana está se degenerando".

Kitty acabara de se vestir e estava prestes a deixar seu quarto para fazer perguntas sobre o estado da Sra. Percival, quando a Srta. Stanley bateu à porta e, ao ser admitida, começou, em sua arenga usual, a exclamar como seu pai fora tão chocante por obrigar Edward a ir embora, e sobre Edward ter sido tão horrível por deixá-los àquela hora da manhã.

— Você não faz ideia — disse ela — de como fiquei surpresa quando ele veio ao meu quarto para se despedir.

— Então se encontrou com ele esta manhã? — indagou Kitty.

— Oh, sim! E estava com tanto sono que não consegui abrir os olhos. E então ele disse: "Camilla, adeus, pois estou indo embora. Não tenho tempo de me despedir de mais ninguém, e não posso me arriscar a ver Kitty, pois você sabe que aí eu nunca conseguiria ir embora...".

— Besteira... — disse Kitty — ele não disse isso ou, se disse, estava brincando.

— Não, não. Garanto que ele estava falando tão sério como nunca falou antes na vida; estava muito desanimado para brincar *naquele momento*. E me pediu que, quando nos encontrássemos para o café da manhã, eu transmitisse seus cumprimentos a sua tia e seu amor a você, pois é uma moça adorável e ele desejaria poder ficar mais ao seu lado. Disse que você é a moça perfeita para ele, sendo tão jovial e bem-humorada, e que desejava de todo o coração que você não estivesse casada quando ele retornasse, pois o que mais gostava era permanecer aqui. Oh!, não tem ideia das coisas lindas que ele disse sobre você, até que finalmente caí no sono e ele foi embora. Mas ele com certeza está apaixonado por você, tenho certeza de que está. Pensei muito nisso, eu lhe asseguro.

— Como pode ser tão ridícula? — disse Kitty, sorrindo com prazer. — Não acredito que ele seja tão facilmente afetado. Mas ele *pediu* mesmo que você me transmitisse seu amor? E que eu não estivesse casada antes de seu retorno? E disse que eu era uma moça adorável, foi isso o que ele disse?

— Oh, Deus, sim! E lhe asseguro que esse é o maior elogio, na opinião dele, que ele pode fazer a alguém; mal consigo persuadi-lo a me chamar de adorável, embora às vezes fique lhe implorando uma hora inteira.

— E você realmente acha que ele estava triste por partir?

— Oh!, você não tem ideia de como estava arrasado. Ele não teria ido neste mês, se meu pai não tivesse insistido; o próprio Edward me disse isso ontem. Disse que desejava de todo o coração que nunca tivesse prometido ir para o exterior, que se arrependia mais dessa promessa a cada dia; que ela interferia em todos os seus outros planos e que, desde que papai havia conversado com ele sobre isso, estava mais sem vontade de deixar Chetwynde do que nunca.

— É verdade que ele disse tudo isso? E por que seu pai insistiria que ele partisse? "Ele deixar a Inglaterra interferia em todos os seus outros planos, e a conversa com o Sr. Stanley o tornou ainda mais avesso a ela". O que isso pode significar?

— Ora, que ele está perdidamente apaixonado por você, com certeza; que outros planos ele pode ter? E suponho que meu pai disse que, se ele não estivesse indo para o exterior, teria desejado que ele se casasse com você imediatamente. Mas preciso ir e ver as plantas da sua tia; gosto particularmente de uma delas, e de mais duas ou três...

"Será que a explicação de Camilla é verdadeira?", pensou Catharine consigo mesma, quando sua amiga saiu do quarto. "E, após todas as minhas dúvidas e incertezas, será mesmo que Stanley não queria deixar a Inglaterra somente *por minha causa*? 'Seus planos interrompidos.' E quais podem ser esses planos, senão de casamento? Porém, *em tão pouco tempo* ele estar apaixonado por mim! Talvez seja apenas o efeito de um impulso do coração, que para *mim* é a mais alta recomendação em qualquer pessoa. Um coração aberto para o amor, e isso na forma de tanta vivacidade e desatenção, é o coração de Stanley! Oh! Como isso o torna querido! Mas ele se foi... talvez por anos. Obrigado a se separar daquilo que mais ama, sua felicidade é sacrificada em nome da vaidade do pai! Quão angustiado ele deve ter saído da casa! Sem poder me ver nem me dizer adeus, enquanto eu, desgraçada insensível, ousava estar dormindo. Isso, então, explica sua partida àquela hora da manhã. Ele não quis se arriscar a me ver. Rapaz encantador! Como deve ter sofrido! Eu *sabia* que era impossível que alguém tão elegante e bem-educado deixasse uma família dessa maneira, exceto por um motivo desses, incontestável".

Satisfeita, além de qualquer possibilidade de mudança, foi ao quarto da tia muito animada, sem refletir um só momento sobre a presunção das moças ou a irresponsável conduta dos rapazes.

Kitty continuou nesse mesmo estado de satisfação durante o tempo em que durou a visita dos Stanleys, que partiram com reiterados pedidos de que os visitassem em Londres, quando, como disse Camilla, poderiam ter a oportunidade de conhecer a doce garota Augusta Halifax... "ou melhor", pensou Kitty, "de rever minha querida Mary Wynne".

Em resposta ao convite da Sra. Stanley, a Sra. Percival disse que considerava Londres o berço de todos os vícios, um lugar onde a virtude fora banida da sociedade e maldades de todos os tipos estavam ganhando terreno dia a dia; que Kitty era suficientemente inclinada a ceder a tendências corruptas ou a elas se entregar e, portanto, era a última moça no mundo que deveria ser entregue a Londres, já que seria completamente incapaz de resistir a tentações...

Após a partida dos Stanleys, Kitty retomou suas ocupações costumeiras, mas, que lástima! Essas atividades já não tinham o poder de satisfazê-la. Apenas seu caramanchão ainda tinha algum interesse, e talvez isso se devesse à particular lembrança que trazia de Edward Stanley.

O verão passou sem nenhum incidente que merecesse ser narrado, ou nenhuma satisfação para Catharine, a não ser a de ter recebido uma carta de sua amiga Cecília, agora Sra. Lascelles, anunciando sua súbita volta com o marido para a Inglaterra.

Uma correspondência, que pouco prazer trazia a qualquer uma das partes, estabeleceu-se entre Camilla e Catharine. Esta agora perdera a única satisfação que antes podia extrair das cartas da Srta. Stanley, pois aquela jovem, depois de ter informado sua amiga da partida do irmão para Lyons, nunca mais mencionou o nome dele. Suas cartas raramente continham alguma informação, a não ser o detalhamento de algum artigo de vestuário, uma lista de vários compromissos, um panegírico a Augusta Halifax e talvez algum insulto ao infeliz Sir Peter.

O Grove, como era conhecida a mansão da Sra. Percival em Chetwynde, ficava a cinco milhas de Exeter, mas, embora aquela senhora possuísse uma carruagem própria com cavalos, era muito raro que Catharine conseguisse convencê-la de ir visitar aquela cidade com o intuito de fazer compras, por causa dos muitos soldados perpetuamente aquartelados lá que infestavam as principais ruas da cidade. Uma trupe ambulante de atores, a caminho das corridas que se aproximavam, abriu um teatro temporário ali, e a Sra. Percival foi convencida pela sobrinha a assistir à apresentação deles uma vez. A Sra. Percival insistiu em fazer à Sra. Dudley a gentileza de convidá-la para ir junto, quando surgiu uma nova dificuldade: era necessário ter algum cavalheiro que as acompanhasse...

LADY SUSAN

Carta 1
Lady Susan Vernon para o Sr. Vernon

Langford, dezembro

Meu querido cunhado — Não posso mais me negar o prazer de me beneficiar do gentil convite que o senhor fez na última vez que nos despedimos e passar algumas semanas com sua família em Churchhill e, portanto, se convier ao Sr. e à Sra. Vernon me receberem agora, espero em alguns dias ser apresentada a uma cunhada que há tanto tempo desejo conhecer. Meus gentis amigos daqui estão muito afetuosamente insistindo para que eu prolongue minha estada, mas a disposição deles, tão hospitaleira e alegre, os obriga à convivência em sociedade em um grau que é demasiado para minha situação e estado de espírito atuais; assim, espero ansiosamente o momento em que poderei ser admitida em seu delicioso retiro. Desejo muito ser apresentada a seus filhinhos, cujos corações buscarei ansiosamente conquistar. Logo precisarei de toda a minha força, pois estou prestes a me separar de minha própria filha. A longa doença do pai me impediu de dispensar a ela a atenção que o dever e o afeto igualmente impunham, e tenho motivos de sobra para temer que a governanta a cujos cuidados a entreguei não tenha ficado à altura de seu encargo. Resolvi, portanto, colocá-la como interna em uma das melhores escolas particulares da cidade, onde eu mesma terei a oportunidade de deixá-la quando estiver a caminho de sua residência. Tenho o propósito, você pode perceber, de não ter recusada minha admissão em Churchhill. De fato, causaria em mim as mais dolorosas sensações saber que me receber não está dentro de suas possibilidades.

Sua muito dedicada e afetuosa cunhada,

S. Vernon

Carta 2
Lady Susan Vernon para a Sra. Johnson

Langford

Estava enganada, minha querida Alícia, quando me supôs presa a este lugar até o final do inverno: entristece-me dizer quão grandemente você estava enganada, pois acho que nunca passei um período de forma mais agradável do que esses três últimos meses, que simplesmente voaram. Atualmente, nada está tranquilo; as mulheres da família estão unidas contra mim. Você previu como tudo seria quando cheguei a Langford, e Mainwaring é tão incrivelmente agradável que eu mesma não deixei de ficar apreensiva. Lembro-me de refletir, quando me aproximava da casa: "Gosto desse homem, peço aos céus que isso não cause nenhum mal!". Mas eu estava determinada a ser discreta e a não me esquecer de que me tornara viúva havia apenas quatro meses, ficando tão recolhida quanto possível: e fiquei mesmo, minha querida; não acolhi as atenções de ninguém, a não ser as de Mainwaring. Evitei todo tipo de flerte, fossem quais fossem; não tratei ninguém de forma diferenciada exceto, entre todas as pessoas que aqui estiveram presentes, Sir James Martin, a quem dispensei um pouco da minha atenção, a fim de afastá-lo da Srta. Mainwaring; mas, se o mundo pudesse conhecer o meu motivo *nesse caso*, todos me dariam razão. Fui considerada uma mãe desnaturada, mas foi o impulso sagrado da afeição maternal, foi o bem-estar de minha filha que me motivou; e, se essa filha não fosse a pessoa mais simplória da face da terra, eu poderia ter sido recompensada por meus esforços como merecia. Sir James de fato me pediu a mão de Frederica, mas Frederica, que nasceu para ser o tormento da minha vida, escolheu colocar-se tão violentamente contra essa união que achei melhor deixar de lado esse plano por enquanto. Mais de uma vez me arrependi por não ter eu mesma me casado com ele e, fosse ele apenas um pouquinho menos lamentavelmente fraco, eu por certo teria feito isso: mas devo reconhecer que sou bastante romântica nesse aspecto e que a riqueza por si só não me satisfaz. O resultado de tudo isso foi muito exasperador: Sir James partiu, Maria ficou muito furiosa, e a Sra. Mainwaring, insuportavelmente ciumenta; tão ciumenta, em resumo, e com tanta raiva de mim que, no ímpeto de seu gênio, eu não ficaria surpresa se ela apelasse ao seu tutor, se tivesse a liberdade de se dirigir a ele; mas nesse caso seu marido fica a meu favor; e o ato mais bondoso e afável da vida dele foi cortar totalmente as relações com ela quando ela se casou. Alimente esse ressentimento dele, portanto, eu lhe peço. Estamos agora numa situação lastimável; nenhuma casa jamais ficou tão alterada; a família toda está em guerra e Mainwaring mal ousa falar comigo. É hora de eu partir; assim, decidi deixá-los e vou passar, espero, um dia confortável com você na cidade esta semana. Caso o Sr. Johnson esteja me estimando tão pouco quanto o usual, você deve vir me encontrar no número 10 da Wigmore Street; mas espero que esse não seja o caso, pois, como o Sr. Johnson, apesar de todos os seus defeitos, é um homem a quem o mundo lá fora geralmente atribui a grande palavra "respeitável", e todos sabem que sou íntima da mulher dele, parecerá estranho que ele me desprezе. Incluo Londres em meu trajeto para aquele lugar insuportável, uma aldeia do interior, pois estou realmente indo para Churchhill. Perdoe-me, minha querida amiga, é meu último recurso. Houvesse outro lugar na Inglaterra que me abrisse as portas, eu o preferiria. Tenho aversão a Charles Vernon, e medo de sua esposa. Em Churchhill, entretanto, devo permanecer até ter algo melhor em vista. Minha mocinha me acompanha até a cidade, onde deverei deixá-la aos cuidados da Srta. Summers, na Wigmore Street, até que ela se torne um pouco mais razoável. Ela fará boas amizades ali, pois as moças todas pertencem às melhores famílias. O preço é altíssimo, muito além do que eu poderia tentar pagar. Adeus, mando-lhe um recado assim que chegar à cidade.

Da sempre sua,

S. Vernon

Carta 3
Sra. Vernon para Lady De Courcy

Churchhill

Minha querida mãe — Lamento muito lhe dizer que não teremos condições de cumprir nossa promessa de passar o Natal com os senhores; e estamos impedidos de gozar dessa felicidade por uma circunstância que provavelmente não nos trará nenhuma compensação. Lady Susan, em uma carta ao seu cunhado, declarou sua intenção de nos visitar quase imediatamente; e, como essa visita é com toda a probabilidade apenas uma questão de conveniência, é impossível saber quanto vai durar. Eu não estava de forma alguma preparada para isso; tampouco posso agora explicar a conduta de Lady Susan; Langford parecia ser exatamente o lugar para ela em todos os aspectos — tanto pelo estilo de vida elegante e caro de lá quanto pelo especial apego dela ao Sr. Mainwaring — que eu estava muito longe de esperar que tal distinção chegasse de forma tão rápida, embora sempre tenha imaginado, considerando o aumento de sua amizade por nós desde a morte do marido dela, que deveríamos, em algum momento futuro, ser obrigados a recebê-la. O Sr. Vernon, acho eu, foi por demais bondoso com ela quando esteve em Staffordshire; a atitude dela para com ele, mesmo sem levarmos em conta sua personalidade em geral, foi tão imperdoavelmente ardilosa e mesquinha desde que começaram os preparativos do nosso casamento que ninguém menos afável e doce que ele poderia ter relevado tudo aquilo; e embora, estando ela viúva do irmão dele e em situação difícil, fosse adequado lhe oferecer alguma ajuda pecuniária, não posso deixar de pensar que era totalmente desnecessário o insistente convite dele para que ela nos visitasse. Disposto como ele é, entretanto, a pensar o melhor de todas as pessoas, as demonstrações de tristeza dela, suas declarações de arrependimento e seus vagos propósitos de prudência foram suficientes para amolecer o coração dele e fazê-lo realmente confiar na sinceridade dela. Mas, quanto a mim, ainda não estou convencida e, embora o que ela escreveu tenha sido bem plausível, não poderei ter certeza até entender melhor o verdadeiro motivo de vir nos visitar. A senhora pode adivinhar, portanto, querida mãe, com que sentimentos aguardo a chegada dela. Ela terá oportunidade de usar todos aqueles poderes de atração pelos quais é celebrada para ganhar alguma parcela de minha consideração; e certamente vou me esforçar para me proteger da influência desses poderes, se não vierem acompanhados de algo mais concreto. Ela expressa um grande desejo de me conhecer e menciona meus filhos com muita gentileza, mas não sou fraca o suficiente para supor que uma mulher que se comportou de forma desatenciosa, se não malevolente, para com a própria filha poderia ter algum apego aos meus. A Srta. Vernon deverá ser colocada em uma escola em Londres antes que a mãe venha até nós, algo de que me alegro, por ela e por mim mesma. Deverá fazer bem a ela ficar separada da mãe, e uma moça de dezesseis anos que recebeu uma educação tão falha não poderia ser uma companhia muito desejável aqui.

Reginald há tempos deseja, eu sei, encontrar a cativante Lady Susan, e vamos aguardar que ele logo se junte a nós.

Fico feliz em saber que meu pai continua tão bem, e envio meu abraço carinhoso, etc. etc.,

Catherine Vernon

Carta 4
Sr. De Courcy para a Sra. Vernon

Parklands

Minha querida irmã — Parabenizo você e o Sr. Vernon por estarem prestes a receber em sua família a mais perfeita coquete da Inglaterra. Sempre aprendi a considerá-la um flerte muito notável, mas recentemente ouvi alguns detalhes de sua conduta em Langford que provam que ela não se restringe àquele tipo de flerte que satisfaz a maioria das pessoas, mas aspira ao prazer mais delicioso de arruinar toda uma família. Com sua atitude para com o Sr. Mainwaring ela provocou ciúme e infelicidade na mulher dele e, pelas atenções que dispensou a um jovem anteriormente afeiçoado à irmã do Sr. Mainwaring, privou uma garota afável de seu pretendente. Fiquei sabendo de tudo isso pelo Sr. Smith, que agora está nestas redondezas (jantei com ele no Hurst & Wilford), recém-chegado de Langford, onde passou duas semanas com Lady Susan, e portanto está bem qualificado para narrar o acontecido.

Que mulher ela deve ser! Desejo vê-la e com certeza aceitarei seu generoso convite, para ter a oportunidade de formar alguma ideia sobre os tais poderes encantatórios que tanto podem realizar — envolvendo ao mesmo tempo, e na mesma casa, os sentimentos de dois homens que não estavam, nenhum dos dois, livres para retribuí-los. E tudo isso sem os encantos da juventude! Fico feliz em saber que a Srta. Vernon não acompanhará a mãe até Churchhill, já que ela não tem nem sequer maneiras que a recomendem e, de acordo com o relato do Sr. Smith, é ao mesmo tempo estúpida e orgulhosa. Onde o orgulho se une à estupidez não pode haver dissimulação digna de nota, e a Srta. Vernon ficará condenada a um desprezo inexorável; ao passo que, por tudo o que posso presumir, Lady Susan possui um grau de falsidade cativante que deve ser agradável testemunhar e perceber. Muito em breve estarei com vocês.

Seu afetuoso irmão,

R. De Courcy

Carta 5
Lady Susan Vernon para a Sra. Johnson

Churchhill

Recebi seu recado, querida Alícia, logo antes de deixar a cidade, e alegro-me em saber que o Sr. Johnson não suspeitou de nada a respeito de nosso encontro na noite anterior. É sem dúvida melhor enganá-lo completamente e, já que insiste em ser teimoso, ele merece ser ludibriado. Cheguei aqui em segurança e não tenho motivos para reclamar da recepção que me foi proporcionada pelo Sr. Vernon; mas confesso que não fiquei igualmente satisfeita com o comportamento da esposa dele. Ela é perfeitamente bem educada, na verdade, e tem o ar de uma mulher da moda, mas suas maneiras não permitem que eu me convença de que ela tem uma predisposição favorável em relação a mim. Queria que ela ficasse feliz em me ver. Fui tão afável quanto possível na ocasião, mas de nada adiantou. Ela não gosta de mim. Decerto, quando consideramos que *de fato* fiz alguns esforços para impedir que meu cunhado se casasse com ela, essa falta de cordialidade não causa muita surpresa, embora evidencie um espírito mesquinho e vingativo o fato de que ela se ressinta de um projeto que me motivou seis anos atrás e que, no final das contas, não se concretizou. Às vezes fico disposta a me arrepender por não ter permitido que Charles comprasse o Vernon Castle quando fomos obrigados a vendê-lo; mas foi uma circunstância difícil, em especial porque isso ocorreu na época do casamento dele; e todos devem respeitar a delicadeza dos meus sentimentos, que não podiam suportar que a dignidade de meu marido fosse diminuída por seu irmão mais novo tomar posse da propriedade da família. Se pudessem ter sido tomadas providências para que não fosse necessário que deixássemos o castelo; se pudéssemos ter morado com Charles mantendo-o solteiro, eu estaria muito longe de persuadir meu marido a vender a propriedade para outra pessoa. Mas Charles estava prestes a se casar com a Srta. De Courcy, e isso justificou o que fiz. Aqui há crianças em abundância, e que benefício me traria ele comprar o castelo? O fato de eu tê-lo impedido pode talvez ter causado na esposa dele uma impressão desfavorável, mas, quando existe uma predisposição para não gostar, nunca faltará um motivo; e, nas questões monetárias, meu gesto não impediu que meu cunhado fosse muito útil para mim. Realmente tenho consideração por ele, que é tão fácil de convencer!

A casa é boa, os móveis, modernos, e tudo indica fartura e elegância. Charles é muito rico, tenho certeza; quando um homem tem seu nome ligado a um banco, começa a nadar em dinheiro; mas eles não sabem o que fazer com tantas posses, convidam muito poucas pessoas e nunca vão a Londres a não ser a trabalho. Ficaremos entediados ao máximo. Tenho a intenção de conquistar o coração de minha cunhada por meio das crianças; já sei o nome de todas elas e vou me apegar com maior sensibilidade a uma em particular, o jovem Frederic, que pego em meu colo suspirando profundamente ao mencionar o nome de seu querido tio.

Pobre Mainwaring! Não preciso lhe dizer como sinto a falta dele, como ele está constantemente em meus pensamentos. Encontrei uma carta dele muito desanimada quando cheguei aqui, cheia de queixas sobre a esposa e a irmã, e de lamentações sobre a crueldade de seu destino. Para os Vernon, dei a entender que a carta era da esposa dele e, quando escrever para ele, precisarei enviar a carta por seu intermédio, querida Alícia.

Da sempre sua,

Susan Vernon

Carta 6
Sra. Vernon para o Sr. De Courcy

Churchhill

Bem, querido Reginald, vi a tal criatura perigosa, e vou lhe oferecer uma descrição dela, mesmo que esteja esperando que você logo possa formar seu próprio julgamento. Ela é de fato excessivamente bela; mesmo que você escolha questionar os atrativos de uma mulher que já deixou de ser jovem. Eu, de minha parte, declaro que raramente vi uma mulher tão adorável quanto Lady Susan. Ela é delicadamente clara, com belos olhos cinzentos e cílios escuros; pela aparência, ninguém lhe atribuiria mais de vinte e cinco anos, embora na verdade deva ser dez anos mais velha. Com certeza eu não estava predisposta a admirá-la, embora sempre tenha ouvido comentários sobre a sua beleza; mas não consigo deixar de pensar que ela possui uma incomum união de simetria, brilho e graça. O jeito como se dirigiu a mim foi tão gentil, franco e até afetuoso que, se eu não soubesse o quanto ela sempre me odiou por ter me casado com o Sr. Vernon, além do fato de nunca termos nos encontrado pessoalmente antes, já a consideraria uma boa amiga. Pode-se, acredito, ligar a autoconfiança e o coquetismo e esperar que um modo despudorado de falar naturalmente signifique uma mente despudorada; eu, pelo menos, estava esperando um nível impróprio de autoconfiança em Lady Susan, mas sua expressão é absolutamente doce, e sua voz e seus modos, sedutoramente suaves. Lamento que seja assim, pois o que pode significar isso senão dissimulação? Infelizmente, todos sabem quem ela é. Inteligente e agradável, tem todo aquele conhecimento do mundo que torna a conversação fácil, e fala muito bem, com um feliz comando da linguagem, que é muitas vezes usado, acredito, para fazer o preto parecer branco. Ela já quase me persuadiu de seu apego à filha, embora eu há tanto tempo esteja convencida do contrário. Fala da moça com tanta ternura e ansiedade, lamentando com amargura o descuido de sua educação, fato a que ela entretanto se refere como inevitável, que para não acreditar no que ela diz sou forçada a recordar quantas primaveras seguidas ela passou na cidade, enquanto a filha ficava em Staffordshire com os empregados, ou aos cuidados de uma governanta que era muito pouco melhor.

Se as maneiras dela têm tanta influência em meu coração ressentido, você pode imaginar o impacto muito maior com que elas afetam o bondoso gênio do Sr. Vernon. Eu gostaria de me sentir tão convencida quanto ele está de que foi realmente escolha dela trocar Langford por Churchhill; e, se ela não tivesse permanecido lá durante meses antes de descobrir que o estilo de vida de seus amigos não combinava com sua atual situação e sentimentos, eu poderia ter acreditado que a tristeza pela morte de um marido como o Sr. Vernon, a quem ela tratou de um modo bastante repreensível, pudesse por um tempo fazê-la querer se isolar. Mas não posso me esquecer da duração da visita que fez aos Mainwarings e, quando reflito sobre a diferença entre o modo de vida que levou com eles e aquele ao qual ela deve agora se submeter, só posso supor que o desejo de estabelecer sua reputação seguindo, embora tardiamente, o caminho da decência foi o que a fez se distanciar de uma família com quem devia sentir-se feliz. A história de seu amigo, o Sr. Smith, entretanto, não pode estar correta, pois ela se corresponde regularmente com a Sra. Mainwaring. No mínimo, a história dele é exagerada. É praticamente impossível que dois homens sejam enganados por ela ao mesmo tempo.

Da sua irmã, etc. etc. etc.

C. Vernon

Carta 7
Lady Susan Vernon para a Sra. Johnson

Churchhill

Minha querida Alícia — Você é muito bondosa por se lembrar de Frederica, e agradeço-lhe por seu gesto como um sinal de sua amizade; mas, como não posso ter dúvida alguma da intensidade da sua afeição, jamais exigiria sacrifício tão grande. Ela é uma moça obtusa e não tem nada que a recomende. Portanto, de minha própria iniciativa, eu não pediria que você empregasse um único momento de seu precioso tempo mandando buscá-la e trazendo-a para a sua casa, sobretudo porque cada visita subtrairia muito tempo do grande empenho dedicado à educação dela, que realmente desejo ver realizado enquanto ela fica com a Sra. Summers. Quero que ela toque e cante com algum gosto e uma boa dose de segurança, pois tem as *minhas* mãos e *meus* braços e uma voz tolerável. *Eu* fui tão mimada em minha infância que nunca era obrigada a estudar nada, e consequentemente sou desprovida dos talentos que agora são necessários para completar uma mulher bonita. Não que eu defenda a moda atual de adquirir um conhecimento perfeito de todas as línguas, artes e ciências. É jogar tempo fora dominar o francês, o italiano e o alemão; música, canto, desenho, etc., podem trazer algum aplauso a uma mulher, mas não acrescentarão um namorado à sua lista.

Graça e bons modos, no fim das contas, são o mais importante. Não pretendo, portanto, que os conhecimentos de Frederica devam ser mais do que superficiais, e congratulo-me com o fato de que ela não vai permanecer na escola o tempo suficiente para entender qualquer coisa de forma completa. Espero vê-la casada com Sir James dentro de um ano. Você sabe em que baseio minha esperança, e essa é com certeza uma boa base, pois estar na escola deve ser muito humilhante para uma moça da idade de Frederica. E, a propósito, por conta disso você não deve mais convidá-la, pois quero que ela considere a própria situação tão desconfortável quanto possível. Tenho certeza em relação a Sir James o tempo todo e poderia fazê-lo renovar seu pedido escrevendo-lhe uma única linha. Enquanto isso, vou incomodar você incumbindo-a de não deixar que ninguém se aproxime dele quando ele estiver na cidade. Convide-o para a sua casa de vez em quando e fale com ele a respeito de Frederica, para que ele não a esqueça.

Em termos gerais, aprovo totalmente minha própria conduta nesse caso e a considero um ótimo exemplo de cuidado e ternura. Algumas mães teriam insistido para que suas filhas aceitassem oferta tão boa na primeira oportunidade; mas não consegui forçar Frederica a contrair um casamento contra o qual ela e seu coração se insurgem e, em vez de adotar uma medida tão drástica, decidi simplesmente propor que a escolha seja dela, tornando sua situação totalmente desconfortável até que ela o aceite. Mas chega por ora de falar dessa menina enfadonha.

Você deve se perguntar como consigo passar meu tempo aqui, e na primeira semana foi insuportavelmente entediante. Agora, entretanto, começamos a melhorar; nosso grupo foi acrescido do irmão da Sra. Vernon, um belo rapaz que me promete muita diversão. Há algo nele que desperta em mim um grande interesse, um tipo de atrevimento e familiaridade que deverei ensiná-lo a corrigir. Ele é vivaz, parece inteligente e, quando eu lhe tiver inspirado mais respeito por mim do que os préstimos da irmã instilaram, ele poderá se transformar em um flerte agradável. Existe um prazer sofisticado em subjugar um espírito insolente, em fazer uma pessoa propensa à aversão reconhecer nossa superioridade. Já o desconcertei com minha calma reserva, e tenho como propósito rebaixar mais ainda o orgulho desses arrogantes De Courcy, convencer a Sra. Vernon de que suas advertências fraternas foram malversadas e persuadir Reginald de que ela me caluniou de forma escandalosa. Esse projeto ao menos servirá para me divertir e suavizar a intensidade da terrível separação de você e daqueles a quem amo. Adeus.

Da sempre sua,

S. Vernon

Carta 8
Sra. Vernon para a sra. De Courcy

Churchhill

Minha querida mãe — A senhora não deve esperar o retorno de Reginald por algum tempo. Ele quer que eu lhe diga que o tempo agradável que agora está fazendo o induz a aceitar o convite do Sr. Vernon e prolongar sua estada em Sussex, para que os dois possam caçar juntos um pouco. Ele pretende mandar buscar seus cavalos imediatamente, e é impossível saber quando a senhora o verá de novo em Kent. Não vou disfarçar meus sentimentos sobre essa mudança, querida mãe, embora eu pense que é melhor a senhora não os comunicar a meu pai, cuja excessiva ansiedade em relação a Reginald o colocaria em um estado de preocupação que poderia afetar gravemente sua saúde e ânimo. Lady Susan com certeza conseguiu, no espaço de duas semanas, fazer que meu irmão goste dela. Em resumo, estou persuadida de que a permanência dele aqui por mais tempo do que o prazo inicialmente determinado para seu retorno é causada tanto por um grau de fascínio por ela quanto por um desejo de caçar com o Sr. Vernon, e é claro que não posso ter aquela satisfação que o prolongamento de sua visita teria me proporcionado em outras circunstâncias. Na verdade, estou irritada com os artifícios dessa mulher inescrupulosa; que outra prova maior de suas perigosas habilidades pode ser dada do que esse desvio do julgamento de Reginald, que quando chegou a esta casa estava tão claramente contra ela? Em sua última carta ele chegou a me dar alguns detalhes do comportamento dela em Langford, detalhes esses que obteve de um cavalheiro que a conhecia perfeitamente bem e que, se forem verdadeiros, deveriam torná-la objeto de aversão, e nos quais o próprio Reginald estava inteiramente disposto a acreditar. A opinião que tinha dela, estou certa, era tão desfavorável quanto a de qualquer outra mulher da Inglaterra; e quando ele chegou aqui estava evidente que não a considerava digna nem de delicadeza nem de respeito, e que ele achava que ela ficaria deliciada com as atenções de qualquer homem inclinado a flertar com ela.

O comportamento dela, confesso, foi todo calculado para dissipar essa ideia; não detectei uma mínima inadequação nele — nada de vaidade, pretensão ou leviandade —; e ela é mesmo tão atraente que eu não me surpreenderia se meu irmão ficasse tão encantado se ele nada soubesse dela antes de conhecê-la; mas, contra a razão, contra a certeza, agradar-se tanto dela como sei que se agradou me deixa atônita. Sua admiração foi no início muito forte, mas nada além do natural, e não me surpreendi ao vê-lo tão tocado pelas maneiras gentis e delicadas dela; mas quando ele a mencionou nos últimos dias, foi em termos do mais extraordinário elogio; e ontem ele realmente disse que não se surpreenderia diante de qualquer efeito produzido no coração dos homens por tanta graça e tantos talentos; e quando, em resposta, lamentei o mau comportamento dela, ele observou que os erros dela, quaisquer que possam ter sido, deviam ser atribuídos à sua educação desleixada e a seu casamento precoce, e que era uma pessoa completamente maravilhosa.

Incomoda-me essa tendência de desculpar e esquecer a conduta dela no calor da admiração; e, se não soubesse que Reginald sente-se perfeitamente à vontade em Churchhill para não precisar de um convite para prolongar sua visita, eu lamentaria que o Sr. Vernon o tenha feito.

As intenções de Lady Susan são obviamente as do total coquetismo, ou de um desejo de ser admirada por todos; não posso imaginar nem um momento que ela tenha algo mais sério em vista; mas me deixa mortificada ver o bom senso de um rapaz como Reginald completamente ludibriado por ela.

Da sempre sua... etc. etc. etc.

CATHERINE VERNON

CARTA 9
SRA. JOHNSON PARA LADY S. VERNON

Edward Street

MINHA QUERIDA AMIGA — Felicito-a pela chegada do Sr. De Courcy e recomendo fortemente que se case com ele. A fortuna de seu pai é, nós sabemos, considerável, e acredito que será herdada por ele. Sir Reginald está muito doente, e não é provável que obstrua o seu caminho por muito tempo. Ouço falar muito bem do jovem e, embora ninguém possa realmente merecê-la, minha querida Susan, o Sr. De Courcy pode ser uma aquisição valiosa. Mainwaring ficará furioso, é claro, mas você pode acalmá-lo com facilidade; além disso, nem mesmo a consciência mais escrupulosa exigiria que você esperasse a emancipação *dele*. Encontrei-me com Sir James; ele veio à cidade por alguns dias na semana passada e visitou Edward

Street várias vezes. Conversei com ele sobre você e sua filha, e ele está tão longe de tê-las esquecido que estou certa de que se casaria com qualquer uma das duas de bom grado. Dei a ele esperanças de que Frederica ceda e lhe falei muito de suas melhoras. Repreendi-o por ter cortejado Maria Mainwaring; ele respondeu que estava apenas fazendo uma brincadeira, e nós dois rimos muito do desapontamento dela; em resumo, foi muito agradável. Ele continua o mesmo tolo de sempre.

Da sua,

Alícia

Carta 10
Lady Susan Vernon para a Sra. Johnson

Churchhill

Fico muito agradecida a você, querida amiga, por seu conselho referente ao Sr. De Courcy, que com certeza me foi dado na total convicção de sua conveniência, embora eu não esteja determinada a segui-lo. Não posso tomar uma decisão tão séria quanto o casamento com tanta facilidade, especialmente porque agora não estou precisando de dinheiro, e talvez pouco me possa beneficiar esse casamento até que morra o velho cavalheiro. É verdade que sou vaidosa o suficiente para acreditar que a união esteja ao meu alcance. Tornei-o suscetível ao meu poder e posso agora apreciar o prazer de triunfar sobre uma mente que estava predisposta a sentir repugnância por mim e cheia de preconceitos contra meus atos passados. A irmã dele também está, espero, convencida do pouco efeito que surtem as representações maldosas que alguém faz de uma pessoa quando a elas se impõe a imediata influência do intelecto e das boas maneiras. Percebo muito bem que ela está incomodada diante de meu progresso nas boas graças do irmão e concluo que fará tudo para me neutralizar; mas, tendo já conseguido fazê-lo duvidar da justiça da opinião que ela tem de mim, acho que posso desafiá-la. Para mim tem sido delicioso observar os avanços dele na direção da intimidade, em especial ver como muda de atitude quando repreendo com a fria dignidade de minha conduta sua insolente tentativa de tomar liberdades. Minha atitude tem sido igualmente reservada desde o início, e nunca me comportei menos como uma coquete em toda a minha vida, embora talvez meu desejo de dominar nunca tenha sido mais resoluto. Eu o subjuguei inteiramente por meio do sentimento e da conversa séria, e o tornei, arrisco dizer, no mínimo *meio* apaixonado por mim, um sentimento que em nada se assemelha ao flerte comum. A consciência da Sra. Vernon de que merece todo tipo de vingança que esteja em meu poder infligir a ela pelos desserviços que me prestou, por si só pode permitir que ela perceba que sou impulsionada por algum desígnio nesse comportamento tão gentil e despretensioso. Que ela pense e aja como quiser, entretanto. Nunca vi o conselho de uma irmã impedir um rapaz de ficar apaixonado, se assim decidir. Estamos avançando agora para algum tipo de confiança e, em breve, provavelmente estaremos envolvidos em uma forma de amizade platônica. De *minha* parte, você pode ter certeza de que nunca passará disso, pois, se eu já não estivesse ligada a outra pessoa tanto quanto possa estar, ainda assim faria questão de não dedicar meu afeto a um homem que ousou pensar tão mal de mim.

    Reginald é bem-apessoado e não são imerecidos os elogios que você ouviu sobre ele, mas ainda é muito inferior a nosso amigo de Langford. Ele é menos refinado e menos insinuante que Mainwaring e tem, em comparação a este, muito menos daquela capacidade de dizer as coisas deliciosas que nos colocam de bom humor com nós mesmas e com todo o mundo. Entretanto, ele é bastante agradável para me oferecer diversão e fazer passarem prazerosamente muitas daquelas horas que, caso contrário, seriam despendidas no esforço de vencer a reserva de minha cunhada e ouvir a conversa insípida de seu marido.

Seu relato sobre Sir James é muito satisfatório, e em breve pretendo dar à Srta. Frederica uma pista de minhas intenções.

Da sua... etc. etc. etc.

S. Vernon

Carta 11
Sra. Vernon para Lady De Courcy

Churchhill

Fico cada vez mais ansiosa, querida mãe, em relação a Reginald, ao ver o rapidíssimo aumento da influência de Lady Susan. Eles agora estão em termos de uma amizade bastante particular, frequentemente engajados em longas conversas, e ela conseguiu, por meio do mais ardiloso coquetismo, subjugar o julgamento dele aos seus próprios propósitos. É impossível ver a intimidade que entre eles se estabeleceu tão depressa sem se alarmar, embora eu não suponha que os planos de Lady Susan se estendam até o casamento. Eu queria que a senhora fizesse Reginald voltar para casa mediante alguma desculpa plausível; ele não está nem um pouco disposto a nos deixar, e dei a ele tantas pistas do estado precário de saúde de meu pai quantas a decência me permite em minha própria casa. O poder dela sobre ele deve agora ser ilimitado, já que ela neutralizou completamente toda a opinião negativa que tinha a seu respeito, persuadindo-o não só a perdoar, mas também a justificar sua conduta. O relato do Sr. Smith sobre o comportamento dela em Langford, em que ele a acusou de ter feito o Sr. Mainwaring e um jovem comprometido com a Srta. Mainwaring se apaixonarem loucamente por ela, relato esse em que Reginald acreditava firmemente quando chegou aqui, é agora, ele está convencido, apenas uma invenção escandalosa.

Disse-me isso de um modo tão inflamado que denunciava seu arrependimento de ter acreditado no oposto.

Com que sinceridade lamento o fato de ela algum dia ter entrado nesta casa! Eu sempre aguardava a chegada dela com preocupação, mas com uma preocupação que estava muito longe de gerar alguma ansiedade por Reginald. Esperava uma companhia muito desagradável para mim mesma, mas nunca poderia ter imaginado que meu irmão correria o menor risco de ser cativado por uma mulher com cujos princípios ele estava tão familiarizado e cuja personalidade tão intensamente desprezou. Se a senhora conseguir tirá-lo daqui, será ótimo.

De sua filha... etc. etc. etc.

CATHERINE VERNON

CARTA 12
SIR REGINALD DE COURCY PARA SEU FILHO

Parklands

Sei que em geral os rapazes não admitem nenhum questionamento, nem de seus parentes mais chegados, sobre questões do coração, mas espero, meu querido Reginald, que você tenha uma atitude superior à daqueles que não reconhecem a ansiedade de um pai e se julgam privilegiados a ponto de recusar-lhe seus segredos íntimos e desprezar seu conselho. Você deve considerar que, sendo filho único e representante de uma família antiga, sua conduta na vida é do maior interesse de todas as pessoas que o conhecem; e, no assunto muito importante do casamento, especialmente, tudo está em jogo — a sua própria felicidade, a dos seus pais e o prestígio do seu nome. Não suponho que você se envolveria num compromisso tão sério sem comunicá-lo a seu pai e sua mãe, ou pelo menos sem estar convencido de que nós aprovaríamos a sua escolha; mas não posso deixar de temer que seja levado, pela senhora que ultimamente conquistou seu coração, a um casamento que todos os membros da família, próximos e distantes, vão reprovar inteiramente.

A idade de Lady Susan é, em si, uma importante objeção, mas sua falta de caráter é um empecilho tão mais sério que a diferença, de doze anos, se torna de pouca importância na comparação. Se você não estivesse enceguecido por alguma forma de fascinação, seria ridículo de minha parte repetir os exemplos de conduta totalmente imprópria da parte dela que são amplamente conhecidos. A negligência dela para com o marido, o encorajamento que oferece a outros homens, sua extravagância e dissipação, foram tão graves e infames que ninguém pôde ignorá-los à época, nem os esquecer posteriormente. Para nossa família ela sempre foi representada em cores abrandadas pela benevolência do Sr. Charles Vernon e, mesmo assim, apesar de seus generosos esforços para perdoá-la, sabemos que ela, pelos motivos mais egoístas, fez de tudo para impedir que ele se casasse com Catherine.

Minha idade e minhas doenças me fazem desejar muito vê-lo estabelecido no mundo. Quanto à fortuna de uma esposa, a bondade da minha mulher me torna indiferente, mas sua família e caráter devem ser ambos irrepreensíveis. Quando sua decisão tiver sido tomada de modo a que nenhuma objeção possa ser feita a esses dois pontos, então posso lhe prometer um pronto e alegre consentimento. Mas é meu dever opor-me a uma união que apenas a mais hábil astúcia poderia tornar possível e, no final, malfadada.

É possível que o comportamento dela se origine apenas da vaidade, ou do desejo de conquistar a admiração de um homem que ela provavelmente imagina que seja particularmente preconceituoso em relação a ela; mas é mais provável que pretenda algo mais. Ela é pobre e pode naturalmente buscar uma aliança que lhe traga vantagens; você conhece os próprios direitos e sabe que está fora de meu poder privá-lo de herdar a fortuna da família. Minha capacidade de importuná-lo durante minha vida seria uma espécie de vingança à qual eu de forma alguma me rebaixaria. Expresso a você meus sentimentos e intenções da forma mais honesta. Não desejo influenciar seus temores, mas sim seu senso de afeição. Saber que está casado com Lady Susan Vernon destruiria todo consolo de minha vida; seria a morte daquele honesto orgulho com que até agora considerei meu filho; eu ficaria ruborizado ao encontrá-lo, ao ouvir falar dele, ao pensar nele.

Talvez esta carta não tenha efeito algum a não ser o de aliviar minha mente, mas senti que era meu dever contar-lhe que seu afeto por Lady Susan não é segredo entre nossos amigos e adverti-lo contra ela. Eu ficaria feliz de ouvir suas razões para desacreditar a informação do Sr. Smith; você não duvidava de sua autenticidade um mês atrás.

Se me garantir que não deseja nada além de apreciar a conversa de uma mulher inteligente por um curto período e alimentar a admiração apenas por sua beleza e talentos, sem ser cegado por eles, passando a não enxergar os defeitos dela, você vai trazer de volta minha felicidade; mas, se não puder fazer isso, explique-me pelo menos o que causou tamanha mudança na opinião que você tem dela.

Despeço-me... etc. etc. etc.

Reginald De Courcy

Carta 13
Lady De Courcy para a Sra. Vernon

Parklands

Minha querida Catherine — Infelizmente quando chegou sua última carta eu estava confinada em meu quarto com uma gripe que afetou meus olhos de tal forma que não consegui lê-la eu mesma, então não pude dizer não a seu pai quando ele se dispôs a lê-la para mim, e por isso ele se inteirou, para minha grande aflição, de todos os seus temores em relação ao seu irmão. Eu tinha a intenção de escrever eu mesma para Reginald assim que meus olhos permitissem para indicar, da melhor maneira possível, o perigo de uma relação íntima com uma mulher tão ardilosa quanto Lady Susan para um rapaz com a idade dele e com suas altas expectativas. Eu pretendia, além disso, fazê-lo lembrar que estamos atualmente muito sozinhos, precisando muito dele para nos manter animados nestas longas noites de inverno. Se teria ou não adiantado, nunca saberei, mas fiquei extremamente aflita por Sir Reginald ter ficado sabendo qualquer coisa de um assunto que prevíamos que o incomodaria tanto. Ele captou todos os seus temores assim que leu sua carta, e tenho certeza de que não tirou o assunto da cabeça desde esse momento. Ele de imediato escreveu para Reginald uma longa carta que expressava todos os seus sentimentos e, em particular, pedindo uma explicação sobre o que ele poderia ter ouvido de Lady Susan para contradizer os chocantes relatos dos últimos tempos sobre ela. A resposta de seu irmão veio esta manhã, e vou encaminhá-la a você, pois acho que vai gostar de lê-la. Eu gostaria que fosse mais satisfatória, mas parece escrita com tamanha determinação de pensar bem de Lady Susan que suas afirmações quanto a casamento e outros assuntos não deixam meu coração tranquilo. Digo, entretanto, tudo o que posso para satisfazer seu pai, e ele com certeza está menos aflito desde que recebeu a carta de Reginald. Como é exasperante, minha querida Catherine, que essa hóspede indesejável tenha não só impedido que nos encontrássemos no Natal, mas seja também o motivo de tanto aborrecimento e problema! Mande um beijo carinhoso para as crianças.

Sua afetuosa mãe,

C. De Courcy

Carta 14
Sr. De Courcy para Sir Reginald

Churchhill

MEU QUERIDO SENHOR — Recebi agora sua carta, que me deixou tão atônito como nunca estive antes. Devo agradecer à minha irmã, suponho, por ter falado de mim de tal maneira a ponto de ferir minha reputação junto ao senhor e lhe causar todo esse sobressalto. Não sei por que ela teria optado por trazer consternação a si mesma e à família temendo um evento que ninguém exceto ela, posso afirmar, teria julgado possível. Imputar a Lady Susan tal intenção seria privá-la de qualquer reivindicação daquele excelente discernimento que seus mais viscerais inimigos nunca lhe negaram; e igualmente eliminaria qualquer pretensão minha ao bom senso se intenções matrimoniais fossem detectadas em meu comportamento para com ela. Nossa diferença de idade é necessariamente uma objeção insuperável, e eu lhe peço, querido pai, que acalme seu espírito e não mais alimente uma suspeição que não pode ser mais injuriosa para sua própria paz do que para a nossa inteligência.

Não posso ter outro objetivo com Lady Susan a não ser o de apreciar durante um curto tempo (como o senhor mesmo expressou) a conversa de uma mulher com grandes poderes intelectuais. Se a Sra. Vernon considerasse um pouco mais minha afeição a ela e ao marido no período de minha visita, seria mais justa com todos nós; mas, infelizmente, minha irmã alimenta preconceitos insuperáveis contra Lady Susan. Pela afeição que devota ao marido, o que por si só honra o casal, ela não pode perdoar os esforços de evitar essa união, que foram atribuídos ao egoísmo de Lady Susan; mas nesse caso, bem como em muitos outros, o mundo ofendeu brutalmente essa senhora, supondo o pior quando os motivos de sua conduta foram discutíveis.

Lady Susan ouvira algo tão concretamente desabonador sobre minha irmã que se convenceu de que a felicidade do Sr. Vernon, a quem sempre foi muito apegada, seria completamente destruída com o casamento. E esse incidente, ao mesmo tempo que explica os verdadeiros motivos da conduta de Lady Susan e retira toda a culpa que foi tão profusamente derramada sobre ela, também pode nos convencer de quão pouco um relato genérico feito por qualquer pessoa deve merecer crédito; pois nenhum caráter, por mais honesto que seja, pode escapar da malevolência da calúnia. Se minha irmã, na segurança de sua reclusão, com tão pouca oportunidade ou inclinação para ser má, não conseguiu evitar a censura, não devemos condenar impiedosamente aqueles que, vivendo no mundo e rodeados de tentações, venham a ser acusados de erros que se sabe que eles têm a capacidade de cometer.

Culpo a mim mesmo, de forma severa, por ter acreditado tão facilmente nas histórias caluniosas contadas por Charles Smith contra Lady Susan, pois estou agora convencido da grande difamação que impuseram a ela. Quanto ao ciúme da Sra. Mainwaring, é tudo fruto da imaginação dele, e o relato que ele fez sobre ela ter atraído o afeto do eleito da Srta. Mainwaring tampouco tem fundamento. Sir James Martin havia sido encorajado por aquela moça a lhe dar alguma atenção; e, como é um homem de posses, foi fácil para ele supor que a pretensão *dela* incluía o casamento. Sabe-se muito bem que a Srta. M. está absolutamente empenhada em conseguir um marido e, portanto, ninguém pode ter pena dela por ter perdido, em vista dos atrativos superiores de outra mulher, a oportunidade de desgraçar completamente um homem digno. Lady Susan estava longe de querer realizar essa conquista e, sabendo com que veemência a Srta. Mainwaring ressentiu o distanciamento de seu amado, determinou-se, apesar dos mais veementes rogos do Sr. e da Sra. Mainwaring, a deixar a família. Tenho motivos para imaginar que ela realmente tenha recebido uma proposta séria de Sir James, mas o fato de ter saído de Langford assim que ficou sabendo do afeto dele deve levar qualquer pessoa de bom senso a inocentá-la dessa imputação. Tenho certeza, querido pai, de que o senhor perceberá a verdade do que lhe digo, e assim fará justiça ao caráter de uma mulher muito injuriada.

Sei que Lady Susan, ao vir para Churchhill, foi motivada apenas pelas intenções mais honrosas e afáveis; sua prudência e comedimento são exemplares, sua consideração pelo Sr. Vernon está à altura do que *ele* merece, e seu desejo de conquistar uma boa opinião por parte de minha irmã merece uma retribuição melhor que a que tem recebido. Na qualidade de mãe ela é irrepreensível; sua sólida afeição pela filha fica patente no seu gesto de deixá-la nas mãos de uma pessoa que cuidará adequadamente da educação da moça; mas, como não é dominada pela cega e fraca parcialidade da maioria das mães, é acusada de falta de ternura materna. Qualquer pessoa sensata, entretanto, saberá valorizar e elogiar sua afeição racional, juntando-se a mim no desejo de que Frederica Vernon possa mostrar-se mais digna do terno cuidado de sua mãe do que fez até agora.

Expressei, querido pai, meus mais verdadeiros sentimentos sobre Lady Susan; o senhor saberá lendo esta carta da minha grande admiração pelos talentos dela e minha estima pelo seu caráter; mas, se o senhor não ficou igualmente convencido ao ler minha completa e solene afirmação de que seus temores foram infundados, ficarei profundamente aflito e perturbado.

Com demonstrações de... etc. etc. etc.

R. De Courcy

Carta 15
Sra. Vernon para Lady De Courcy

Churchhill

Minha querida mãe — Devolvo-lhe a carta de Reginald e alegro-me de todo o coração que meu pai tenha sido tranquilizado por ela; diga isso a ele, com minhas congratulações; mas, cá entre nós, devo admitir que a carta apenas convenceu *a mim* de que meu irmão não pretende *atualmente* se casar com Lady Susan, não que ele não corra o risco de fazê-lo daqui a três meses. Ele oferece uma justificativa bastante plausível para o comportamento dela em Langford; eu gostaria que pudesse ser verdadeira, mas o que ele diz deve ter vindo da explicação dela, e estou menos disposta a acreditar nessa explicação do que a lamentar o grau de intimidade que continua entre os dois, evidenciado pela discussão desse assunto.

Lamento ter causado desgosto a ele, mas não posso esperar nada melhor enquanto permanecer tão zeloso na defesa de Lady Susan. Ele de fato é muito severo comigo e, no entanto, espero não ter sido apressada ao julgá-la. Pobre mulher! Embora eu tenha motivos suficientes para não gostar de Lady Susan, não posso deixar de sentir pena dela neste momento, já que está realmente angustiada, e com muitos motivos para isso. Esta manhã ela recebeu uma carta da senhora aos cuidados da qual deixou a filha, pedindo que a Srta. Vernon seja imediatamente retirada de lá, já que foi flagrada numa tentativa de fuga. O porquê, ou para onde ela pretendia ir, não está evidente; mas, como a instituição parece ter sido irrepreensível, o caso é muito triste e, sem dúvida, perturbador para Lady Susan.

Frederica deve estar com uns dezesseis anos e deveria ter mais juízo; mas, pelo que a mãe insinua, receio que seja uma moça perversa. Entretanto, ela foi tristemente negligenciada, e sua mãe deve lembrar-se disso.

O Sr. Vernon partiu para Londres assim que ela determinou o que deveria ser feito. Ele tentará, se possível, convencer a Srta. Summers a permitir que Frederica continue com ela; e, se não obtiver seu intento, vai trazê-la a Churchhill por uns tempos, até que outra instituição possa ser encontrada para ela. Enquanto isso, Lady Susan se consola fazendo passeios no bosque com Reginald, estimulando os mais ternos sentimentos dele, suponho, nessa situação perturbadora. Ela tem falado bastante sobre o assunto comigo, e fala muito bem; temo estar sendo maldosa, senão diria que talvez ela fale bem *demais* para estar sendo sincera; mas não vou buscar defeitos nela; ela talvez se transforme na esposa de Reginald! Deus nos livre disso! Mas por que eu deveria ser mais perspicaz do que qualquer outra pessoa? O Sr. Vernon declara que nunca viu pessoa tão desolada como ela ao receber a carta. Será o julgamento dele inferior ao meu?

Ela não queria de modo algum que Frederica viesse para Churchhill, o que é bastante justo, já que isso parece uma espécie de recompensa para um comportamento que merece coisa bem diferente; mas não foi possível levá-la a nenhum outro lugar, e ela não deve permanecer muito tempo.

"Será absolutamente necessário", disse ela, "como a senhora, querida cunhada, sensata como é, deve perceber, que ela seja tratada com alguma severidade enquanto estiver aqui; uma necessidade por demais dolorosa, mas vou me *esforçar* para me submeter a isso. Receio ter sido muitas vezes permissiva, mas o gênio de minha Frederica nunca conseguiu suportar bem uma contrariedade. Os senhores devem me apoiar e me encorajar; devem insistir na necessidade de repreensão se me julgarem muito leniente".

Tudo isso parece muito razoável. Reginald está tão irritado com a tola garotinha! Com certeza não depõe a favor de Lady Susan que ele seja tão duro em relação à sua filha; a ideia que faz dela deve ser baseada nas descrições da mãe.

Bem, qualquer que seja o destino dele, temos o consolo de saber que fizemos todo o possível para salvá-lo. Temos de entregar o caso a um poder mais alto.

De sua sempre... etc. etc. etc.

Catherine Vernon

Carta 16
Lady Susan para a Sra. Johnson

Churchhill

Nunca em minha vida, querida Alícia, fiquei tão injuriada como ao receber esta manhã uma carta da Srta. Summers. Aquela menina repugnante que é minha filha tentou fugir. Eu não tinha antes a noção de que ela fosse um diabrete, ela parecia ter toda a brandura dos Vernon; mas, quando recebeu a carta em que eu declarava minhas intenções em relação a Sir James, ela na verdade tentou escapar; pelo menos não posso atribuir nenhuma outra explicação para o comportamento dela. Sua intenção, eu acho, era ir ter com os Clark em Staffordshire, pois ela não conhece mais ninguém. Mas ela *vai* ser punida, ela *vai* se casar com ele. Enviei Charles à cidade para consertar as coisas se puder, pois não quero de modo algum que ela venha para cá. Se a Srta. Summers não puder ficar com ela, você precisa encontrar para mim outra escola, a não ser que possamos casá-la imediatamente. A Srta. S. me escreveu dizendo que não conseguiu obter da menina nenhuma explicação para sua conduta fora do comum, o que confirma minha explicação anterior.

Frederica é muito tímida, acho eu, e tem muito medo de mim para inventar histórias, mas, se a doçura de seu tio *puder* obter algo dela, não me intimidarei. Confio que poderei contar uma história tão boa quanto a dela. Se tenho vaidade por alguma qualidade minha, é pela minha eloquência. Consideração e estima são certamente causadas pelo comando da linguagem assim como a admiração é causada pela beleza, e nesse ponto terei bastante oportunidade para exercitar meu talento, já que passo a maior parte do meu tempo conversando. Reginald não fica tranquilo exceto quando estamos a sós e, quando o tempo está tolerável, passeamos pelo bosque juntos durante horas. Em geral, gosto bastante dele; é inteligente e tem muito a dizer, mas algumas vezes é impertinente e desagradável. Há nele uma espécie de delicadeza ridícula que exige a mais completa explicação de qualquer coisa que ele tenha ouvido contra mim, e nunca fica satisfeito até julgar que apurou a origem de tudo.

Essa é *uma* forma de amor, mas confesso que não me apetece em especial. Prefiro infinitamente o espírito terno e liberal de Mainwaring, que, impressionado com a mais profunda convicção de meu mérito, está convencido de que qualquer coisa que eu fizer deve estar certa; além disso, ele considera com certo desprezo as fantasias curiosas e duvidosas dos corações que parecem estar sempre questionando a racionalidade de suas emoções. Mainwaring é, sem dúvida, superior a Reginald — superior em todos os aspectos, exceto em sua possibilidade de ficar comigo! Pobre homem! Está enlouquecido de ciúme, o que não lamento, já que não conheço nada que alimente mais o amor. Ele tem insistido para que eu permita que ele venha para o interior e se hospede em algum local perto de mim, *incógnito* — mas proíbo qualquer coisa desse tipo. Não há perdão para as mulheres que negligenciam seus deveres e a opinião do mundo.

Da sempre sua...

S. Vernon

Carta 17
Sra. Vernon para Lady De Courcy

Churchhill

Minha querida mãe — O Sr. Vernon voltou na quinta-feira à noite trazendo com ele a sobrinha. Lady Susan havia recebido um recado dele pelo correio daquele dia, informando-a de que a Srta. Summers se recusara terminantemente a permitir que a Srta. Vernon continuasse em sua academia; estávamos, portanto, preparados para a chegada dela, e aguardamos impacientemente a tarde toda. Eles chegaram na hora em que estávamos tomando chá, e nunca vi criatura tão assustada quanto Frederica quando ela entrou na sala.

Lady Susan, que estivera derramando lágrimas anteriormente, demonstrando grande agitação diante da ideia de encontrar a filha, recebeu-a com perfeito autocontrole, sem denunciar a mínima ternura de espírito. Mal falou com a moça e, quando Frederica irrompeu em lágrimas assim que nos sentamos, levou-a para fora da sala e não retornou por algum tempo. Quando voltou, seus olhos estavam muito vermelhos e ela estava tão agitada quanto antes. Não vimos mais sua filha.

O pobre Reginald ficou extremamente preocupado com sua bela amiga passando por essa perturbação, e a olhava com uma solicitude tão terna que eu, que ocasionalmente a flagrei observando exultante a expressão dele, perdi completamente a paciência. Essa encenação patética durou a noite toda, e um espetáculo tão ardiloso e afetado me convenceu totalmente de que ela não estava sentindo nada daquilo.

Estou mais furiosa com ela do que nunca desde que conheci a filha; a pobre moça parece tão infeliz que me dói o coração pensar nela. Lady Susan sem dúvida é rigorosa demais, pois Frederica não parece ter o tipo de gênio que exija o rigor. Parece absolutamente tímida, deprimida e penitente.

É muito bonita, embora não tanto quanto a mãe, com quem não se parece em nada. Sua cútis é delicada, mas nem tão clara nem tão exuberante quanto a de Lady Susan. Ela decididamente tem a feição dos Vernon: rosto oval e suaves olhos escuros; há em sua aparência uma doçura peculiar quando ela se dirige ao tio ou a mim, pois, como a tratamos com gentileza, provocamos sua gratidão. A mãe insinuou que seu gênio é intratável, mas nunca vi rosto que mostrasse menos uma disposição maldosa que o dela; e, pelo que posso observar do comportamento de uma com a outra, a invariável severidade de Lady Susan e o silencioso desalento de Frederica, sou levada a acreditar, como antes, que a primeira não sente um verdadeiro amor pela filha, e nunca lhe fez justiça nem a tratou com afeição.

Não consegui ainda conversar nem uma vez com minha sobrinha; ela é tímida, e acho que posso perceber que certas precauções estão sendo tomadas para que ela não fique muito tempo em minha companhia. Nada de satisfatório se manifesta como motivo para ela fugir. Seu bondoso tio, a senhora pode ter certeza, teve muito medo de perturbá-la para fazer qualquer pergunta enquanto os dois viajavam. Eu queria poder tê-la buscado em vez dele. Acho que eu teria descoberto a verdade no decurso de uma viagem de trinta milhas.

O pequeno pianoforte foi removido há alguns dias, a pedido de Lady Susan, para seu quarto de vestir, e Frederica passa grande parte do tempo ali, *praticando*, como se diz; mas raramente ouço algum ruído quando passo por lá; o que ela fica fazendo lá dentro eu não sei. Há muitos livros, mas não é qualquer moça que, tendo sido criada sem muita disciplina ou estudo nos primeiros quinze anos de vida, vai se dedicar à leitura. Pobre menina! A vista que ela tem da janela não é muito interessante, pois aquele cômodo dá para o gramado, a senhora sabe, com o bosque de um lado, onde ela pode ver a mãe passeando uma hora inteira, em animada conversa com Reginald. Uma moça da idade de Frederica deve ser muito ingênua se não se incomoda com uma coisa dessas. Não é imperdoável dar tal exemplo a uma filha? Apesar disso, Reginald ainda julga que Lady Susan é a melhor mãe do mundo, e ainda condena Frederica como uma menina imprestável! Está convencido de que não houve nenhuma causa justificável para sua tentativa de fuga, nenhum motivo que a provocasse. Estou certa de que não posso afirmar que *houve*, mas, considerando que a Srta. Summers declara que a Srta. Vernon não mostrou nenhum sinal de obstinação ou perversidade durante toda a sua estada em Wigmore Street, até ter sido pega nesse plano, não posso acreditar tão prontamente no que Lady Susan o fez acreditar e quer me fazer acreditar também, que foi apenas a impaciência de ficar confinada e o desejo de escapar das aulas de seus professores que a fizeram planejar a fuga. Oh, Reginald, como seu julgamento está escravizado! Ele mal ousa admitir que a moça seja bonita e, quando falo da sua formosura, diz apenas que os olhos dela não têm brilho!

Algumas vezes ele está certo de que ela tem dificuldade de entendimento, e outras, de que seu defeito é apenas o gênio. Em resumo, quando uma pessoa está sempre propensa ao engano, é impossível ser consistente. Lady Susan julga necessário que Frederica leve a culpa e provavelmente considerou algumas vezes adequado perdoá-la por sua má índole e, outras vezes, lamentar sua falta de sensatez. Reginald está apenas repetindo o que Lady Susan diz.

Da sua filha... etc. etc. etc.

CATHERINE VERNON

Carta 18
A mesma para a mesma

Churchhill

Minha querida mãe — Fico muito feliz em saber que minha descrição de Frederica Vernon a interessou, pois acredito que ela realmente merece o seu interesse; e, quando eu tiver comunicado uma impressão que recentemente tive, suas gentis opiniões a favor dela vão, tenho certeza, intensificar-se. Não posso deixar de imaginar que ela está se afeiçoando ao meu irmão. Muitas vezes vejo seus olhos fixados no rosto dele com uma notável expressão de reverência pensativa. Ele com certeza é muito bonito; além disso, há um acolhimento em seus modos que deve ser muito fascinante, e tenho certeza de que ela também o percebe. Sendo ela em geral pensativa e compenetrada, sua expressão sempre se abre num sorriso luminoso quando Reginald diz alguma coisa divertida; e, mesmo que o assunto sobre o qual ele discorre seja o mais sério possível, estou muito enganada se uma sílaba sequer escapa à atenção dela.

Quero *sensibilizá-lo* para tudo isso, pois conhecemos o poder da gratidão sobre um coração como o dele; e, se a singela afeição de Frederica conseguir separá-lo da mãe, poderemos bendizer o dia que a trouxe a Churchhill. Acho, querida mãe, que a senhora não a desaprovaria na qualidade de nora. É extremamente jovem, com certeza, e recebeu uma educação imprestável e um terrível exemplo de leviandade na mãe; mas mesmo assim posso declarar que sua índole é excelente, e seus dotes naturais, muito bons.

Embora totalmente sem talentos cultivados, ela não é de forma alguma tão ignorante como se poderia esperar que fosse, gostando de livros e passando a maior parte de seu tempo lendo. Atualmente a mãe a deixa mais livre do que antes, e fico com ela tanto quanto possível, e tenho me esforçado muito para vencer sua timidez. Somos muito boas amigas e, embora nunca abra a boca diante da mãe, ela fala o suficiente quando está sozinha comigo para deixar claro que, se tivesse sido tratada corretamente por Lady Susan, seria considerada de maneira bem mais favorável. Não pode haver coração mais bondoso e delicado, nem maneiras mais amáveis quando ela age livremente, e seus priminhos gostam muito dela.

Sua afetuosa filha,
Catherine Vernon

Carta 19
Lady Susan para a Sra. Johnson

Churchhill

Deve estar ansiosa, eu sei, para ouvir mais alguma coisa sobre Frederica, e talvez me julgue negligente por não ter escrito antes. Ela chegou com o tio na quinta-feira da semana retrasada e, é claro, logo lhe indaguei o motivo de seu comportamento, e logo constatei que estivera certa em atribuí-lo à minha carta. O conteúdo da mensagem a deixou tão aterrorizada que, num misto de perversidade e loucura infantil, sem considerar que seria incapaz ver-se livre de minha autoridade fugindo de Wigmore Street, ela resolveu sair da casa e tomar a carruagem que a levaria diretamente até os Clark, seus amigos; e já tinha se afastado umas duas quadras quando felizmente deram por sua falta, foram atrás dela e a alcançaram.

Essa foi a primeira façanha da Srta. Frederica Susanna Vernon; e, se considerarmos que foi realizada na tenra idade dos dezesseis anos, teremos espaço para os mais elogiosos prognósticos em relação à sua reputação futura. Fiquei extremamente irritada, entretanto, com a exibição de decoro que impediu a Srta. Summers de permanecer com a menina; e parece uma manifestação tão extraordinária de escrúpulo, considerando as ligações familiares de minha filha, que só posso supor que a decisão dela foi governada pelo medo de nunca receber o pagamento. Seja como for, Frederica voltou às minhas mãos; e, não tendo mais nada com que se ocupar, está entretida em dar continuidade ao plano de romance iniciado em Langford. Ela está realmente se apaixonando por Reginald de Courcy! Desobedecer à mãe recusando uma proposta perfeita não é suficiente; seus afetos também devem ser ofertados sem a aprovação da mãe. Nunca vi uma moça na idade dela tão propensa a se transformar no objeto do escárnio dos homens. Seus sentimentos são toleravelmente intensos, e ela é tão encantadoramente singela ao exibi-los a ponto de criar a mais fundada esperança de que se tornará ridícula, desprezada por qualquer homem que a conhecer.

A singeleza nunca funciona nas questões do amor; e essa moça nasceu tão simplória que é assim por natureza ou por afetação. Ainda não tenho certeza de que Reginald percebe as intenções dela, mas isso também não tem consequência alguma. Atualmente ela é objeto da indiferença dele e se transformaria em objeto de seu desprezo se ele soubesse de seus sentimentos. A beleza de Frederica é muito apreciada pelos Vernon, mas não causa efeito algum nele. Ela é muitíssimo apreciada pela tia, já que é tão pouco parecida comigo, é claro. É a companheira ideal para a Sra. Vernon, que gosta de ser firme e de dominar todo o rumo e toda a espirituosidade da conversa: Frederica nunca a eclipsará. Quando chegou, tomei algumas precauções para que ela não se aproximasse muito da tia; mas agora relaxei, pois acredito que posso confiar que a menina vai observar as regras que estipulei em relação ao que falar.

Mas não imagine que, com toda essa leniência, eu tenha por um momento abandonado meu plano para o casamento dela. Não; estou inalteradamente decidida nesse ponto, embora ainda não tenha determinado como realizá-lo. Não devo colocá-lo em execução aqui, para não o expor à minuciosa observação das mentes sábias do Sr. e da Sra. Vernon; tampouco tenho condições agora de ir à cidade. A Srta. Frederica deverá portanto esperar um pouco.

Da sempre sua...

S. Vernon

Carta 20
Sra. Vernon para Lady De Courcy

Churchhill

Temos um hóspede muito inesperado conosco agora, minha querida mãe. Ele chegou ontem. Ouvi uma carruagem à porta, quando estava sentada com meus filhos durante o jantar deles; supondo que seria requisitada, deixei a sala de refeições logo em seguida, e estava descendo a escada quando Frederica, branca feito papel, veio subindo e passou por mim às pressas em direção ao próprio quarto. Imediatamente a segui e lhe perguntei o que havia acontecido. "Oh", disse ela, "ele veio — Sir James está aqui; o que vou fazer?"

Aquilo não era explicação. Pedi que me explicasse o que queria dizer. Nesse momento, fomos interrompidas por alguém batendo na porta: era Reginald, que viera a pedido de Lady Susan, solicitando que Frederica descesse. "É o Sr. De Courcy", disse ela muito ruborizada. "Mamãe mandou me chamar; preciso ir."

Descemos os três juntos; e vi meu irmão examinando o rosto aterrorizado de Frederica com uma expressão de surpresa. Na sala do desjejum encontramos Lady Susan e um rapaz com modos aristocráticos, que ela apresentou como Sir James Martin — justamente a pessoa que, segundo se comentou, a senhora deverá recordar, Lady Susan se esforçara para separar da Srta. Mainwaring. Mas a conquista, ao que parece, não se destinava a ela própria, ou pelo menos ela a transferiu para a filha após aquela ocasião, pois Sir James está agora desesperadamente apaixonado por Frederica, com total apoio da mãe. A pobre moça, entretanto, não gosta dele; e embora sua pessoa e modos sejam muito agradáveis, ele parece, tanto a mim quanto ao Sr. Vernon, ser um jovem muito fraco.

Frederica parecia tão tímida, tão confusa, quando adentramos o cômodo, que me condoí muito dela. Lady Susan tratava seu visitante com a máxima atenção; apesar disso, tive a impressão de que ela não sentia nenhum prazer especial em vê-lo. Sir James falou muito e me pediu muitas desculpas formais por ter tomado a liberdade de vir a Churchhill — entremeando sua fala com risos mais frequentes do que o tema exigia —; repetiu várias vezes muitas coisas e disse a Lady Susan três vezes que tinha visto a Sra. Johnson algumas noites antes. De vez em quando se dirigia a Frederica, mas com mais frequência à mãe dela. A pobre moça ficou todo esse tempo sentada sem abrir a boca — com os olhos no chão, seu rosto variando de cor a todo instante — enquanto Reginald observava tudo no mais completo silêncio.

Finalmente, Lady Susan, acredito que cansada daquela situação, propôs um passeio, e nós deixamos os dois cavalheiros na sala para irmos buscar nossas pelerines.

Quando subíamos a escada, Lady Susan pediu para conversar comigo alguns momentos em meu quarto de vestir, já que estava ansiosa para falar comigo a sós. Fui então com ela até lá e, assim que a porta se fechou, ela disse: "Nunca me surpreendi tanto na vida como com a chegada de Sir James, e o modo repentino como aconteceu exige que eu peça desculpas à *senhora*, querida cunhada, embora para mim, na qualidade de mãe, isso tudo seja extremamente lisonjeiro. Ele está tão afeiçoado à minha filha que não poderia continuar existindo sem a presença dela. Sir James é um jovem de afável disposição e excelente caráter; um pouco *tagarela* demais, mas um ou dois anos consertarão *isso*; e, em outros aspectos, é um partido tão conveniente para Frederica que sempre observei seu afeto com o maior prazer. Estou persuadida de que a senhora e meu cunhado vão aprovar com gosto a união. Nunca antes mencionei a possibilidade de isso acontecer porque achei que enquanto Frederica ainda estivesse na escola o assunto não deveria ser mencionado. Mas agora que me convenci de que ela está crescida demais para se submeter a uma internação escolar, e comecei, portanto, a considerar o casamento dela com Sir James como algo não muito remoto, tinha a intenção de inteirá-los do assunto em alguns dias. Tenho certeza, querida cunhada, que vai me perdoar por eu ter ficado em silêncio tanto tempo, e concordar comigo que essas circunstâncias, embora continuem de alguma forma em suspenso, não podem, a não ser com muito custo, ser ocultadas. Quando tiver a alegria de conceder a mão de sua doce e pequena Catherine, daqui a alguns anos, a um rapaz que, no que se refere ao caráter e à família, seja igualmente irrepreensível, a senhora poderá saber como me sinto agora. Apesar de que, graças a Deus, a senhora não terá todos os motivos que tenho para exultar com isso. Catherine tem amplos recursos e não dependerá, como Frederica, de um casamento abastado para ter acesso aos confortos da vida."

Ela concluiu pedindo que eu a parabenizasse; o que fiz com certo embaraço, provavelmente porque, na verdade, a repentina revelação de assunto tão importante tirou de mim a capacidade de falar com clareza. Ela agradeceu, entretanto, da maneira mais afetuosa, minha benevolente preocupação com ela e com filha e em seguida disse: "Não tenho jeito para confissões, minha querida Sra. Vernon, e nunca tive o conveniente talento de fingir sentimentos estranhos ao meu coração; assim, confio que acredita em mim quando declaro que, apesar de todos os elogios que ouvi a seu respeito antes de conhecê-la, eu não fazia ideia de que a estimaria tanto quanto neste momento; e devo também dizer que sua amizade por mim é ainda mais especialmente gratificante porque tenho motivos para acreditar que algumas tentativas foram feitas para colocar a senhora contra mim. Só gostaria que as pessoas que fizeram isso — independentemente de quem sejam —, a quem agradeço tão bondosas intenções, pudessem ver como nos damos bem agora e a verdadeira afeição que sentimos uma pela outra. Mas não vou detê-la mais tempo. Deus a abençoe por sua generosidade para comigo e minha filha e permita que perdure a sua felicidade atual".

O que dizer de uma mulher dessas, querida mãe? Tamanha gravidade, tamanha solenidade de expressão! E, mesmo assim, não consigo reprimir minhas suspeitas sobre a verdade de tudo o que ela diz.

Quanto a Reginald, acredito que ele não sabe o que pensar sobre o assunto. Quando Sir James chegou, ele deu mostras de total espanto e perplexidade; a tolice do rapaz e a confusão de Frederica absorveram-lhe totalmente a atenção; e, embora alguma conversa particular com Lady Susan tenha surtido seus efeitos, ele ainda está magoado, tenho certeza, por ela permitir que um homem desses corteje sua filha.

Sir James convidou a si próprio, com toda a compostura, para permanecer aqui alguns dias — esperando que não julgássemos estranha tal iniciativa, tendo certeza de que era bastante impertinente, mas tomou a liberdade que tomaria um parente e concluiu desejando, com uma risada, que pudéssemos logo nos tornar verdadeiros parentes. Até mesmo Lady Susan pareceu ligeiramente desconcertada por essa petulância; no íntimo, estou convencida de que ela deseja sinceramente que ele vá embora.

Mas algo deve ser feito pela pobre moça, se os sentimentos dela são os que eu e o tio julgamos que sejam. Ela não deve ser sacrificada em nome da esperteza ou da ambição; não devemos submetê-la nem ao pavor dessa perspectiva. A moça cujo coração pode apreciar Reginald De Courcy merece, embora este possa desprezá-la, um destino melhor do que se casar com Sir James Martin. Assim que conseguir falar com ela a sós, vou descobrir a verdade; mas ela parece querer me evitar. Espero que isso não seja causado por nada errado e que eu não constate que pensei bem demais dela. O comportamento de Frederica em relação a Sir James com certeza expressa grande desconforto e embaraço, e não vejo nada nele semelhante a um encorajamento.

Adeus, querida mãe,
Da sua... etc. etc. etc.

C. Vernon

Carta 21
Srta. Vernon para o Sr. De Courcy

Churchhill

Senhor — Espero que perdoe esta liberdade; sou forçada a tomá-la por uma extrema perturbação, caso contrário sentiria vergonha de perturbá-lo. Estou desesperada a respeito de Sir James Martin e não tenho outra forma de me ajudar a não ser escrevendo para o senhor, pois estou proibida até mesmo de falar com meu tio e minha tia sobre o assunto; e, sendo assim, tenho receio de que me dirigir ao senhor possa parecer um subterfúgio, como se eu tivesse obedecido à letra e não ao espírito das ordens de mamãe. Mas, se *o senhor* não tomar meu partido e não a persuadir a romper esse compromisso, ficarei meio louca, pois não posso suportá-lo. Nenhum ser humano exceto *o senhor* tem alguma chance de convencê-la. Se o senhor, portanto, estiver disposto a exercer a indizível e enorme generosidade de tomar meu partido diante dela e persuadi-la a mandar Sir James embora, minha gratidão será imensamente maior do que poderei expressar. Sempre o detestei, desde o princípio: não é uma implicância repentina, asseguro-lhe;

sempre o considerei tolo, impertinente e desagradável, e agora ele está pior do que nunca. Eu preferiria trabalhar para meu sustento a casar-me com ele. Não sei como me desculpar o suficiente por esta carta; sei que tomei uma enorme liberdade, e sei como minha iniciativa vai deixar mamãe furiosíssima, mas preciso correr o risco,

De sua mais humilde serva,

F. S. V.

Carta 22
Lady Susan para a Sra. Johnson

Churchhill

Isto é insuportável! Queridíssima amiga, nunca estive tão furiosa antes e preciso desabafar escrevendo para você, que sei que partilhará todos os meus sentimentos. Imagine quem chegou na terça-feira, senão Sir James Martin! Imagine meu espanto e minha irritação — pois, como você bem sabe, nunca quis que ele fosse visto em Churchhill. Que pena você não ter percebido as intenções dele! Não contente de vir, ele na verdade se convidou para permanecer aqui alguns dias. Eu poderia tê-lo envenenado! Fiz o melhor possível, entretanto, e contei minha história com grande sucesso para a Sra. Vernon, que, independentemente de seus verdadeiros sentimentos, não disse nada em oposição aos meus. Fiz questão também de que Frederica se comportasse de forma gentil com Sir James, e dei-lhe a entender que eu fazia a mais absoluta questão de que se casasse com ele. Ela falou algo sobre estar arrasada, mas foi tudo. Faz algum tempo que estou especialmente decidida a casá-la, devido ao rápido aumento da afeição dela por Reginald, e por não ter certeza de que o conhecimento dessa afeição não vá provocar nele uma reciprocidade. Embora um sentimento baseado apenas na compaixão torne os dois desprezíveis aos meus olhos, não tive nenhuma certeza de que essa não poderá ser a consequência. É verdade que Reginald não se distanciou de mim nem um pouco; mas nos últimos tempos ele tem mencionado Frederica de forma espontânea e sem motivo, e uma vez disse algo elogioso sobre ela.

Ele ficou totalmente perplexo quando meu visitante apareceu e, num primeiro momento, observou Sir James com uma atenção que tive o prazer de constatar não distinta do ciúme; mas infelizmente não me foi possível atormentá-lo de fato, pois Sir James, embora se dirigisse a mim da forma mais galante, logo fez que todo o grupo entendesse que seu coração era devotado a minha filha.

Não tive grande dificuldade em convencer De Courcy, quando ficamos sozinhos, de que eu tinha toda a justificativa, considerando-se tudo, para desejar a união, e o assunto pareceu tranquilamente resolvido. Ninguém pôde deixar de perceber que Sir James não tem a sabedoria de um Salomão, mas terminantemente proibi Frederica de se queixar para Charles Vernon ou sua esposa, e eles portanto não tiveram nenhum pretexto para interferir, mesmo minha impertinente cunhada querendo, acredito, apenas uma oportunidade para fazê-lo.

Tudo, entretanto, estava indo calma e pacificamente; e, embora eu estivesse contando as horas da permanência de Sir James, minha mente estava muito satisfeita com o andamento das coisas. Imagine então o que senti diante da repentina perturbação de todos os meus planos; e, mais ainda, diante do fato de essa perturbação ter vindo de onde eu menos esperaria. Reginald veio esta manhã até meu quarto de vestir, com uma solenidade muito incomum em seu rosto, e após alguma conversa introdutória informou-me com uma profusão de palavras que gostaria de discutir comigo a impropriedade e falta de gentileza de permitir que Sir James Martin cortejasse minha filha, contrariando as inclinações *dela*. Fiquei completamente surpresa. Quando descobri que ele não estava disposto a deixar de lado esse assunto com qualquer brincadeira, calmamente pedi uma explicação, desejando saber o que o impulsionara a me recriminar e quem pedira que assim o fizesse. Ele então me disse, misturando à sua fala alguns insolentes elogios e inoportunas expressões de ternura, os quais ouvi com a mais perfeita indiferença, que minha filha o informara de certas circunstâncias, envolvendo a ela, Sir James e a mim, que o haviam deixado muito perturbado.

Em resumo, descobri que ela havia, em primeiro lugar, realmente escrito para ele pedindo que interferisse e que, ao receber a carta, ele conversara com ela sobre o assunto, a fim de entender os detalhes e ter certeza dos desejos dela!

Não tenho a mínima dúvida de que a menina aproveitou a oportunidade para declarar-se abertamente para ele. Estou convencida disso pelo modo como falou dela. Grande vantagem esse amor vai trazer a ele! Sempre menosprezarei um homem que pode se satisfazer com uma paixão que ele nunca desejou inspirar, da qual não solicitou declaração. Sempre detestarei a ambos. Ele não pode ter nenhuma consideração por mim, caso contrário não teria dado ouvidos a ela; e ela com seu coraçãozinho revoltado e seus sentimentos grosseiros, não podia ter se jogado sob a proteção de um rapaz com quem praticamente não trocou duas palavras! Estou igualmente estupefata diante do descaramento *dela* e da ingenuidade *dele*. Como ousou ele acreditar no que ela disse contra mim?! Não deveria ele ter tido a certeza de que eu deveria ter motivos incontestáveis para fazer tudo o que fizera? Onde estava então a confiança que ele depositava em minha bondade e minha sensatez? Onde estava o ressentimento que o verdadeiro amor deveria ter estimulado contra a pessoa que me difamava — uma pessoa, aliás, que não passa de uma pirralha, uma criança, sem talento nem educação, a quem ele sempre fora ensinado a desprezar?

Fiquei calma por algum tempo; mas o mais alto grau de paciência pode ser superado, e espero que, na sequência, eu tenha sido suficientemente incisiva. Ele tentou, tentou longamente, suavizar meu ressentimento; mas é sem dúvida tola a mulher que, quando insultada por uma acusação, pode ser convencida a perdoá-la por uma série de elogios. Finalmente, ele me deixou, tão perturbado quanto eu; e ele demonstrava mais sua raiva que eu. Fiquei bastante controlada, mas ele expressou sua mais violenta indignação. Portanto, posso esperar que logo ela diminuirá e, talvez, se extinga para sempre, ao passo que a minha ainda estará nova e inflexível.

Ele agora está trancado em seus aposentos, para onde o ouvi se dirigir após me deixar. Como devem ser desagradáveis suas reflexões! Mas os sentimentos de certas pessoas são incompreensíveis. Ainda não me tranquilizei o suficiente para me encontrar com Frederica. *Ela* com certeza não se esquecerá logo do que aconteceu hoje; chegará à conclusão de que revelou em vão sua terna história de amor e se expôs para sempre ao desprezo de todo o mundo e ao mais severo ressentimento de sua mãe magoada.

Da afetuosa

S. Vernon

Carta 23
Sra. Vernon para Lady De Courcy

Churchhill

Deixe-me congratular-me com a senhora, querida mãe! O assunto que nos causou tanta ansiedade está caminhando para uma conclusão feliz. Nossa perspectiva é maravilhosa e, como agora as coisas tomaram um rumo tão favorável, lamento muito ter comunicado à senhora minhas apreensões; pois o prazer de saber que o perigo acabou talvez seja um preço muito alto a pagar por tudo o que a senhora sofreu anteriormente.

Estou tão agitada com a alegria que mal consigo segurar a pena, mas estou determinada a enviar à senhora algumas linhas por intermédio de James, a fim de que tenha alguma explicação para o que deve deixá-la certamente atônita: Reginald logo deve retornar a Parklands.

Cerca de meia hora atrás eu estava sentada com Sir James na sala de desjejum, quando meu irmão me chamou do lado de fora. Percebi imediatamente que havia algum problema; seu semblante estava perturbado e ele falava com grande emoção; a senhora conhece seus modos impetuosos, querida mãe, quando ele está envolvido com um assunto.

"Catherine", ele disse, "vou para casa hoje; lamento deixá-los, mas preciso ir: faz muito tempo desde que vi meu pai e minha mãe. Vou imediatamente enviar James à frente com meus cavalos; se você tiver alguma carta, portanto, ele pode levá-la. Eu mesmo não chegarei em casa até quarta ou quinta-feira, pois vou passar por Londres, onde tenho negócios a resolver; mas antes de deixá-la", continuou ele, falando num tom mais baixo e com ainda mais energia, "devo adverti-la de uma coisa: não deixe que aquele Martin faça Frederica Vernon infeliz. Ele quer se casar com ela; a mãe está promovendo o casamento, mas *ela* não pode nem pensar nessa união. Tenha a certeza de que falo com a maior convicção do que digo; *sei* que Frederica ficará arrasada se Sir James continuar aqui. Ela é uma boa menina e merece um destino melhor. Mande-o embora imediatamente; *ele* é apenas um tolo, mas quais serão as intenções da mãe dela só o céu sabe! Adeus", acrescentou, apertando minha mão com seriedade; "não sei quando você vai me ver de novo; mas lembre-se do que estou lhe dizendo sobre Frederica; você *deve* cuidar desse assunto para garantir que a justiça seja feita a ela. Ela é uma moça afável e tem uma mente muito superior ao que em geral acreditamos que fosse".

Ele então me deixou e subiu correndo a escada. Não tentei detê-lo, porque sabia quais deveriam ser seus sentimentos.

A natureza dos meus, enquanto o ouvia, não preciso tentar descrever; durante um ou dois minutos, fiquei no mesmo lugar, dominada por um espanto do tipo mais agradável, mas que exigia alguma reflexão para ser tranquilamente feliz.

Cerca de dez minutos após meu retorno à sala, Lady Susan entrou. Concluí que, sem dúvida, ela e Reginald tinham discutido, e olhei ansiosa buscando uma confirmação de minha crença na expressão dela. Mestra em falsidade, entretanto, ela pareceu perfeitamente tranquila e, depois de tagarelar um pouco sobre assuntos desimportantes, disse-me: "Fiquei sabendo por Wilson que vamos perder o Sr. De Courcy; é verdade mesmo que ele vai deixar Churchhill esta manhã?". Respondi que era. "Ele não nos disse nada sobre isso ontem à noite", ela observou, sorrindo, "nem hoje de manhã, durante o desjejum; mas talvez nem ele soubesse disso. Os rapazes são muitas vezes precipitados em suas resoluções — e não menos apressados em tomá-las do que volúveis em mantê-las. Eu não ficaria surpresa se ele acabasse mudando de ideia e permanecesse conosco."

Logo depois ela saiu da sala. Entretanto acredito, mãe querida, que não temos motivos para temer uma alteração nos atuais planos dele; as coisas foram longe demais. Eles devem ter discutido, e sobre Frederica, ainda por cima. A calma dela me deixa espantada. Que deleite será o seu ao rever Reginald; em encontrá-lo ainda digno de sua estima, ainda capaz de fazer sua felicidade!

Da próxima vez que eu escrever, poderei lhe dizer que Sir James se foi, Lady Susan foi derrotada e Frederica está em paz. Temos muito a fazer, mas devemos fazê-lo. Estou muito impaciente para saber de que modo essa incrível mudança foi operada. Termino como comecei, com as mais calorosas congratulações.

Da sua sempre... etc. etc. etc.

CATH. VERNON.

CARTA 24
A MESMA PARA A MESMA

Churchhill

Eu mal imaginava, querida mãe, quando lhe enviei minha última carta, que a deliciosa perturbação de ânimo em que estava naquele momento sofreria uma inversão tão rápida e melancólica. Não posso lamentar suficientemente o fato de tê-la enviado. Mas quem poderia prever o que aconteceu? Minha querida mãe, toda a esperança que me fez tão feliz duas horas atrás desapareceu. O desentendimento entre Lady Susan e Reginald está desfeito, e estamos todos como estávamos antes. Só um ponto foi positivo. Sir James Martin foi dispensado; Reginald estava prestes a partir; seu cavalo, preparado e quase à porta! Quem não teria tido certeza?

Por meia hora fiquei na expectativa da partida dele. Depois de ter despachado minha carta para a senhora, fui ter com o Sr. Vernon e sentei-me com ele em seu quarto, conversando sobre todo o acontecido; depois, decidi procurar Frederica, que eu não tinha visto desde o desjejum. Encontrei-a na escada e vi que estava chorando.

"Minha querida tia", disse ela, "ele está indo embora; o Sr. De Courcy está partindo, e é tudo culpa minha. Tenho receio de que a senhora fique com raiva de mim, mas eu realmente não imaginava que as coisas terminariam desse jeito".

"Meu amor", respondi, "não precisa se desculpar comigo por causa disso. Na verdade, deverei agradecimentos a qualquer pessoa que seja responsável por mandar meu irmão para casa, porque", eu disse, recompondo-me, "porque sei que meu pai quer muito vê-lo. Mas o que foi que você fez para ocasionar tudo isso?"

Ela corou muito enquanto respondia: "Eu estava tão infeliz a respeito de Sir James que não pude evitar... Fiz algo muito errado, sei disso; mas a senhora não tem nem ideia de como eu estava arrasada, e mamãe havia ordenado que eu nunca falasse com a senhora ou meu tio sobre isso, e..."

"Então você pediu a meu irmão que interferisse em seu favor", disse eu, poupando-a da explicação.

"Não, mas escrevi para ele; escrevi mesmo. Acordei esta manhã quando ainda estava escuro e fiquei duas horas escrevendo a mensagem; e quando terminei a carta, achei que nunca teria a coragem de entregá-la. Após o desjejum, entretanto, quando estava indo para o meu quarto, encontrei-me com ele no corredor e então, como eu sabia que tudo dependia daquele momento, fiz um esforço e entreguei a carta. Ele foi bom a ponto de aceitá-la imediatamente. Não ousei olhar para ele, e fugi no mesmo momento. Estava sentindo tanto pavor que mal podia respirar. Minha tia querida, a senhora não sabe como tenho me sentido infeliz."

"Frederica", disse eu, "você devia ter *me* contado sobre todas as suas aflições. Teria encontrado em mim uma amiga sempre pronta a ajudá-la. Acha que nem seu tio nem eu teríamos defendido sua causa com o mesmo ardor que meu irmão?"

"Na verdade, nunca duvidei da bondade dos senhores", disse ela, corando mais uma vez, "mas achei que o Sr. De Courcy pudesse convencer minha mãe de qualquer coisa; mas eu estava enganada: eles tiveram uma discussão horrível por causa disso, e ele vai embora. Mamãe nunca vai me perdoar, e ficarei pior do que nunca."

"Não vai ficar não", respondi; "num assunto como esse, a proibição de sua mãe não deveria ter impedido que você falasse comigo. Ela não tem o direito de fazê-la infeliz, e *não* vai fazer. Por outro lado, o fato de você ter pedido ajuda a Reginald só pode trazer bons frutos para todos nós. Acredito que tudo está melhor como está. Fique tranquila, nunca mais vão fazê-la infeliz de novo".

Nesse momento, qual não foi minha surpresa ao ver Reginald saindo do quarto de vestir de Lady Susan. Senti um peso no coração na mesma hora. A confusão dele quando me viu ficou evidente. Frederica desapareceu de imediato. "Está de saída?", perguntei. "Você poderá encontrar o Sr. Vernon no quarto dele."

"Não, Catherine", respondeu ele, "eu *não* estou indo embora. Posso conversar com você por um momento?"

Entramos no meu quarto. "Percebi", continuou ele, e sua confusão aumentava à medida que ia falando, "que estive agindo com minha usual impetuosidade idiota. Interpretei Lady Susan de um modo completamente errado, e estava a ponto de deixar a casa levando uma falsa impressão da conduta dela. Houve algum grande engano; todos nós estávamos enganados, eu acho. Frederica não conhece a mãe. Lady Susan só quer o bem dela, mas Frederica não quer ser amiga da mãe. Lady Susan nem sempre sabe, entretanto, o que vai fazer sua filha feliz. Além disso, *eu* não tinha o direito de interferir. A Srta. Vernon estava equivocada quando me fez seu apelo. Em resumo, Catherine, tudo deu errado, mas agora está tudo resolvido. Lady Susan, eu acho, quer falar com você sobre isso, se você não estiver ocupada."

"Claro", respondi, dando um profundo suspiro diante do relato de uma história tão mal-ajambrada. Entretanto, não fiz comentários, pois as palavras teriam sido inúteis. Reginald se afastou aliviado e fui ter com Lady Susan, realmente curiosa para ouvir a versão dela.

"Eu não lhe falei", disse ela com um sorriso, "que seu irmão acabaria não indo embora?"

"Realmente, falou", respondi, muito séria; "mas me gabei de que a senhora estaria errada".

"Eu não devia ter arriscado essa opinião", retrucou ela, "se não tivesse me ocorrido naquele momento que a resolução dele de partir poderia ter sido motivada por uma conversa que havíamos entabulado naquela manhã, e que acabou de forma muito desagradável para ele, devido ao fato de não termos entendido o que um quis dizer ao outro. Essa ideia me ocorreu naquele momento, e imediatamente percebi que uma discussão acidental, em que eu provavelmente tivera a mesma culpa que ele, não deveria privá-la de seu irmão. A senhora deve se recordar, eu saí da sala quase na mesma hora. Estava decidida a não perder tempo e desfazer os desentendimentos o máximo possível. Foi isto o que aconteceu: Frederica se opôs violentamente à ideia de casar-se com Sir James."

"E é de surpreender que ela tenha se oposto?", exclamei eu, um pouco exaltada. "Frederica tem muito bom senso, e Sir James não tem nenhum."

"Estou no mínimo muito longe de lamentar a reação dela, querida cunhada", disse ela. "Estou agradecida por um sinal tão favorável do bom senso de minha filha. Sir James é com certeza inferior (seus modos infantis fazem-no parecer pior ainda); e, caso Frederica tivesse a perspicácia e os talentos que eu desejava que minha filha tivesse, ou caso eu soubesse que ela os possuía tanto quanto os possui, eu não teria desejado o casamento."

"É estranho que apenas a senhora não tenha percebido o bom senso de sua filha!"

"Frederica nunca faz justiça a si mesma; suas maneiras são tímidas e infantis; e, além disso, ela tem medo de mim. Durante a vida de seu pobre pai, ela foi uma criança mimada; depois da morte dele, a severidade com que foi necessário que eu a tratasse afastou seu afeto. Ademais, ela não tem nada daquele brilhantismo de intelecto, daquele gênio ou vigor mental que se expressa naturalmente."

"É mais exato dizer que ela não teve sorte com a educação que recebeu!"

"Deus sabe, minha querida Sra. Vernon, quão plenamente tenho consciência disso; mas quero esquecer qualquer detalhe que possa trazer culpa para a memória de alguém cujo nome para mim é sagrado."

Nesse momento, ela fingiu chorar; perdi a paciência com ela.

"Mas o que", disse eu, "a senhora ia me dizer sobre seu desentendimento com meu irmão?"

"Ele teve origem em um ato de minha filha, que igualmente enfatiza sua falta de bom senso e o lamentável medo de mim que eu estava mencionando: ela escreveu para o Sr. De Courcy."

"Sei que ela fez isso; a senhora havia proibido que ela conversasse com o Sr. Vernon ou comigo sobre a causa de sua aflição; o que ela poderia fazer, portanto, exceto escrever para meu irmão?"

"Deus meu!", exclamou ela, "que opinião a senhora deve ter de mim! Como pode supor que eu sabia da infelicidade dela?! Que era meu intento causar a tristeza de minha própria filha, e que eu a tinha proibido de falar com os senhores por medo de que impedissem meu plano diabólico? Acha que sou desprovida de todo sentimento honesto e natural? Serei eu capaz de entregar *minha filha* à eterna desgraça, uma filha cujo bem-estar é meu primeiro dever terreno promover? A ideia é horrível!"

"Qual então foi sua intenção quando insistiu que ela ficasse em silêncio?"

"De que adiantaria, querida cunhada, ela dirigir-se à sua pessoa, independentemente do estado de coisas? Por que eu submeteria os senhores às súplicas que eu mesma me recusei a atender? Nem para o bem de vocês, nem para o bem dela nem para o meu próprio bem tal coisa seria desejável. Quando minha resolução estava tomada, eu não poderia desejar a interferência, mesmo que amigável, de outra pessoa. Eu estava enganada, é verdade, mas achei que estava certa."

"Mas qual foi esse erro ao qual a senhora com tanta frequência alude? Onde se originou tamanho falso juízo sobre os sentimentos de sua filha?! A senhora não sabia que ela não gostava de Sir James?"

"Eu sabia que ele não é em absoluto o homem que ela teria escolhido, mas estava convencida de que as objeções dela não se originavam de nenhuma percepção das deficiências dele. A senhora não deve me questionar tão detalhadamente, querida cunhada, nesse ponto", continuou ela, tomando-me afetuosamente pela mão. "Honestamente reconheço que existe algo a esconder. Frederica me faz muito infeliz. O fato de ela ter recorrido ao Sr. De Courcy me entristeceu de modo particular."

"O que a senhora pretende insinuar", disse eu, "com essa atmosfera de mistério? Se acha que sua filha está minimamente apegada a Reginald, a recusa dela em se casar com Sir James não mereceria ser menos acolhida do que se a causa tivesse sido uma consciência da tolice dele; e por que a senhora deveria discutir com meu irmão por uma interferência que, a senhora deve saber, não é da natureza dele recusar quando solicitado dessa maneira?"

"A disposição dele, a senhora sabe, é impulsiva, e ele veio me censurar; sua compaixão toda inflamada por essa moça maltratada, essa heroína em apuros! Nós nos desentendemos: ele achou que eu tinha mais culpa do que realmente tinha; julguei a interferência dele menos desculpável do que agora julgo. Tenho verdadeira consideração por ele, e fiquei indescritivelmente mortificada ao ver essa consideração tão mal empregada. Nós dois estávamos exaltados, e nós dois somos culpados. Sua resolução de partir de Churchhill foi coerente com sua costumeira impulsividade. Entretanto, quando entendi a intenção dele, e ao mesmo tempo comecei a achar que estivéramos talvez igualmente equivocados sobre as intenções um do outro, resolvi conversar com ele antes que fosse tarde demais. Por qualquer membro de sua família sempre sentirei um grau de afeição, e reconheço que ficaria sensivelmente magoada se minha amizade com o Sr. De Courcy tivesse terminado de forma tão triste. Preciso agora dizer que, como estou convencida de que Frederica tem uma aversão racional por Sir James, vou imediatamente informá-lo de que deve perder todas as esperanças de casar-se com ela. Eu me recrimino por, mesmo sem perceber, tê-la feito infeliz nesse assunto. Ela deverá receber toda a compensação que estiver ao meu alcance oferecer; se ela valoriza a própria felicidade tanto quanto eu, se tem bom senso e autocontrole como deveria ter, poderá agora ficar tranquila. Perdão, querida cunhada, por eu abusar assim do seu tempo, mas eu devia isso ao meu próprio caráter; e, depois dessa explicação, confio que não corro o perigo de decair na sua opinião."

Eu poderia ter dito "não muito, na verdade!", mas a deixei praticamente em silêncio. Foi o máximo de tolerância que pude colocar em prática. Se tivesse começado a falar, não teria conseguido parar. A autoconfiança dela! A falsidade! Mas não vou me permitir me alongar nessas características; elas já devem chocá-la suficientemente. Meu coração se enoja dentro de mim.

Assim que me recompus minimamente, voltei para a sala. A carruagem de Sir James estava na porta e ele, alegre como de costume, logo em seguida se despediu. Com que facilidade essa mulher encoraja e dispensa um pretendente!

Apesar dessa libertação, Frederica ainda parece triste; ainda com medo, talvez, da fúria da mãe; e, embora tema a partida de meu irmão, ficará enciumada, talvez, se ele ficar. Vejo com que atenção ela o observa junto a Lady Susan, pobre menina! Agora não alimento mais esperanças por ela. Não existe a mínima chance de a afeição dela ser retribuída. Ele tem uma ideia dela muito diferente do que teve antes; faz a ela alguma justiça, mas sua reconciliação com a mãe dela mata todas as esperanças mais acalentadas.

Prepare-se, querida mãe, para o pior! A probabilidade de os dois se casarem com certeza agora aumentou! Ele seguramente é mais dela do que nunca. Quando esse malfadado evento acontecer, Frederica deve pertencer completamente a nós. Fico feliz que minha última carta vai preceder esta por tão pouco tempo, pois é importante poupá-la de cada instante de uma alegria que só levará ao desapontamento.

De sua sempre... etc. etc. etc.

CATHERINE VERNON

CARTA 25
LADY SUSAN PARA A SRA. JOHNSON

Churchhill

Escrevo a você, querida Alícia, pedindo congratulações. Voltei a ser eu mesma, alegre e triunfante! Quando lhe escrevi no outro dia eu estava, na verdade, extremamente irritada, e com muitos motivos para tal. Não, não sei agora se posso ficar muito tranquila, pois tive mais problemas para restaurar a paz do que jamais estive disposta a enfrentar. Esse Reginald tem um espírito arrogante que é só dele. Um espírito, além disso, que resulta de um imaginado senso de integridade superior que é particularmente insolente! Não vou perdoá-lo com facilidade, pode acreditar. Ele estava, na verdade, prestes a deixar Churchhill! Eu mal havia terminado minha carta quando Wilson me trouxe a notícia. Concluí, portanto, que algo devia ser feito, pois eu não queria que meu caráter ficasse à mercê de um homem cujas paixões são tão violentas e vingativas. Seria menosprezar minha reputação permitir que ele partisse com uma impressão negativa de mim; em vista disso, foi necessário condescender.

Mandei Wilson avisar que eu desejava falar com ele antes de sua partida; ele veio imediatamente. As emoções furiosas que haviam marcado todos os seus traços da última vez que nos separamos estavam parcialmente abrandadas. Parecia perplexo com meu chamado, e dava a impressão de que em parte queria e em parte temia ser acalmado pelo que eu poderia dizer.

Se minhas feições expressaram o que desejei, elas estavam compostas e cheias de dignidade; mas, ainda assim, com um ar um tanto pensativo que poderia convencê-lo de que eu não estava muito feliz.

"Peço perdão, senhor, por ter tomado a liberdade de chamá-lo", disse eu; "mas, como acabei de ser informada de sua decisão de deixar Churchhill ainda hoje, sinto que é meu dever suplicar-lhe que não encurte, por minha causa, sua estada aqui em nem uma hora. Estou perfeitamente ciente de que, após o que se passou entre nós, não seria adequado aos nossos sentimentos permanecermos na mesma casa: uma transformação tão radical daquela íntima amizade com certeza torna qualquer relacionamento futuro uma punição das mais severas; e sua resolução de deixar Churchhill se harmoniza, perfeitamente, com a nossa situação, e com os sentimentos intensos que sei que está alimentando. Mas, ao mesmo tempo, não é certo que eu permita tamanho sacrifício como deve ser o de deixar parentes a quem está tão ligado e que lhe são tão queridos. Minha permanência aqui não pode proporcionar ao Sr. e à Sra. Vernon o prazer que sua companhia lhes proporciona; e minha visita talvez já tenha se alongado demais. Minha partida, portanto, que deve, de qualquer forma, acontecer muito em breve, pode, com toda a conveniência, ser apressada; e faço-lhe um pedido especial de que eu não contribua, de forma alguma, para separar uma família cujos membros são tão afetuosamente ligados uns aos outros. O lugar para onde vou não importa a ninguém e me importa muito pouco; mas o senhor tem importância para todos os seus parentes".

Nesse ponto eu concluí, e espero que você tenha ficado satisfeita com o meu discurso. O efeito dele sobre Reginald justifica alguma vaidade, pois foi tão favorável quanto instantâneo. Oh, como foi delicioso observar as mudanças de expressão em seu rosto enquanto eu falava! Ver a luta entre a ternura que retornava e os resquícios do desagrado. Há algo agradável em sentimentos que são tão facilmente manipulados; não que eu inveje os sentimentos dele, nem os teria por nada deste mundo; mas eles são muito convenientes quando queremos influenciar as paixões de outra pessoa. E, no entanto, esse Reginald, que foi imediatamente reduzido, com algumas palavras minhas, à máxima submissão, tornando-se mais tratável, mais afeiçoado e mais devotado do que nunca, teria me abandonado ao primeiro ímpeto furioso do próprio orgulho sem se dignar a ouvir uma explicação.

Mesmo humilde como está agora, não posso perdoar nele tamanha manifestação de orgulho, e tenho dúvidas sobre se devo ou não puni-lo dispensando-o imediatamente depois dessa reconciliação, ou casando-me e provocando-o para sempre. Mas essas duas medidas são por demais violentas para serem adotadas sem alguma deliberação; agora, meus pensamentos flutuam entre vários planos. Tenho muitas coisas a maquinar: devo punir Frederica, e de forma bastante severa, por ela ter recorrido a Reginald; devo puni-lo por ter acolhido o pedido dela de forma tão favorável, e por todo o resto de sua conduta. Devo atormentar minha cunhada pela insolente expressão de triunfo em seu olhar e modos desde que Sir James foi mandado embora: pois, reconciliando-me com Reginald, não fui capaz de salvar aquele desafortunado rapaz; e devo buscar uma compensação pela humilhação à qual fui submetida nestes poucos dias. Para realizar tudo isso tenho vários planos. Estou pensando também em logo ir para a cidade; e independentemente de qual seja a minha determinação quanto ao resto, provavelmente deverei executar *esse* plano; pois Londres será sempre o mais belo campo de ação, não importando a orientação de minhas visões; e, de qualquer forma, lá serei recompensada por nossa convivência, e por um pouco de dissipação pela penitência de dez semanas em Churchhill.

Acredito que devo a mim mesma completar a união entre minha filha e Sir James após tê-la planejado por tanto tempo. Quero saber sua opinião sobre esse assunto. Flexibilidade mental, uma disposição facilmente influenciada pelos outros, é um atributo que, você sabe, não desejo ter; nem Frederica tem direito ao perdão por suas ideias ao custo das inclinações de sua mãe. Seu inútil amor por Reginald, além de tudo! Com certeza é meu dever desencorajar tamanha insanidade romântica. Considerando tudo, portanto, parece que cabe a mim levá-la à cidade e casá-la imediatamente com Sir James.

Quando minha vontade for realizada, fazendo oposição à dele, terei algum crédito por ter mantido boas relações com Reginald; crédito que, na verdade, atualmente não tenho, pois, embora ele ainda esteja sob meu domínio, desisti exatamente da questão que motivou nosso desentendimento, e, na melhor das hipóteses, a honra da vitória é duvidosa.

Envie-me sua opinião sobre todos esses assuntos, minha queria Alícia, e avise-me se você pode conseguir um lugar para eu me hospedar que não seja longe de você.

Sua mais afetuosa amiga,

S. Vernon

Carta 26
Sra. Johnson para Lady Susan

Edward Street

Fico grata por você pedir minha opinião, e meu conselho é o seguinte: venha para a cidade em pessoa, sem perda de tempo, mas deixe Frederica para trás. Seria muito mais útil estabelecer-se casando-se com o Sr. De Courcy do que o irritar, bem como ao resto da família, forçando-a ao casamento com Sir James. Você deveria pensar mais em si mesma e menos em sua filha. Ela não está propensa a dar-lhe crédito neste mundo, e parece estar precisamente em seu lugar em Churchhill, com os Vernon. Mas *você* se ajusta à sociedade, e é uma pena que fique exilada dela. Deixe, portanto, que Frederica puna a si mesma pela perturbação que lhe impôs entregando-se àquele afeto romântico que sempre garantirá sua tristeza, e venha a Londres assim que puder.

Tenho outro motivo para insistir nisso.

Mainwaring veio à cidade na semana passada e conseguiu, a despeito do Sr. Johnson, arranjar uma oportunidade de me encontrar. Ele está completamente arrasado por causa de você, e com tanto ciúme do Sr. De Courcy que seria altamente desaconselhável que os dois se encontrassem agora. No entanto, se você não permitir que ele venha vê-la aqui, não posso garantir que ele não cometa alguma grande imprudência — tal como ir até Churchhill, por exemplo, o que seria terrível! Além disso, se você seguir meu conselho e resolver se casar com De Courcy, será absolutamente indispensável que tire Mainwaring do caminho, e só você pode ter influência suficiente para enviá-lo de volta à esposa.

Tenho ainda outro motivo para a sua vinda: o Sr. Johnson deixa Londres na próxima terça; ele vai cuidar da saúde em Bath, onde, se as águas estiverem favoráveis à constituição dele e aos meus desejos, ficará acamado sofrendo de gota durante muitas semanas. Durante a ausência dele, poderemos escolher nossas próprias companhias e realmente nos divertir. Eu a convidaria a se hospedar em Edward Street, se não fosse por aquela ocasião em que ele me forçou a fazer um tipo de promessa de nunca convidá-la para minha casa; nada, exceto minha máxima apreensão em relação ao dinheiro, teria me forçado a isso. Posso conseguir para você, no entanto, um bom apartamento na Upper Seymour Street, e sempre poderemos estar juntas lá ou aqui; pois considero que minha promessa ao Sr. Johnson se refere apenas (pelo menos na ausência dele) a você não dormir na casa.

O pobre Mainwaring me conta cada história sobre o ciúme da esposa... Mulher tola essa, que espera constância de um homem tão encantador! Mas ela sempre foi tola — intoleravelmente tola em se casar com ele, ela sendo herdeira de uma grande fortuna e ele não tendo um tostão! Acredito que ela pudesse ter recebido *outro* título além do de Baronete. A loucura dela ao realizar essa união foi tamanha que, embora o Sr. Johnson fosse seu tutor e eu em geral não compartilhe dos sentimentos dele, nunca poderei perdoá-la.

Adeus, da sempre sua

ALÍCIA

Carta 27
Sra. Vernon para Lady De Courcy

Churchhill

Esta carta, minha querida mãe, será levada à senhora por Reginald. Sua longa visita deverá ser finalmente concluída, mas temo que a separação esteja ocorrendo tarde demais para nos trazer algum benefício. *Ela* está indo para Londres para encontrar sua amiga particular, a Sra. Johnson. No início era intenção dela que Frederica a acompanhasse, para que pudesse prosseguir nos estudos, mas nesse ponto nós fizemos prevalecer nossa opinião. Frederica estava apavorada com a ideia de ir, incapaz de suportar a situação de estar à mercê da mãe; nem todos os professores de Londres poderiam compensar a destruição da tranquilidade dela. Eu também teria temido pela saúde dela, e por tudo o mais, exceto seus princípios — *nesse aspecto,* acredito que ela não pode ser atingida, mesmo pela mãe ou os amigos da mãe; mas com esses amigos ela seria obrigada a se misturar (um grupo muito ruim, não duvido) ou então seria deixada em total solidão, e não consigo decidir qual das duas possibilidades seria pior para ela. Se ficasse com a mãe, além disso, ela deveria, que desgraça!, com toda probabilidade estar com Reginald, e esse seria o maior de todos os males.

Aqui, devemos ficar em paz por enquanto, e nossos compromissos regulares, nossos livros e conversas, com exercícios, as crianças e todo prazer doméstico que estiver ao meu alcance proporcionar a ela deverão, acredito, gradativamente, fazê-la superar essa afeição juvenil. Eu não teria dúvidas disso se ela fosse menosprezada por qualquer outra mulher do mundo que não a própria mãe.

Quanto tempo Lady Susan permanecerá na cidade, e se retornará para cá de novo, eu não sei. Não consegui ser cordial em meu convite, mas, se ela escolher vir, não será minha falta de cordialidade que a impedirá.

Não pude deixar de perguntar a Reginald se ele pretendia estar em Londres neste inverno assim que descobri que os passos de Lady Susan se dirigiam para lá; e, embora ele tenha se mostrado bastante indeciso, havia algo na expressão e na voz dele que contradizia suas palavras. Chega de lamentar; considero a questão tão decidida que me submeto a ela com desespero. Se ele deixar a senhora logo e partir para Londres, tudo estará consumado.

Sua afetuosa filha, etc. etc. etc.

C. Vernon

Carta 28
Sra. Johnson para Lady Susan

Edward Street

Minha prezadíssima amiga — Escrevo a você na maior aflição; o evento mais desafortunado acabou de ocorrer. O Sr. Johnson alcançou o modo mais eficaz de nos desgraçar a todos. Ele ficou sabendo, imagino, por um meio ou por outro, que logo você estaria em Londres, e imediatamente conseguiu ter um ataque tão violento de gota que deverá no mínimo adiar sua viagem a Bath, se não a cancelar totalmente. Estou convencida de que a gota vem e vai segundo os desejos dele; aconteceu o mesmo quando quis me juntar aos Hamilton nos Lagos; e três anos atrás, quando senti um súbito desejo de ir para Bath, nada pôde convencê-lo a ter um único sintoma de gota.

Recebi sua carta e, portanto, providenciei seu alojamento. Fico satisfeita em ver que a minha carta surtiu tanto efeito sobre você, e que De Courcy é certamente seu. Mande-me notícias assim que chegar, e diga, particularmente, o que pretende fazer com Mainwaring. É impossível dizer quando terei condições de encontrar-me com você; meu confinamento deverá ser quase total. É um truque tão abominável estar doente aqui e não em Bath que quase não consigo me controlar. Em Bath as velhas tias teriam cuidado dele, mas aqui fica tudo por minha conta; e ele suporta a dor com tanta paciência que eu não tenho desculpa para me descontrolar.

Da sempre sua,

ALÍCIA

CARTA 29
LADY SUSAN PARA A SRA. JOHNSON

Upper Seymour Street

MINHA QUERIDA ALÍCIA — Não seria necessário este último ataque de gota para eu detestar o Sr. Johnson, mas agora o alcance de minha aversão é incalculável. Confiná-la como enfermeira em seu aposento! Minha querida Alícia, que erro você cometeu quando se casou com um homem da idade dele! Apenas velho o suficiente para ser formal, insubmisso e sofrer de gota; velho demais para ser agradável, jovem demais para morrer.

Cheguei ontem por volta das cinco, e mal tinha terminado o jantar quando Mainwaring apareceu. Não vou disfarçar o verdadeiro prazer que tive ao vê-lo, nem a intensidade com que senti o contraste entre a pessoa e os modos dele e os de Reginald, com grande desvantagem deste. Por cerca de uma hora, cheguei a vacilar em minha resolução de me casar com ele e, embora essa ideia fosse muito vazia e estapafúrdia para que permanecesse muito tempo em minha cabeça, não estou muito impaciente em relação à realização de meu casamento, nem anseio com tanto ardor pelo dia em que Reginald, de acordo com o que combinamos, estará na cidade. Provavelmente adiarei a chegada dele valendo-me de um pretexto ou outro. Ele não deve chegar antes de Mainwaring partir.

Às vezes ainda tenho dúvidas sobre se devo me casar; se o velho morresse, eu não hesitaria, mas um estado de dependência em relação aos caprichos de Sir Reginald não vai se adaptar a minha liberdade de espírito; e, se eu decidir adiar o evento, tenho desculpas o suficiente, na alegação de que mal faz dez meses que fiquei viúva.

Não dei a Mainwaring nenhuma pista de minha intenção, nem permiti que considerasse meu relacionamento com Reginald como algo além dos flertes mais comuns, e ele está toleravelmente satisfeito. Adeus, até nos encontrarmos; estou encantada com os aposentos que providenciou para mim.

Da sempre sua,

S. Vernon

Carta 30
Lady Susan Vernon para o Sr. De Courcy

Upper Seymour Street

Recebi sua carta, e embora não tente esconder que fiquei agradecida por sua impaciência esperando a hora de nos encontrarmos, sinto-me ainda na necessidade de adiar esse momento para além do período que anteriormente combinamos. Não me considere indelicada por exercer assim meu poder, nem me acuse de instabilidade, antes de ouvir meus motivos. Durante minha viagem desde Churchhill, tive tempo suficiente para refletir sobre o atual estado de nossas relações, e toda a reflexão serviu para me convencer de que elas exigem alguma delicadeza e precaução de conduta às quais até agora nós demos pouca atenção. Nós fomos apressados por nossos sentimentos, chegando a um grau de precipitação que pouco combina com as exigências de nossos amigos e a opinião do mundo. Fomos temerários ao firmar esse apressado noivado, mas não devemos consumar a imprudência ratificando-o enquanto existirem tantos motivos para temer que nosso casamento sofra a oposição daqueles amigos de quem você depende.

Não devemos culpar seu pai por alimentar expectativas de um casamento vantajoso para você; no caso em que posses são tão grandes como as de sua família, o desejo de aumentá-las, se não é estritamente racional, é muito comum para causar surpresa ou ressentimento. Ele tem o direito de exigir para nora uma mulher de fortuna, e em certos momentos fico em conflito comigo mesma por permitir que você estabeleça uma união tão imprudente; mas a influência da razão muitas vezes é reconhecida tarde demais por aqueles que sentem como eu.

Faz poucos meses que fiquei viúva e, embora pouco deva à memória de meu marido por alguma felicidade derivada da companhia dele durante alguns anos de união, não posso ignorar que a indelicadeza de um segundo casamento tão precoce pode me sujeitar à censura do mundo e me fazer incorrer, o que seria ainda mais insuportável, na desaprovação do Sr. Vernon. Talvez com o tempo eu consiga me fortalecer contra a injustiça de uma desaprovação geral, mas a perda da valiosa estima *dele*, como você bem sabe, eu não estaria pronta a suportar; e quando a isso se soma a consciência de ter estremecido suas relações com sua família, como poderei suportar a mim mesma? Com sentimentos tão fortes quanto os meus, a acusação de ter separado o filho dos pais faria de mim a mais triste das criaturas, mesmo estando ao seu lado.

Será portanto aconselhável, sem dúvida, adiar nossa união, adiá-la até que as aparências sejam mais promissoras, até que as coisas tenham tomado um rumo mais favorável. Para nos ajudar nessa resolução, sinto que será necessário ficarmos separados. Não devemos nos encontrar. Por mais cruel que possa parecer essa sentença, a necessidade de pronunciá-la, a única forma de me tranquilizar, ficará evidente para você quando tiver considerado nossa situação sob a luz em que me vi imperiosamente obrigada a colocá-la. Você pode ficar — deve estar — certo de que nada exceto a mais firme convicção do dever poderia me induzir a ferir meus próprios sentimentos exigindo uma separação prolongada, e de insensibilidade minha em relação aos seus sentimentos você não poderá suspeitar. Reafirmo, assim, que não podemos, não devemos, ainda nos encontrar. Afastando-nos um do outro por alguns meses poderemos tranquilizar os temores fraternos da Sra. Vernon, que, estando ela mesma acostumada a usufruir da riqueza, considera que a fortuna é sempre necessária, e cujas sensibilidades não são de natureza a compreender as nossas.

Mande notícias em breve — muito em breve. Diga-me que aceita meus argumentos, e não me reprova por empregá-los. Não posso suportar exprobrações: meus ânimos não estão tão elevados a ponto de precisarem ser reprimidos. Devo me esforçar para obter diversão fora de minha casa, e felizmente muitos de meus amigos estão na cidade, entre eles os Mainwaring; você sabe a consideração que tenho pelo casal.

Da fielmente sua,

S. Vernon

Carta 31
Lady Susan Vernon para a Sra. Johnson

Upper Seymour Street

Minha querida amiga — Aquele insuportável do Reginald está aqui. Minha carta, cuja intenção era mantê-lo mais tempo no campo, o apressou para a cidade. Por mais que eu o queira longe, entretanto, não posso deixar de sentir muita satisfação com tal prova de apego. Ele está devotado a mim, com alma e coração. Ele mesmo levará esta mensagem, que deve servir como uma apresentação entre vocês, já que deseja conhecê-la. Permita que ele passe a tarde ao seu lado, e assim não correrei o risco de ele voltar aqui. Eu disse a ele que não estou muito bem e preciso ficar só; e, se ele me visitar de novo, pode haver confusão, pois não dá para ter certeza com os empregados. Portanto mantenha-o, eu lhe peço, em Edward Street. Você verá que ele não é uma companhia desagradável, e permito que flerte com ele o quanto quiser. Ao mesmo tempo, não esqueça meu real interesse; diga-lhe tudo o que puder para convencê-lo que eu ficarei desditosa se ele permanecer aqui; você conhece meus motivos — a decência e tudo o mais. Eu mesma os enfatizaria de novo, mas estou impaciente para me livrar dele, pois Mainwaring vai chegar dentro de meia hora.
Adeus,

S. Vernon

Carta 32
Sra. Johnson para Lady Susan

Edward Street

Minha querida criatura — Estou agoniada, sem saber o que fazer. O Sr. De Courcy chegou exatamente quando não deveria. A Sra. Mainwaring havia acabado de entrar em minha casa, insistindo para ser recebida por seu tutor, embora eu não soubesse nada disso até depois, pois eu estava fora quando tanto ela quanto Reginald vieram; caso contrário, eu o teria mandado embora de qualquer jeito; mas *ela* estava trancada com o Sr. Johnson, enquanto *ele* me aguardava na sala de estar. Ela chegou ontem perseguindo o marido, mas talvez você já tenha ficado sabendo disso por ele mesmo. Ela veio à minha casa para solicitar a interferência de meu marido; e, antes que eu pudesse saber disso, tudo o que você poderia desejar que ficasse escondido foi participado a ele; e por azar ela tinha arrancado do servo de Mainwaring que ele a visitara todos os dias desde que você chegou à cidade; além disso, ela mesma acabara de vê-lo dirigindo-se para sua porta! O que eu podia fazer?! Fatos são coisas horríveis! Tudo agora foi revelado a De Courcy, que está sozinho com o Sr. Johnson. Não me acuse; na verdade, foi impossível impedir que tudo isso acontecesse. O Sr. Johnson vinha suspeitando há algum tempo de que De Courcy pretendia casar-se com você, e quis falar com ele a sós assim que soube que ele estava em nossa casa

Aquela detestável da Sra. Mainwaring, que, para seu consolo, se acabou de nervosismo e está mais feia e magra do que nunca, ainda está aqui, e eles todos estão juntos, trancados. O que se pode fazer? Se Mainwaring está com você, é melhor que vá embora. De qualquer forma, espero que ele infernize a esposa mais que nunca.

Com desejos ansiosos,
Da sua,

Alícia

Carta 33
Lady Susan Vernon para a Sra. Johnson

Upper Seymour Street

Esse esclarecimento é muito irritante. Que falta de sorte você não estar em casa! Pensei que pudesse contar com você às sete! Apesar disso, não estou consternada. Não se deixe atormentar com receios por minha causa; confie em mim: posso arrumar minha própria história com Reginald. Mainwaring acabou de partir; ele me trouxe as notícias da chegada da esposa. Mulher tola; o que ela espera conseguir com essas manobras? Mas eu gostaria que ela tivesse ficado quietinha em Langford.

Reginald ficará um pouco furioso no início, mas até o jantar de amanhã tudo estará bem de novo.

Adeus.

S.V.

Carta 34
Sr. De Courcy para Lady Susan

Hotel —

Escrevo-lhe apenas para me despedir, o encanto se desfez! Vejo-a agora como é. Desde que nos separamos ontem, tomei conhecimento, por parte de alguém com autoridade incontestável, de uma história a seu respeito que deve trazer a mais mortificante convicção da impostura a que fui submetido, e da absoluta necessidade de uma separação imediata e eterna de você. Você não pode ter dúvidas sobre aquilo a que aludo. Langford! Langford! Essa palavra é suficiente. Recebi as informações na casa do Sr. Johnson, da própria Sra. Mainwaring.

Você sabe quanto a amei; pode julgar intimamente meus sentimentos atuais; mas não sou tão fraco a ponto de me permitir descrevê-los a uma mulher que se gaba de ter estimulado a dor deles, mas cuja afeição eles jamais conseguiram conquistar.

R. De Courcy

CARTA 35
Lady Susan para o Sr. De Courcy

Upper Seymour Street

Não vou tentar descrever minha perplexidade ao ler o seu bilhete agora mesmo recebido. Estou confusa em meus esforços para formar alguma conjectura racional do que a Sra. Mainwaring pode ter lhe contado para causar uma mudança tão extraordinária em seus sentimentos. Não lhe expliquei tudo a respeito de mim mesma que poderia ter um significado duvidoso, e que a má-fé do mundo interpretou para meu descrédito? O que você pode ter ouvido que abalou tanto sua estima por mim? Será que alguma vez lhe escondi algo? Reginald, você me perturba além do que posso descrever. Não posso supor que a velha história do ciúme da Sra. Mainwaring possa ressuscitar outra vez, ou ao menos ser *ouvida* outra vez. Venha me ver agora mesmo, para explicar o que agora é absolutamente incompreensível. Acredite-me, a mera palavra *Langford* não tem um significado tão potente para dispensar a necessidade de outras palavras. Se *devemos* nos separar, pelo menos será elegante nos despedirmos pessoalmente — mas não tenho forças para brincar; na verdade, estou sendo muito séria; pois decair, mesmo que seja por uma hora, em sua estima é uma humilhação que não sei como suportar. Contarei cada minuto até a sua chegada.

S.V.

Carta 36
Sr. De Courcy para Lady Susan

Hotel —

Por que me escreveu? Por que quer saber detalhes? Mas, já que precisa ser assim, sou obrigado a declarar que os relatos de sua má conduta, durante a vida e desde a morte do Sr. Vernon, que chegaram até mim e também ao mundo em geral, e que conquistaram minha completa crença antes de eu a conhecer, mas que você, exercendo suas habilidades perversas, me convenceu a desacreditar, foram-me incontestavelmente provados; mais ainda: tenho certeza de que uma relação, na qual eu nunca havia pensado antes, existe já há algum tempo, entre você e o homem de cuja família você roubou a paz, em retribuição à hospitalidade com que foi recebida; que você tem se correspondido com ele desde que partiu de Langford — não com a esposa, mas com o marido — e que ele agora a visita todos os dias. Você pode, você ousa negar tudo isso? E tudo isso aconteceu ao mesmo tempo em que fui encorajado e aceito como pretendente! Do que não escapei! Só tenho a agradecer. Longe de mim reclamar e lamentar. Minha própria loucura me colocou em perigo; minha preservação devo à bondade e à integridade de outra pessoa; mas a desafortunada Sra. Mainwaring, cujas agonias, enquanto ela relatava o passado, pareciam ameaçar sua razão, como *ela* será consolada?

Depois de uma descoberta como essas, você mal conseguirá fingir surpresa com minha intenção de lhe dizer adeus. Meu entendimento está finalmente restaurado, e me ensina não menos a abominar os artifícios que me subjugaram do que a desprezar a mim mesmo pela fraqueza na qual a força deles se alicerçou.

R. De Courcy

Carta 37
Lady Susan para o Sr. De Courcy

Upper Seymour Street

Estou satisfeita, e não vou mais incomodá-lo depois que estas poucas linhas forem enviadas. O noivado que você estava tão ávido para firmar duas semanas atrás não é mais compatível com suas visões, e me alegro em constatar que o prudente conselho de seus pais não foi dado em vão. Sua paz restaurada vai, não duvido, rapidamente seguir esse ato de obediência filial, e me lisonjeio com a esperança de sobreviver à *minha* parte nesse desapontamento.

S.V.

Carta 38
Sra. Johnson para Lady Susan Vernon

Edward Street

Estou triste, embora não surpresa, com seu rompimento com o Sr. De Courcy; ele acabou de informar o Sr. Johnson sobre isso em uma carta. Ele deixa Londres, segundo afirma, ainda hoje. Tenha certeza de que compartilho todos os seus sentimentos, e não se enfureça se eu disser que nosso relacionamento, mesmo por carta, deve logo ser interrompido. Isso me deixa arrasada, mas o Sr. Johnson jura que, se eu persistir com nossa amizade, ele vai se fixar no campo pelo o resto da vida — e você sabe que é impossível submeter-me a essa miséria extrema enquanto ainda houver uma alternativa.

Você certamente ficou sabendo que os Mainwaring vão se separar, e receio que a Sra. M. venha morar conosco novamente; mas ela ainda gosta tanto do marido e se preocupa tanto com ele que talvez não viva muito.

A Srta. Mainwaring acabou de chegar à cidade para ficar com a cunhada, e dizem que ela declarou que terá Sir James Martin antes de ir embora de Londres mais uma vez. Se eu fosse você, certamente o tomaria para mim mesma. Eu quase havia me esquecido de dar-lhe minha opinião sobre o Sr. De Courcy; ele realmente me agrada; é tão bonito, acredito eu, quanto Mainwaring, e tem uma expressão tão aberta e bem-humorada que não consegui deixar de amá-lo à primeira vista. O Sr. Johnson e ele são os melhores amigos do mundo. Adeus, minha querida Susan, eu gostaria que as coisas não tivessem tomado um rumo tão perverso. Aquela malfadada visita a Langford! Mas ouso dizer que você fez tudo para o melhor, e não há como desafiar o destino.

Sua sincera amiga,

ALÍCIA

CARTA 39
LADY SUSAN PARA A SRA. JOHNSON

Upper Seymour Street

QUERIDA ALÍCIA — Submeto-me à necessidade que nos separa. Nessas circunstâncias, você não poderia ter agido de outra forma. Nossa amizade não pode ser impedida por ela, e em tempos mais felizes, quando a sua situação for tão independente quanto a minha, nós nos uniremos de novo na mesma intimidade de sempre. Por isso esperarei ansiosamente, e enquanto isso posso com segurança assegurá-la de que nunca estive mais tranquila, ou mais satisfeita comigo mesma e tudo o que me rodeia, do que no presente momento. Seu marido eu abomino, Reginald eu desprezo, e tenho certeza de que nunca mais os verei de novo. Não tenho eu motivos para me alegrar? Mainwaring está mais devotado a mim do que nunca; e, se estivéssemos livres, duvido que eu poderia resistir mesmo ao matrimônio, se *ele* pedisse minha mão. Isso, se a esposa dele for morar com você, você poderá apressar. A violência dos sentimentos dela, que deve destruí-la, poderá facilmente ser intensificada. Confio na sua amizade para isso. Sinto-me agora satisfeita por não ter me casado com Reginald, e estou igualmente determinada a não permitir que Frederica se case com ele. Amanhã, vou mandá-la buscar em Churchhill e deixar que Maria Mainwaring trema ante as consequências. Frederica será a esposa de Sir James antes que ela deixe minha casa, e ela pode protestar, e os Vernon podem se enfurecer, não me importo com eles. Estou cansada de submeter minha vontade aos caprichos dos outros; de renunciar a meus próprios julgamentos em deferência àqueles a quem não devo nada, e por quem não sinto respeito algum. Desisti de muita coisa, fui muito facilmente manipulada, mas Frederica agora sentirá a diferença.

Adeus, minha amiga predileta; que o próximo ataque de gota possa ser mais favorável! E que você me considere sempre invariavelmente sua,

S. Vernon

Carta 40
Lady De Courcy para a Sra. Vernon

Parklands

Minha querida Catherine — Tenho notícias encantadoras para lhe dar e, se eu não tivesse despachado minha carta esta manhã, você poderia ter sido poupada da preocupação de saber que Reginald foi para Londres, pois ele já retornou. Retornou, não para pedir nosso consentimento para se casar com Lady Susan, mas para nos dizer que eles se separaram para sempre! Ele ficou apenas uma hora na casa, e não pude me inteirar dos detalhes, pois está tão triste que não tive coragem de ficar fazendo perguntas, mas espero que logo possamos saber de tudo. Esta é a hora mais feliz que ele nos proporcionou desde o seu nascimento. Não falta nada, a não ser sua presença aqui, e é nosso desejo e pedido particular que vocês venham nos ver assim que possível. Faz muitas semanas que vocês nos devem uma visita; espero que nada disso cause inconvenientes ao Sr. Vernon; e por favor, traga todos os meus netos, e sua querida sobrinha está incluída, é claro. Quero conhecê-la. Até agora tivemos um inverno triste e pesado, sem Reginald e sem ver ninguém de Churchhill. Nunca para mim o inverno foi tão desolado; mas esse feliz encontro nos rejuvenescerá de novo. Penso muito em Frederica e, quando Reginald tiver recuperado seu ânimo costumeiro (o que acredito que aconteça logo), tentaremos lhe roubar o coração mais uma vez, e tenho muitas esperanças de vê-los unindo as mãos, e não daqui a muito tempo.

Sua afetuosa mãe,

C. De Courcy

Carta 41
Sra. Vernon para Lady De Courcy

Churchhill

MINHA QUERIDA MÃE — Sua carta me surpreendeu além da conta! Pode ser verdade que eles estão verdadeiramente separados — e para sempre? Eu ficaria extasiada se ousasse acreditar nisso, mas, depois de tudo o que vi, como posso ter certeza? E Reginald realmente em sua companhia! Minha surpresa é ainda maior porque na quarta-feira, no mesmo dia em que ele chegou a Parklands, tivemos uma visita inesperada e indesejada de Lady Susan, toda alegria e bom humor, e parecendo mais como se fosse se casar com ele quando voltasse à cidade do que se tivesse se separado dele para sempre. Ela ficou quase duas horas, foi afetuosa e agradável como sempre, e não expressou nenhuma sílaba, nenhum sinal de desentendimento ou frieza entre eles. Perguntei-lhe se tinha visto meu irmão desde que chegara à cidade; sem, como a senhora pode supor, nenhuma dúvida disso, mas simplesmente para ver a expressão dela. Ela imediatamente respondeu, sem nenhum embaraço, que ele tinha sido gentil o bastante para visitá-la na segunda-feira; mas ela acreditava que ele já tinha retornado para casa, coisa em que eu estava muito longe de acreditar.

Aceitamos seu gentil convite com prazer, e na próxima quinta-feira nós e nossos pequenos estaremos com a senhora. Peço aos céus que Reginald não esteja de novo na cidade nessa data!

Eu queria poder levar a querida Frederica também, mas sinto dizer que a missão da mãe dela aqui era levá-la embora; apesar de isso deixar a pobre moça arrasada, foi impossível detê-la. Eu me opus completamente a deixá-la ir; assim como o tio; e tudo o que pudemos enfatizar, nós *enfatizamos*; mas Lady Susan declarou que, como agora estava prestes a se fixar em Londres durante vários meses, não poderia ficar tranquila se a filha não estivesse com ela, para continuar os estudos, etc. Seus modos, com certeza, foram muito gentis e adequados, e o Sr. Vernon acredita que agora Frederica será tratada com afeto. Eu gostaria de também poder acreditar nisso.

O coração da pobre garota quase se partiu na nossa despedida. Pedi que ela me escrevesse com frequência, e recordasse que, estando em algum apuro, sempre seríamos amigos dela. Tomei o cuidado de conversar com ela a sós, para poder dizer tudo isso, e espero que ela tenha ficado um pouco mais consolada; mas não ficarei tranquila até que possa ir à cidade e julgar a situação dela por mim mesma.

Eu gostaria que houvesse uma perspectiva melhor do que a que se apresenta agora da união que a senhora declara ser sua expectativa no final de sua carta. No momento, não é muito provável.

De sua sempre, etc. etc. etc.

C. Vernon

Conclusão

Essa correspondência, após um encontro entre alguns dos envolvidos, e uma separação entre os outros, não pôde, para grande prejuízo da receita dos Correios, ser continuada. Muito pouca ajuda ao Governo adviria da relação epistolar da Sra. Vernon e sua sobrinha, pois a primeira logo percebeu, pelo estilo das cartas de Frederica, que elas eram escritas sob a supervisão da mãe, e, portanto, adiando todas as perguntas pessoais para quando pudesse ir pessoalmente a Londres, ela deixou de escrever com minúcia ou com frequência.

Enquanto isso, tendo se inteirado o suficiente, por meio de seu sincero irmão, do que se passara entre ele e Lady Susan para que ela fosse mais rebaixada do que nunca em seu conceito, a Sra. Vernon ficou proporcionalmente mais ansiosa para retirar Frederica da mãe e colocá-la sob sua proteção; e, embora com pouca esperança de obter sucesso, estava resolvida a tentar tudo que pudesse oferecer alguma chance de obter o consentimento da cunhada quanto a isso. Sua ansiedade em relação ao assunto a fez insistir numa visita antecipada a Londres; e o Sr. Vernon, que, como já deve ter ficado evidente, vivia para fazer tudo o que lhe pedissem, logo encontrou algum negócio adequado que o chamasse para lá. Com o coração completamente envolvido no assunto, a Sra. Vernon visitou Lady Susan logo depois de sua chegada à cidade, e foi recebida com uma afeição tão alegre e tranquila que quase a fez fugir horrorizada. Nenhuma lembrança de Reginald, nenhum sentimento de culpa dava algum sinal de embaraço; ela estava com um excelente humor, e parecia ansiosa para demonstrar imediatamente, por todas as possíveis atenções a seus cunhados, como os julgava bondosos, e o prazer que sentia na companhia deles.

Frederica não estava mais mudada que Lady Susan; os mesmos modos contidos, o mesmo olhar tímido de antes na presença da mãe asseguraram à tia que a situação dela era desconfortável, e reforçaram seu plano de alterá-la. Entretanto, nenhuma falta de gentileza transparecia por parte de Lady Susan. A insistência quanto ao casamento com Sir James tinha se extinguido totalmente, sendo o nome dele apenas mencionado para comentar que ele estava em Londres; e, de fato, em toda a conversa dela, ela parecia preocupada apenas com o bem-estar e o aperfeiçoamento da filha, reconhecendo, em termos de grato contentamento, que Frederica estava agora se aproximando mais e mais daquilo que um genitor poderia querer.

A Sra. Vernon, surpresa e incrédula, não sabia do que suspeitar e, sem ter mudado em nada sua opinião, apenas temeu mais dificuldade em atingir seu objetivo. A primeira esperança de alguma coisa melhor surgiu quando Lady Susan lhe perguntou se ela achava que Frederica tinha a mesma boa aparência que tivera em Churchhill, já que ela devia confessar que às vezes tinha uma ansiosa dúvida sobre os ares de Londres serem perfeitamente adequados a ela.

A Sra. Vernon, alimentando a dúvida, imediatamente propôs que a sobrinha voltasse com eles para o campo. Lady Susan foi incapaz de expressar como reconhecia tamanha gentileza, mas não sabia, por vários motivos, como se separar da filha; e, como no momento seus planos não estavam totalmente definidos e ela confiava que em breve ela mesma poderia levar Frederica para o campo, declinou completamente de tirar vantagem de tão rara atenção. A Sra. Vernon perseverou, entretanto, com a oferta e, embora Lady Susan continuasse a resistir, sua resistência, no decorrer de alguns dias, parecia relativamente menos descomunal.

O auspicioso alerta de uma *influenza* decidiu o que talvez não fosse decidido tão cedo. Os temores maternais de Lady Susan ficaram, nesse momento, por demais exaltados para que ela pensasse em qualquer outra coisa exceto a remoção de Frederica do risco de ser infectada; acima de todas as doenças do mundo, a que ela mais temia para a constituição da filha era a *influenza*! Frederica retornou a Churchhill com o tio e a tia, e três semanas depois Lady Susan anunciou que ela própria se casaria com Sir James Martin.

A Sra. Vernon ficou então convencida do que havia apenas suspeitado antes, de que poderia ter poupado a si mesma do trabalho de insistir em uma remoção a que a própria Lady Susan estava resolvida desde o início. A visita de Frederica era, teoricamente, para durar seis semanas, mas a mãe, embora a tenha convidado para retornar em uma ou duas cartas afetuosas, estava muito pronta a agradar a todos consentindo com um prolongamento da estada da moça no campo; e no curso de dois meses deixou de escrever sobre como ela fazia falta, e, no decorrer de mais dois, deixou completamente de escrever.

Frederica, portanto, estabeleceu-se na família do tio e da tia, até o momento em que Reginald, mediante conversas, elogios e artifícios, pôde desenvolver uma afeição por ela — o que, levando-se em conta o tempo necessário para ele superar o amor pela mãe dela, seu repúdio a qualquer relacionamento futuro e sua aversão ao sexo oposto, poderia ser razoavelmente calculado dentro do prazo de um ano. Três meses teriam bastado em geral, mas os sentimentos de Reginald eram tão duradouros quanto intensos.

Se Lady Susan ficou ou não feliz em sua segunda escolha, não vejo como comprovar; pois quem poderia obter dela uma garantia em qualquer um dos lados da questão? O mundo deve julgar a partir das probabilidades; ela não tinha nada contra si, exceto seu marido e sua consciência.

Sir James talvez tenha tido uma sina mais dura do que merecia a mera tolice; entrego-o, portanto, a toda a compaixão que qualquer um possa lhe oferecer. De minha parte, confesso que *eu* só posso ter pena da Srta. Mainwaring, que, tendo vindo até a cidade e gastado uma fortuna em roupas, o que a empobreceu por dois anos, com o exato objetivo de conquistá-lo, foi espoliada desse objetivo por uma mulher dez anos mais velha que ela.

OS WATSONS

A primeira reunião de inverno na cidade de D., em Surrey, seria realizada na terça-feira, 13 de outubro, e a expectativa geral era de uma festa boa. Uma longa lista das famílias locais foi distribuída, na quase certeza de que muitas delas fizessem sua adesão, e alimentavam-se vívidas esperanças de que os próprios Osbornes compareceriam. O convite dos Edwards aos Watsons foi feito, é claro. Os Edwards eram pessoas ricas, que viviam na cidade e tinham a própria carruagem. Os Watsons moravam numa aldeia a três milhas de distância, eram pobres e não tinham condução fechada; e desde que havia bailes no local, os Edwards estavam acostumados a convidar os Watsons a se vestir, jantar e dormir em sua casa em todos os eventos mensais durante todo o inverno. Na ocasião presente, como apenas duas das filhas dos Watsons estavam em casa e uma era sempre requisitada para fazer companhia ao pai, que estava doente e viúvo, apenas uma delas pôde se beneficiar da gentileza da família amiga. A Srta. Emma Watson, que voltara muito recentemente à família, após ter sido criada por uma tia, deveria fazer sua primeira aparição em público na região, e sua irmã mais velha, cujo encanto pelos bailes não havia arrefecido após dez anos de divertimento, teve seu mérito em tomar alegremente para si a tarefa de levá-la, junto com seus ornatos, na velha charrete até D. naquela manhã tão importante.

À medida que as rodas chapinhavam na estradinha lamacenta, a Srta. Watson assim instruiu e aconselhou a inexperiente irmã:

— Aposto que será um baile muito bom, e entre tantos oficiais não vai lhe faltar um par. A criada da Sra. Edward estará pronta a ajudá-la, e sugiro que você recorra à opinião de Mary Edwards se ficar atrapalhada, pois ela tem muito bom gosto. Se o Sr. Edwards não perder seu dinheiro nas cartas, você poderá permanecer na festa até a hora que quiser; se ele perder, talvez ele se apresse a levá-la para casa — mas com certeza poderá tomar uma sopa reconfortante. Espero que você esteja com boa aparência. Eu não ficaria surpresa se você fosse considerada uma das moças mais bonitas do salão; a novidade é uma grande vantagem. Talvez Tom Musgrave preste atenção em você, mas eu a aconselharia a não dar a ele nenhum encorajamento; absolutamente não. Ele em geral presta atenção a todas as moças novas, mas é um grande conquistador, e nunca leva nada a sério.

— Acho que já ouvi você falando dele antes — disse Emma —; quem é ele?

— Um jovem de grande fortuna, bastante independente, e extremamente agradável, o preferido aonde quer que vá. Quase todas as moças por aqui estão apaixonadas por ele, ou estiveram. Acredito que sou a única entre elas que escapou completamente; no entanto, fui a primeira em quem ele prestou atenção quando veio para cá, seis anos atrás; e foi muita atenção que ele prestou em mim. Algumas pessoas dizem que ele nunca pareceu gostar tanto de uma moça desde essa ocasião, embora sempre esteja agindo de forma especial com uma ou outra.

— E como é que o *seu* coração foi o único insensível? — perguntou Emma, sorrindo.

— Havia um motivo para isso — respondeu a Srta. Watson, mudando de cor. — Não fui muito feliz nesse aspecto, Emma. Espero que você tenha sorte melhor.

— Querida irmã, peço desculpas se lhe causei algum sofrimento sem querer.

— Quando conhecemos Tom Musgrave — continuou a Srta. Watson, sem dar impressão de tê-la ouvido —, eu estava muito apegada a um jovem chamado Purvis, amigo particular de Robert, que costumava estar conosco frequentemente. Todos achavam que formaríamos um casal.

Essas palavras foram acompanhadas por um suspiro, que Emma respeitou em silêncio; mas sua irmã continuou depois de uma pausa.

— Naturalmente você perguntará por que isso não aconteceu, e por que ele está casado com outra mulher, ao passo que permaneço solteira. Mas você deve perguntar a ela, não a mim; deve perguntar a Penélope. Sim, Emma, Penélope estava por trás de tudo. Ela acha que vale tudo para conseguir um marido. Confiei nela; ela o pôs contra mim, com vistas a conquistá-lo para si mesma, e o resultado foi que ele parou de me visitar e logo em seguida se casou com outra pessoa. Penélope não dá tanta importância para sua conduta, mas eu acho que esse tipo de traição é muito ruim. Arruinou a minha vida. Nunca mais amarei outro homem como amei Purvis. Não acho que o nome de Tom Musgrave e o dele devam ser mencionados no mesmo dia.

— Você me choca muito falando isso sobre Penélope — disse Emma. — Uma irmã poderia fazer tal coisa? Rivalidade e traição entre irmãs! Tenho medo de ter de conhecê-la. Mas espero que isso não tenha sido verdade. As aparências podem ter agido contra ela.

— Você não conhece Penélope. Não há nada que ela não faria para se casar. Ela mesma lhe diria isso. Não lhe conte nenhum segredo, ouça o que eu digo, não confie nela; ela tem suas boas qualidades, mas não é fiel, não tem honra, nem escrúpulos, quando defende seus próprios interesses. Desejo de todo o meu coração que ela se case bem. Declaro que preferiria que ela, e não eu, se casasse bem.

— E não você! Sim, suponho que sim. Um coração ferido como o seu tem pouca inclinação para o matrimônio.

— De fato, pouca. Mas você sabe que devemos nos casar. Eu, por mim, poderia muito bem permanecer solteira; um pouco de companhia e um baile agradável de vez em quando seriam suficientes para mim, se as pessoas pudessem permanecer jovens para sempre; mas meu pai não pode nos sustentar, e é muito ruim ficar velha e ser pobre e ridicularizada pelas pessoas. Eu perdi Purvis, é verdade; mas pouquíssimas pessoas se casam com o primeiro amor. Eu não recusaria um homem porque ele não é Purvis. Não que eu possa, jamais, perdoar Penélope.

Emma concordou com a cabeça.

— Penélope, entretanto, teve seus problemas — continuou a Srta. Watson. — Ela ficou muito desapontada com Tom Musgrave, que em seguida transferiu suas atenções de mim para ela, e de quem ela gostava muito; mas ele não leva nada a sério e, quando já tinha brincado com ela o suficiente, começou a desprezá-la voltando-se para Margaret, e a pobre Penélope ficou bem arrasada. E desde essa época ela está tentando arranjar um pretendente em Chichester. Ela não nos revela quem é; mas acredito que seja um senhor chamado Dr. Harding, tio da amiga que ela vai visitar; e ela teve muito trabalho com ele, e despendeu muito tempo sem ter obtido nenhum êxito ainda. Outro dia mesmo, quando ela foi embora, disse que seria a última vez. Imagino que você não sabia qual era o interesse particular dela em Chichester, nem adivinhava qual motivo a afastaria de Stanton exatamente quando você estava chegando, após uma ausência de tantos anos.

— Eu não sabia de nada, não tinha a mínima suspeita. Considerei o compromisso dela com a Sra. Shaw um grande azar para mim. Eu esperava encontrar todas as minhas irmãs em casa, de modo a poder me tornar amiga delas imediatamente.

— Suspeito que o doutor teve um ataque de asma, e que ela foi chamada para lá às pressas. Os Shaws estão muito a favor dela; pelo menos acho que estão; mas ela não me conta nada. Declara seguir seus próprios conselhos; diz, com toda a razão, que "cozinheiros demais estragam o prato".

— Sinto muito pelas ansiedades de Penélope — disse Emma. — Mas não gosto dos planos e das opiniões dela. Vou ficar com medo dela. Deve ter um gênio muito masculino e arrojado. Estar tão interessada em se casar, aproximar-se de um homem só por interesse, é um comportamento que me choca; não consigo entender. A pobreza é um grande mal; mas para uma mulher estudada não pode, não deve ser o pior dos males. Eu preferiria ser professora em uma escola (e não consigo pensar em nada pior) a me casar com um homem de quem não gostasse.

— Eu preferiria fazer qualquer coisa a ser professora em uma escola — disse a irmã. — *Eu* estive em uma escola, Emma, e sei que vida as pessoas levam ali; você nunca esteve. Eu não gostaria de me casar com um homem desagradável tanto quanto você; mas não acho que *existam* muitos homens muito desagradáveis; acho que eu poderia gostar de qualquer homem de bom temperamento e com uma renda considerável. Acho que minha tia a criou para ser muito refinada.

— Na verdade eu não sei. Minha conduta deve lhe dizer como fui criada. Não posso julgar por mim mesma. Não posso comparar o método de minha tia ao de nenhuma outra pessoa, pois só conheço um.

— Mas eu posso ver em muitos aspectos que você é muito refinada. Observei-a desde que chegou em casa, e receio que isso não lhe trará felicidade. Penélope vai rir muito de você.

— *Isso* não me trará felicidade, com certeza. Se minhas opiniões estão erradas, devo corrigi-las; se elas são acima de minha posição, devo me esforçar para escondê-las; mas não sei se são ridículas. Penélope é muito espirituosa?

— Sim, ela é muito espirituosa, e nunca se preocupa com o que diz.

— Margaret é mais gentil, suponho?
— Sim, especialmente quando tem companhia. Ela é toda gentileza e suavidade quando alguém está por perto; mas é um pouco irritadiça e obstinada entre nós. Pobre criatura! Está convencida de que Tom Musgrave está mais apaixonado por ela do que já esteve por qualquer outra moça, e está sempre esperando que ele se declare. Esta é a segunda vez neste ano que ela foi passar um mês com Robert e Jane com a intenção de provocá-lo com sua ausência; mas tenho certeza de que está enganada, e de que ele não irá atrás dela em Croydon agora assim como não foi no último mês de março. Ele nunca vai se casar a não ser com alguém de grandes dotes. Com a Srta. Osborne, talvez, ou alguém do estilo dela.
— O que você me fala sobre esse Tom Musgrave, Elizabeth, me dá pouquíssima vontade de conhecê-lo.
— Você está com medo dele; não me surpreendo com isso.
— Nada disso; não gosto dele e o desprezo.
— Não gostar de Tom Musgrave e desprezá-lo! Não, você nunca conseguirá *isso*. Desafio você a não ficar encantada se ele prestar atenção em você. Espero que ele dance com você; e arrisco dizer que ele vai, a não ser que os Osbornes venham em um grupo muito grande; nesse caso ele não vai conversar com mais ninguém.
— Ele parece ter modos muito sedutores! — disse Emma.
— Bem, vamos ver como o Sr. Musgrave e eu vamos nos considerar irresistíveis. Aposto que vou saber quem ele é assim que entrar no salão de baile; ele *certamente* deve carregar parte de seus encantos no próprio rosto.
— Você não vai encontrá-lo no salão de baile, garanto; você vai chegar cedo, para que a Sra. Edwards consiga um bom lugar junto ao fogo, e ele só chega tarde; se os Osbornes vierem, ele vai ficar aguardando no saguão para entrar com eles. Eu bem que gostaria de dar uma espiadinha em você, Emma. Se meu pai estivesse passando bem hoje, eu me vestiria e James me

traria assim que eu tivesse feito um chá para ele; e eu estaria com você na hora em que começasse o baile.

— O quê? Você viria tarde da noite nesta charrete?

— Claro que viria. Está vendo? Eu disse que você é muito refinada e *isso* é um exemplo do seu refinamento.

Emma não disse nada por uns instantes. Finalmente ela falou:

— Eu gostaria, Elizabeth, que você não tivesse feito tanta questão de que eu fosse a esse baile; gostaria que você fosse em meu lugar. Seu prazer seria maior que o meu. Sou uma estranha aqui, e não conheço ninguém a não ser os Edwards; é muito improvável, portanto, que eu me divirta. O seu prazer, entre todos os seus conhecidos, seria certo. Não é tarde demais para mudarmos. Não seria necessário nos desculparmos muito com os Edwards, que devem ficar mais satisfeitos com sua companhia do que com a minha, e eu voltaria de muito bom grado para cuidar de meu pai; e não teria nenhum medo de conduzir esta velha charrete para casa. Quanto a suas roupas, eu daria um jeito de enviá-las para você.

— Minha querida Emma — exclamou Elizabeth, com cordialidade. — Acha que eu faria uma coisa dessas? Nem por todo o universo! Mas nunca vou me esquecer de seu bom coração ao propor isso. Você deve ter um gênio muito bom, de fato! Nunca conheci ninguém com um gênio assim! E você realmente desistiria do baile para que eu pudesse ir? Acredite, Emma, não sou egoísta a esse ponto. Não! Embora eu seja nove anos mais velha que você, eu não seria o instrumento que a impediria de ser vista. Você é muito bonita, e seria muito triste se não tivesse a mesma oportunidade que todas nós tivemos de construir a sua sorte. Não, Emma, não importa quem deva ficar em casa este inverno: não será você. Tenho certeza de que eu nunca perdoaria a pessoa que me impedisse de ir a um baile aos dezenove anos.

Emma expressou sua gratidão, e por alguns minutos elas sacolejaram em silêncio. Elizabeth falou primeiro:

— Você vai reparar em quem dança com Mary Edwards?

— Vou me lembrar dos parceiros dela, se puder; mas você sabe que todos serão estranhos para mim.

— Apenas repare se ela vai dançar com o Capitão Hunters mais de uma vez. Tenho meus receios quanto a isso. Não que o pai ou a mãe dela gostem de soldados; mas, se ela gostar, você sabe, estará tudo acabado para o pobre Sam. E prometi escrever para ele contando com quem ela dançou.

— Sam está afeiçoado à Srta. Edwards?

— Você não sabia *disso*?

— Como poderia saber? Como eu saberia em Shropshire o que se passa nesse aspecto em Surrey? Não é provável que assunto tão íntimo pudesse fazer parte da escassa comunicação que aconteceu entre mim e você nos últimos catorze anos.

— Fico me perguntando por que nunca mencionei isso quando lhe escrevi. Desde que você chegou em casa, tenho estado tão ocupada com meu pobre pai e nossa faxina geral que não tive tempo de lhe contar nada; mas, de fato, concluí que você sabia de tudo. Faz dois anos que ele está muito apaixonado por ela, e fica muito desapontado porque não pode comparecer a todos os bailes; mas o Sr. Curtis nem sempre o dispensa, e no momento ele está enfrentando uma época de muitas doenças em Guilford.

— Você acha que a Srta. Edwards gosta dele?

— Receio que não: você sabe que ela é filha única, e vai herdar pelo menos dez mil libras.

— Mas assim mesmo ela pode gostar de nosso irmão.

— Ah, não! Os Edwards têm pretensões muito mais elevadas. O pai e a mãe dela nunca consentiriam. Ele é apenas um médico, você sabe. Às vezes acho que ela gosta dele. Mas Mary Edwards é muito altiva e reservada; nem sempre sei o que ela está sentindo.

— A não ser que Sam se sinta seguro com a moça, acho uma pena que ele seja encorajado a sequer pensar nela.

— Um rapaz deve pensar em alguém — disse Elizabeth — e por que ele não seria tão feliz quanto Robert, que conseguiu uma boa esposa e seis mil libras?

— Não devemos alimentar esperanças de que todos nós teremos sorte individualmente — respondeu Emma. — A boa sorte de um membro da família é para a família toda.

— A minha ainda vai chegar, tenho certeza — disse Elizabeth, dando outro suspiro ao se lembrar de Purvis. — Já tive infortúnios demais; e não posso dizer muito por você, considerando-se que minha tia se casou pela segunda vez de forma tão tola. Bem, você vai ter um bom baile, tenho certeza. A próxima curva nos levará à estrada principal. Você poderá ver a torre da igreja por sobre a sebe, e o White Hart fica bem próximo. Estou muito curiosa para saber o que vai achar de Tom Musgrave.

Esses foram os últimos sons audíveis da voz da Srta. Watson antes de elas passarem pelo pedágio e entrarem no caminho de pedra da cidade, que provocava tantos solavancos e ruídos que qualquer conversa ficou completamente indesejável. A velha égua avançava num trote pesado, sem precisar da condução das rédeas para virar no ponto certo e fazendo uma única asneira, que foi a de parar em frente à modista, antes de chegar à porta do Sr. Edwards. O Sr. Edwards morava na melhor casa da rua, e melhor do local, se o Sr. Tomlinson, o banqueiro, se desse ao luxo de chamar de "casa de campo" sua propriedade recentemente construída no final da cidade, com um bosque e um pátio circular para a manobra das carruagens.

A casa do Sr. Edwards era mais alta que a maioria das casas vizinhas, com quatro janelas de cada lado da porta principal, as janelas protegidas por postes com correntes; o acesso à porta se fazia por um lance de degraus de pedra.

— Aqui estamos — disse Elizabeth, quando a carruagem parou de se mover. — Chegamos bem e, pelo relógio do mercado, a viagem durou apenas trinta e cinco minutos; o que *eu* julgo muito bom, apesar de Penélope considerar que é nada. A cidade não é agradável? Os Edwards têm uma casa nobre, você vê, e vivem em grande estilo. A porta será aberta por um homem de libré e com o cabelo empoado, posso lhe garantir.

Emma só tinha se encontrado uma manhã com os Edwards em Stanton; eram, portanto, totalmente estranhos para ela; e embora seus ânimos não estivessem de modo algum dessensibilizados para as alegrias da noite, ela se sentia um tanto desconfortável ao pensar em tudo o que deveria precedê-las. Sua conversa com Elizabeth, além disso, que lhe trouxera alguns sentimentos muito desagradáveis em relação à sua família, a deixara mais suscetível a impressões negativas originadas de qualquer outra causa, e agravou sua sensação de acanhamento por ter de ficar logo íntima de pessoas que mal conhecia.

Não houve nada nas maneiras da Sra. e da Srta. Edwards capaz de mudar essa disposição. A mãe, embora fosse uma mulher muito amigável, tinha um ar reservado, e uma boa dose de formalidade polida; e a filha, uma garota de ares aristocráticos e vinte e dois anos, com seu cabelo cheio de papelotes, parecia muito naturalmente ter adotado algo do estilo da mãe, que a criara. Emma foi logo deixada por Elizabeth, que fora obrigada a voltar depressa para casa. Agora ela estava entregue às anfitriãs e deveria descobrir quem elas eram. Alguns comentários muito lânguidos sobre o provável brilho do baile foram tudo o que interrompeu, a intervalos, o silêncio de meia hora, antes que elas se juntassem ao dono da casa. O Sr. Edwards tinha um ar muito mais simpático e comunicativo do que as mulheres da família; acabara de chegar da cidade e veio pronto para contar tudo o que pudesse ser de interesse.

Depois de receber Emma cordialmente, ele se voltou para a filha e disse:

— Bem, Mary, trago-lhe boas notícias: os Osbornes com certeza estarão no baile esta noite. Cavalos para duas carruagens foram pedidos no White Hart e devem estar à porta do Osborne Castle às nove.

— Fico feliz com isso — observou a Sra. Edwards — porque valoriza nossa reunião. Como se sabe que eles vieram ao primeiro baile, isso vai estimular muitas pessoas a virem ao segundo. É mais do que eles merecem; pois, na verdade, nada acrescentam ao prazer da noite: eles chegam muito tarde e partem muito cedo, mas as pessoas importantes sempre têm seus encantos.

O Sr. Edwards continuou relatando todas as noticiazinhas que sua caminhada matinal lhe fornecera, e eles ficaram conversando num tom bem animado até que chegou a hora de a Sra. Edwards se vestir, e as jovens logo receberam a recomendação de não perder tempo. Emma foi levada a um apartamento muito confortável e, assim que as civilidades da Sra. Edwards puderam deixá-la sozinha, a feliz ocupação, a primeira alegria de um baile, começou. As moças, vestindo-se mais ou menos juntas, inevitavelmente criaram mais intimidade. Emma percebeu na Srta. Edwards uma manifestação de bom senso, uma mente modesta e nada pretensiosa e um grande desejo de agradar; e, quando elas voltaram para o salão onde a Sra. Edwards estava sentada, respeitavelmente vestida em um dos dois trajes de seda que atravessavam o inverno e uma nova touca da modista, elas entraram ali com sentimentos muito mais tranquilos e sorrisos muito mais naturais do que quando haviam saído. Os vestidos delas deveriam agora ser examinados: a Sra. Edwards se considerava antiquada demais para aprovar todas as extravagâncias modernas, mesmo que sancionadas, e, embora estivesse observando com complacência a beleza da filha, ofereceu apenas um elogio restrito; e o Sr. Edwards, não menos satisfeito com Mary, fez alguns elogios galantes para Emma às custas dela. A discussão conduziu a comentários mais íntimos, e a Srta. Edwards gentilmente perguntou a Emma se ela não era várias vezes considerada muito parecida com seu irmão mais novo. Emma teve a impressão de ter percebido um leve rubor acompanhando a pergunta, e parecia haver algo ainda mais suspeito no modo como o Sr. Edwards entrou no assunto.

— Acho que não está fazendo nenhum grande elogio à Srta. Emma, Mary — disse ele apressado. — O Sr. Sam Watson é um rapaz muito bom e arrisco dizer que é um médico muito inteligente, mas sua pele foi muito exposta a todo tipo de clima para que uma comparação com ele seja muito elogiosa.

Mary se desculpou, meio confusa. Ela não achava que uma grande semelhança era incompatível com graus de beleza muito diferentes. Poderia haver uma semelhança de fisionomia, e a pele e até os traços serem muito diferentes.

— Não sei nada da beleza do meu irmão — disse Emma —, pois não o vejo desde que ele tinha sete anos; mas nosso pai nos considera parecidos.

— O Sr. Watson! — exclamou o Sr. Edwards. — Agora ele me surpreendeu. Não existe a menor semelhança; os olhos de seu irmão são cinza, os seus são castanhos; ele tem um rosto comprido e uma boca larga. Minha querida, *você* percebe a mínima semelhança?

— Absolutamente nenhuma. A Srta. Emma Watson me faz lembrar muito a sua irmã mais velha, e algumas vezes vejo nela algo da Srta. Penélope, e uma ou duas vezes notei um vislumbre do Sr. Robert, mas não percebo nenhuma semelhança com o Sr. Samuel.

— Eu vejo a semelhança entre ela e a Srta. Watson — respondeu o Sr. Edwards. — Semelhança muito grande, mas não a acho parecida com os outros. Não acho que ela seja parecida com alguém da família, exceto a Srta. Watson; mas tenho certeza de que não há nenhuma semelhança entre ela e Sam.

A questão foi resolvida e eles foram jantar.

— Seu pai, Srta. Emma, é um dos meus amigos mais antigos — disse o Sr. Edwards enquanto servia vinho a ela, depois que eles se reuniram em torno da lareira para degustar a sobremesa. — Devemos beber às melhoras de sua saúde. Preocupo-me muito, pode ter certeza, com o fato de ele estar tão doente. Não conheço ninguém que goste mais de um jogo de cartas, no convívio social, e muito poucas pessoas jogam *rubber* tão bem. É uma pena que ele seja privado desse prazer. Pois agora temos um discreto Clubinho de Uíste, que se reúne três noites por semana no White Hart; e, se tivesse a saúde restabelecida, como ele gostaria dessas atividades!

— Aposto que sim, senhor; e gostaria de todo o coração que ele pudesse mesmo participar delas.

— Seu clube seria mais adequado para uma pessoa doente — disse a Sra. Edwards — se vocês não ficassem até tão tarde da noite.

Aquela era uma queixa antiga.

— Tão tarde, minha querida! Do que está falando? — exclamou o marido com firme jovialidade. — Nós sempre voltamos para casa antes da meia-noite. Eles ririam no Osborne Castle se a ouvissem chamar *isso* de tarde; eles estão apenas terminando o jantar à meia-noite.

— Isso não tem nada a ver — retorquiu a senhora, calmamente. — Os Osbornes não são exemplo para nós. Era melhor que vocês se encontrassem todas as noites e que terminassem o jogo duas horas antes.

Até esse ponto a conversa muitas vezes chegava, mas o Sr. e a Sra. Edwards tinham o bom senso de não ir além dele; e o Sr. Edwards se voltou então para outro assunto. Ele vivera tempo bastante no ócio de uma cidade para se tornar um pouco fofoqueiro e, sentindo alguma ansiedade para saber algo mais da situação de sua jovem hóspede do que ficara sabendo até ali, começou:

— Acho, Srta. Emma, que me lembro muito bem de sua tia, cerca de trinta anos atrás; tenho bastante certeza de que dancei com ela nos velhos salões de Bath, um ano antes de me casar. Nessa época ela era uma mulher muito distinta; mas, como outras pessoas, acho que ela envelheceu um pouco desde esse tempo. Espero que ela seja feliz em sua segunda escolha.

— Espero que sim; acho que sim, senhor — disse Emma um pouco agitada.

— Não fazia muito tempo que o Sr. Turner morrera, eu acho...

— Cerca de dois anos, senhor.

— Esqueci qual é o nome dela agora.

— O'Brien.

— Nome irlandês! Sim, eu me lembro; e ela foi morar na Irlanda. Não é de surpreender que a senhorita não tenha querido ir com ela para *aquele* país, Srta. Emma; mas deve ser uma grande perda para ela, pobre senhora, que criou você como uma filha.

— Não fui tão mal-agradecida, senhor — disse Emma num tom acalorado —, a ponto de querer estar em qualquer outro lugar exceto com ela. Não era bom para eles, não era bom para o Capitão O'Brien que eu permanecesse com eles.

— Capitão! — repetiu a Sra. Edwards. — Então o cavalheiro está no exército?

— Sim, senhora.

— Ora, ora, não há ninguém como os soldados para cativar as senhoras, jovens ou velhas. Ninguém resiste a um distintivo, meu bem.

— Espero que haja quem resista — disse a Sra. Edwards, num tom grave, olhando rápido para a filha; e Emma havia acabado de se recuperar de sua própria perturbação a tempo de ver um rubor nas faces da Srta. Edwards, e, lembrando-se do que Elizabeth havia dito sobre o Capitão Hunter, ficou se perguntando qual seria a maior influência sobre ela, a dele ou a de seu irmão.

— As senhoras de idade deveriam ter cuidado ao fazer uma segunda escolha — observou o Sr. Edwards.

— Cuidado... discrição, não deveriam estar relacionados apenas às senhoras de idade ou a uma segunda escolha — acrescentou a esposa. — São muito necessários para jovens mulheres em sua primeira escolha.

— Mais necessários ainda, minha querida — respondeu ele. — Porque as mulheres jovens tendem a sentir os efeitos da escolha por mais tempo. Quando uma mulher velha banca a boba, a própria natureza garante que ela não sofra por causa de seu ato durante muitos anos.

Emma aproximou a mão dos olhos; e a Sra. Edwards, ao perceber o gesto dela, mudou para um assunto que traria menos ansiedade a todos.

Não tendo elas nada a fazer exceto esperar a hora de partir, a tarde foi longa para as duas jovens; e, embora a Srta. Edwards ficasse contrariada com o horário tão antecipado que sua mãe sempre determinava para eles partirem, até mesmo esse horário antecipado foi aguardado com alguma impaciência.

A entrada dos apetrechos de chá às sete horas trouxe algum alívio; e por sorte o Sr. e a Sra. Edwards bebiam uma xícara a mais e comiam um bolinho extra quando tinham de ficar acordados até tarde, e isso alongou a cerimônia quase até o horário tão esperado.

Um pouco antes das oito eles ouviram passar a carruagem dos Tomlinsons, o que era sempre o sinal para a Sra. Edwards pedir que trouxessem a sua até a porta; em pouquíssimos minutos o grupo foi transportado da calma e do aconchego de uma sala confortável para a agitação, o ruído e as correntes de ar da ampla entrada de uma hospedaria. A Sra. Edwards, com cautela protegendo seu próprio vestido ao mesmo tempo que cuidava com a maior solicitude da segurança das gargantas e ombros das mocinhas por quem era responsável, foi à frente pela larga escadaria, enquanto apenas os primeiros arranhões de um único violino saudavam os ouvidos dos que iam atrás dela; e a Srta. Edwards, arriscando-se a perguntar se já havia muitas pessoas lá dentro, ouviu o garçom responder, como sabia que ouviria, que a família do Sr. Tomlinson estava no salão.

Percorrendo um curto corredor até o salão principal resplandecente de luzes, eles foram abordados por um jovem vestindo roupas comuns que estava parado na soleira de um dormitório, aparentemente de propósito para vê-los passar.

— Ah! Sra. Edwards, como vai? Como vai, Srta. Edwards? — exclamou ele, com um ar tranquilo. — As senhoras estão determinadas a chegar em boa hora, estou vendo, como sempre. As lamparinas acabaram de ser acesas.

— Gosto de conseguir um bom lugar perto do fogo, o senhor sabe, Sr. Musgrave — respondeu a Sra. Edwards.

— Estou agora indo me vestir — observou ele. — Estou esperando meu companheiro estúpido. Teremos um baile esplêndido. Os Osbornes com certeza virão; podem confiar *nisso*, pois estive com Lorde Osborne esta manhã.

O grupo passou. O vestido de cetim da Sra. Edwards deslizou ao longo do chão limpo do salão até a lareira ao fundo, onde apenas um grupo estava formalmente sentado, enquanto três ou quatro oficiais iam juntos de um lado para outro, entrando e saindo da sala de jogos ao lado. Um encontro bastante cerimonioso entre esses vizinhos próximos aconteceu; e, assim que todos estavam devidamente acomodados de novo, Emma, no sussurro baixo que convinha àquela cena solene, perguntou à Srta. Edwards:

— O cavalheiro pelo qual passamos no corredor é o Sr. Musgrave, então; ele é considerado muito simpático, pelo que sei?

A Srta. Edwards respondeu com hesitação.

— Sim, ele é muito apreciado por muitas pessoas; mas *nós* não somos muito íntimos.

— Ele é rico, não é?

— Ganha cerca de oitocentas ou novecentas libras por ano, eu acho. Recebeu esse dinheiro quando era ainda muito jovem, e meu pai e minha mãe acham que isso o deixou com um temperamento meio irrequieto. Eles não gostam muito dele.

A aparência fria e esvaziada do salão e o ar acanhado do pequeno grupo de mulheres em um canto logo começaram a se desfazer. O inspirador ruído de outras carruagens foi ouvido, e continuamente corpulentas acompanhantes e filas de moças bem-vestidas foram chegando, e de vez em quando aparecia um jovem cavalheiro avulso que, se não estava suficientemente apaixonado para se colocar perto de alguma criatura bela, parecia feliz em escapar para a sala de jogos.

Entre o número cada vez maior de oficiais, um se aproximou da Srta. Edwards com um ar de cordialidade animada e disse de forma decidida à companheira dela:

— Sou o Capitão Hunter.

E Emma, que só podia ficar olhando num momento daqueles, viu que a companheira estava bastante aflita, mas não incomodada, e ouviu os dois combinando dançar as duas primeiras músicas, o que fez que ela pensasse em seu irmão Sam como um caso perdido.

Emma, enquanto isso, não deixou de ser vista e admirada. Um novo rosto, e muito bonito, não podia ser negligenciado. O nome dela era sussurrado de um grupo para outro; e, logo que o sinal foi dado pela orquestra, dando início a uma ária favorita, o que pareceu chamar os jovens ao seu dever e as pessoas para o centro do salão, ela se viu comprometida a dançar com um oficial apresentado pelo Capitão Hunter.

Emma Watson não passava de uma altura mediana, era bem feita e roliça, com um ar de vigor saudável. Sua pele era muito morena, mas límpida, suave e luminosa, o que, somado a um olhar vivo, um sorriso doce e um semblante sincero, conferia à sua beleza o poder de atrair e uma expressão que tornava aquela beleza ainda melhor depois de uma conversa. Não tendo ela motivos para ficar insatisfeita com seu par, a noite começou de forma muito agradável para Emma, e seus sentimentos coincidiam perfeitamente com o repetido comentário dos outros, de que o baile estava excelente. As duas primeiras danças ainda não tinham acabado quando de novo o som de carruagens após uma longa interrupção chamou a atenção de todos. Então, "Os Osbornes estão chegando! Os Osbornes estão chegando!" foi repetido por todo o salão. Depois de alguns minutos de agitação extraordinária lá fora e atenta curiosidade lá dentro, o importante grupo, precedido pelo atencioso dono da estalagem que ia abrir uma porta que nunca era fechada, fez sua aparição. Era formado por Lady Osborne; seu filho, Lorde Osborne; sua filha, Srta. Osborne; a Srta. Carr, amiga da filha; o Sr. Howard, antes tutor de Lorde Osborne e agora clérigo da paróquia em que o castelo ficava; a Sra. Blake, irmã viúva que vivia com ele; seu filho, um belo menino de dez anos; e o Sr. Tom Musgrave, que, provavelmente aprisionado em seu quarto, estivera ouvindo com amarga impaciência o som da música na última meia hora. Ao avançarem no salão, eles pararam quase imediatamente atrás de Emma para receber as saudações de algum conhecido; e ela ouviu Lady Osborne comentar que eles tinham feito questão de chegar cedo para a alegria do filhinho da Sra. Blake, que era notavelmente aficionado à dança. Emma observou todos eles quando passaram, mas principalmente e com mais interesse Tom Musgrave, que com certeza era um rapaz bem educado e bonito. Das mulheres, Lady Osborne tinha sem dúvida a melhor aparência; embora com quase cinquenta anos, era muito bela e tinha a dignidade de sua classe.

 Lorde Osborne era um jovem muito refinado; mas tinha um ar de frieza, negligência ou até de descaso que parecia torná-lo inadequado para um salão de baile. Ele viera, na verdade, apenas porque se considerara útil que ele agradasse aos eleitores; não apreciava a companhia das mulheres, e nunca dançava. O Sr. Howard tinha uma aparência agradável e pouco mais de trinta anos.

Quando terminaram as duas danças, Emma se viu, sem saber como, sentada entre o grupo dos Osbornes; e imediatamente se encantou com a fisionomia agradável e os gestos animados do menino, que estava em frente à mãe, perguntando-se quando recomeçariam.

— A senhora não estranhará a impaciência de Charles — disse a Sra. Blake, uma mulherzinha jovial de aparência agradável que tinha trinta e cinco ou trinta e seis anos, para uma senhora que estava perto dela — quando souber com quem ele vai dançar. A Srta. Osborne teve a gentileza de prometer dançar as duas primeiras danças com ele.

— Isso mesmo, nós nos comprometemos esta semana — exclamou o menino — e vamos passar por todos os casais.

Do outro lado de Emma, a Srta. Osborne, a Srta. Carr e um grupo de rapazes estavam envolvidos em uma animada discussão; e logo depois ela viu o mais elegante dos oficiais se afastando na direção da orquestra para organizar a dança, enquanto a Srta. Osborne, passando por ela na direção de seu pequeno par, que era todo expectativa, disse:

— Charles, me perdoe por não manter meu compromisso, mas vou dançar estas duas danças com o Coronel Beresford. Sei que você vai me desculpar e com certeza vou dançar com você após o chá.

E sem esperar uma resposta, ela voltou-se de novo para a Srta. Carr e no minuto seguinte foi conduzida pelo Coronel Beresford para liderarem a dança. Se o rosto do pobre menino chamara a atenção de Emma por sua alegria, diante desse repentino revés atraiu-a mais ainda; ele era a própria imagem do desapontamento, com bochechas vermelhas, lábios trêmulos e olhos fixados no chão. Sua mãe, sufocando a própria mortificação, tentou acalmá-lo com a perspectiva da segunda promessa da Srta. Osborne; mas, embora ele tenha conseguido dizer, com um esforço de coragem infantil, "Ah, eu não me importo!", era mais que evidente, pela contínua agitação de seus traços, que ele se importava mais do que nunca.

Emma não pensou nem refletiu; ela sentiu e tomou uma atitude.

— Ficarei muito feliz de dançar com o senhor, se o senhor quiser — disse ela, estendendo a mão com o mais despretensioso bom humor. O menino, imediatamente tomado pela alegria anterior, olhou exultante para a mãe; e, dando um passo à frente com um honesto e simples "Obrigado, senhorita", estava pronto para acompanhar sua nova conhecida. A gratidão da Sra. Blake foi mais derramada; com um olhar muito expressivo de um prazer inesperado, virou-se para a vizinha com repetidos e acalorados reconhecimentos de tamanha bondade e condescendência para com seu menino. Emma, com toda a sinceridade, pôde garantir a ela que não estaria dando mais prazer do que sentindo; e, depois que Charles recebeu suas luvas com a recomendação de não as tirar, eles se juntaram ao grupo que rapidamente se formava, com quase a mesma complacência. Era um casal que não seria notado sem causar surpresa. Mereceu um longo olhar da Srta. Osborne e da Srta. Carr quando passaram por eles na dança.

— Pode acreditar, Charles, você está com sorte — disse a primeira quando se voltou para ele — Você tem um par melhor que eu.

Ao que o feliz Charles respondeu:

— Sim. Tenho mesmo.

Tom Musgrave, que estava dançando com a Srta. Carr, lançou a Emma muitos olhares curiosos, e depois de um tempo o próprio Lorde Osborne veio e, com o pretexto de conversar com Charles, parou para observar sua companheira de dança. Embora incomodada em chamar tanto a atenção, Emma não se arrependeu de seu gesto, que tanto alegrara o menino e sua mãe; esta aproveitava todas as oportunidades para se dirigir a ela com a mais calorosa cortesia. O pequeno parceiro, ela descobriu, embora concentrado principalmente em dançar, não deixava de falar quando as perguntas e comentários dela lhe davam uma oportunidade; e ela ficou sabendo, por um tipo de inquérito inevitável, que ele tinha dois irmãos e uma irmã, que eles e a mãe viviam todos com o tio em Wickstead, e que seu tio lhe ensinava latim, que ele gostava muito de cavalgar e tinha o seu próprio cavalo, que fora presente de Lady Osborne; e que ele já saíra uma vez com os cães de caça de Lorde Osborne.

Ao final dessas danças, Emma percebeu que estava na hora de tomarem chá. A Srta. Edwards a advertiu de tal maneira de que não se afastasse que a convenceu de que a Sra. Edwards julgava muito importante tê-las por perto quando fossem para a sala de chá; e Emma ficou, portanto, alerta para manter-se bem posicionada. Era sempre um prazer do grupo ter um pouco de alvoroço e aglomeração quando se reuniam no intervalo. A sala de chá era um cômodo pequeno dentro da sala de jogos; e, ao passar por esta, onde o corredor fora estreitado pelas mesas, a Sra. Edwards e seu grupo ficaram vários momentos imobilizados. Isso aconteceu perto da mesa de jogo de Lady Osborne; o Sr. Howard, que participava do jogo, falou com seu sobrinho; e Emma, ao perceber que era objeto de atenção tanto de Lady Osborne quanto dele, desviou os olhos para não dar a impressão de estar ouvindo seu jovem companheiro sussurrando alto:

— Oh, tio! Olhe minha parceira; ela é tão bonita!

Como começaram a avançar imediatamente depois disso, entretanto, Charles foi obrigado a se retirar sem poder ouvir a resposta do tio. Quando entraram na sala de chá, na qual duas longas mesas estavam preparadas, Lorde Osborne podia ser visto na extremidade de uma delas, como se quisesse se afastar o máximo possível do baile e apreciar seus próprios pensamentos e bocejar sem restrições. Charles imediatamente o apontou para Emma.

— Lá está Lorde Osborne; vamos nos sentar perto dele, a senhorita e eu.

— Não, não — disse Emma sorrindo. — Você deve se sentar com meus amigos.

Charles agora estava suficientemente à vontade para arriscar algumas perguntas.

— Que horas são?

— Onze.

— Onze! E eu não estou com um pingo de sono. Mamãe me disse que eu deveria estar dormindo antes das dez. A senhorita acha que a Srta. Osborne vai manter sua palavra comigo quando o chá tiver terminado?

— Sim, suponho que sim.

Mas ela não tinha um argumento melhor para apresentar do que o fato de a Srta. Osborne *não* ter mantido o compromisso anterior.

— Quando a senhorita irá até o Osborne Castle?

— Nunca, provavelmente. Não tenho relações com a família.

— Mas a senhorita pode vir a Wickstead e visitar a mamãe, e ela pode levá-la até o castelo. Lá existe uma incrível raposa gigante empalhada, e um texugo; seria fácil achar que estão vivos. É uma pena que a senhorita não os veja.

Quando todos se levantaram da mesa do chá, houve mais uma agitação pelo prazer de ser o primeiro a sair da sala, que por acaso foi agravada porque na mesma hora um ou dois dos grupos que jogavam cartas terminaram a partida, e os jogadores começaram a se locomover exatamente na direção oposta. Entre eles estava o Sr. Howard, com sua irmã apoiada em seu braço; e, assim que eles se aproximaram de Emma, a Sra. Blake, chamando a atenção da moça por meio de um toque amigável, disse:

— Sua bondade para com Charles, minha querida Srta. Watson, aproxima toda a nossa família da senhorita. Dê-me a permissão de lhe apresentar meu irmão, o Sr. Howard.

Emma fez uma mesura; o cavalheiro se curvou e solicitou apressadamente a honra de ser seu par nas duas danças seguintes, pedido que teve uma resposta afirmativa igualmente imediata; e eles foram impelidos em direções opostas. Emma estava muito satisfeita com as circunstâncias; havia um ar cavalheiresco e calmamente alegre no Sr. Howard que combinava com ela; e poucos minutos depois o valor de seu compromisso aumentou quando, estando sentada na sala de jogos parcialmente oculta por uma porta, ela ouviu Lorde Osborne, que estava sentado a uma mesa vazia perto dela, chamar Tom Musgrave para junto de si e dizer:

— Por que não dança com a bela Emma Watson? Quero que dance com ela, e eu vou aparecer e ficar ao seu lado.

— Eu estava decidindo isso neste exato momento, senhor; vou ser apresentado e dançarei com ela imediatamente.

— Isso mesmo, faça assim; e, se constatar que ela não gosta de muita conversa, você pode me apresentar em seguida.

— Muito bem, meu senhor; se ela for parecida com as irmãs, só vai querer ser ouvida. Vou agora mesmo. Eu a encontrarei na sala de chá. Essa encarquilhada da Sra. Edwards nunca termina o seu chá.

Ele se foi, Lorde Osborne atrás dele; e Emma não perdeu tempo e correu para o canto do lado oposto, esquecendo na sua pressa que deixara a Sra. Edwards para trás.

— Nós quase a perdemos — disse a Sra. Edwards, que foi atrás dela com Mary cinco minutos depois. — Se prefere esta sala à outra, não há motivo para que não deva ficar aqui; mas é melhor ficarmos todas juntas.

Emma foi dispensada do incômodo de se desculpar pela chegada, quase no mesmo momento, de Tom Musgrave, que, solicitando em voz alta que a Sra. Edwards lhe apresentasse a Srta. Emma Watson, não deixou àquela boa senhora outra escolha exceto expressar, pela frieza de suas maneiras, que o fazia contra a própria vontade. A honra de dançar com a moça foi solicitada sem perda de tempo; e Emma, embora gostasse de ser considerada bonita, fosse por um nobre, fosse por uma pessoa comum, estava tão pouco disposta a favorecer Tom Musgrave que declarou com satisfação que estava comprometida. O rapaz ficou evidentemente surpreso e perturbado. O estilo do último par dela o havia provavelmente levado a acreditar que ela não estivesse cheia de pedidos.

— Meu pequeno amigo Charles Blake — exclamou ele — não deve alimentar esperanças de ocupá-la a noite toda. Não podemos permitir isso. É contra as regras do baile e tenho certeza de que isso nunca vai ser aceito por nossa boa amiga aqui, a Sra. Edwards; ela é boa demais como juíza do decoro para permitir uma impropriedade perigosa como essa.

— Não vou dançar com o jovem Blake, senhor!

O cavalheiro, um pouco desconcertado, só pôde desejar ter mais sorte numa próxima vez e, dando mostras de não querer deixá-la, apesar de seu amigo Lorde Osborne estar na soleira da porta aguardando o resultado (e isso Emma percebeu e achou divertido), começou a fazer perguntas educadas sobre a família dela.

— Como é possível que não tenhamos tido o prazer de encontrar suas irmãs nesta noite? Nossas reuniões eram tão prestigiadas por elas que não sabemos como interpretar esse descaso.

— Minha irmã mais velha é a única que está em casa, e não podia deixar meu pai sozinho.

— A Srta. Watson a única em casa! A senhorita me deixa perplexo! Parece que foi anteontem mesmo que vi todas as três por aqui. Mas receio ter sido um vizinho muito ruim recentemente. Ouço terríveis queixas de minha negligência onde quer que eu vá, e confesso que faz um tempo vergonhosamente longo que estive em Stanton. Mas *agora* vou me esforçar para compensar o que aconteceu no passado.

A mesura calma de Emma em resposta a ele deve tê-lo feito considerar sua atitude muito diferente do encorajamento caloroso oferecido pelas suas irmãs, e provavelmente lhe causou a inédita sensação de duvidar da sua própria influência, desejando mais atenção do que ela oferecia. A dança nesse momento recomeçou, estando a Srta. Carr ansiosa para anunciar as músicas. Todos foram solicitados a se levantar; e a curiosidade de Tom Musgrave foi satisfeita quando ele viu o Sr. Howard vir à frente e tomar a mão de Emma.

— Para mim tanto faz — comentou Lorde Osborne, quando seu amigo lhe trouxe a notícia, e ele ficou continuamente perto de Howard durante as duas danças.

A frequência da aparição de Lorde Osborne ali foi o único detalhe desagradável da dança, a única objeção que ela pôde fazer ao Sr. Howard. Ele mesmo, ela o achou tão agradável quanto parecia ser; embora falasse sobre os assuntos mais comuns, ele tinha um jeito sensato e tranquilo de se expressar que tornava sua fala interessante, e ela apenas lamentava que ele não tivesse sido capaz de tornar as maneiras do sobrinho tão irrepreensíveis como as suas. As duas danças pareceram muito curtas, e ela teve a autoridade de seu par para assim considerá-las. Quando terminaram, os Osbornes e sua comitiva se levantaram para ir embora.

— Estamos partindo, finalmente — disse Lorde Osborne para Tom. — Mais quanto tempo *você* permanecerá neste lugar celestial, até a madrugada?

— Não, de jeito nenhum, senhor! Para mim já basta, pode ter certeza. Não vou aparecer mais por aqui de novo quando tiver a honra de conduzir Lady Osborne até sua carruagem. Vou me retirar, com a maior discrição possível, para o canto mais remoto do recinto, onde deverei pedir uma vasilha de ostras e ficar bastante confortável.

— Apareça em breve no castelo, e me traga sua impressão da aparência dela à luz do dia.

Emma e a Sra. Blake se despediram como velhas amigas, e Charles cumprimentou a moça e lhe disse adeus pelo menos uma dúzia de vezes. Da parte da Srta. Osborne e da Srta.

Carr ela recebeu uma mesura um tanto abrupta quando elas passaram; até mesmo Lady Osborne lhe lançou um olhar de complacência e Lorde Osborne de fato voltou, depois que os outros estavam fora do salão, para "lhe pedir desculpas", e procurar no assento da janela atrás dela as luvas que estavam visivelmente comprimidas em sua mão. Como Tom Musgrave não foi mais visto, podemos supor que seu plano foi concretizado, e imaginá-lo com sua vasilha de ostras em melancólica solidão, ou alegremente observando a senhoria no bar preparando um drinque de *negus* para os alegres dançarinos mais acima. Emma não pôde deixar de sentir falta do grupo por quem ela tinha sido, embora em alguns aspectos de forma desagradável, notada; e as duas danças que se seguiram e concluíram o baile foram bastantes sem graça em comparação com as outras. Como o Sr. Edwards teve sorte no jogo, eles foram uns dos últimos a sair do salão.

— Cá estamos de volta, quem diria! — disse Emma com tristeza, enquanto entravam na sala de estar, onde a mesa estava posta, e a asseada serviçal-chefe acendia as velas. — Minha querida Srta. Edwards, como acaba depressa! Eu gostaria de poder viver tudo de novo.

Uma boa dose de prazer generoso foi expressa no fato de ter apreciado tanto a noite; e o Sr. Edwards foi tão enfático quanto ela ao elogiar a completude, o brilho e o espírito da reunião, apesar de, tendo ficado o tempo todo preso à mesma mesa na mesma sala, com apenas uma mudança de parceiro, talvez não ter percebido quase nada; mas ele ganhou quatro das cinco partidas de *rubber*, e tudo correu bem. Sua filha sentiu a vantagem desse estado de espírito agradecido durante as observações e retrospectivas que foram feitas enquanto tomavam a bem-vinda sopa.

— Como é que você não dançou com nenhum dos jovens Tomlinsons, Mary? — perguntou a mãe.

— Eu estava sempre comprometida quando eles me pediam.

— Pensei que você faria par com o Sr. James nas últimas duas danças. A Sra. Tomlinson me disse que ele ia lhe pedir, e eu tinha ouvido você falando, dois minutos antes, que *não* estava comprometida.

— Sim, mas houve um engano; eu me confundi. Não sabia que estava comprometida. Pensei que estava comprometida para as duas danças seguintes, se ficássemos mais tempo; mas o Capitão Hunter me garantiu que meu compromisso era para exatamente aquelas duas.

— Então você acabou ficando com o Capitão Hunter, é isso, Mary? — indagou o pai. — E com quem você começou?

— Com o Capitão Hunter — repetiu ela num tom muito humilde.

— Ah, isso é uma constante, estou notando. Mas com quem mais você dançou?

— Com o Sr. Norton e o Sr. Styles.

— Quem são eles?

— O Sr. Norton é um primo do Capitão Hunter.

— E quem é o Sr. Styles?

— Um dos amigos particulares dele.

— Todos do mesmo regimento — acrescentou a Sra. Edwards. — Mary ficou rodeada por jaquetas vermelhas durante a noite toda. Eu teria ficado mais satisfeita em vê-la dançando com alguns de nossos antigos vizinhos, devo confessar.

— Sim, sim; não devemos esquecer nossos antigos vizinhos. Mas, se esses oficiais são mais rápidos que as outras pessoas em um salão de baile, o que as moças devem fazer?

— Acho que não há motivo para elas se comprometerem com tantas danças de antemão, Sr. Edwards.

— Não, talvez não haja; mas eu me lembro, querida, de quando você e eu fazíamos o mesmo.

A Sra. Edwards não disse mais nada, e Mary pôde respirar de novo. Uma boa dose de conversa bem-humorada se seguiu; e Emma foi dormir muito animada, com a cabeça cheia de Osbornes, Blakes e Howards.

* * *

A manhã seguinte trouxe muitos visitantes. Era costume do lugar sempre visitar a Sra. Edwards na manhã depois de um baile, e essa inclinação dos vizinhos foi aumentada naquela ocasião por um espírito geral de curiosidade a respeito de Emma, pois todos queriam contemplar outra vez a moça que havia sido admirada na noite anterior por Lorde Osborne. Muitos foram os olhos, e vários os graus de aprovação com que ela foi examinada. Alguns não enxergavam defeito algum, e outros, nenhuma beleza. Para alguns, a pele morena da moça era a aniquilação de qualquer encanto, e outros ainda não podiam jamais ser persuadidos de que ela tinha metade da beleza de Elizabeth Watson dez anos antes. A manhã passou rapidamente com discussões sobre os méritos do baile com todas as visitas que se sucediam; e Emma ficou de repente atônita porque já eram duas da tarde e não tivera notícias da charrete de seu pai. Depois dessa descoberta, ela havia ido duas vezes até a janela para examinar a rua, e estava prestes a pedir permissão para tocar o sino e fazer indagações quando o leve ruído de uma condução subindo para a entrada tranquilizou seu coração. Ela foi mais uma vez até a janela, mas, em vez de perceber a conveniente, porém nada elegante charrete de sua família, viu uma bem cuidada sege de dois cavalos. O Sr. Musgrave foi anunciado logo depois, e a Sra. Edwards assumiu a sua expressão mais fria quando ouviu o nome dele. Nem um pouco demovido, entretanto, pelo ar hostil da senhora, ele cumprimentou cada uma das mulheres com uma naturalidade que não lhe caía mal; depois, dirigindo-se a Emma, entregou-lhe um bilhete que tinha a honra de levar a ela, enviado pela irmã, mas para o qual ele observava que era necessário um pós-escrito da parte dele.

O bilhete, que Emma estava começando a ler bem *antes* que a Sra. Edwards dissesse para não fazer cerimônia, continha algumas linhas escritas por Elizabeth, informando que seu pai, por estar extremamente bem, tomara a repentina decisão de visitar a paróquia para cuidar de negócios naquele dia, e que, como a estrada ficava muito distante de D., era impossível que ela voltasse para casa antes da manhã seguinte, a não ser que os Edwards a levassem, o que não se esperava, ou que ela encontrasse alguém que lhe pudesse oferecer uma condução, ou ainda que não se importasse de caminhar tamanha distância. Mal tinha corrido os olhos pelo bilhete e já se viu obrigada a ouvir o relato complementar de Tom Musgrave.

— Recebi o bilhete das belas mãos da Srta. Watson apenas dez minutos atrás — ele disse. — Eu a encontrei na aldeia de Stanton, para onde minhas boas estrelas me fizeram dirigir as cabeças de meus cavalos. Ela estava, naquele momento, buscando alguém que pudesse trazer o bilhete, e tive a grata felicidade de convencê-la de que ela não conseguiria encontrar mensageiro mais disposto ou rápido do que eu. Lembrem-se, não comento nada sobre meu próprio interesse. Minha recompensa será o deleite de levá-la até Stanton em minha sege. Embora elas não estejam escritas, trago as ordens de sua irmã para fazê-lo.

Emma se sentiu perturbada; ela não gostou da proposta; não queria criar intimidade com o proponente; entretanto, temerosa de abusar dos Edwards, e desejando ir para casa, ficou completamente perdida, sem saber como declinar da oferta dele. A Sra. Edwards continuou em silêncio, ou por não entender o que estava acontecendo, ou aguardando para ver qual seria a reação da moça. Emma agradeceu a ele, mas declarou-se muito desinclinada a lhe dar tanto trabalho. O trabalho era, sem dúvida, sinônimo de honra, prazer e deleite; o que ele e seus cavalos tinham para fazer? Ainda assim ela hesitou. Acreditava que precisava pedir permissão para declinar da ajuda dele; tinha muito medo daquele tipo de condução. A distância não era tão grande que não pudesse ser transposta a pé.

A Sra. Edwards rompeu o silêncio. Ela verificou as possibilidades e em seguida falou:

— Ficaremos extremamente contentes, Srta. Emma, se puder nos dar a honra da sua companhia até amanhã; mas, se isso não lhe for conveniente, nossa carruagem está à sua disposição, e Mary ficará feliz com a oportunidade de rever sua irmã.

Era precisamente isso o que Emma queria, e ela aceitou a oferta muito agradecida, observando que, como Elizabeth estava totalmente sozinha, era seu desejo voltar para casa para jantar com ela. Esse plano recebeu calorosa oposição do visitante.

— Não posso mesmo permitir tal coisa. Como serei privado da alegria de acompanhá-la? Eu lhe asseguro que não há nada a temer em relação aos meus cavalos. A senhorita mesma pode conduzi-los. *Suas irmãs* todas sabem como eles são mansos; e nenhuma delas tem o menor escrúpulo de se sentir em segurança comigo, mesmo numa pista de corrida. Acredite-me — acrescentou ele, abaixando a voz —, a senhorita está muito segura; o perigo é apenas *meu*.

Apesar de todo o esforço dele, Emma não ficou mais inclinada a aceitar a proposta.

— E, quanto à carruagem da Sra. Edwards ser utilizada no dia seguinte a um baile, isso é fora das normas, eu lhe asseguro; nunca ouvi falar de tal coisa antes. O velho cocheiro vai ficar tão exausto quanto seus cavalos, não é, Sra. Edwards?

Ninguém tomou conhecimento. As mulheres ficaram silenciosas e firmes, e o cavalheiro se viu obrigado a resignar.

— Que baile esplêndido tivemos na noite passada! — exclamou ele, após uma curta pausa. — Quanto tempo mais durou depois que os Osbornes e eu fomos embora?

— Tivemos mais duas danças.

— Ficar até assim tão tarde é muito cansativo, eu acho. Os participantes da dança, suponho, não formaram um grupo completo.

— Formaram sim, um grupo bastante completo, exceto pelos Osbornes. Não parecia haver ninguém faltando, e todos dançaram com uma animação incomum até o último minuto.

Foi Emma quem disse isso, embora contra a sua consciência.

— É mesmo? Talvez eu devesse ter voltado para dar mais uma olhada em vocês, se soubesse, pois sou mais inclinado a dançar do que a não dançar. A Srta. Osborne é uma moça encantadora, não é?

— Não a considero bonita — respondeu Emma, a quem aquela fala toda se dirigia.

— Talvez não seja bonita na opinião geral, mas seus modos são requintados. E Fanny Carr é uma criaturinha das mais interessantes. Não se pode imaginar um ser tão ingênuo ou fascinante. E o que achou de *Lorde Osborne*, Srta. Watson?

— Ele seria bonito mesmo se *não* fosse um lorde, e se fosse talvez mais bem-criado; mais desejoso de agradar ou de se mostrar satisfeito em um lugar certo.

— Dou minha palavra de que está sendo severa com meu amigo! Eu lhe asseguro que ele é uma boa pessoa.

— Não quero discutir as virtudes dele, mas não gosto de seu ar de descaso.

— Se não fosse trair a confiança dele — respondeu Tom, com um jeito importante —, talvez eu pudesse obter uma opinião mais favorável para o pobre Osborne.

Emma não lhe ofereceu encorajamento, e ele foi obrigado a manter o segredo do amigo. Foi também obrigado a encerrar sua visita, pois, tendo a Sra. Edwards mandado buscar sua carruagem, Emma não tinha tempo a perder e devia se preparar para a viagem. A Srta. Edwards a acompanhou até em casa; mas, como era a hora do jantar em Stanton, ficou com elas apenas alguns minutos.

* * *

— Agora, minha querida Emma — disse a Srta. Watson, assim que ficaram sozinhas —, você precisa conversar comigo até o fim do dia, sem interrupção, senão não vou ficar satisfeita; mas, primeiro, Nanny vai trazer a comida. Pobrezinha! Você não vai jantar como jantou ontem, pois não temos nada além de umas carnes fritas. Como Mary Edwards ficou bem em sua nova pelerine! E agora me diga o que achou deles todos e o que devo dizer a Sam. Comecei minha carta; Jack Stokes deverá passar aqui para pegá-la amanhã, pois o tio dele vai no dia seguinte para um lugar que fica a uma milha de Guilford.

Nanny trouxe o jantar.

— Nós vamos nos servir — continuou Elizabeth — e assim não perdemos tempo. Então, você não quis voltar para casa na companhia de Tom Musgrave?

— Não, você tinha falado tão mal dele que não pude desejar nem a obrigação nem a intimidade que viajar na sege dele teria criado. Nem de ser vista numa situação dessas.

— Fez muito bom; embora eu me surpreenda com sua recusa, e não considere que eu pudesse ter feito a mesma coisa. Ele parecia tão ansioso para acompanhá-la que eu não pude dizer não, embora seja contra meus princípios forçar esse encontro de vocês, já que conheço os truques dele; mas eu queria muito que você voltasse, e seria um jeito inteligente de trazê-la para casa. Além disso, não adianta ser gentil demais. Quem imaginaria que os Edwards permitiriam que você viesse na carruagem deles, depois de os cavalos terem ficado fora até tão tarde. Mas o que devo dizer a Sam?

— Se seguir meu conselho, você não o encorajará a pensar na Srta. Edwards. O pai é decididamente contra ele, a mãe não o considera de forma favorável, e duvido que Mary se interesse por ele. Ela dançou duas vezes com o Capitão Hunter, e acho que oferece a ele um encorajamento proporcional à sua disposição e às suas circunstâncias. Ela mencionou Sam uma vez, e ficou claro que estava um pouco confusa; mas isso talvez tenha sido causado pela consciência de que ele gosta dela, o que provavelmente chegou ao seu conhecimento.

— Oh, céus! Sim. Ela ouviu muita coisa de todos nós. Pobre Sam! Ele é desprovido de sorte como outras pessoas. Pela minha vida, Emma, não posso deixar de sentir por aqueles que não têm sorte no amor. Bem, agora comece, e me faça um relato de tudo o que aconteceu.

Emma obedeceu e Elizabeth escutou tudo quase sem interrupção, até que ouviu a menção do Sr. Howard como par da irmã.

— Dançar com o Sr. Howard! Meus Deus! Não me diga! Ora, ele é um dos grandes. Muito importante. Você não o achou muito orgulhoso?

— Ele tem modos que me dão muito mais tranquilidade e confiança do que quando estou com Tom Musgrave.

— Bem, continue. Eu teria um verdadeiro pavor de ter qualquer proximidade com os Osbornes.

Emma concluiu o relato.

— Então não dançou nem uma vez com Tom Musgrave; mas você deve ter gostado dele. Deve com certeza ter ficado absolutamente impressionada com ele.

— Eu *não* gosto dele, Elizabeth. Admito que é boa pessoa, e que suas maneiras até certo ponto... ou melhor, o modo de ele falar é agradável, mas não vejo nada mais para admirar nele. Pelo contrário, ele parece muito presunçoso, convencido, absurdamente ansioso para ser notado e desprezível em algumas atitudes que toma para sê-lo. Há algo risível nele que me distrai, mas sua companhia não me proporciona nenhuma outra emoção.

— Minha querida Emma! Você é como ninguém mais no mundo. É bom que Margaret não esteja por perto. Você não ofende *a mim*, embora eu mal possa acreditar em você; mas Margaret nunca perdoaria suas palavras.

— Gostaria que Margaret o tivesse ouvido afirmar sua ignorância sobre ela ter saído do campo; ele declarou que parecia fazer apenas dois dias desde que a vira pela última vez.

— É, é bem o jeito dele; e apesar disso é o homem que ela *faz questão* de imaginar tão desesperadamente apaixonado por ela. Ele não é dos meus favoritos, como você sabe, Emma; mas deve julgá-lo agradável. Você pode jurar, com a mão sobre o peito, que não o acha agradável?

— Posso sim, com ambas as mãos e depois abri-las ao máximo.

— Eu gostaria de conhecer o homem que você *acha* agradável.

— O nome dele é Howard.

— Howard! Meu Deus! Só consigo pensar *nele* jogando cartas com Lady Osborne, e com ares de orgulhoso. Devo admitir, entretanto, que é um alívio para mim saber que você consegue falar de Tom Musgrave como fala. Meu coração me fez pensar que você gostaria muito dele. Você falou com tanta resolução antes de conhecê-lo que fiquei tristemente receosa de que sua bravata fosse punida. Só espero que seus sentimentos sejam duradouros, e que ele não lhe dê muita atenção. É difícil para uma mulher resistir aos galanteios de um homem que está decidido a lhe agradar.

Quando aquela tranquila e agradável refeição chegava ao fim, a Srta. Watson não pôde deixar de observar como havia sido reconfortante.

— É tão delicioso para mim — disse ela — ver as coisas acontecendo em meio à paz e ao bom humor. Não imagina como odeio discussões. Hoje, embora não tivéssemos nada além de carnes fritas, como tudo estava gostoso! Eu gostaria que todas as pessoas ficassem tão facilmente satisfeitas quanto você; mas a pobre Margaret é muito rabugenta, e Penélope admite que prefere uma discussão a não ter nada acontecendo.

O Sr. Watson retornou ao cair da noite e não havia piorado devido aos esforços do dia, e consequentemente estava satisfeito com o que havia realizado, e contente de falar sobre isso ao pé da sua própria lareira. Emma não esperava se interessar por nada do que o pai ia contar sobre suas experiências daquele dia, mas, quando o ouviu falar do Sr. Howard na qualidade de pregador, e um pregador que havia feito um excelente sermão, ela não pôde deixar de prestar mais atenção no que ouvia.

— Não me lembro de ter ouvido um discurso mais de acordo com meu gosto e pensamento — continuou o Sr. Watson — nem de um discurso mais bem-construído. Ele lê muito bem, com grande propriedade, e de uma forma muito impressionante, e ao mesmo tempo sem nenhum trejeito ou careta teatral. Admito que não gosto de muita ação no púlpito; não gosto do ar estudado e das inflexões de voz artificiais que nossos pregadores mais populares e mais admirados em geral têm. Uma fala simples é muito mais bem calculada para inspirar a devoção, e demonstra um gosto muito melhor. O Sr. Howard leu como um erudito e um cavalheiro.

— E o que o senhor comeu no jantar, pai? — perguntou-lhe a filha mais velha.

Ele fez uma lista dos pratos, indicando qual ele comera.

— No geral, foi um dia muito confortável. Meus velhos amigos ficaram bastante surpresos em me ver entre eles, e devo dizer que todos me dispensaram muita atenção e pareciam me julgar um inválido. Insistiam para eu ficar perto do fogo; e, como as perdizes estavam cheirando muito forte, o Dr. Richards pediu que elas fossem colocadas na outra ponta da mesa, porque poderiam "incomodar o Sr. Watson", gesto esse que considerei muito gentil da parte dele. Mas, de tudo, o que mais me agradou foi a atenção do Sr. Howard. Há um belo lance de degraus que conduz à sala onde jantamos, que não combina nada com meu pé atacado de gota, e o Sr. Howard subiu ao meu lado desde o primeiro até o último degrau, e ofereceu o braço para eu me apoiar. Esse gesto me impressionou como algo que ficava muito bem num rapaz tão jovem; mas tenho certeza de que não tinha motivos para esperar que ele fizesse isso, pois nunca o tinha visto na vida. Além do mais, ele me perguntou sobre uma de minhas filhas, mas não sei qual. Suponho que vocês saibam.

* * *

No terceiro dia após o baile, quando Nanny, cinco minutos antes das três horas, ia irromper sala adentro com a bandeja e o estojo de facas, sua atenção foi de repente atraída para a porta da frente. Nanny ouviu o ruído mais enérgico que a ponta de um chicote de cavalgada conseguiria produzir; e, embora tivesse tido recomendações da Srta. Watson para não deixar ninguém entrar, voltou meio minuto depois com um olhar de desajeitado aborrecimento para abrir a porta para Lorde Osborne e Tom Musgrave. Não é difícil imaginar a surpresa das jovens. Nenhum visitante teria sido bem-vindo naquele momento, mas aquele tipo de visita — principalmente Lorde Osborne, um nobre que não era familiar — era realmente aflitiva.

Ele próprio parecia um pouco sem graça, pois, ao ser apresentado por seu tranquilo e volúvel amigo, disse alguma coisa sobre ter a honra de visitar o Sr. Watson. Embora não pudesse deixar de tomar para si o elogio da visita, Emma estava longe de apreciar a presença dos dois ali. Ela percebia toda a incongruência entre esses visitantes e o estilo muito humilde em que sua família era obrigada a viver. E, tendo na casa da tia conhecido muitas das elegâncias sofisticadas da vida, tinha perfeita noção de tudo o que poderia ser ridicularizado por pessoas mais ricas em sua moradia atual. Da dor desses sentimentos, Elizabeth sabia muito pouco. Sua mente simples, ou seu raciocínio mais estreito, a salvaram dessa mortificação; e, embora se encolhesse sob um senso geral de inferioridade, ela não sentia nenhuma vergonha específica. O Sr. Watson, como os cavalheiros já tinham ficado sabendo por Nanny, não estava bem o bastante para sair de seus aposentos. Com muita cerimônia eles tomaram seus assentos; Lorde Osborne perto de Emma, e o conveniente Sr. Musgrave, muito animado com a própria importância, do outro lado da lareira, ao lado de Elizabeth. A *ele* não faltavam palavras; mas, depois que Lorde Osborne expressou sua esperança de que Emma não tivesse pegado um resfriado no baile, ficou sem dizer mais nada por algum tempo, e conseguia apenas gratificar seus olhos lançando-os ocasionalmente na direção da bela vizinha. Emma não estava inclinada a se esforçar muito para distraí-lo; e, após muito trabalho mental, ele produziu a observação de que o dia estava muito agradável, e encadeou em seguida a pergunta:

— As senhoritas foram caminhar esta manhã?

— Não, senhor, achamos que os caminhos estavam muito lamacentos.

— As senhoritas não usam botas de cano médio?

E depois de outra pausa:

— Nada combina mais com um belo tornozelo do que uma bota de cano médio; nanquim com detalhes em preto fica muito bonito. As senhoritas não gostam de botas de cano médio?

— Gostamos sim, mas, a menos que sejam robustas de uma forma que prejudicará sua beleza, elas não são adequadas para caminhar no campo.

— As damas deveriam cavalgar no tempo chuvoso. As senhoritas cavalgam?

— Não, meu senhor.

— Admira-me que nem todas as damas cavalguem; uma dama nunca fica tão bela como quando está montada em um cavalo.

— Mas nem todas as damas têm a inclinação, ou os meios.

— Se soubessem como cavalgar lhes cai bem, todas teriam a inclinação; e imagino, Srta. Watson, que, se tivessem a inclinação, os meios logo seriam conseguidos.

— O senhor acha que sempre fazemos o que queremos. *Esse* é um ponto no qual as damas e os cavalheiros discordam há muito tempo; mas, sem fingir decidir a questão, posso dizer que há circunstâncias que *nem mesmo* as mulheres podem controlar. A economia feminina consegue muitas coisas, meu senhor: mas não pode transformar uma renda pequena em uma grande renda.

Lorde Osborne ficou calado. Os modos da moça não tinham sido nem pomposos nem sarcásticos, mas havia algo em sua suave seriedade, bem como em suas próprias palavras, que o fez pensar; e, quando ele se dirigiu a ela de novo, foi com um grau de atenciosa propriedade que diferia completamente do estilo meio desajeitado e meio destemido de suas primeiras observações. Era novo nele o desejo de agradar a uma mulher; era a primeira vez que ele pensava em como deveria ser tratada uma moça na situação de Emma; mas, como não lhe faltavam nem bom senso nem boa disposição, ele não deixou de sentir os efeitos disso.

— A senhorita está há pouco tempo nesta região — disse ele, com o tom de um cavalheiro. — Espero que lhe agrade.

Ele foi recompensado com uma resposta cortês e uma visão mais generosa e completa do rosto dela do que até antes ela havia lhe oferecido. Desacostumado a fazer esforço e feliz em contemplar a moça, ele então ficou sentado em silêncio por mais alguns minutos, enquanto Tom Musgrave tagarelava com Elizabeth, até os dois serem interrompidos por Nanny, que, entreabrindo a porta e colocando a cabeça para dentro, disse:

— Por favor, senhora, o patrão quer saber por que não serviram o jantar dele ainda.

Os cavalheiros, que até esse momento não prestaram atenção em nenhum sintoma, mesmo positivo, da proximidade dessa refeição, agora saltaram de pé e pediram desculpas, enquanto Elizabeth dizia num tom ríspido para Nanny que ela devia dizer a Beth que recolhesse as aves.

— Fico triste que seja assim — acrescentou ela, dirigindo-se, bem-humorada, para Musgrave —, mas os senhores não calculam como fazemos tudo muito cedo.

Tom não tinha nada a dizer de sua parte; ele sabia muito bem daquilo, e aquela honesta simplicidade, aquela verdade tão sem acanhamento, o deixaram perplexo. As despedidas de Lorde Osborne tomaram algum tempo, ficando ele mais inclinado a falar quanto mais curto ficava o tempo para fazer isso. Ele recomendou exercício, apesar da lama; elogiou mais uma vez as botas de cano médio; pediu que Emma permitisse que sua irmã lhe enviasse o nome do sapateiro; e concluiu dizendo:

— Meus cães estarão caçando por aqui na próxima semana. Acho que eles vão ser soltos em Stanton Wood, quarta-feira, às nove horas. Menciono isso com a esperança de que as senhoritas se sintam atraídas a ver o que se passa. Se a manhã estiver tolerável, por favor, concedam-nos a honra de nos desejar boa sorte pessoalmente.

As irmãs se entreolharam atônitas quando os dois visitantes se foram.

— Essa é uma honra e tanto! — exclamou Elizabeth, finalmente. — Quem pensaria que Lorde Osborne pudesse vir até Stanton? Ele é muito bonito; mas Tom Musgrave é, de longe, o mais elegante e moderno dos dois. Achei bom que ele não tenha dito nada para mim; eu não conseguiria conversar com um homem tão grandioso por nada neste mundo. Tom foi muito agradável, não foi? Mas você o ouviu perguntando onde estavam a Srta. Penélope e a Srta. Margaret, logo que entrou? Isso me fez perder a paciência. Achei bom que Nanny não pôs a toalha na mesa, entretanto — teria sido tão constrangedor. Só a bandeja não teve importância.

Dizer que Emma não tenha ficado lisonjeada com a visita de Lorde Osborne seria afirmar algo muito improvável, descrevendo uma jovem muito estranha; mas a gratificação não foi pura: a vinda dele foi algo que poderia ter satisfeito sua vaidade, mas não combinava com seu orgulho; e ela preferiria ter sabido que ele desejava visitá-la, sem de fato fazê-lo, a que ele viesse até Stanton.

Entre outros sentimentos de desagrado, ocorreu a ela se perguntar por que o Sr. Howard não tinha se valido do mesmo privilégio de vir visitá-la, acompanhando Lorde Osborne; mas ela estava muito disposta a supor ou que ele não soubera nada sobre a visita ou havia declinado de tomar qualquer parte em uma atitude que era tão impertinente quanto polida.

O Sr. Watson não ficou nada feliz quando soube da visita; um pouco rabugento pela dor que o afligia, e indisposto para ficar satisfeito, ele simplesmente respondeu:

— Ora! Que motivo poderia haver para a visita de Lorde Osborne? Moro aqui há catorze anos sem ser notado por ninguém da família. Deve ser uma das asneiras daquele sujeito desocupado, Tom Musgrave. Não posso retribuir a visita. Não retribuiria se pudesse.

E, no encontro seguinte com Tom Musgrave, ele foi incumbido de enviar um pedido de desculpas para o Osborne Castle, com a justificativa mais que suficiente do delicado estado de saúde do Sr. Watson.

* * *

Uma semana ou dez dias se passaram tranquilamente após essa visita antes que alguma nova agitação surgisse para interromper, durante meio dia que fosse, o calmo e afetuoso convívio das duas irmãs, cuja consideração uma pela outra só crescia, motivada pela intimidade que foi se formando entre elas. A primeira circunstância que interrompeu essa paz foi o recebimento de uma carta de Croydon, anunciando o breve retorno de Margaret, e uma visita de dois ou três dias do Sr. e da Sra. Robert Watson, que deveriam trazê-la para casa e desejavam ver Emma.

Foi uma expectativa que encheu os pensamentos das irmãs em Stanton, e ocupou o tempo de pelo menos uma delas; pois, como Jane tinha sido uma mulher de posses, os preparativos para entretê-la foram consideráveis, e, como Elizabeth tinha quase sempre mais boa vontade do que método em sua organização da casa, ela era incapaz de fazer qualquer mudança sem produzir burburinho. Uma ausência de catorze anos tornara todos os irmãos e irmãs estranhos para Emma, mas na sua expectativa da chegada de Margaret havia mais do que o embaraço desse distanciamento; ela ouvira coisas que a faziam temer o retorno da irmã; e o dia que trouxesse o grupo até Stanton lhe parecia o provável fim de quase tudo o que fora confortável na casa.

Robert Watson era advogado em Croydon e tinha uma boa situação profissional; sentia-se muito satisfeito consigo mesmo por isso e por ter se casado com a única filha do advogado para quem ele trabalhara, com uma fortuna de seis mil libras. A Sra. Robert não estava menos satisfeita consigo mesma por ter aquelas seis mil libras, e por possuir agora uma casa muito fina em Croydon, onde ela oferecia festas aristocráticas e usava roupas elegantes. Em sua pessoa não havia nada de notável; suas maneiras eram ousadas e presunçosas. Margaret não deixava de ser bonita; tinha uma figura esbelta e pequena, e lhe faltava mais porte do que belos traços; mas a expressão severa e ansiosa de seu rosto fazia sua beleza não ser tão percebida. Ao encontrar a irmã que não via há tanto tempo, assim como em outras situações em presença de estranhos, seus modos foram só afeição e sua voz foi só gentileza; sorrisos contínuos e uma fala ralentada eram seu recurso constante quando ela queria agradar.

Ela estava agora "tão deliciada em rever sua queridíssima Emma" que mal podia falar uma palavra em um minuto.

— Tenho certeza de que seremos grandes amigas — observou ela com muito sentimento, quando as duas estavam sentadas lado a lado. Emma mal sabia como responder a uma proposição daquelas, e o modo como foi pronunciada ela não conseguiria imitar. A Sra. Robert Watson a olhava com muita curiosidade familiar e compaixão triunfante: a perda da fortuna da tia dominava sua mente no momento em que se encontraram; e ela não podia deixar de se sentir muito melhor por ser a filha de um cavalheiro abastado de Croydon do que a sobrinha de uma velha que jogou a vida fora por um capitão irlandês. Robert era descuidadamente gentil, como ficava bem para um homem próspero e um irmão; estava mais ocupado em acertar as contas com o boleeiro e reclamar do aumento do preço do preço da condução, ponderando a respeito uma indecisa meia coroa, do que em receber a irmã que provavelmente não teria mais propriedade alguma para ele administrar.

— A estrada que atravessa o vilarejo é terrível, Elizabeth — disse ele. — Está pior do que nunca. Céus! Eu a bloquearia se pudesse. Quem é o inspetor atual?

Havia uma sobrinhazinha em Croydon sobre quem a bondosa Elizabeth perguntou, lamentando muito que ela não tivesse vindo.

— Você é muito gentil — respondeu a mãe da menina — e lhe garanto que foi muito difícil conseguir que Augusta permitisse que viéssemos sem ela. Fui forçada a dizer que íamos apenas à igreja e prometer que voltaríamos diretamente para casa. Mas você sabe que não daria certo trazê-la sem a babá, e eu sou exigente como sempre em relação aos cuidados com ela.

— Doce queridinha! — exclamou Margaret. — Partiu meu coração que ela não tenha vindo.

— Então por que você estava tão ávida por se afastar dela? — indagou a Sra. Robert. — Você é uma moça maliciosa e triste. Viemos discutindo durante toda a viagem, não foi mesmo? Nunca ouvi falar de uma visita como esta! Sabem como nos alegramos em ter qualquer uma de vocês conosco, mesmo que seja por meses a fio; e sinto muito — disse ela com um sorriso chistoso — por não termos sido capazes de tornar Croydon agradável neste outono.

— Minha querida Jane, não me sufoque com sua troça. Você conhece os motivos que me fizeram voltar para casa. Poupe-me, eu lhe rogo. Não sou páreo para suas investidas engenhosas.

— Bem, só peço que não coloque seus vizinhos contra Croydon. Talvez Emma fique tentada a voltar conosco e ficar até o Natal, se você não se intrometer na conversa.

Emma ficou muito agradecida.

— Asseguro a você que temos uma boa sociedade em Croydon. Não frequento muito os bailes, neles há todo tipo de gente; mas nossas festas são muito boas e selecionadas. Coloquei sete mesas em nossa sala de estar na semana passada. Você gosta do campo? Está gostando de Stanton?

— Muito — respondeu Emma, que achou que uma resposta genérica vinha mais ao caso. Ela percebeu que a cunhada a desprezara no primeiro momento. A Sra. Robert Watson, de fato, estava se perguntando com que tipo de casa Emma poderia estar acostumada em Shropshire, e estabelecendo como certa a hipótese de que a tia nunca poderia ter tido seis mil libras.

— Como Emma é encantadora — sussurrou Margaret para a Sra. Robert, em seu tom mais lânguido. Emma ficou muito perturbada com esse comportamento e gostou menos ainda quando ouviu Margaret dizer cinco minutos depois para Elizabeth, em um tom rápido e afiado, completamente diferente de sua fala anterior: — Teve notícias de Pen desde que ela foi para Chichester? Recebi uma carta um dia desses. Não acho que ela vá conseguir alguma coisa lá. Aposto que voltará Srta. Penélope, do mesmo jeito que foi.

Esse, ela temia, seria o tom de Margaret depois que acabasse a novidade de sua presença; o tom de sensibilidade artificial não era encarecido pela ideia. As damas foram convidadas ao andar superior para se prepararem para o jantar.

— Espero que você considere as coisas minimamente confortáveis, Jane — disse Elizabeth, no momento em que abriu a porta do quarto dos hóspedes.

— Minha boa criatura — respondeu Jane —, não faça cerimônia comigo, eu lhe peço. Sou daquele tipo de pessoa que sempre aceita as coisas como elas são. Acho que posso me acomodar em um pequeno apartamento durante dois ou três noites sem grandes problemas. Sempre desejo ser tratada *en famille* quando venho visitá-los. E agora espero que você não tenha ficado muito tempo preparando nosso jantar. Lembre-se, nós nunca jantamos.

— Suponho — disse Margaret quase imediatamente para Emma — que ficaremos juntas; Elizabeth sempre tem o cuidado de reservar um quarto só para ela.

— Não. Estou dormindo no quarto de Elizabeth junto com ela.

— Oh — exclamou ela num tom suavizado, bastante mortificada por não a terem destratado. — Lamento não contar com o prazer de sua companhia, principalmente porque fico nervosa quando fico muito sozinha.

Emma foi a primeira das mulheres a entrar na sala de visitas de novo; ao fazer isso, encontrou seu irmão sozinho.

— E então, Emma — disse ele —, você é uma estranha em nossa casa. Deve ter sido muito esquisito para você voltar para cá. Que beleza o que sua Tia Turner fez! Meu Deus! Uma mulher nunca deveria receber dinheiro. Eu sempre disse que ela deveria ter doado algum valor a você logo após a morte do marido.

— Fazendo isso, ela estaria *me* fazendo receber dinheiro — respondeu Emma; e *eu* também sou mulher.

— A quantia poderia ter sido reservada para seu uso futuro, sem que você tivesse poder sobre ela agora. Que golpe deve ter sido para você! Em vez de ter herdado oito ou nove mil libras, ser mandada de volta à família como um fardo sem um tostão. Espero que a velha sofra muito por isso.

— Não fale dela de forma desrespeitosa; ela sempre foi muito boa para mim; e, se fez uma escolha imprudente, vai sofrer mais por tê-la feito do que *eu* poderei sofrer.

— Não quero magoá-la, mas deve convir que todos com certeza a consideram uma velha boba. Eu achava que Turner era considerado um homem extraordinariamente sensato e inteligente. Por que diabos ele teria feito um testamento desses?

— Na minha opinião, o bom senso de meu tio não fica prejudicado por seu apego à minha tia. Ela foi uma excelente esposa para ele. As mentes mais liberais e esclarecidas são as que mais confiam. O que aconteceu foi muita falta de sorte; mas a memória de meu tio fica, se é que isso é possível, ainda mais cara para mim com essa prova de seu terno respeito por minha tia.

— Que conversa estranha! Ele poderia ter providenciado um futuro decente para sua viúva sem deixar tudo de que dispunha, ou parte disso, aos cuidados dela.

— Minha tia pode ter errado — disse Emma, num tom acalorado. — Ela *de fato* errou, mas a conduta de meu tio foi irrepreensível. Eu era sobrinha dela, e ele deixou para ela o poder e o prazer de prover recursos para mim.

— Mas infelizmente ela deixou o prazer de prover recursos para você para o seu pai, e sem que ele tenha condições de fazê-lo. Sendo curto e grosso, foi isso o que aconteceu. Após manter você afastada de sua família por um período tão longo que esgotou toda a afeição natural entre nós, e criar você (suponho) em um estilo superior, ela a devolve sem um tostão furado.

— Você sabe — respondeu Emma, lutando para conter as lágrimas — do triste estado de saúde do meu tio. Ele era mais inválido que meu pai. Não podia nem sair de casa.

— Não quero fazê-la chorar — disse Robert num tom bem mais ameno. E depois de um curto silêncio, tentando mudar de assunto, acrescentou: — Acabei de vir do quarto de meu pai; ele parece muito debilitado. Será triste a divisão da propriedade quando ele morrer. É uma pena que nenhuma de vocês possa se casar! Você deve ir para Croydon, como as outras, para ver o que arranja por lá. Acredito que, se Margaret tivesse mil ou mil e quinhentas libras, haveria um rapaz interessado nela.

Emma ficou feliz quando os outros se juntaram a eles; era melhor observar as roupas finas da cunhada do que ouvir Robert, que tanto a irritara quanto a entristecera. A Srta. Robert, vestida com a mesma elegância que exibia em seu meio, entrou desculpando-se por seu vestido.

— Não quis fazê-los esperar — disse ela —, então vesti a primeira coisa que encontrei. Receio estar fazendo uma triste figura. Meu querido Sr. Watson — disse ela dirigindo-se ao marido —, você não retocou o pó de seu cabelo.

— Não, e não pretendo retocar. Acho que no meu cabelo tem pó suficiente para minha esposa e minhas irmãs.

— Na verdade, deveria se arrumar melhor antes do jantar quando está fazendo uma visita, embora não faça isso em casa.

— Besteira!

— É muito esquisito que não goste de fazer o que outros cavalheiros fazem. O Sr. Marshall e o Sr. Hemmings trocam de roupa todos os dias de suas vidas antes de jantarem. E de que me serviu colocar seu mais novo casaco na mala, se nunca quer usá-lo?

— Fique satisfeita com sua própria elegância e deixe seu marido em paz.

Para pôr um fim nessa altercação e diminuir a evidente irritação da cunhada, Emma (embora sem nenhuma vontade de facilitar uma saída para uma bobagem dessas) começou a admirar o vestido dela. Isso produziu uma imediata complacência.

— Você gosta dele? — perguntou ela. — Fico muito feliz. Este vestido já foi muito admirado; mas algumas vezes acho que a estampa é muito grande. Amanhã vou colocar um do qual talvez você goste mais do que deste. Você viu o que eu dei para Margaret?

O jantar foi servido e, a não ser pelo momento em que a Sra. Robert olhou para a cabeça do marido, ela continuou alegre e falante, repreendendo Elizabeth pela fartura na mesa, e protestando com veemência quando chegou o peru assado, que foi o único reparo ao "Veja que belo jantar".

— Peço e imploro que não seja servido peru hoje. Estou completamente apavorada com a quantidade de pratos que já comemos. Não comamos peru, eu suplico!

— Minha querida! — respondeu Elizabeth. — O peru está assado, e tanto faz ele vir para cá ou permanecer na cozinha. Além disso, se for cortado, tenho a esperança de que meu pai fique tentado a comer um pouquinho, pois esse é um de seus pratos favoritos.

— Você pode servi-lo, minha querida; mas garanto que não o tocarei.

O Sr. Watson não estava suficientemente bem para juntar-se aos outros para jantar, mas foi persuadido a descer e tomar chá com eles.

— Espero que possamos jogar cartas esta noite — disse Elizabeth para a Sra. Robert, depois de ver o pai acomodado em sua poltrona.

— Não conte comigo, minha querida, eu lhe peço. Você sabe que não gosto de cartas. Considero uma conversa agradável muito melhor. Sempre digo que as cartas são boas para quebrar um círculo formal, mas ninguém as quer quando está entre amigos.

— Pensei no jogo para distrair meu pai — disse Elizabeth —, se não for desagradável para você. Ele diz que sua cabeça não está boa para o uíste, mas, se escolhermos um jogo individual, talvez ele se anime e se sente conosco.

— Claro, minha querida criatura. Estou à sua disposição. Apenas não me obrigue a escolher o jogo, só isso. O único jogo que se joga agora em Croydon é *speculation*, mas posso jogar qualquer coisa. Quando há apenas uma ou duas de vocês na casa, deve ser difícil distraí-lo. Por que não o convidam para jogar *cribbage*? Margaret e eu jogamos *cribbage* quase todas as noites em que não tínhamos nenhum compromisso.

Um ruído como o de uma distante carruagem foi percebido; todos ficaram ouvindo; agora estava mais audível; com certeza a carruagem estava chegando mais perto. Era um som incomum para Stanton naquela hora do dia, pois o povoado não ficava em uma estrada pública, e nele não moravam famílias de cavalheiros, com a exceção da família do pároco. As rodas se aproximaram rapidamente; em dois minutos a curiosidade geral foi satisfeita; a carruagem parou, sem nenhuma dúvida, em frente ao portão do jardim da residência paroquial.

Quem poderia ser? Com certeza era uma *post-chaise*. Penélope era a única pessoa em quem se podia pensar; talvez ela tivesse tido alguma oportunidade inesperada de retornar.

Um momento de suspense se seguiu. Ouviram-se passos nas pedras da entrada, que passaram sob as janelas da casa e chegaram à porta da frente, para depois adentrarem o corredor. Eram os passos de um homem. Não podia ser Penélope. Devia ser Samuel. A porta se abriu e exibiu Tom Musgrave vestindo uma capa de viajante. Ele estivera em Londres; agora estava indo para casa e se afastara meia milha de seu caminho simplesmente para fazer uma visita de dez minutos em Stanton. Ele amava surpreender as pessoas com visitas repentinas em ocasiões extraordinárias e, naquele caso, tinha o motivo adicional de dizer às Srtas. Watsons, que ele esperava encontrar calmamente sentadas após o chá, que estava indo para casa para um jantar às oito da noite.

No entanto, ele não surpreendeu mais do que foi surpreendido quando, em vez de ser recebido na salinha de estar, abriu-se a porta da sala principal (meio metro maior de cada lado que a outra) e ele contemplou um círculo de pessoas elegantes que não reconheceu imediatamente, distribuídas, com todas as honras de uma visita, em torno da lareira, e a Srta.

Watson sentada junto à mais elegante mesinha e diante do mais fino aparelho de chá. Ele ficou parado por uns instantes numa perplexidade silenciosa.

— Musgrave — exclamou de repente Margaret, numa voz doce.

Ele voltou a si e se aproximou deles, satisfeito por ver tal círculo de amigos, bendizendo sua boa sorte por um deleite inesperado. Apertou a mão de Robert, sorriu com uma mesura para as damas e fez tudo com muita elegância. Mas, quanto a alguma particularidade de tratamento ou emoção referente a Margaret, Emma, que o observava atenta, não percebeu nada que não justificasse a opinião de Elizabeth, embora os modestos sorrisos de Margaret significassem que ela estava disposta a supor que a visita tinha sido feita por causa dela. Ele foi persuadido sem muito esforço a tirar a capa de viagem e tomar chá com eles, pois, se jantaria às oito ou às nove, como ele observou, não fazia muita diferença. E, sem parecer buscá-la, ele não recusou a cadeira perto de Margaret, que ela tão prontamente trouxera. Dessa forma, ela o protegia das irmãs, mas não estava imediatamente em seu poder protegê-lo das reivindicações do irmão; pois, como Musgrave supostamente vinha de Londres, e havia partido de lá havia apenas quatro horas, a última versão das notícias públicas e a opinião geral do dia deveriam ser comunicadas a Robert antes que ele pudesse dirigir sua atenção aos assuntos menos nacionais e importantes das mulheres.

Finalmente, entretanto, ele ficou livre para ouvir a suave fala de Margaret, que expressou seu temor de ele ter feito uma viagem terrível, fria, escura e aterradora.

— Na verdade, o senhor não devia ter partido tão tarde.

— Não pude vir antes — respondeu ele —, fiquei conversando com um amigo no Café Bedford. Todas as horas são iguais para mim. Há quanto tempo chegou, Srta. Margaret?

— Viemos apenas esta manhã; meu generoso irmão e minha boa cunhada me trouxeram para casa esta manhã mesmo. Estranho, não é?

— A senhorita esteve ausente por um bom tempo, não foi? Quinze dias, suponho.

— *O senhor* pode dizer que quinze dias é muito tempo, Sr. Musgrave — disse a Sra. Robert, de modo incisivo —, mas *para nós* um mês é muito pouco. Asseguro-lhe que a trouxemos após um mês muito contra a nossa vontade.

— Um mês! A senhorita realmente se ausentou por um mês? É incrível como o tempo voa.

— O senhor pode imaginar — disse Margaret numa espécie de sussurro — quais são minhas sensações ao me encontrar de novo em Stanton; o senhor sabe que visitante deplorável eu sou. E eu estava muito impaciente para ver Emma. Eu temia o encontro e ao mesmo tempo ansiava por ele. O senhor não compreende esse tipo de sentimento?

— De jeito nenhum — exclamou ele em voz alta. — Eu nunca poderia temer um encontro com a Srta. Emma Watson; nem com nenhuma de suas irmãs.

Foi uma sorte ele ter acrescentado aquilo no final.

— O senhor estava falando comigo? — perguntou Emma, quando ouviu o próprio nome.

— Não, de modo algum — respondeu ele. — Mas eu estava pensando na senhorita, assim como muitos mais à distância devem também estar fazendo neste momento. O tempo está muito agradável, Srta. Emma; é uma ótima estação para a caça.

— Emma é um encanto, não é mesmo? — sussurrou Margaret. — Ela está acima de minhas mais ardentes expectativas. O senhor já viu alguém com uma beleza mais perfeita? Acho que até *o senhor* vai agora preferir uma pele morena.

Ele hesitou. A própria Margaret tinha pele clara, e ele não desejava elogiá-la particularmente; mas a Srta. Osborne e a Srta. Carr também eram claras, e sua devoção a elas venceu.

— O tom da pele de sua irmã — disse ele, finalmente — é tão belo quanto uma pele morena pode ser; mas ainda declaro minha preferência pela pele clara. Vocês viram a Srta. Osborne? Ela é meu modelo de verdadeira pele feminina, e é muito clara.

— Mais clara que eu?

Tom não respondeu.

— Palavra de honra, senhoras — disse ele, lançando um olhar sobre a própria pessoa. — Fico extremamente agradecido diante de sua condescendência em me admitir nestes trajes informais em sua sala de visitas. Realmente nem pensei em como estou inadequado para estar aqui; se tivesse pensado, não teria vindo. Lady Osborne teria me dito que eu estou ficando tão displicente quanto seu filho, se me visse nesta condição.

As damas foram pródigas em respostas educadas, e Robert Watson, captando uma imagem de sua própria cabeça em um espelho em frente, disse com igual civilidade:

— O senhor não pode estar em trajes mais informais do que eu. Chegamos aqui tão tarde que não tive tempo nem de colocar um pouco de pó em meu cabelo.

Para Emma ficou difícil não se solidarizar com os sentimentos que supôs serem os da cunhada naquele momento.

Quando os apetrechos do chá foram retirados, Tom começou a falar de sua carruagem; mas, tendo a velha mesa de carteado sido montada, e as fichas e contadores e um baralho toleravelmente limpo trazidos do aparador pela Srta. Watson, o clamor geral para que ele se unisse ao grupo foi tão forte que ele concordou em se permitir outro quarto de hora. Até Emma ficou feliz por ele ficar, pois estava começando a sentir que uma festa em família poderia ser a pior das festas; e os outros ficaram satisfeitíssimos.

— Qual é o jogo? — perguntou ele em voz alta para os que estavam em torno da mesa.

— *Speculation*, eu acho — respondeu Elizabeth. — Minha irmã recomenda esse jogo, e imagino que todos os apreciemos. Sei que *você* gosta, Tom.

— É o único jogo individual que se joga atualmente em Croydon — disse a Sra. Robert. — Nunca pensamos em nenhum outro. Fico feliz que seja também de sua predileção.

— Quanto a mim — disse Tom —, qualquer um que vocês escolherem será *meu* jogo predileto. Na minha época passei horas agradáveis jogando *speculation*, mas faz um bom tempo que estou afastado dele. Vinte-e-um é o jogo no Osborne Castle. Ultimamente não joguei nada além de vinte-e-um. Vocês ficariam surpresos em ouvir o barulho que produzimos lá; a bela e antiga sala de visitas retumba de novo. Lady Osborne às vezes declara que não consegue ouvir a própria voz. Lorde Osborne é famoso por gostar do carteado e embaralha as cartas melhor que ninguém, sem exceção: com tanta rapidez e animação, não deixa ninguém ficar sonhando com as cartas. Eu gostaria que vocês pudessem vê-lo quando divide o par inicial e joga com as duas mãos. Vale qualquer coisa deste mundo!

— Meu Deus! — exclamou Margaret. — Que tal nós jogarmos vinte-e-um? Acho que é um jogo muito melhor que *speculation*. Não posso afirmar que aprecio muito *speculation*.

A Sra. Robert não pronunciou nenhuma outra palavra de apoio ao jogo. Ela estava completamente derrotada, e as modas do Osborne Castle sobrepujaram as modas de Croydon.

— O senhor encontra com frequência as pessoas da residência paroquial no castelo, Sr. Musgrave? — perguntou Emma quando eles tomavam seus assentos.

— Sim, estão sempre por lá. A Sra. Blake é uma mulher agradável e bem-humorada; ela e eu somos amigos íntimos; e Howard é um cavalheiro; bom sujeito! A senhorita é sempre lembrada, eu lhe asseguro, por todos da família. Imagino que de vez em quando fique com a orelha quente, Srta. Emma. Não a sentiu esquentar no último sábado, por volta das nove ou dez da noite? Vou lhe contar como aconteceu, percebo que está louca para saber. Disse Howard para Lorde Osborne...

Nesse interessante momento ele foi chamado pelos outros para organizar o jogo e determinar algum ponto que fora colocado em dúvida; e a atenção dele ficou tão concentrada no assunto, e depois no andamento do jogo, que ele nunca mais retomou o que estava dizendo para Emma; e Emma, embora acometida de uma grande curiosidade, não ousou lembrá-lo.

Ele provou ser um acréscimo muito útil à mesa deles. Sem ele, o jogo aconteceria entre pessoas tão próximas que talvez elas sentissem pouco interesse e mantivessem pouca condescendência; mas a presença de Tom trouxe variedade e assegurou boas maneiras. Ele era, de fato, muito bem qualificado para brilhar em uma mesa de jogo, e poucas outras situações o faziam aparecer com tanta vantagem. Jogava com animação, e tinha muito a dizer e, apesar de não ser espirituoso, podia algumas vezes se valer da espirituosidade de um amigo ausente, e tinha um jeito de recontar um lugar-comum ou dizer uma besteira que tinha um grande efeito numa mesa de carteado. Os modos e as boas piadas do Osborne Castle eram agora acrescentados a essa forma comum de diversão. Ele repetiu os ditos espirituosos de uma dama, detalhou os descuidos de outra, e até mesmo os presenteou com uma imitação do estilo de Lorde Osborne quando jogava com as duas mãos.

O relógio bateu nove horas quando ele estava assim agradavelmente ocupado; e, quando Nanny entrou com a tigela de mingau do patrão, ele teve o prazer de observar para o Sr. Watson que o deixaria cear enquanto ele mesmo ia jantar em sua casa. A carruagem foi trazida até a porta, e de nada adiantaram os rogos para que ele ficasse mais um pouco; pois ele bem sabia que, se ficasse, deveria sentar-se para a ceia em menos de dez minutos, o que, para um homem cujo coração havia muito se acostumara a chamar sua próxima refeição de "jantar", era bastante insuportável. Percebendo-o determinado a partir, Margaret começou a piscar e balançar a cabeça para Elizabeth, pedindo que ela o convidasse para jantar no dia seguinte, e Elizabeth, finalmente incapaz de resistir a insinuações que seu gênio sociável e hospitaleiro com certeza apoiava, fez o pedido: se ele aceitasse o convite de Robert, elas ficariam muito felizes.

— Com o maior prazer — foi a primeira resposta dele. E, no momento seguinte: — Quer dizer, se eu conseguir chegar aqui em tempo; mas vou caçar com Lorde Osborne e, portanto, não vou me comprometer. Não pensem em mim a não ser que me vejam.

E assim ele partiu, deliciado com a incerteza em que os havia deixado.

* * *

Margaret, na felicidade que seu coração sentia diante de circunstâncias que ela escolhera considerar particularmente propícias, teria de bom grado feito confissões a Emma quando ficaram sozinhas por um curto período na manhã seguinte, e de fato tinha ido até o ponto de dizer:

— O rapaz que esteve aqui ontem à noite, minha querida Emma, e que voltará hoje, é mais interessante para mim do que você talvez saiba...

Mas Emma, fingindo não perceber nada de extraordinário naquelas palavras, fez alguma observação completamente sem propósito e, dando um salto, fugiu de um assunto que era odioso para seus sentimentos. Como Margaret não admitia nem sombra de dúvida sobre Musgrave vir para o jantar, foram feitos preparativos para esperá-lo que em muito excederam o que havia sido considerado necessário no dia anterior; e, tomando por completo da irmã a função de superintendente, ela passou metade da manhã na cozinha, dando instruções e ralhando.

Após uma bela dose de preparação rotineira de pratos e ansioso suspense, entretanto, eles foram obrigados a se sentar sem seu convidado. Tom Musgrave não veio; e Margaret não fez esforço nenhum para esconder seu aborrecimento em ver sua perspectiva não realizada ou reprimir a rabugice de seu gênio. A paz do grupo durante o resto do dia e todo o dia seguinte, o que correspondeu à duração da visita de Robert e Jane, foi continuamente invadida por seu mal-humorado descontentamento e seus ataques lamuriosos. Elizabeth era o alvo usual das duas coisas. Margaret apenas tinha respeito suficiente por seu irmão e sua cunhada para se comportar de forma adequada quando estava perto *deles*, mas Elizabeth e as criadas não conseguiam fazer nada certo; e Emma, em quem ela não parecia mais pensar, considerou que, pelos seus cálculos, a voz suave tinha durado muito pouco. Ansiosa por ficar o mínimo possível na companhia deles, Emma se deliciava com a alternativa de sentar-se no andar de cima com o pai, e calorosamente pediu para ser sua constante companheira todas as noites; como Elizabeth gostava tanto de qualquer companhia a ponto de preferir ficar no andar de baixo e correr todos os riscos; e como gostava mais de conversar sobre Croydon com Jane, mesmo com todas as interrupções perversas de Margaret, do que de ficar apenas sentada ao lado do pai, que frequentemente não aguentava nem mesmo falar, o assunto foi resolvido assim que ela pôde ser persuadida de que para Emma isso não era nenhum sacrifício. Para Emma, a mudança foi muito aceitável e prazerosa. Seu pai, mesmo doente, exigia pouco mais que gentileza e silêncio e, sendo um homem de bom senso e educação, era, quando conseguia conversar, um companheiro bem-vindo. No quarto *dele*, Emma ficava em paz, longe das terríveis mortificações das desigualdades sociais e das discórdias familiares; de ter de tolerar a prosperidade insensível, a presunção vulgar e a insensatez desatinada, enxertadas em uma disposição indócil. Ainda sofria quando pensava na existência delas, em sua memória e em perspectiva, mas pelo momento deixava de ser torturada por seus efeitos. Ela estava à vontade, podia ler e pensar, embora em sua situação refletir dificilmente traria algum alívio. Os males causados pela perda do seu tio não eram nem triviais nem tendiam a diminuir; e quando ela permitia que seu pensamento vagasse, contrastando o passado e o presente, o exercício da mente e a dissipação de ideias desagradáveis que apenas a leitura podia produzir a faziam procurar a gratificação de um livro.

A mudança de casa, de companhia e de estilo de vida, que era consequência da morte de um amigo e da imprudência de uma amiga, tinham de fato sido impressionantes. Antes o objeto preferido da esperança e solicitude de um tio que havia formado sua mente com os cuidados de um pai, e da ternura de uma tia cujo gênio afável se deliciava em fazer todos os seus caprichos, antes a vida e o espírito de uma casa onde tudo era conforto e elegância, sendo ela a provável herdeira de uma tranquila independência, agora ela não tinha importância para ninguém. Ela era um fardo para aqueles cujo afeto ela não poderia esperar; além disso numa casa que já era muito cheia, rodeada por mentes inferiores, com pouca chance de conforto doméstico e igualmente pouca esperança de um sustento futuro. Era uma vantagem ser naturalmente alegre, pois a mudança havia sido tal que poderia ter mergulhado um espírito mais fraco no total desalento.

Ela foi muito pressionada por Robert e Jane para acompanhá-los até Croydon, e teve alguma dificuldade em conseguir que aceitassem sua recusa, já que valorizavam demais sua bondade e situação para supor que a oferta poderia apresentar-se numa luz menos vantajosa para qualquer outra pessoa. Elizabeth tentou fazer valer a vontade deles, embora evidentemente contra o seu próprio desejo, insistindo a sós com ela para que Emma fosse.

— Você não sabe o que está recusando, Emma — disse ela —, nem o que terá de suportar aqui em casa. Sem sombra de dúvida, eu a aconselharia a aceitar o convite; sempre existe algo animado acontecendo em Croydon. Você terá companhia quase todos os dias, e Robert e Jane serão muito bondosos com você. Quanto a mim, não ficarei pior sem você do que estou acostumada a estar; mas os modos desagradáveis da pobre Margaret são novos para *você*, e vão incomodá-la mais do que imagina se você permanecer aqui.

Emma não mudou de ideia, é claro, a não ser pelo fato de ter sua estima por Elizabeth aumentada diante desses esforços, e os visitantes partiram sem ela.

Nota editorial

Quando a irmã da autora, Cassandra, mostrou o manuscrito desta obra para algumas de suas sobrinhas, ela também lhes contou algo sobre a história que Jane Austen pretendia escrever, já que, com essa querida irmã — embora talvez com ninguém mais —, Jane parece ter falado livremente sobre qualquer obra em que estivesse trabalhando. O Sr. Watson deveria morrer logo, e Emma se tornaria dependente do irmão e da cunhada, gente de mentalidade tacanha, para o seu sustento. Ela recusaria um pedido de casamento de Lorde Osborne, e muito do interesse da história surgiria do amor de Lady Osborne pelo Sr. Howard e da afeição deste por Emma, com quem ele acabaria se casando.

(Informação retirada da segunda edição de *A memoir of Jane Austen*, escrita por seu sobrinho James Austen-Leigh e publicada em 1971.)

SANDITON

Capítulo 1

Um cavalheiro e uma dama viajando de Tunbridge na direção daquela parte da costa de Sussex que fica entre Hastings e Eastbourne, sendo induzidos pelos negócios a deixar a rota principal e tentar uma estradinha muito acidentada, tombaram enquanto subiam um longo aclive, meio pedra, meio areia. O acidente aconteceu logo além da única propriedade digna de um cavalheiro que havia ali perto — uma propriedade que o cocheiro, quando lhe pediram que tomasse aquela direção, havia imaginado que era necessariamente o destino do casal, fazendo uma expressão de grande desagrado quando foi obrigado a deixá-la para trás. Tanto ele havia resmungado e balançado os ombros, com tal violência lastimado e chicoteado os cavalos, que seria possível pensar que ele havia tombado a carruagem de propósito (principalmente porque ela não era propriedade de seu patrão) se a estrada não tivesse indubitavelmente se tornado pior que antes assim que as dependências da referida propriedade ficaram para trás. O cocheiro disse, com uma expressão agourenta, que dali para a frente apenas as rodas de uma carroça poderiam prosseguir com segurança.

A gravidade da queda fora atenuada pelo ritmo lento e pela estreiteza da estradinha e, tendo o cavalheiro se arrastado para fora da carruagem e ajudado sua companheira a sair, nenhum dos dois se sentira, a princípio, afetado por nada além do susto e alguns arranhões. Mas o cavalheiro tinha, durante o esforço para sair da carruagem, torcido o pé; e, logo percebendo as consequências da torção, viu-se obrigado a cessar tanto sua censura ao cocheiro quanto os elogios à mulher e a si mesmo e a sentar-se na beira da estrada, incapaz de ficar de pé.

— Há algo errado aqui — disse ele, colocando a mão no tornozelo. — Mas não se preocupe, querida — continuou ele, erguendo os olhos para ela com um sorriso —, isso não poderia ter acontecido em melhor lugar. Há males que vêm para bem. Talvez exatamente o que deveríamos desejar. Logo encontraremos socorro. *Ali*, imagino, está minha cura — afirmou ele, apontando para a extremidade de um elegante chalé que se entrevia romanticamente localizado em meio à mata, num outeiro a certa distância.

— Não parece *aquele* ser o lugar certo?

A esposa desejou muito que fosse, mas continuou ali, aterrada e ansiosa, incapaz de fazer ou sugerir qualquer coisa, e recebendo seu primeiro verdadeiro alívio quando viu várias pessoas se aproximando para ajudá-los. O acidente fora visto de um campo de feno que ficava ao lado da casa pela qual haviam passado — e as pessoas que se aproximaram eram um homem de meia-idade vigoroso, de ares nobres e boa aparência, o proprietário do lugar, que por acaso estava junto com seus ceifadores de feno no momento do acidente, e três ou quatro dos mais fortes entre eles, chamados para ajudar o patrão — isso para não mencionar todos os outros que estavam no campo, homens, mulheres e crianças, não muito distantes dali.

O Sr. Heywood, era esse o nome do referido proprietário, avançou com uma saudação muito educada, muita preocupação com o acidente, alguma surpresa por alguém ter tentado aquela estrada naquela carruagem e prontas ofertas de ajuda. Sua cortesia foi recebida com polidez e gratidão, e, enquanto um ou dois dos trabalhadores ajudavam o cocheiro a colocar a carruagem em pé novamente, o viajante disse:

— O senhor é muito generoso, e vou me guiar por suas palavras. O ferimento na perna é, arrisco dizer, muito leve. Mas é sempre melhor, nesses casos, o senhor sabe, ter a opinião de um médico sem perda de tempo; e, como a estrada não parece estar numa condição favorável para que eu mesmo vá até a casa dele, agradecerei se o senhor mandar essas boas pessoas chamarem-no.

— O médico?! — exclamou o Sr. Heywood. — Receio que não haja nenhum médico por aqui, mas arrisco dizer que vamos nos dar muito bem sem ele.

— Não, meu senhor, se ele não está nas imediações, seu assistente também poderá servir, ou melhor, servirá mais ainda. Prefiro o assistente. Na verdade eu preferiria ser atendido pelo assistente. Uma dessas boas pessoas poderá chegar até ele em três minutos, tenho certeza. Não preciso nem perguntar; estou vendo a casa — disse ele, olhando na direção do chalé —, pois, fora sua propriedade, não passamos por mais nenhuma nesta região que possa ser a residência de um cavalheiro.

O Sr. Heywood demonstrou grande surpresa.

— O quê, meu senhor? Está achando que encontrará um médico naquele chalé? Não temos nem médico nem assistente na paróquia, eu lhe garanto.

— Perdão, senhor — respondeu o outro —, se dou a impressão de contradizê-lo, mas talvez pela extensão da paróquia ou algum outro motivo, o senhor não esteja ciente do fato. Espere um pouco. Será que me enganei de lugar? Não estou em Willingden? Aqui não é Willingden?

— Sim, senhor, aqui é Willingden, com certeza.

— Então, meu senhor, posso lhe mostrar uma prova de que vocês têm um médico na paróquia, quer saibam disso ou não. Veja, senhor... — disse ele pegando sua caderneta — se o senhor fizer o favor de lançar seus olhos para esses anúncios, que eu mesmo recortei do *Morning Post* e da *Kentish Gazette* ontem de manhã em Londres, acho que ficará convencido de que não estou falando sem fundamento. Encontrará o anúncio da dissolução de uma parceria de médicos... em sua própria paróquia... ampla atuação, inegável competência... respeitáveis referências, querendo iniciar outro estabelecimento. Poderá ler toda a informação aqui, senhor — disse o visitante, estendendo ao outro dois recortes retangulares.

— Senhor, mesmo que me mostrasse todos os jornais que são impressos durante uma semana em todo o reino, não poderia me persuadir de que há um médico em Willingden — disse o Sr. Heywood, com um sorriso bem-humorado. — Morando aqui desde que nasci, durante cinquenta e sete anos, acho que eu deveria saber dessa pessoa. Pelo menos posso me arriscar a dizer que ele não tem muitos clientes. Com certeza, se cavalheiros começassem com frequência a tentar viajar por esta estradinha em uma *post-chaise*, talvez não fosse uma iniciativa ruim se um médico se estabelecesse em uma casa no topo da colina. Mas, quanto àquele chalé, posso lhe garantir que é, apesar de sua boa aparência à distância, uma moradia dupla muito simples como qualquer outra da paróquia, e que meu pastor mora de um dos lados e três mulheres idosas moram do outro.

Ele pegou os recortes de jornal enquanto falava e, tendo-os examinado, acrescentou:

— Acho que posso explicar, senhor. Seu erro está no lugar. Há duas Willingdens nesta região. E seus anúncios devem se referir à outra, que é Great Willingden, ou Willingden Abbots, e fica a sete milhas de distância, do outro lado de Battle. Bem lá embaixo, no Weald. E *nós*, senhor — acrescentou ele, falando com muito orgulho —, nós não estamos no Weald.

— Não estamos *lá embaixo* no Weald, com certeza — respondeu o viajante bem-humorado. — Levou meia hora para subirmos sua colina. Bem, devo dizer que o senhor está certo e que cometi um terrível e estúpido engano. Tudo feito em um momento. Os anúncios só chamaram minha atenção meia hora antes de sairmos da cidade, no meio da pressa e confusão que sempre acompanham uma curta estadia ali. A gente nunca consegue completar nenhum negócio, o senhor sabe, antes que a carruagem já esteja à porta. Assim, dando-me por satisfeito após uma breve pesquisa, e sabendo que deveríamos passar, depois de uma ou duas milhas, por *uma* Willingden, não pesquisei mais... Minha querida — disse ele à esposa —, lamento muito tê-la envolvido nesta situação. Mas não se aflija em relação a minha perna. Não dói enquanto fico parado. E, logo que essas bondosas pessoas tiverem colocado a carruagem em ordem e invertido sua direção, a melhor coisa que podemos fazer é nos dirigir à estrada principal e continuar para Hailsham e depois para casa, sem tentarmos nada além disso. De Hailsham chegaremos em casa em duas horas. E, quando chegarmos em casa, teremos o remédio à mão, você sabe. Um pouco de nosso revigorante ar marítimo logo me colocará de pé de novo. Pode confiar, minha querida, é o caso perfeito para o mar. O ar salgado e as imersões serão a cura ideal. Minha intuição já me garante que sim.

De um modo muito amigável, o Sr. Heywood se intrometeu nesse ponto, insistindo para que eles nem pensassem em continuar a viagem até que o tornozelo fosse examinado e eles tivessem descansado um pouco, e muito generosamente oferecendo sua casa para os dois propósitos.

— Sempre estamos bem abastecidos — disse ele — com todos os remédios comuns para torções e machucados. E eu respondo pelo prazer que os senhores darão a minha esposa e filhas por permitirem que elas lhes sejam úteis em tudo o que estiver no poder delas.

Uma fisgada ou duas ao tentar mover o pé dispuseram o viajante a pensar melhor do que tinha feito até o momento sobre os benefícios de uma atenção imediata e, consultando a esposa com palavras como "Bem, minha querida, acredito que será melhor para nós", ele dirigiu-se mais uma vez ao Sr. Heywood:

— Antes de aceitarmos sua hospitalidade, senhor, e a fim de desfazer qualquer má impressão que possa ter causado a minha busca inútil, deixe-me dizer quem somos. Meu nome é Parker, o Sr. Parker de Sanditon; essa dama, minha esposa, é a Sra. Parker. Estamos nesta estrada a caminho de casa, vindo de Londres. *Meu* nome, talvez, embora eu não seja de modo algum o primeiro da minha família a possuir propriedade na paróquia de Sanditon, pode ser desconhecido a esta distância da costa. Mas Sanditon... Todos já ouviram falar de Sanditon. O preferido, para um novo balneário em franca expansão, certamente o lugar preferido entre todos os que existem no litoral de Sussex; o local mais favorecido pela natureza, que promete ser o mais escolhido pelo ser humano.

— Sim, já ouvi falar de Sanditon — respondeu o Sr. Heywood. — A cada cinco anos, a gente ouve falar de um ou outro lugar novo surgindo à beira-mar e ficando na moda. Como poderá metade deles ser lotada é a questão! *Onde* as pessoas podem conseguir dinheiro e tempo para ir até eles! Coisa ruim para uma região: com certeza aumenta o preço dos mantimentos e torna os pobres imprestáveis, como arrisco dizer que o senhor mesmo constata.

— De modo algum, de modo algum — exclamou o Sr. Parker com ímpeto. — Muito pelo contrário, eu lhe asseguro. Uma ideia comum, mas equivocada. Pode aplicar-se a lugares excessivamente grandes e populosos como Brighton ou Worthing ou Eastbourne — mas *não* a um pequeno povoado como Sanditon, protegido por seu tamanho de experimentar todos os males da civilização. Por outro lado, o crescimento do lugar, as construções, as estufas, a demanda de tudo e a certeza da presença das melhores pessoas, as famílias sólidas e regulares de caráter totalmente nobre e íntegro que são uma bênção em todos os lugares, estimulam o trabalho dos pobres e oferecem conforto e melhorias de toda sorte para eles. Não, senhor, eu lhe asseguro, Sanditon não é um lugar...

— Minha intenção não é criticar *algum* lugar em especial — respondeu o Sr. Heywood. — Só penso que nosso litoral está cheio demais deles. Mas não seria melhor tentar levar os senhores...

— Nosso litoral cheio demais! — repetiu o Sr. Parker. — Nesse aspecto talvez não discordemos totalmente. Pelo menos há o *suficiente*. Nosso litoral é suficientemente lotado. Não precisa de mais. Ele acomoda os gostos e as finanças de todos. E aquelas pessoas que estão tentando expandi-lo são, segundo penso, excessivamente ridículas e acabarão sendo vítimas dos próprios erros de cálculo. Um lugar como Sanditon, senhor, posso dizer que foi desejado, foi pedido. A natureza o havia marcado com os sinais mais inteligíveis. A mais agradável e pura brisa marítima da costa (reconhecida como tal), banhos deliciosos, areia fina e firme, água funda a dez metros da praia, sem lama, sem mato, sem rochas cobertas de lodo. Nunca houve um lugar mais concretamente destinado pela natureza à cura dos doentes; o próprio local que milhares pareciam estar precisando! A mais desejável distância de Londres! Uma milha completa e mensurável mais perto do que Eastbourne. Apenas calcule, senhor, a vantagem de economizar toda uma milha em uma viagem longa. Mas em Brinshore, senhor, que arrisco dizer que está ao alcance de seus olhos, as tentativas de dois ou três especuladores ali neste último ano de valorizar aquela aldeiazinha insignificante, que se localiza entre um pântano estagnado, um charco deserto e o constante efluvio vindo de uma saliência coberta por algas putrefatas, não pode resultar em nada exceto no desapontamento dos próprios especuladores. O que, em nome do bom senso, pode *recomendar* Brinshore? Um ar mais que insalubre, caminhos proverbialmente detestáveis, água salobra além de qualquer comparação, um lugar onde é impossível tomar uma xícara de chá decente a uma distância de três milhas do local. E, quanto ao solo, é tão frio e ingrato que nele mal se pode fazer germinar um repolho. Pode confiar, senhor, esta é uma descrição mais que fiel de Brinshore, nem um pouquinho exagerada, e, se o senhor ouviu coisas diferentes sobre o lugar...

— Senhor, nunca ouvi falar desse lugar em toda a minha vida — disse o Sr. Heywood. — Eu não sabia que existia no mundo um lugar com esse nome.

— O senhor não sabia?! Veja, querida — disse ele, dirigindo-se exultante à esposa — veja como são as coisas. Essa é a celebridade de Brinshore! Esse cavalheiro não sabia que existia um lugar no mundo com esse nome. Ora, na verdade, senhor, acho que podemos aplicar a Brinshore aquele verso do poeta Cowper em sua descrição da camponesa religiosa, em contraste com Voltaire: "*Ela* nunca ouviu falar de nada a meia milha de casa."

— Com toda a sinceridade, senhor, aplique os versos que quiser ao lugar, mas quero que algo seja aplicado à sua perna. E tenho certeza, pela expressão de sua esposa, que ela concorda perfeitamente comigo e acha que é uma pena perdermos mais tempo. E aí vêm minhas meninas para falar por si mesmas e pela mãe.

Duas ou três moças com aparência nobre, seguidas pelo mesmo número de aias, foram vistas nesse momento saindo da casa.

— Comecei a me perguntar se a agitação não havia chegado aos ouvidos *delas*. Um acontecimento desses logo chama a atenção num lugar quieto como nossa casa. Agora, vamos encontrar a melhor maneira de conduzi-lo para dentro da casa.

As moças se aproximaram e disseram tudo o que era adequado para recomendar as ofertas do pai e, de um modo simples, tomaram providências para deixar os estranhos à vontade. Como a Sra. Parker estava extremamente ansiosa por alguns cuidados, e seu marido a essa altura não muito menos disposto a isso, alguns poucos escrúpulos educados foram suficientes; especialmente porque se descobriu que a carruagem, que fora colocada em sua posição normal, havia sido avariada do lado que tombou e não podia ser usada naquele momento. O Sr. Parker foi, portanto, carregado para dentro da casa, e sua carruagem, empurrada até um celeiro vazio.

Capítulo 2

Aquele contato, que começara de forma tão estranha, não foi nem breve nem desimportante. Durante duas semanas inteiras os viajantes permaneceram em Willingden, sendo que a torção do Sr. Parker provou ser grave demais para que ele pudesse se mover antes disso. Ele caíra em excelentes mãos. Os Heywoods eram uma família totalmente respeitável, que prestou todos os cuidados possíveis, da maneira mais gentil e modesta, tanto para o marido quanto para a esposa. *Ele* recebeu assistência completa, e *ela* foi animada e consolada com uma bondade incansável. E como todos os gestos de hospitalidade e afabilidade foram recebidos como deveriam, e como não havia mais boa vontade de um lado do que gratidão do outro, nem deficiência de modos agradáveis em ambas as partes, eles foram se afeiçoando muito no decorrer daquelas duas semanas.

A personalidade e a história do Sr. Parker logo foram reveladas. Tudo o que entendia sobre si mesmo ele contou prontamente, pois tinha o coração aberto; e, naquilo em que ele próprio estava no escuro, sua conversa ainda assim informava algo aos Heywoods mais observadores. Dessa forma, ele foi percebido como um entusiasta; no que se referia a Sanditon, um completo entusiasta. Sanditon, o sucesso de Sanditon como um pequeno e elegante balneário, era a causa pela qual ele parecia viver. Uns anos antes, fora um povoado calmo e despretensioso; mas, tendo algumas vantagens naturais de sua localização e outras circunstâncias acidentais sugerido a ele e à outra principal proprietária a possibilidade de Sanditon se transformar em uma especulação lucrativa, eles se engajaram no projeto, e planejaram e construíram, e elogiaram e divulgaram, transformando-o recentemente em um lugar de renome; e o Sr. Parker não conseguia pensar em praticamente mais nada.

Os fatos que, numa comunicação mais direta, ele expôs aos anfitriões foram que ele tinha cerca de trinta e cinco anos, estava casado (muito bem casado) havia sete anos, e tinha quatro lindos filhinhos em casa; que era de uma família respeitável e tinha uma fortuna confortável, embora não grande; não tinha profissão, tendo herdado, como filho mais velho, a propriedade que duas ou três gerações haviam acumulado antes dele; que ele tinha dois irmãos e duas irmãs, todos solteiros e todos independentes; o mais velho dos dois irmãos, de fato, devido a uma herança colateral, estava tão bem-provido quanto ele.

Seu objetivo ao deixar a rota principal para buscar um médico que publicara um anúncio também foi bem explicado. Não se originara de nenhuma intenção de torcer o tornozelo ou causar a si mesmo algum ferimento em prol do tal médico, nem (como o Sr. Heywood fora tentado a supor) de algum desejo de criar uma sociedade com ele; fora simplesmente em consequência de um desejo de estabelecer algum médico em Sanditon, o que a natureza do anúncio o induziu a esperar que conseguiria em Willingden. Ele estava convencido de que o benefício de ter um profissional da medicina por perto aumentaria sensivelmente o desenvolvimento e a prosperidade de Sanditon; na verdade, tenderia a atrair um prodigioso influxo de pessoas; nada mais faltaria. Ele tinha *fortes* motivos para acreditar que *uma* família fora dissuadida no ano passado de experimentar o balneário por causa disso; e provavelmente com muitas outras acontecera o mesmo. Suas próprias irmãs, que eram pobres pessoas doentes e que ele gostaria de levar para Sanditon naquele verão, dificilmente se arriscariam em um lugar onde não houvesse aconselhamento médico imediato.

Em termos gerais, o Sr. Parker era, sem dúvida, um homem de família, amigável, apegado à esposa, aos filhos, irmãos e irmãs, e na maioria das vezes bondoso; liberal, polido, fácil de agradar. Tinha uma disposição otimista e mais imaginação que raciocínio. E a Sra. Parker era, igualmente sem dúvida, uma mulher gentil e afável, de temperamento doce, a mais adequada esposa do mundo para um homem de fortes opiniões, mas que não tinha a capacidade de oferecer a ele a reflexão mais tranquila de que o marido algumas vezes necessitava. Era tão inteiramente propensa a ser guiada em todas as ocasiões que, estivesse ele arriscando sua fortuna ou torcendo o tornozelo, ela permaneceria igualmente inútil.

Para ele, Sanditon equivalia a uma segunda esposa mais quatro filhos; era igualmente querida e com certeza o envolvia ainda mais. Ele poderia falar de Sanditon sem limites. A cidade tinha de fato as mais altas qualidades; não apenas as de local de nascimento, propriedade e lar: era sua mina, sua loteria, sua especulação e seu brinquedo preferido; sua ocupação, sua esperança e seu futuro. Desejava ardentemente levar seus amigos de Willingden até lá; e seus esforços em prol dessa causa eram tão bondosos e desinteressados quanto eram calorosos.

Ele queria garantir a promessa de uma visita, queria que todos os membros da família que sua casa pudesse acomodar o seguissem até Sanditon o mais cedo possível; e, saudável como inegavelmente a família era, ele previa que todos se beneficiariam com o mar. Ele tinha, de fato, certeza de que nenhuma pessoa poderia se sentir realmente bem, ninguém (por mais que estivesse no momento favorecido pelos recursos fortuitos dos exercícios e da animação) poderia realmente estar em um estado seguro e permanente de saúde sem passar pelo menos seis semanas todo ano no litoral. O ar marítimo e os banhos de mar eram quase infalíveis, um ou outro seria uma cura para qualquer distúrbio do estômago, dos pulmões ou do sangue. Eram antiespasmódicos, antipulmonares, antissépticos, antibiliosos e antirreumáticos. Ninguém conseguia pegar uma gripe junto ao mar; ninguém ficava sem apetite junto ao mar; a ninguém faltava animação; a ninguém faltava força. O ar marítimo era curativo, calmante, relaxante, fortificante e tonificante, trazia os benefícios que eram necessários: às vezes uma, às vezes o outro. Se a brisa marítima falhasse, o banho era a cura certa; e, quando o banho não dava certo, o ar marítimo, apenas, era evidentemente projetado pela natureza para realizar a cura.

A eloquência do Sr. Parker, entretanto, não foi capaz de convencer. O Sr. e a Sra. Heywood nunca saíam de casa. Tendo se casado cedo e formado uma família muito numerosa, seus passeios havia muito tempo estavam limitados a um pequeno círculo; e eles eram mais velhos nos hábitos do que na idade. A não ser por duas viagens anuais a Londres para receber seus dividendos, o Sr. Heywood não ia além de onde seus pés ou seu desgastado e velho cavalo podiam conduzi-lo; e as aventuras da Sra. Heywood consistiam apenas em visitar, de vez em quando, seus vizinhos na velha carruagem que era nova quando os dois se casaram e fora reformada quando o filho mais velho do casal atingira a maioridade, dez anos antes. Eles tinham uma propriedade muito bonita; suficiente, se a família não fosse tão numerosa, para ter lhes permitido uma farta quantidade de luxos e inovações; suficiente para eles se permitirem uma nova carruagem e estradas melhores, ocasionalmente um mês em Tunbridge Wells e, quando surgissem sintomas da gota, um inverno em Bath. Mas a manutenção, a educação e o guarda-roupa de catorze filhos exigiam uma vida muito calma, acomodada e cuidadosa, e os obrigavam a ficar quietos e saudáveis em Willingden.

O que a prudência impusera no começo agora se tornara agradável pelo hábito. Eles nunca saíam de casa e se sentiam bem em dizê-lo. Mas, longe de quererem que seus filhos seguissem seus costumes, alegravam-se em promover a saída *deles* para o mundo tanto quanto possível. *Eles* permaneciam em casa para que os filhos *pudessem* sair; e, embora tornassem aquele lar extremamente confortável, acolhiam bem qualquer mudança que oferecesse bons contatos e conhecidos respeitáveis para os filhos ou filhas. Assim, quando o Sr. e a Sra. Parker deixaram de pedir uma visita em família e se fixaram no objetivo de levar uma filha com eles, não houve dificuldades. Apenas prazer e consentimento por parte de todos.

O convite deles foi para a Srta. Charlotte Heywood, uma jovem muito agradável de vinte e dois anos, a mais velha das filhas em casa, e aquela que, seguindo as orientações da mãe, fora particularmente útil e prestativa para eles; era quem os acompanhara mais de perto e melhor os conhecia. Charlotte deveria ir: com excelente saúde, tomaria banhos e ficaria ainda mais saudável, se possível; desfrutaria de todos os possíveis prazeres que Sanditon pudesse oferecer pela gratidão daqueles que acompanhava; e compraria novas sombrinhas, luvas e broches para as irmãs e para si mesma na biblioteca circulante, o que o Sr. Parker desejava ansiosamente apoiar.

Tudo o que o Sr. Heywood foi persuadido a prometer foi que mandaria todos que pedissem seu conselho para Sanditon, e que nunca, jamais seria induzido (até onde pudesse prever) a gastar nem mesmo cinco xelins em Brinshore.

Capítulo 3

Toda vizinhança devia ter uma grande dama. A grande dama de Sanditon era Lady Denham; e, em sua viagem de Willingden para o litoral, o Sr. Parker fez a Charlotte um relato mais detalhado dela do que se fizera necessário antes. Ela fora, com certeza, muitas vezes mencionada em Willingden. Por ser uma colega do Sr. Parker nos investimentos, a própria Sanditon não podia ser comentada por muito tempo sem que fosse introduzida na conversa Lady Denham. Que ela era uma senhora muito rica que enterrara dois maridos, que conhecia o valor do dinheiro, era muitíssimo respeitada e tinha uma prima pobre morando com ela eram fatos já conhecidos; mas algumas outras particularidades da história dela serviram para aliviar o tédio de uma longa colina, ou de um trecho acidentado da estrada, e proporcionar à jovem visitante um conhecimento adequado da pessoa com quem ela poderia esperar conviver diariamente.

Lady Denham fora uma rica Srta. Brereton, nascera em uma família abastada, mas não se dedicara aos estudos. Seu primeiro marido fora o Sr. Hollis, um homem que possuía uma considerável extensão de terras, das quais faziam parte uma boa fração da paróquia de Sanditon, incluindo solar e mansão. Quando ela se casou com ele, aos trinta anos, o Sr. Hollis já era idoso. Os motivos dela para essa união não eram muito compreensíveis passados mais de quarenta anos, mas ela havia cuidado tão bem do Sr. Hollis, trazendo-lhe tantas alegrias, que, quando morreu, ele lhe deixou tudo: todas as suas propriedades, tudo à disposição dela. Após uma viuvez de alguns anos, ela fora induzida a se casar de novo. O falecido Sir Harry Denham, de Denham Park, que ficava perto de Sanditon, havia conseguido levá-la, junto com sua considerável renda, para seus próprios domínios, mas não obtivera o mesmo sucesso no objetivo (que era a ele atribuído) de enriquecer permanentemente a família. Ela tivera cautela o bastante para não deixar escapar qualquer coisa de seu próprio domínio e, quando retornou a sua casa em Sanditon por ocasião da morte de Sir Harris, teria se gabado a uma amiga de que, se não havia *obtido* nada da família exceto o título, também não tinha *dado* nada por ele.

Pelo título, deveríamos supor, ela havia se casado; e o Sr. Parker reconhecia que aparentemente existia algum valor nele, a ponto de fornecer à conduta dela uma explicação natural.

— Às vezes há um pouco de prepotência, mas não é nada ofensivo. E há momentos, há ocasiões, em que o amor dela pelo dinheiro vai muito além do limite. Mas é uma mulher de bom coração, uma mulher de muito bom coração; uma vizinha muito prestativa e amigável; uma personalidade alegre, independente, valorosa; e suas faltas podem ser inteiramente imputadas à falta de estudo. Tem um bom senso natural, mas que é pouco cultivado. Tem uma mente ativa e também uma estrutura física saudável para uma mulher de setenta anos, e participa das melhorias de Sanditon com um ânimo verdadeiramente admirável. Embora, vez ou outra, certa pequenez *de fato* se manifeste. Ela não consegue aguardar uma situação futura como eu gostaria que fizesse; e fica alarmada com uma despesa insignificante no presente sem considerar os lucros que ela lhe trará em um ou dois anos. Ou seja, nós pensamos *de forma diferente*. De vez em quando consideramos as coisas *de forma diferente*, Srta. Heywood. Aqueles que contam as próprias histórias, a senhorita sabe, devem ser ouvidos com precaução. Quando nos vir juntos, a senhorita julgará por si mesma.

Lady Denham era de fato uma grande dama, além das necessidades comuns da sociedade, pois tinha muitos milhares de libras por ano para dar como herança, e três grupos distintos de pessoas que a cortejavam: seus próprios parentes, que poderiam com muita justificativa desejar suas trinta mil libras originais; os herdeiros legais do Sr. Hollis, que poderiam esperar ser mais agraciados pelo senso de justiça *dela* do que ele permitira que fossem pelo *dele*; e aqueles membros da família Denham para quem seu segundo marido desejara obter um bom negócio. Por todas essas pessoas, ou pelos parentes delas, ela vinha sendo, com certeza, muito atacada; e, desses três grupos, o Sr. Parker não hesitava em dizer que os parentes do Sr. Hollis eram os *menos* preferidos e que os de Sir Harry Denham eram os *mais* preferidos. Os primeiros, ele acreditava, haviam se prejudicado de forma irremediável por meio de expressões de muito insensato e injustificável ressentimento na época da morte do Sr. Hollis; os últimos tinham a vantagem de ser os remanescentes de uma união que ela certamente valorizava, de serem conhecidos dela desde a infância e de sempre estarem por perto para preservar seu interesse por meio de uma atenção moderada. Sir Edward, o atual baronete, sobrinho de Sir Harry, residia constantemente em Denham Park; e o Sr. Parker tinha poucas dúvidas de que ele e a irmã, a Srta. Denham, que morava com ele, seriam os mais lembrados no testamento dela. Ele sinceramente esperava que assim fosse. A Srta. Denham tinha muito poucas economias, e seu irmão era um homem pobre, considerando-se sua posição na sociedade.

— Ele é um amigo entusiasta de Sanditon — disse o Sr. Parker — e sua mão seria tão liberal como seu coração, se ele tivesse a possibilidade. Seria um nobre assistente! Nas atuais circunstâncias, ele faz o que pode, e está administrando um pequeno chalé de muito bom gosto, num pedaço de terra desocupado que Lady Denham lhe cedeu, e para o qual logo haverá, não duvido, muitos candidatos mesmo antes do final *desta* temporada.

Até o último ano, o Sr. Parker havia considerado que Sir Edward não tinha um único rival e era quem tinha as maiores chances de herdar a maior parte de tudo o que ela tinha para dar; mas havia agora as reivindicações de outra pessoa, que deveriam ser levadas em consideração: tratava-se das reivindicações da jovem parente de Lady Denham, que esta fora induzida a receber em sua casa. Depois de sempre ter protestado contra qualquer arranjo desse tipo, e durante muito tempo e com muita frequência ter se deleitado com as seguidas derrotas que impusera a cada tentativa de seus parentes de introduzir essa ou aquela jovem como sua dama de companhia em Sanditon House, ela trouxera de Londres, na última festa de São Miguel, uma certa Srta. Brereton, que por seus méritos rivalizava com Sir Edward na preferência dela e tinha chances de garantir para si e sua família aquela parte da propriedade acumulada que eles com certeza tinham mais direito de herdar.

O Sr. Parker falou com entusiasmo de Clara Brereton, e o interesse de sua história aumentou muito com a introdução dessa personagem. Charlotte ouvia agora com mais do que um interesse vago; era com atenção e prazer que ela ouvia a descrição da moça como sendo adorável, afável, gentil, despretensiosa, sempre capaz de guiar-se por um grande bom senso, e evidentemente ganhando por seu valor inato as afeições de sua protetora. Beleza, doçura, pobreza e dependência não precisam ser alimentadas pela imaginação; com algumas exceções, uma mulher tem pela outra sentimentos imediatos e compassivos. Ele deu os particulares que haviam levado à admissão de Clara em Sanditon como um bom exemplo daquela mistura de personalidade, aquela união de pequenez com bondade e bom senso, e até mesmo com liberalidade, que ele via em Lady Denham.

Após ter evitado Londres durante muitos anos, principalmente por causa daqueles mesmos primos que continuamente lhe escreviam, convidando-a e atormentando-a, primos que ela estava determinada a manter à distância, ela fora obrigada a ir até lá no último dia de São Miguel com a certeza de permanecer ali por pelo menos duas semanas. Ela fora a um hotel, hospedando-se sozinha com toda a prudência possível para desafiar os já conhecidos altos preços do lugar, e ao final de três dias pediu a conta para examinar suas despesas. A soma foi tal que ela decidiu não ficar nem mais uma hora no estabelecimento; e estava se preparando (em toda a fúria e perturbação por acreditar que tinha sido explorada e por não saber para onde ir) para deixar o hotel, correndo todos os riscos, quando os primos, os políticos e sortudos primos, que pareciam sempre ter alguém para espioná-la, se apresentaram nesse importante momento; e, sabendo da situação dela, convenceram-na a aceitar, durante o restante de sua estada, as acomodações que sua casa mais humilde em uma região muito inferior de Londres poderia oferecer.

Ela foi e ficou deliciada com a recepção e a hospitalidade e a atenção que recebeu de todos. Achou que seus bons parentes, os Breretons, estavam acima de suas expectativas e eram pessoas respeitáveis. Finalmente foi impelida, ao se inteirar pessoalmente da renda da família e das dificuldades financeiras que enfrentavam, a convidar uma das moças para passar o inverno com ela. O convite foi para *uma* moça, durante seis meses, com a probabilidade de outra parente tomar o lugar da primeira depois desse período; mas ao *selecionar* essa primeira, Lady Denham havia mostrado a parte boa de seu caráter, pois, passando pelas verdadeiras *filhas* daquela casa, escolheu Clara, uma sobrinha, mais indefesa e desvalida do que qualquer outra, uma moça pobre que dependia dos outros para viver, um fardo a mais para um grupo que já carregava muitos fardos; uma pessoa que era tão inferior aos olhos de todos que, mesmo com seus dotes e qualidades naturais, estava se preparando para uma situação pouco melhor que a de uma babá.

Clara voltara com ela e, com seu bom senso e mérito, tinha agora, ao que tudo indicava, garantido um lugar importante na consideração de Lady Denham. Os seis meses logo se passaram e não se disse uma sílaba sobre alguma mudança ou permuta. Ela era a favorita de todos. A influência de sua conduta firme e seu gênio terno e gentil foi sentida por todas as pessoas. Os preconceitos que ela enfrentara no início por parte de alguns se dissiparam. Sentia-se que ela merecia confiança, que era a companhia ideal para guiar e suavizar Lady Denham, que por influência dela alargaria sua mente e abriria a mão. Era tão completamente afável quanto encantadora; e, após ser beneficiada pelas brisas de Sanditon, aquela beleza alcançara a perfeição.

Capítulo 4

— E de quem é este lugar tão aconchegante? — perguntou Charlotte no momento em que, ao passarem por um trecho mais baixo encoberto pelas árvores, a umas duas milhas do mar, avistou uma casa de tamanho moderado, muito bem cercada e bem plantada, com jardim, pomar e prados muito fartos, que são os melhores atributos de um lugar como esse — Aqui parece haver tantos confortos como há em Willingden.

— Ah — disse o Sr. Parker. — Esta é minha antiga casa, a casa de meus antepassados, a casa onde eu e todos os meus irmãos e irmãs nasceram e foram criados, e onde meus três filhos mais velhos nasceram; onde a Sra. Parker e eu vivemos até dois anos atrás, quando nossa nova casa foi concluída. Fico feliz que lhe agrade. É um lugar decente; e Hillier a mantém em ótimo estado. Sabe, eu cedi a casa ao homem que toma conta da maior parte de minhas terras. Assim, ele fica com uma casa melhor, e eu, em situação bem melhor! Mais uma colina e estaremos em Sanditon — a Sanditon moderna — um belo lugar. Nossos ancestrais, a senhorita sabe, sempre construíam suas casas em um buraco. Aqui estamos, inclinados e descendo nesse cantinho apertado, sem ar ou vista, a menos de uma milha e três quartos da mais nobre extensão de oceano entre South Foreland e Land's End, e sem a menor visão dela. A senhorita não vai julgar que fiz uma troca ruim quando atingirmos Trafalgar House. Aliás, até acho que gostaria de não ter escolhido esse nome, já que Waterloo está mais na moda. Entretanto, Waterloo está reservado; e, se nós tivermos coragem o bastante este ano para nos aventurarmos em uma pequena expansão (como confio que teremos), então poderemos chamar a parte nova de Waterloo Crescent, e a construção vai ter forma de lua crescente, como o nome do prédio, o que cai muito bem e atrairá inquilinos. Em uma boa temporada teremos candidatos de sobra.

— Sempre foi muito confortável — disse a Sra. Parker, observando a casa através da janela de trás, com um semblante que parecia expressar a estima causada pelo arrependimento. — E um pomar lindíssimo; um pomar excelente!

— Sim, meu amor, mas podemos dizer que *o pomar* veio conosco. Assim como antes, ele nos fornece todas as frutas e legumes que apreciamos. E temos, na verdade, todo o conforto de uma excelente horta sem a constante parte desagradável de suas formalidades e o incômodo da deterioração dos vegetais. Quem aguenta um canteiro de repolhos em outubro?

— Sim, tem razão. Estamos tão bem providos de produtos de horta e pomar como sempre estivemos; pois, se esquecermos de trazê-los em alguma ocasião, podemos sempre comprar o que desejarmos em Sanditon House. O hortelão de lá fica feliz em nos fornecer os produtos. Mas a casa antiga era um bom lugar, onde as crianças podiam correr. Tanta sombra no verão!

— Querida, teremos bastante sombra na colina, e mais do que o suficiente daqui a alguns poucos anos. O crescimento de minhas plantações deixa todos atônitos. Enquanto isso, temos toldos de lona que nos proporcionam conforto completo dentro de casa. E podemos comprar uma sombrinha no Whitby's para a pequena Mary a qualquer momento, ou uma boina grande no Jebb's. E, quanto aos meninos, devo dizer que prefiro que corram ao sol. Tenho certeza de que concordamos, querida, no desejo de que nossos meninos sejam tão resistentes quanto possível.

— É, de fato, com certeza concordamos. E vou arrumar para Mary uma sombrinha, que a deixará toda prosa. Com que compostura ela passeará com ela, imaginando ser já uma pequena mulher. Oh, não tenho a menor dúvida de que estamos muito melhor onde moramos agora. Se algum de nós quiser se banhar, temos de andar menos de um quarto de milha. Mas, você percebe — completou ela, ainda olhando para trás —, as pessoas gostam de contemplar, como um velho amigo, o lugar onde já foram felizes. Os Hilliers não parecem ter sentido nem um pouco as tempestades do último inverno. Recordo ter visto a Sra. Hillier após uma daquelas noites terríveis, quando *nós* havíamos sido literalmente chacoalhados em nossas camas, e ela não parecia ter percebido o vento nem um pouco além do normal.

— Sim, sim, isso é muito provável. *Nós* temos todo o esplendor da tempestade com menos perigo real porque o vento, não encontrando nada que a ele se oponha ou o confine em torno da casa, simplesmente ruge e passa adiante; ao passo que aqui, neste baixio, nada se sabe do estado do ar abaixo das copas das árvores, e os habitantes podem ser pegos totalmente de surpresa por uma daquelas correntes pavorosas, que talvez façam mais estrago em um vale quando *realmente* acontecem do que um espaço aberto jamais experimenta com a mais feroz das ventanias. Mas, meu amor, quanto às verduras, você estava dizendo que qualquer falta acidental pode ser suprida na mesma hora pelo hortelão de Lady Denham. Mas ocorre-me que deveríamos ir a outro lugar nessas ocasiões, e que o velho Stringer, junto com seu filho, são mais indicados. Eu o encorajei a se estabelecer, você sabe, e receio que ele não esteja indo muito bem. Ou seja, não houve tempo o suficiente. Ele *vai* se dar bem, sem dúvida alguma. Mas no princípio o trabalho é muito árduo e, portanto, devemos lhe oferecer todo o apoio possível. Quando por acaso faltarem quaisquer frutas ou verduras (e não será inoportuno que as queiramos com frequência, que esqueçamos uma coisa ou outra quase todos os dias); apenas para termos um tipo de reserva, você sabe, para que o pobre e velho Andrew não perca seu trabalho diário; mas na verdade vamos comprar a quantidade principal para nosso consumo como os Stringers.

— Muito bem, meu amor, isso pode ser feito tranquilamente. E a cozinheira ficará satisfeita, o que será um grande conforto, porque ela está sempre reclamando do velho Andrew ultimamente, dizendo que ele nunca traz o que ela pede. Pronto, agora a casa antiga está bem longe. O que seu irmão Sidney diz sobre ela se transformar em uma casa de repouso?

— Ah, minha querida Mary, isso é apenas uma piada. Ele finge me aconselhar a transformá-la em uma casa de repouso. Finge rir de meus progressos. Sidney diz qualquer coisa, você sabe. Ele sempre disse o que lhe vem à cabeça, sobre nós e para nós todos. A maioria das famílias tem um membro desse tipo, creio eu, Srta. Heywood. Há na maioria das famílias alguém que é privilegiado por ter habilidade ou gênio superior para dizer qualquer coisa. Na nossa, é Sidney, que é um jovem muito inteligente e com grandes poderes de agradar. Ele vive intensamente no mundo para se acomodar, e esse é seu único defeito. Ele está aqui, lá e em todos os lugares. Eu gostaria de trazê-lo para Sanditon. Gostaria de apresentá-lo à senhorita. E seria uma coisa boa para o lugar! Um jovem como Sidney, com sua carruagem, cavalos e cocheiros e seu ar moderno. Você e eu, Mary, sabemos os efeitos que a presença dele poderia causar. Muitas famílias respeitáveis, muitas mães zelosas, muitas filhas bonitas isso poderia garantir, em detrimento de Eastbourne e Hastings.

Eles agora estavam se aproximando da igreja e da bela aldeia da antiga Sanditon, que ficava ao pé da colina que eles logo subiriam; uma colina cuja encosta era coberta pelos bosques e lotes de Sanditon House, e cujo topo terminava em um terreno gramado onde os novos prédios logo seriam erigidos. Apenas uma ramificação, serpenteando mais para o lado do mar, abria caminho para a passagem de um córrego desimportante, formando na sua desembocadura uma terceira parte habitável com um pequeno aglomerado de casas de pescadores.

A aldeia original continha praticamente apenas chalés, mas o espírito do presente fora assimilado, como observou o Sr. Parker, deliciado, para Charlotte, e dois ou três dos melhores estavam enfeitados com uma cortina branca e continham uma placa de "Acomodações para alugar"; e mais adiante, no pequeno pátio verde de uma velha casa rural, duas mulheres elegantes vestidas de branco podiam ser vistas com seus livros e banquinhos; e, após a curva da padaria, o som de uma harpa podia ser ouvido através da janela do andar superior.

Essas visões e sons eram um deleite para o Sr. Parker. Não que a ele interessasse pessoalmente o sucesso da aldeia em si; pois, considerando-a muito distante da praia, ele não tinha realizado nada ali; mas as aldeia era uma prova incontestável do aumento da elegância do lugar como um todo. Se a *aldeia* podia ser atraente, a colina estaria quase cheia. Ele previa uma temporada incrível. Na mesma época, no ano anterior (no final de julho), não havia nem um único visitante na aldeia! Nem ele se lembrava de algum durante o verão inteiro, exceto uma família com crianças que estava lá em busca do ar marítimo após uma tosse comprida, mas a mãe deles não permitia que ficassem perto da praia por medo de que caíssem na água.

— Civilização. De fato, a civilização! — exclamou o Sr. Parker, deliciado. — Olhe, minha queria Mary, olhe as vitrines de William Heeley. Sapatos azuis e botas de nanquim! Quem esperaria uma visão dessas numa loja de sapatos em Sanditon?! Isso é novidade deste mês. Não havia sapatos azuis quando passamos por aqui um mês atrás. Verdadeiramente maravilhoso! Bem, acho que *realizei* algo em minha época. Agora, para a nossa colina, nossa colina que respira saúde.

Ao subir, eles passaram pelos portões e alojamentos dos empregados de Sanditon House e viram o próprio telhado da casa por entre seus bosques. Era a última construção antiga naquela parte da paróquia. Um pouco mais no alto, a parte moderna começava; e, quando passaram pelo campo aberto, uma Prospect House, uma Bellevue Cottage e um Denham Place foram avistados por Charlotte com a calma e o interesse da curiosidade, e pelo Sr. Parker com o olho ávido que esperava ver quase todas as casas ocupadas. Mais placas de "aluga-se" do que ele havia calculado, e menos pessoas na colina; menos carruagens, menos pedestres. Ele havia imaginado que aquela era exatamente a hora em que todos estariam retornando de seus passeios para jantar; mas as areias e o Terraço sempre atraíam alguns, e a maré devia estar a meia altura.

Ele ansiava por estar ao mesmo tempo nas areias, nas encostas, em sua própria casa, e em todos os lugares fora de sua casa. Seu ânimo melhorava com a mera vista do mar e ele já quase podia sentir seu tornozelo ficando mais resistente A Trafalgar House, no ponto mais elevado do campo descoberto, era um prédio claro e elegante, que se erguia sobre um gramado e era rodeado por uma plantação recente, a cerca de cem metros da extremidade de uma encosta íngreme, mas não muito alta, que ficava mais próxima dela do que de qualquer outra construção, exceto uma única pequena fileira de casas elegantes chamadas de Terraço, com uma larga calçada à frente, aspirando a ser o centro comercial do lugar. Nessa rua estavam a melhor modista e a biblioteca e, um pouco separado dela, o hotel com seu salão de bilhar. Nesse ponto começava a decida para a praia e os vestiários móveis. Esse era, portanto, o ponto favorito da beleza e da moda.

Na Trafalgar House, que se erguia a pouca distância atrás do Terraço, os viajantes se acomodaram com segurança; e tudo foi alegria e felicidade entre papai, mamãe e seus filhos, enquanto Charlotte, sendo conduzida a seus aposentos, encontrou bastante divertimento em ficar na sua ampla janela veneziana e olhar para o heterogêneo conjunto de casas inacabadas, lençóis esvoaçantes e telhados de casas que se interpunham entre ela e o mar, dançando no sol e na brisa.

Capítulo 5

Quando eles se encontraram antes do jantar, o Sr. Parker estava examinando cartas.

— Nem uma linha de Sidney — ele disse. — É um camarada preguiçoso. Mandei-lhe de Willingden um relato sobre meu acidente e tinha certeza de que se dignaria a me enviar uma resposta. Mas talvez isso signifique que ele está vindo em pessoa. Acredito que sim. Mas aqui está a carta de uma de minhas irmãs. *Elas* nunca me abandonam. As mulheres são as únicas correspondentes em quem se pode confiar. Agora, Mary — disse ele, sorrindo para a esposa —, antes que eu a abra, o que devemos esperar do estado de saúde daquelas que a escreveram, ou melhor, o que Sidney diria se estivesse aqui? Sidney é um camarada impertinente, Srta. Heywood. E, a senhorita deve saber, ele garante que há uma boa dose de imaginação nas queixas das minhas duas irmãs. Mas não há nenhuma verdade nisso. Ou quase nenhuma. Elas têm uma saúde horrorosa, como a senhorita já nos ouviu comentar com frequência, e estão sujeitas a vários tipos de distúrbios graves. Na verdade, não acredito que elas saibam o que é passar um dia com saúde. E, ao mesmo tempo, são mulheres excelentes e úteis e donas de uma personalidade tão enérgica que, quando é preciso realizar alguma boa ação, elas se dedicam a esforços que, para os que não as conhecem totalmente, parecem extraordinários. Mas na verdade não existe fingimento nelas, a senhorita deve perceber. Apenas têm uma constituição mais fraca e uma mente mais vigorosa do que as que se costuma encontrar, juntas ou separadas. E nosso irmão mais novo, que mora com elas e não tem muito mais de vinte anos, lamento dizer que é quase tão doente quando elas. É tão delicado que não pode se dedicar a uma profissão. Sidney ri dele. Mas realmente não é brincadeira, embora Sidney sempre me faça rir contra a minha vontade. Veja, se ele estivesse aqui, sei que estaria considerando as chances de que Susan, Diana ou Arthur pareceriam ter estado à beira da morte no último mês, segundo o relato da carta.

Depois de correr os olhos pela carta, ele balançou a cabeça e disse:

— Nenhuma chance de vê-los em Sanditon, lamento dizer. Um relato muito triste sobre eles, na verdade. É sério, um relato *muito* triste. Mary, você vai lamentar saber como todos estiveram e estão doentes. Srta. Heywood, se me dá licença, vou ler a carta de Diana em voz alta. Gosto que meus amigos tenham contato entre si, e receio que esta é a única forma de contato que poderei proporcionar entre vocês. E não devo ter escrúpulos diante do relato de Diana; pois as cartas dela a mostram exatamente como é, a mais ativa, amigável e calorosa pessoa do mundo, e portanto ela deve lhe causar uma boa impressão.

Ele começou a ler:

"Meu querido Tom. Ficamos todos muito abalados com seu acidente e, se você não tivesse dito que caiu em ótimas mãos, eu teria ido ao seu encontro, mesmo correndo todos os riscos, no dia seguinte ao recebimento de sua carta, embora ela tenha me encontrado sofrendo de um ataque mais grave do que o costumeiro de minha antiga moléstia, bile espasmódica, e quase impotente para rastejar de minha cama até o sofá. Mas como você foi tratado? Mande-me mais detalhes em sua próxima carta. Se realmente for uma torção simples, como você afirma, nada seria tão eficaz como a fricção, apenas fricção com a mão, supondo-se que pudesse ser feita *imediatamente*. Dois anos atrás, eu estava de visita na casa da Sra. Sheldon quando o cocheiro dela torceu o pé ao limpar a carruagem e mal conseguiu mancar até a casa, mas, mediante uma fricção imediata feita com vigor (e eu esfreguei o tornozelo dele com minha própria mão durante seis horas sem intervalos), ele ficou bem em três dias. Muito obrigada, meu querido Tom, pela bondade conosco, que teve tanta influência em causar seu acidente. Mas rogo-lhe que nunca se arrisque de novo procurando um boticário por nossa causa, pois, mesmo que você tivesse aí em Sanditon o profissional mais experiente, isso não seria recomendação para nós. Desistimos totalmente da tribo dos médicos. Consultamos em vão médico após médico, até que ficamos totalmente convencidos de que devemos confiar em nosso conhecimento sobre nossa constituição arruinada ao buscar algum alívio. Mas, se você considera aconselhável, para o interesse do *lugar* obter um profissional da medicina, vou assumir a tarefa com prazer, e tenho certeza de que seria bem-sucedida. Eu poderia logo tomar as necessárias providências. No que diz respeito a eu mesma ir a Sanditon, é uma impossibilidade. Lamento dizer que não ouso tentar isso, pois minha intuição me diz simplesmente que, em meu estado atual, o ar marítimo seria provavelmente a morte para mim. E nenhum de meus queridos companheiros estaria disposto a me deixar, caso contrário eu os encorajaria a ir passar duas semanas com você. Mas, na verdade, duvido que os nervos de Susan estariam à altura do esforço. Ela tem sofrido o bastante com a dor de cabeça, e seis sanguessugas por dia durante dez dias completos a aliviaram tão pouco que consideramos certo mudar nossos procedimentos e, estando convencidos após um exame de que grande parte de seu sofrimento estava nas gengivas, eu a persuadi a atacar a doença ali. Ela portanto teve três dentes arrancados e está decididamente melhor, mas seus nervos estão muito perturbados. Ela só pode falar sussurrando e desmaiou duas vezes esta manhã, quando o pobre Arthur estava tentando reprimir uma tosse. Ele, fico feliz em dizer, está toleravelmente bem, embora mais fraco do que eu gostaria, e temo por seu fígado. Não tive nenhuma notícia de Sidney desde que vocês estiveram juntos na cidade, mas concluo que os planos dele de ir à Ilha de Wight não foram concretizados, ou ele teria passado por aqui a caminho de lá. Nós lhes desejamos com toda a sinceridade uma ótima temporada em Sanditon e, embora não possamos contribuir para seu *beau monde* pessoalmente, estamos fazendo todo o possível para lhes enviar pessoas que valham a pena e achamos que podemos garantir com segurança que haverá dois grupos numerosos. O primeiro é a família de um funcionário da Companhia das Índias Ocidentais vindo de Surrey; o segundo é um grupo de alunas de um respeitabilíssimo internato, ou escola, de Camberwell. Não vou lhe contar quantas pessoas empreguei no esforço, uma engrenagem complexa. Mas o sucesso sempre compensa.

De sua afetuosa, etc. etc. etc."

— Bem — disse o Sr. Parker, ao terminar. — Embora arrisque dizer que Sidney encontraria algo extremamente divertido nesta carta e nos faria rir sem parar durante meia hora, declaro que *eu*, por mim, não consigo ver nela nada que não seja lastimável ou digno de crédito. Mesmo com todos esses sofrimentos, a senhorita percebe como elas estão ocupadas em promover o bem dos outros?! Tão preocupadas com Sanditon! Dois grupos numerosos, um provavelmente para a Prospect House, o outro para o Número 2 de Denham Place ou para a última casa do Terraço, com camas extras no hotel. Eu lhe disse que minhas irmãs eram excelentes pessoas, Srta. Heywood.

— Tenho certeza de que elas devem ser muito extraordinárias — disse Charlotte. — Fico perplexa diante do estilo alegre da carta, levando em conta o estado em que suas duas irmãs parecem estar. Três dentes arrancados de uma só vez; apavorante! Sua irmã Diana parece tão doente quanto possível, mas aqueles três dentes de sua irmã Susan são mais aflitivos que todo o resto.

— Ora, elas com certeza estão muito acostumadas com a operação; com todas as operações. E têm tanta resistência!

— Suas irmãs sabem o que fazem, arrisco dizer, mas essas medidas me parecem chegar a extremos. Sinto que em qualquer doença eu estaria muito ansiosa por um aconselhamento profissional, e pouquíssimo disposta a pôr em risco a mim mesma ou a qualquer pessoa que eu ame! Mas também, *nós* somos uma família tão saudável que não posso julgar sobre a adequação do hábito da automedicação.

— Bem, para dizer a verdade — disse a Sra. Parker —, eu *realmente* penso que as Srtas. Parkers vão longe demais em determinadas ocasiões. E você também pensa assim, meu amor, e sabe disso. Você muitas vezes acha que eles estariam melhor se deixassem uns aos outros em paz; especialmente Arthur. Sei que você considera uma grande pena que elas *o* assustem tanto com supostas doenças.

— Bem, bem, minha querida Mary, concordo com você. É *mesmo* uma infelicidade para o pobre Arthur, nessa altura da vida, ser encorajado a se entregar à indisposição. É ruim que ele fantasie estar doente demais para assumir qualquer profissão e se acomode, aos vinte e um anos, com os juros de sua pequena fortuna, sem ideia alguma de tentar aumentá-la ou se engajar em qualquer ocupação que seja útil para ele mesmo e para os outros. Mas vamos falar de coisas mais agradáveis. Esses dois grupos numerosos são exatamente o que queríamos. Mas eis uma outra coisa que é ainda mais agradável: Morgan com seu "O jantar está servido".

Capítulo 6

O grupo logo se levantou após o jantar. O Sr. Parker não ficaria satisfeito sem uma visita antecipada à biblioteca com seu livro de assinaturas; e Charlotte ficou feliz em ver tudo o que fosse possível, e tão rápido quanto possível, já que tudo era novidade. Eles estavam ao ar livre no período mais calmo de um dia de banhos, quando a importante ocupação de jantar ou a de ficar sentado após o jantar estava sendo posta em prática em quase todos os alojamentos ocupados. Aqui e ali era possível ver um homem idoso e solitário, que se via forçado a sair mais cedo e caminhar para ter saúde; mas em geral fazia-se um silêncio quase completo. Tudo era vazio e tranquilidade no Terraço, nas encostas e nas areias.

As lojas estavam desertas. Os chapéus de palha e as gargantilhas de renda pareciam abandonados ao seu destino tanto dentro quanto fora dos recintos, e a Sra. Whitby, na biblioteca, estava sentada em sua sala interna, lendo um de seus próprios romances por falta de ocupação. A lista de assinantes era a de sempre. Os nomes de Lady Denham, Srta. Brereton, Sr. e Sra. Parker, Sir Edward Denham e Srta. Denham, que, seria possível afirmar, lideravam a lista, eram seguidos por ninguém melhor que: Sra. Mathews, Srta. Mathews, Srta. E. Mathews, Srta. H. Mathews, o Doutor e a Sra. Brown; Sr. Richard Pratt, Tenente Smith, da Marinha Real, Capitão Little — das Docas; Sra. Jane Fisher; Srta. Fisher, Srta. Scroggs; o Reverendo Sr. Hanking, Sr. Beard, advogado da associação Grays Inn; Sra. Davis e Srta. Merryweather.

O Sr. Parker não podia deixar de sentir que a lista não só tinha poucas pessoas distintas, mas também era menos numerosa do que ele esperara. Era só julho, entretanto, e agosto e setembro eram os meses importantes. Além disso, os prometidos grupos grandes de Surrey e Camberwell eram um consolo sempre disponível.

A Sra. Whitby veio sem demora de seu refúgio literário, deliciada em ver o Sr. Parker, cujas maneiras o recomendavam a todos, e os dois ficaram muito ocupados trocando gentilezas e informações, enquanto Charlotte, tendo adicionado seu nome à lista como uma primeira oferta de sucesso para a temporada, ocupou-se em algumas compras imediatas para o bem maior de todos — até que a Srta. Whitby pudesse abandonar sua penteadeira com todos os seus brilhantes cachos e lindos penduricalhos para acompanhá-la.

A biblioteca, é claro, acomodava tudo: todas as inúteis coisas do mundo que não podiam ser dispensadas; e entre tantas lindas tentações, e mesmo com tanta boa vontade do Sr. Parker para encorajar os gastos, Charlotte começou a sentir que devia se controlar; ou melhor, refletiu que aos vinte e dois anos não haveria desculpas para ela agir de outro modo, e que não seria bom gastar todo o seu dinheiro na primeira noite. Pegou um livro; por acaso era um exemplar de *Camilla*. Ela não era tão jovem quanto a personagem, nem tinha a intenção de enfrentar a angústia enfrentada pela heroína; portanto, deu as costas para as gavetas de anéis e broches, reprimiu outros desejos e pagou o que tinha comprado.

Para seu deleite particular, decidiram então dar uma volta na encosta; mas, no instante em que deixaram a biblioteca, encontraram duas damas cuja chegada tornou necessária uma alteração: Lady Denham e a Srta. Brereton. Elas tinham passado pela Trafalgar House e de lá foram até a biblioteca; e, embora Lady Denham fosse muito ativa para considerar que a caminhada de uma milha exigia descanso, e estivesse falando em ir dali direto para casa, os Parkers sabiam que ela gostaria mais de ser conduzida à casa deles e convidada a tomar chá. Assim, o passeio pela encosta deu lugar a um retorno imediato para casa.

— Não, não — disse a senhora —, não quero que se apressem para o chá por minha causa. Sei que gostam de tomar chá mais tarde. Meus hábitos de fazer as refeições cedo não devem causar inconveniente para meus vizinhos. Nada disso. A Srta. Clara e eu vamos voltar para casa e tomar nosso chá lá. Não pensamos em outra coisa quando viemos. Queríamos apenas vê-los e ter certeza de que tinham realmente chegado. Mas vamos tomar nosso chá em casa.

Apesar disso, ela se dirigiu a Trafalgar House e instalou-se na sala de visitas com muita calma, sem parecer estar escutando uma palavra das ordens da Sra. Parker para a criada, quando entraram, para que trouxesse o chá imediatamente. Charlotte ficou totalmente consolada da perda de seu passeio ao se ver em companhia daquelas pessoas que a conversa matinal lhe havia despertado tanta vontade de conhecer. Ela as observou bem. Lady Denham tinha estatura média, era forte, ereta e alerta em seus movimentos, com um olhar astuto e um ar de satisfação consigo própria, mas nada que a tornasse desagradável. E, embora seus modos fossem diretos e abruptos como os de uma pessoa que valoriza em si mesma a sinceridade, havia nela bom humor e cordialidade (uma civilidade e uma prontidão para ser apresentada a Charlotte e uma calorosa recepção para seus antigos amigos) que inspiravam a afeição que ela parecia estar sentindo. E, quanto à Srta. Brereton, sua aparência justificou tão completamente os elogios do Sr. Parker que Charlotte pensou que nunca tinha contemplado uma jovem tão interessante e adorável.

Elegantemente alta, harmoniosamente bela, com uma pele muito delicada e doces olhos azuis, modos suavemente modestos e ao mesmo tempo naturalmente graciosos, Charlotte só podia ver nela a mais perfeita representação de todas as heroínas que fossem as mais belas e encantadoras em todos os numerosos volumes que eles haviam deixado para trás nas prateleiras da Sra. Whitby. Talvez essa impressão se devesse ao fato de ela ter saído havia pouco de uma biblioteca circulante, mas Charlotte não era capaz de dissociar a ideia de uma perfeita heroína da pessoa de Clara Brereton. O fato de ela estar em companhia de Lady Denham enfatizava tanto essa impressão de Charlotte! Ela parecia estar de propósito ao lado da senhora para ser maltratada. Tamanha pobreza e dependência, ligadas a tanta beleza e mérito, não deixavam dúvidas na questão.

Esses sentimentos de Charlotte não eram fruto de algum espírito romântico. Não, ela era uma jovem muito sensata, que tinha lido romances em número suficiente para divertir sua imaginação, mas de modo algum para torná-la influenciável por eles. E, embora ela se deliciasse nos primeiros cinco minutos em imaginar a perseguição que *com certeza* era o quinhão da interessante Clara, especialmente na forma da mais bárbara conduta por parte de Lady Denham, ela não relutou em admitir, observando mais um pouco, que as duas pareciam se entender muito bem. Ela não encontrava em Lady Denham nada negativo a não ser aquele tipo de formalidade antiga de sempre chamar a moça de "Srta. Clara"; nem nada condenável no grau de atenção e cuidado dispensados a ela por Clara. De um lado, parecia uma bondade protetora; de outro, um respeito agradecido e afetuoso.

A conversa se concentrou completamente em Sanditon, seu número atual de visitantes e as chances de uma boa temporada. Era evidente que Lady Denham tinha mais ansiedade, ou mais medo de perder, que seu coadjutor. Ela queria que o lugar enchesse depressa e parecia ter muitas e sérias preocupações de que os alojamentos ficassem em alguns casos subutilizados. Os dois grandes grupos da Srta. Diana Parker não foram esquecidos.

— Muito bom, muito bom — disse a senhora. — Uma família das Índias Ocidentais e uma escola. Soa muito bem. Isso vai trazer dinheiro.

— Ninguém gasta com tanta liberalidade quanto as pessoas das Índias Ocidentais — observou o Sr. Parker.

— Exato, foi isso o que ouvi dizer; e, como eles têm as bolsas cheias, podemos imaginá-los, talvez, iguais às antigas famílias do campo. Mas também, essas pessoas que esbanjam seu dinheiro tão livremente nunca pensam se estão causando algum mal por aumentarem o preço das coisas. E ouvi dizer que esse é bem o caso dessa gente das Ínzias Ocidentais. E, se eles vierem para aumentar os preços de nossos itens básicos, não vamos ficar muito gratos a eles, Sr. Parker.

— Minha cara senhora, eles só podem aumentar os preços dos itens básicos se houver uma demanda extraordinária da parte deles e um derramamento enorme de dinheiro entre nós, e essas duas coisas vão nos fazer mais bem do que mal. Nossos açougueiros e padeiros e comerciantes em geral não podem enriquecer sem trazer prosperidade para *nós*. Se *eles* não ganharem, nossos aluguéis estarão ameaçados; e proporcional ao lucro deles será o nosso no final das contas, devido à elevação do valor de nossas casas.

— Oh! Bem, mas não vou querer que os preços da carne aumentem. E vou mantê-los baixos tanto quanto puder. Ora, a mocinha está rindo, percebo. Arrisco dizer que ela me julga uma criatura estranha, mas *ela* vai se preocupar com essas coisas mais tarde. Sim, sim, minha querida, pode confiar, com o tempo você pensará no preço da carne do açougueiro, mesmo não tendo um exército de criados para alimentar como eu tenho. E tenho certeza de que os que têm menos criados estão em melhor situação. Não sou mulher de me exibir, como todo mundo sabe, e, se não fosse pelo que devo à memória do pobre Sr. Hollis, eu jamais manteria a Sanditon House como faço. Não é para meu próprio deleite. Bem, Sr. Parker, e o outro grupo é um internato? Um internato francês, é isso mesmo? Nenhum problema com isso. Vão ficar as seis semanas. E, em meio a tantos hóspedes, talvez alguém esteja resfriado e queira leite de jumenta; e tenho duas jumentas dando leite atualmente. Mas talvez as mocinhas estraguem os móveis. Espero que venham com uma preceptora severa para tomar conta delas.

O pobre Sr. Parker não recebeu mais crédito de Lady Denham do que obteve de suas irmãs quanto ao seu objetivo ao visitar Willingden.

— Nossa! Meu querido senhor — exclamou ela. — Como pôde pensar numa coisa dessas? Lamento muito que o senhor tenha sofrido um acidente, mas, palavra de honra, foi merecido. Ir atrás de um *médico*? Ora, o que faríamos com um médico aqui? Estaríamos apenas encorajando os criados e os pobres a inventarem doenças se houvesse um médico por perto. Oh, por favor, não tragamos ninguém dessa tribo para Sanditon. Nós nos damos muito bem assim como estamos. Há o mar e as colinas e minhas jumentas *leizeiras*. E eu disse para a Sra. Whitby que, se alguém pedir um cavalo mecânico para se exercitar, podemos fornecê-lo por um preço justo — o cavalo mecânico do pobre Sr. Hollis, praticamente novo —, e o que mais as pessoas podem querer? Vivi uns bons setenta anos neste mundo e não tomei purgante mais que duas vezes; e nunca vi o rosto de um médico em toda a vida por iniciativa *minha*. E acredito piamente que, se meu pobre e querido Sir Harry também não tivesse nunca se consultado com um médico, estaria vivo hoje. Dez pagamentos, um após o outro, nos tomou o homem que o mandou para o outro mundo. Eu lhe peço, Sr. Parker, nada de médicos aqui.

Os apetrechos do chá foram trazidos.

— Oh, minha cara Sra. Parker, a senhora não devia, não mesmo... Por que fez isso? Eu estava praticamente me despedindo e lhes desejando uma boa noite. Mas, já que são tão amigáveis, acredito que a Srta. Clara e eu devamos ficar.

Capítulo 7

A popularidade dos Parkers lhes trouxe alguns visitantes logo na manhã seguinte; entre eles, Sir Edward Denham e sua irmã, que, tendo passado pela Sanditon House, foram até a casa deles para os cumprimentar; e, tendo sido cumprida sua tarefa de escrever cartas, Charlotte estava na sala com a Sra. Parker e pôde ver a todos.

Os Denhams foram os únicos que chamaram atenção especial. Charlotte ficou feliz em ser apresentada aos outros membros da família, e os considerou, pelo menos a melhor metade deles (pois, enquanto solteiro, o *cavalheiro* pode algumas vezes ser visto como a metade melhor de um par), não indignos de nota. A Srta. Denham era uma jovem bela, mas distante e reservada, dando a impressão de que se orgulhava de sua posição e desgostava de sua pobreza, e de que se sentia muito aflita pela falta de uma condução melhor do que a carroça em que se locomoviam, e que o cavalariço ainda estava conduzindo em seu campo de visão. Sir Edward era muito superior a ela em seu ar e seus modos; com certeza bonito, mas destacava-se mais pelo modo como falava e por sua vontade de dar atenção e agradar às pessoas. Ele entrou na sala com um belo porte, falou muito, e muito com Charlotte, ao lado de quem por acaso indicaram que ele se sentasse. E ela logo percebeu que ele tinha um belo rosto, uma voz agradavelmente gentil e muito o que conversar. Gostou dele. Mesmo discreta como era, ela o achou agradável e não alimentou dúvidas de que ele também a apreciara, o que ficou evidente quando ele ignorou a intenção da irmã de ir embora, continuando em seu lugar e em sua conversa. Não me desculpo pela vaidade da minha heroína. Se existem jovens no mundo com a mesma idade que ela e com menos imaginação e que sejam menos motivadas a agradar, não as conheço e jamais vou querer conhecê-las.

Finalmente, das portas-balcão da sala de estar, de onde se viam a estrada e todas as trilhas através do campo aberto, Charlotte e Sir Edward, que estavam sentados, não puderam deixar de observar Lady Denham e a Srta. Brereton passando. E houve no mesmo instante uma mudança no rosto de Sir Edward, que lançou um olhar ansioso para as duas enquanto elas continuavam avançando, e imediatamente em seguida propôs a sua irmã não só que saíssem, mas que fossem caminhando juntos até o Terraço. Essa reação dele provocou uma mudança repentina nas ideias de Charlotte, que foi curada de sua meia hora de febre e a colocou em um estado mais capaz de julgar, após a partida de Sir Edward, *como* ele fora de fato agradável. "Talvez boa parte disso tenha se devido ao seu ar e conversa; e o título também não lhe cai mal."

Logo ela se viu na companhia dele novamente. O primeiro objetivo dos Parkers, quando os visitantes matutinos partiram, era eles mesmos saírem. O Terraço era a atração de todos. Todos os que passeavam deviam começar pelo Terraço; e ali, sentados em um dos dois bancos verdes ao lado da trilha de pedregulhos, eles encontraram o grupo dos Denham juntos; que, embora unido em termos gerais, dividia-se muito perceptivelmente: as duas damas superiores em uma extremidade do banco, e Sir Edward e a Srta. Brereton na outra.

O primeiro olhar de Charlotte lhe disse que o jeito de Sir Edward era o de um namorado. Não poderia haver dúvidas sobre sua devoção por Clara. Como Clara recebia esse sentimento era menos óbvio, mas Charlotte estava inclinada a pensar que a moça não estava muito propensa a considerá-lo de modo favorável. Pois, embora estivesse sentada ali com ele em separado (o que provavelmente ela não tinha sido capaz de evitar), seu jeito era calmo e sério.

Que a jovem na outra extremidade do banco estava fazendo um sacrifício era mais que óbvio. A diferença no semblante da Srta. Denham, a transformação da Srta. Denham sentada em fria majestade na sala da Sra. Parker, sem abrir a boca a não ser quando instada pelos outros, na Srta. Denham ao lado de Lady Denham, escutando e falando com sorrisos atenciosos ou solícita prontidão, era muito impressionante e muito divertida – ou melancólica, dependendo apenas da prevalência da sátira ou da moral. O caráter da Srta. Denham ficou muito evidente para Charlotte. O de Sir Edward exigia mais observação. Ele a surpreendeu quando deixou Clara logo que todos se juntaram e concordaram em caminhar, e ao mesmo tempo voltou todas as suas atenções para ela mesma.

Colocando-se ao lado dela, ele parecia desejar separá-la o máximo possível do restante do grupo e oferecer a ela toda a sua conversa. Ele começou, num tom de elevado gosto e grande sentimento, a falar do mar e da praia; depois repassou animado todas as frases costumeiras empregadas para elogiar a sublimidade do mar e da praia, e que descreviam as *indescritíveis* emoções que eles provocam nas mentes sensíveis. A maravilhosa grandiosidade do mar numa tempestade, sua superfície vítrea durante uma calmaria, suas gaivotas e seu funcho marítimo e as profundezas insondáveis de seus abismos, suas repentinas vicissitudes, seus medonhos logros, seus marinheiros provocando-o à luz do sol e subjugados por uma repentina tempestade, todos esses elementos foram mencionados de forma fluente e ávida; talvez trivial, mas caindo muito bem nos lábios do belo Sir Edward, e ela não pôde deixar de pensar que ele era um homem de sentimentos, até que ele começou a deixá-la tonta com o número de citações e a confusão de algumas de suas frases.

— A senhorita se lembra — disse ele — dos belos versos de Scott sobre o mar? Oh, que descrição eles encerram! Eles nunca estão longe de meus pensamentos quando caminho por aqui. O homem que consegue lê-los sem se emocionar deve ter os nervos de um assassino! Que os céus me guardem de me encontrar desarmado com um homem assim!

— A que descrição o senhor se refere? — perguntou Charlotte. — Não me lembro, neste momento, do mar em nenhum dos poemas de Scott.

— Não se lembra mesmo? Nem eu consigo me lembrar agora. Mas a senhorita não pode deixar de se recordar da descrição que o poeta faz da mulher.

Oh! Mulher, em nossas horas de calma...

— Delicioso! Delicioso! Se não tivesse escrito mais nada, mesmo assim teria sido imortal. E também, aquele poema inigualável, incomparável, sobre a afeição dos pais:

*Alguns sentimentos são dados aos mortais
Que têm em si menos da terra que do céu...*

— Mas, enquanto discorremos sobre poesia, o que a senhorita pensa, Srta. Heywood, dos versos de Burns para sua Mary? Oh, o sentimento é capaz de nos enlouquecer! Se houve alguma vez um homem que *sentiu*, esse homem foi Burns. Montgomery tem toda a chama da poesia, Wordsworth tem dela a verdadeira alma, Campbell, em seus *Prazeres da Esperança*, tocou o extremo de nossas sensações...

Como visitas de anjos, raras e distanciadas.

— A senhorita é capaz de conceber algo mais persuasivo, mais enternecedor, eivado do profundo sublime do que esse verso? Mas Burns... Confesso que sinto que ele tem precedência, Srta. Heywood. Se Scott *tem* um defeito, é a falta de paixão. Terno, elegante, descritivo, mas *domesticado*. O homem que não pode fazer justiça aos atributos de uma mulher tem meu desprezo. Algumas vezes, de fato, um vislumbre de sentimento parece irradiá-lo, como nos versos de que estávamos falando, *Oh! Mulher, em nossas horas de calma*, mas Burns está sempre ardendo. Sua alma era o altar onde a bela mulher era exposta como num relicário. O espírito dele realmente exalava o incenso imortal que é devido à mulher.

— Já li muitos poemas de Burns com prazer — disse Charlotte, assim que teve a oportunidade de falar algo. — Mas não tenho suficiente sensibilidade poética para separar completamente a poesia de um homem de sua personalidade; e as irregularidades do pobre Burns impedem em grande medida que eu goste de seus versos. Tenho dificuldade de acreditar na *verdade* de seus sentimentos como enamorado. Não creio na *sinceridade* dos afetos de um homem como ele. Ele sentia e escrevia, para em seguida esquecer.

— Oh, não, não! — exclamou Sir Edward extasiado. — Ele era todo ardor e verdade. Seu gênio e suas suscetibilidades podem tê-lo levado a algumas aberrações... mas quem é perfeito? Seria hipercrítica, seria pseudofilosofia, esperar da alma de um gênio tão superior as preocupações menores das mentes comuns. O fulgor de talento, expresso pelo sentimento apaixonado no peito do homem, talvez seja incompatível com algumas decências prosaicas da vida; tampouco a senhorita pode, minha adorável Srta. Heywood — completou ele, falando num tom de profundo sentimento — tampouco pode qualquer mulher julgar com equanimidade o que um homem pode ser levado a dizer, escrever ou fazer pelos impulsos soberanos do ardor sem limites.

Aquilo era muito bonito. Mas, se Charlotte entendeu alguma coisa, não era muito decente; e não estando, além disso, nem um pouco satisfeita com o estilo extraordinário de elogiar do rapaz, ela respondeu muito séria:

— Realmente não entendo nada desse assunto. O dia está adorável. O vento, imagino, vem do sul.

— Feliz, feliz vento, que ocupa os pensamentos da Srta. Heywood!

Ela começou a achá-lo completamente bobo. O fato de ele ter escolhido caminhar ao seu lado ela pôde entender. Era para provocar a Srta. Brereton. Ela havia percebido isso em um ou dois olhares ansiosos dele; mas por que será que ele falava tanta besteira, a não ser que não pudesse fazer coisa melhor, não era possível entender. Ele parecia muito sentimental, muito cheio de um ou outro sentimento e muito viciado nos palavrórios da última moda, mas não tinha um pensamento muito claro, presumiu ela, e falava muita coisa de forma mecânica. O futuro poderia explicá-lo melhor. Mas, quando alguém sugeriu que entrassem na biblioteca, ela sentiu que já tinha tido o bastante de Sir Edward para uma única manhã e com grande alegria aceitou o convite de Lady Denham para que ficasse com ela no Terraço.

Os outros todos saíram, Sir Edward com uma aparência de desespero muito galante por se separar dela, e elas duas juntaram suas simpatias, ou seja, Lady Denham, como uma verdadeira grande dama, falou e falou apenas de seus próprios interesses, e Charlotte ouviu, divertindo-se com o contraste entre seus dois companheiros. Com certeza não havia nenhum traço de sentimento duvidoso nem qualquer frase de difícil interpretação no discurso de Lady Denham. Tomando o braço de Charlotte com a facilidade de quem sentia que qualquer atenção partindo dela era uma honra, e sendo comunicativa em virtude da mesma consciência da própria importância ou por um amor natural por falar, ela imediatamente disse. em um tom de grande satisfação e um olhar de profunda sagacidade:

— A Srta. Esther quer que eu a convide, bem como a seu irmão, a passar comigo uma semana na Sanditon House, como fiz no verão passado. Mas não vou fazer isso. Ela vem tentando se aproximar de mim de todas as formas, com elogios disso e elogios daquilo; mas percebi as intenções dela. Enxerguei tudo. Não sou fácil de enganar, minha cara.

Charlotte não conseguiu pensar em nada mais inocente do que apenas perguntar:

— Sir Edward e a Srta. Denham?

— Sim, minha querida. Meus jovens parentes, como às vezes os chamo, pois os pego pela mão muitas vezes. Eu os recebi no verão passado, nessa mesma época, durante uma semana; de segunda a segunda; e eles ficaram muito satisfeitos e agradecidos. Pois são jovens muito bons, minha cara. Eu não gostaria que você pensasse que lhes dou atenção *apenas* por causa do pobre Sir Harry. Não, não; eles mesmos merecem minha atenção ou, pode acreditar, não teriam muito a *minha* companhia. Não sou mulher de ajudar pessoas às cegas. Sempre tomo a precaução de conhecer a situação e saber com quem vou lidar antes de mover um dedo. Não acredito que tenha sido enganada uma única vez na vida. E isso é muito significativo quando é dito por uma mulher que se casou duas vezes. O pobre e querido Sir Harry, cá entre nós, julgou no início que ficaria com mais. Mas... — disse ela com um suspiro — ele se foi e não devemos pôr defeitos nos mortos. Ninguém poderia ter convivido mais alegremente que nós dois; e ele era um homem muito honrado, um cavalheiro das antigas famílias. E, quando ele morreu, dei a Sir Edward o relógio de ouro dele.

Ela disse isso para sua companheira com um olhar que parecia conter em si a certeza de produzir uma grande impressão; e, como não viu nenhum assombro arrebatado na expressão de Charlotte, logo acrescentou:

— Ele não deixou o relógio de herança para o sobrinho, minha cara. Não foi nenhum legado. Não estava no testamento. Ele só me disse, e só uma vez, que desejava que seu sobrinho ficasse com o relógio; mas eu não precisava tê-lo doado se não escolhesse fazê-lo.

— Muita generosidade mesmo! Um belo gesto! — disse Charlotte, totalmente forçada a fingir admiração.

— Sim, minha cara, e essa não é a única coisa generosa que fiz por ele. Tenho sido uma amiga muito dadivosa para com Sir Edward. E, pobre rapaz, ele precisa muito disso. Pois, embora eu seja *apenas a viúva*, minha cara, e ele o *herdeiro*, as coisas não estão entre nós da forma que costumam estar entre essas duas partes. Não recebo um tostão sequer do espólio da família Denham. Sir Edward não tem como me pagar. Ele não está em situação superior, acredite. Sou *eu* quem *o* ajuda.

— De fato, ele é um rapaz muito fino, particularmente elegante em seu modo de falar.

Isso foi dito apenas pela necessidade que Charlotte sentiu de dizer alguma coisa, mas ela viu na mesma hora que isso levantava suspeitas em Lady Denham, que lhe lançou um olhar astuto e completou:

— Sim, sim, ele é ótimo para se olhar. E espera-se que alguma moça de grande fortuna ache o mesmo, pois Sir Edward *deve* se casar por dinheiro. Ele e eu frequentemente conversamos sobre esse assunto. Um belo rapaz como ele com certeza sai por aí sorrindo e elogiando as moças, mas ele sabe que precisa se casar por dinheiro. E Sir Edward é um rapaz muito equilibrado e tem boas ideias.

— Sir Edward Denham — disse Charlotte —, com tantas qualidades pessoais, pode ter praticamente certeza de conquistar uma moça rica, se ele assim quiser.

Esse sentimento deslumbrante pareceu remover por completo a suspeita.

— Sim, minha cara, o que você disse é muito sensato — disse Lady Denham. — E se pudéssemos ainda conseguir uma jovem herdeira em Sanditon! Mas as herdeiras são terrivelmente escassas! Não acho que tenha passado uma herdeira por aqui; mesmo que fosse uma coerdeira, desde que Sanditon se tornou um lugar público. Famílias e famílias chegam, mas, pelo que posso entender, nem uma em cada cem delas tem um patrimônio, em terras ou em dinheiro. Uma renda, talvez, mas não propriedades. Clérigos, pode ser, ou advogados da cidade ou militares de licença médica, ou viúvas com alguma herança. E que bem essas pessoas podem fazer por alguém? A única coisa possível é que ocupem as casas vazias e, cá entre nós, acho que são todas umas bobas por não economizarem dinheiro ficando em suas casas. Mas, se pudéssemos conseguir que uma jovem herdeira fosse enviada aqui para tratar da saúde, e se a ela fosse recomendado leite de jumenta, eu poderia fornecê-lo para ela. E, assim que ela se curasse, nós a faríamos se apaixonar por Sir Edward!

— Seria uma grande sorte, sem dúvida.

— E a Srta. Esther também precisa se casar com alguém de posses. Precisa conseguir um marido rico. Ah, as jovens que não têm dinheiro merecem muita comiseração! Mas — disse ela após uma curta pausa —, se a Srta. Esther acha que vai me convencer a convidá-los para ficar na Sanditon House, vai perceber que está enganada. As coisas mudaram desde o verão passado, você sabe. Tenho a Srta. Clara comigo agora, e isso faz uma grande diferença.

Ela falou aquilo com tanta seriedade que Charlotte percebeu no mesmo instante indicações de comentários profundos, e preparou-se para informações mais completas. No entanto, o que se seguiu foi:

— Não gosto da ideia de ter minha casa cheia como um hotel. Não quero que o tempo de minhas duas criadas seja ocupado com a limpeza dos quartos. Elas têm o quarto da Srta. Clara para arrumar, bem como o meu, todos os dias. Se o trabalho delas ficasse mais pesado, elas iam querer salários mais altos.

Para objeções desse tipo, Charlotte não estava preparada. Ela achou tão impossível sequer fingir que concordava com Lady Denham que não disse nada. A senhora logo acrescentou, com grande alegria:

— E além disso, minha cara, você acha que devo encher minha casa e prejudicar Sanditon? Se as pessoas querem ficar um período à beira-mar, porque não alugam aposentos? Aqui há muitas casas vazias; três aqui mesmo, no Terraço. São três anúncios de aluguel olhando para mim neste exato momento. Números 3, 4 e 8. A casa da esquina, de número 8, talvez seja grande demais para eles, mas as outras duas são boas casinhas confortáveis, muito adequadas para um jovem cavalheiro e sua irmã. Então, minha cara, da próxima vez que a Srta. Esther começar a falar da umidade de Denham Park e do bem que os banhos de mar lhe fazem, vou aconselhá-la a vir e alugar uma dessas casas por duas semanas. Não acha que vai ser muito justo? A caridade começa em casa, você sabe...

Os sentimentos de Charlotte se dividiam entre o divertimento e a indignação, mas esta tinha a porção maior, que crescia cada vez mais. Ela manteve um semblante e também um silêncio educado. Não conseguia levar mais longe sua tolerância, a não ser tentando não ouvir mais, e consciente de que Lady Denham ainda continuava falando da mesma forma, ela permitiu que seus pensamentos se concentrassem numa meditação assim: "Ela é totalmente sovina. Eu não tinha esperado nada tão ruim; o Sr. Parker falou dela de forma muito atenuada. O julgamento dele sem dúvida não merece crédito. Sua boa natureza o leva a enganar-se. Ele é generoso demais para enxergar as coisas com clareza. Devo julgar por mim mesma. E a própria amizade deles o prejudica. Ela o convenceu a se engajar no mesmo tipo de especulação, e como o objetivo deles nesse aspecto é o mesmo, ele imagina que ela pensa como ele em outros aspectos. Mas ela é muito, muito sovina. Não enxergo nada de bom nela. Pobre Srta. Brereton! E ela torna sovinas todos à sua volta. Esse pobre Sir Edward e sua irmã; até onde eles teriam sido respeitáveis por sua própria natureza não sei dizer. Mas são obrigados a ser sovinas em seu servilismo a ela. E eu sou sovina, também, quando dedico a ela minha atenção e finjo concordar com ela. As coisas são assim quando as pessoas ricas são sórdidas.

Capítulo 8

As duas mulheres continuaram caminhando juntas até que se juntaram aos outros, que, ao saírem da biblioteca, foram seguidos por um jovem Whitby, correndo com cinco volumes debaixo do braço até o trole de Sir Edward. E este, aproximando-se de Charlotte, disse:

— A senhorita pode perceber com o que nos ocupamos. Minha irmã quis minha sugestão para escolher alguns livros. Temos muitas horas vagas e lemos muito. Não sou alguém que leia romances indiscriminadamente. Desprezo profundamente o lixo da biblioteca circulante. A senhorita nunca vai me ouvir elogiar aquelas emanações pueris que não se aprofundam em nada, mas apresentam apenas princípios discordantes impossíveis de articular, ou aqueles tecidos monótonos de ocorrências ordinárias das quais não se pode fazer uma dedução útil. Por mais que as coloquemos em um destilador literário, não conseguiremos colher nada que se possa acrescentar à ciência. A senhorita me entende, com certeza?

— Não tenho muita certeza disso. Mas, se o senhor descrever o tipo de romance que aprecia, arrisco dizer que sua descrição me dará uma ideia mais clara.

— Com todo prazer, bela questionadora. Os romances que aprovo são aqueles que apresentam a natureza humana com grandiosidade; que a exibem na sublimidade dos intensos sentimentos; que desnudam o progresso da forte paixão desde seu primeiro germe de incipiente suscetibilidade até as extremas energias da razão meio destronada; onde vemos a forte centelha dos encantos de uma mulher acender tamanho fogo na alma do homem que o leva (sob o risco de alguma aberração do ponto de vista estrito das obrigações corriqueiras) a arriscar tudo, ousar tudo, realizar tudo para conquistá-la. São essas as obras que examino com prazer e, espero poder dizer, com um sentido de aperfeiçoamento. Esses livros evidenciam os mais esplêndidos quadros das altas concepções, visões irrestritas, ardor ilimitado, paixão indômita. E, mesmo quando o evento é predominantemente negativo para as altíssimas maquinações do personagem principal (o poderoso, penetrante herói da história), ficamos cheios de sentimentos generosos para com ele; nossos corações ficam paralisados. Seria pseudofilosofia afirmar que não nos sentimos mais envolvidos pelo brilho de sua trajetória do que pelas tranquilas e mórbidas virtudes de qualquer antagonista. Nossa aprovação deste é apenas fruto da caridade. Esses são os romances que ampliam as capacidades primitivas do coração, e dialogar com eles não pode atacar a razão ou trazer algum malefício para o mais antipueril dos homens.

— Se o entendo bem — disse Charlotte —, nossos gostos em relação aos romances não são nada parecidos.

E nesse ponto eles foram obrigados a se separar, pois a Srta. Denham estava por demais enfarada deles todos para continuar ali.

A verdade era que Sir Edward, a quem as circunstâncias haviam confinado a um único lugar, tinha lido mais romances sentimentais do que lhe convinha. Sua imaginação tinha desde cedo sido conquistada por todos os personagens apaixonados e mais censuráveis de Richardson; e outros autores que tinham seguido os passos de Richardson (no que se referia à busca determinada de uma mulher empreendida por um homem, desafiando todas as contrariedades de sentimento e conveniência) desde cedo haviam ocupado a maior parte de suas horas literárias, e formado seu caráter. Com uma perversidade de julgamento que devia ser atribuída à sua cabeça, meio fraca por natureza, Sir Edward considerava que as graças, o espírito, a sagacidade e a perseverança do vilão da história compensavam com sobra todos os seus absurdos e atrocidades. Para ele, esse tipo de conduta comportava genialidade, fogo e sentimento. Ele se sentia interessado e incendiado por ela. E estava sempre mais ansioso por seu sucesso, e mais disposto a lamentar suas vicissitudes com mais ternura do que jamais poderia ter sido imaginado pelos autores.

Embora devesse muitas de suas ideias a esse tipo de leitura, seria injusto dizer que ele não lia nada além disso, e que sua linguagem não era formada com base em um conhecimento mais geral da literatura moderna. Ele lia todos os ensaios, cartas, relatos de viagens e críticas da atualidade; e com a mesma falta de sorte que o fizera derivar apenas princípios falsos das lições de moral, e incentivos ao vício da tentativa de vencê-lo, ele recolhia apenas palavras difíceis e frases rebuscadas do estilo de nossos mais aprovados autores.

O grande objetivo de vida de Sir Edward era seduzir. Com as vantagens pessoais que ele sabia que tinha, e com os talentos que ele mesmo se atribuía, considerava que seduzir era seu dever. Achava que fora formado para ser um homem perigoso, bem ao estilo do Lovelace de Richardson. O próprio nome, "Sir Edward", achava ele, carregava consigo algum grau de fascínio. Ser em geral galante e atencioso com as belas, fazer belos discursos para qualquer moça bonita, era apenas a parte inferior do papel que ele devia desempenhar. Da Srta. Heywood, ou de qualquer outra moça com alguma pretensão à beleza, ele tinha direito (de acordo com as visões que ele tinha da sociedade) de se aproximar para enchê-las de elogios e rapsódias logo que lhe fossem apresentadas. Mas era apenas Clara que ele desejava seriamente; era Clara que ele pretendia seduzir; a sedução dela estava mais que decidida. De todas as formas, a situação dela exigia isso. Ela era rival dele em relação aos favores de Lady Denham; ela era jovem, adorável e dependente. Ele logo percebera a necessidade de se ligar a ela e agora já fazia tempo que, com cuidadosa assiduidade, tentava causar uma impressão no coração dela e minar seus princípios. Clara não lhe dava a mínima e não tinha a menor intenção de ser seduzida; mas era indulgente com ele com paciência suficiente para confirmar o tipo de apego que seus encantos pessoais tinham despertado. Na verdade, um grau maior de desencorajamento não teria afetado Sir Edward. Ele estava armado contra o máximo nível de desdém ou aversão. Se ela não pudesse ser conquistada pela afeição, ele deveria raptá-la. Ele sabia o que fazer.

Já tinha pensado muito no assunto. Se fosse *realmente* forçado a raptá-la, desejaria naturalmente fazer algo diferente, superando aqueles que haviam feito isso antes; e tinha uma forte curiosidade de verificar se a vizinhança de Timbuktu não poderia oferecer alguma casa solitária, adaptada para receber Clara. Mas a despesa, que lástima! Ações naquele estilo nobre não combinavam com seu bolso, e a prudência o obrigava a preferir o tipo de desgraça mais silenciosa, e não a mais espetacular, para o objeto de suas afeições.

Capítulo 9

Um dia, logo após a chegada de Charlotte a Sanditon, ela teve o prazer de avistar, bem na hora em que subia da praia para o Terraço, uma elegante carruagem parada à porta do hotel, que acabara de chegar; e, pela quantidade de bagagem sendo descarregada, devia ser de alguma família respeitável determinada a ficar por um longo tempo.

Entusiasmada com a ideia de levar notícias tão boas para o Sr. e a Sra. Parker, que tinham ido para casa algum tempo antes, ela se dirigiu a Trafalgar House com a rapidez que lhe era possível após ter enfrentado, durante as duas horas anteriores, um ótimo vento que soprava diretamente na praia. No entanto, mal ela tinha chegado ao pequeno gramado quando percebeu uma dama caminhando com agilidade atrás dela, a pouca distância. Convicta de que não poderia ser uma pessoa conhecida sua, ela resolveu se apressar e entrar na casa, se possível, antes dela. Mas o ritmo da estranha não permitiu que ela fizesse isso. Charlotte estava na escada e tinha acabado tocar a campainha quando a outra atravessou o gramado; e, quando o criado abriu, as duas estavam igualmente prontas para entrar na casa.

A tranquilidade da dama, seu "Como vai, Morgan?" e a aparência de Morgan ao vê-la provocaram um instante de perplexidade; mas o momento seguinte trouxe o Sr. Parker até o saguão para cumprimentar sua irmã, que ele avistara da sala de estar; e Charlotte foi logo apresentada à Srta. Diana Parker. Houve muita surpresa, mas ainda mais prazer no encontro. Nada poderia ser mais gentil do que a recepção que a visitante teve dos donos da casa. Como ela viera? E com quem? E eles estavam tão felizes em ver que ela suportara bem a viagem! E que se hospedaria na casa *deles* era coisa decidida.

A Srta. Diana Parker tinha por volta de trinta e quatro anos, era esbelta e de altura média; tinha aparência delicada, mas não doentia, com um semblante agradável e olhos muito vivazes. Seus modos lembravam os de seu irmão na franqueza e tranquilidade, embora ela tivesse mais decisão e menos suavidade em seu tom. Ela iniciou um relato sobre si mesma sem demora, agradecendo-lhes o convite, mas declarando que aceitar estava completamente fora de questão, pois todos os três tinham vindo e tinham a intenção de alugar uma casa e permanecer por um tempo.

— Todos os três! Nossa! Susan e Arthur! Susan pôde vir também! Isso está ficando cada vez melhor.

— Sim, realmente, viemos os três. Inevitável. Não havia mais nada a fazer. Vocês ficarão sabendo de tudo. Mas, minha querida Mary, mande chamar as crianças; quero muito vê-las.

— E como foi que Susan suportou a viagem? E Arthur? E por que ele não está aqui com você?

— Susan passou maravilhosamente bem. Ela não dormiu nada nem na noite antes de partirmos nem na noite passada, em Chichester, e, como isso não é tão comum para ela quanto é para *mim*, fiquei muito apreensiva. Mas ela aguentou maravilhosamente, não teve nenhum ataque histérico até vermos a velha Sanditon, e o ataque não foi muito violento, tendo quase acabado quando chegamos ao hotel, de modo que a tiramos da carruagem muito bem com o auxílio do Sr. Woodcock. E quando a deixei ela estava organizando a retirada da bagagem e ajudando o velho Sam a desamarrar os malões. Ela mandou muitos abraços e lamentou ser uma pobre criatura incapaz de vir comigo. E, quanto ao pobre Arthur, ele até estava disposto a vir, mas está ventando muito e achei que ele não deveria se arriscar, pois tenho *certeza* de que está prestes a ter uma crise de lumbago. Assim, eu o ajudei a vestir seu sobretudo e o mandei ao Terraço para conseguir aposentos para nós. A Srta. Heywood provavelmente viu nossa carruagem em frente ao hotel. Soube que se tratava da Srta. Heywood no momento em que a vi diante de mim, no campo. Querido Tom, estou tão feliz por vê-lo andando tão bem. Deixe-me examinar seu tornozelo. Tudo bem. Está ótimo e sem problemas. O movimento de seus tendões foi pouquíssimo prejudicado; é quase imperceptível. Bem, agora deixem-me explicar por que estou aqui. Eu lhes disse em minha carta algo sobre os dois grupos respeitáveis que eu esperava que viessem para cá, o das Índias Ocidentais e o do internato.

Nesse momento o Sr. Parker aproximou ainda mais sua cadeira à da irmã e pegou mais uma vez sua mão num gesto carinhoso, enquanto respondia:

— Sim, sim, como você tem sido ativa e generosa!

— O das Índias Ocidentais — continuou ela —, que considero o grupo mais desejável dos dois, como o melhor dos bons, são uma tal Sra. Griffiths e sua família. Eu os conheço por vias indiretas. Vocês devem ter-me ouvido mencionar a Srta. Capper, amiga particular de *minha* muito particular amiga Fanny Noyce. Então, a Srta. Capper é muito íntima de uma tal Sra. Darling, que se corresponde frequentemente com a própria Sra. Griffiths. Uma corrente *bem* curta, à qual não falta nenhum elo, como vocês podem ver. A Sra. Griffiths tinha a intenção de ir para o litoral por causa da saúde de sua família e tinha escolhido a costa de Sussex, mas não decidira ainda aonde ir. Queria algo reservado, e escreveu pedindo a opinião de sua amiga, a Srta. Darling. A Srta. Capper estava por acaso com a Sra. Darling quando chegou a carta da Sra. Griffiths e foi consultada sobre o assunto. Ela escreveu no mesmo dia para Fanny Noyce e mencionou a questão; e Fanny, sempre pensando em *nós*, na mesma hora lançou mão da pena e me escreveu falando da situação. Sem citar *nomes*, que vieram à luz muito mais recentemente. Só havia *uma* coisa que *eu* poderia fazer. Respondi à carta de Fanny me valendo do mesmo mensageiro, insistindo que ela recomendasse Sanditon. Fanny receou que não tivéssemos uma casa grande o suficiente para toda a família. Mas parece que estou encompridando demais a minha história. Vocês percebem como tudo foi organizado. Tive o prazer de ouvir logo depois, pela mesma corrente, que Sanditon havia sido recomendada pela Sra. Darling, e que a família das Índias Ocidentais estava muito disposta a vir para cá. Era nesse pé que estavam as coisas quando lhes escrevi. Mas dois dias atrás... sim, anteontem, tive de novo notícias de Fanny Noyce, dizendo que tinha tido notícias da Srta. Capper, que por uma carta da Sra. Darling entendeu que a Sra. Griffiths tinha expressado em outra carta a ela, a Sra. Darling, alimentar dúvidas a respeito de Sanditon. Eu me fiz clara? Eu pretendo ser completamente clara.

— Sim, perfeitamente clara! E então?

— O motivo dessa hesitação era o fato de ela não conhecer ninguém no local, e não ter certeza de que conseguiria boas acomodações ao chegar; e ela estava com tantos escrúpulos em relação ao assunto mais por causa de uma certa Srta. Lamb, uma jovem (provavelmente sua sobrinha) sob seus cuidados, do que por uma preocupação com suas próprias filhas. A Srta. Lamb tem uma imensa fortuna; é mais rica que todo o resto. Tem também uma saúde muito delicada. Percebemos claramente por tudo isso o *tipo* de mulher que deve ser a Sra. Griffiths: tão inútil e tão indolente quanto a riqueza e um clima quente podem tornar alguém. Mas nem todos nascemos com a mesma energia. Então, o que foi que fiz? Fiquei indecisa, durante alguns segundos, sobre se deveria me propor a escrever a *vocês* ou à Srta. Whitby para que conseguissem uma casa para eles; mas nenhuma das duas ideias me satisfez. Odeio encarregar outras pessoas quando eu mesma posso agir; e minha consciência me disse que essa era uma ocasião que mandava que eu agisse. Havia uma família de pessoas doentes e desamparadas a quem eu devia servir. Sondei Susan. O mesmo pensamento lhe ocorrera. Arthur não apresentou nenhuma resistência. Nosso plano foi imediatamente traçado; partimos ontem de manhã, às seis horas; deixamos Chichester no mesmo horário hoje, e aqui estamos.

— Excelente! Excelente! — exclamou o Sr. Parker. — Diana, você é incomparável no que diz respeito a servir seus amigos e fazer o bem para todo o mundo. Não conheço ninguém como você. Mary, meu amor, ela não é uma criatura maravilhosa? Bem, então, que casa você pretende destinar a eles? Qual é o tamanho da família?

— Não sei ainda — respondeu a irmã. — Não tenho a mínima ideia, não sei de nenhum particular, mas tenho muita certeza de que a maior casa de Sanditon não será grande demais. É muito provável que eles queiram uma segunda. Vou reservar apenas uma, no entanto, e essa para apenas uma semana. Srta. Heywood, acho que a estou deixando perplexa. A senhorita não sabe o que pensar de mim. Vejo por sua expressão que a não está acostumada com providências tão rápidas.

As expressões "inacreditável obsequiosidade!" e "esforço desvairado!" tinham acabado de passar pela cabeça de Charlotte, mas foi fácil responder de forma educada.

— Devo mesmo estar parecendo surpresa — disse ela —, porque essas providências são muito trabalhosas, e sei que a senhora e sua irmã são muito doentes.

— Somos doentes sim! Arrisco dizer que não há três pessoas na Inglaterra que merecem tanto essa qualificação quanto nós! Mas, minha cara Srta. Heywood, fomos enviados a este mundo para sermos úteis o máximo possível e, quando há algum grau de força mental, não é um corpo frágil que vai nos fornecer uma desculpa, ou nos inclinar a fornecer desculpas. O mundo é bem dividido entre os fracos e os fortes de mente; entre aqueles que sabem agir e aqueles que não sabem; e o dever sagrado dos que são capazes é não deixar que lhes escape nenhuma oportunidade de serem úteis. As minhas queixas e as de minha irmã, por sorte, não têm sempre a natureza de ameaçar a vida *imediatamente*. E, enquanto pudermos nos *esforçar* para sermos úteis aos outros, estou convencida de que o corpo melhora devido ao ânimo que a mente obtém quando cumpre seu dever. Enquanto viajava com esse objetivo em vista, senti-me perfeitamente bem.

A entrada das crianças interrompeu esse pequeno panegírico de sua própria disposição; e, depois de tê-las visto e acariciado, ela se preparou para partir.

— Você não pode jantar conosco? Não é possível convencê-la a jantar aqui? — foi o que eles disseram. E, sendo *isso* absolutamente recusado, indagaram: — E quando a veremos de novo? E como poderemos ajudá-la?

Em seguida o Sr. Parker calorosamente se ofereceu para ajudá-la a conseguir a casa para a Sra. Griffiths.

— Encontro você assim que você tiver jantado — disse ele — e podemos ir juntos.

Mas a oferta foi imediatamente recusada.

— Não, meu querido Tom, em hipótese alguma você dará um passo sequer para meter-se em algum assunto meu. Seu tornozelo precisa de descanso. Vejo pela posição de seu pé que você já o usou demais. Não, vou eu mesma sair para procurar casas. Nosso jantar só é pedido depois das seis; e por volta desse horário já espero ter completado a tarefa. Agora são apenas quatro e meia. E, quanto a *me* encontrarem de novo hoje, não posso dar uma resposta. Os outros estarão no hotel durante toda a noite e ficarão deliciados em se encontrar com você a qualquer momento. Mas assim que eu voltar quero ouvir o que Arthur fez a respeito de nossas acomodações, e provavelmente no minuto em que o jantar terminar deverei sair de novo cuidando desse assunto, pois esperamos já estar instalados após o café amanhã de manhã. Não tenho muita confiança no talento do pobre Arthur para realizar essa tarefa, mas ele pareceu ter gostado da incumbência.

— Acho que você está fazendo muita coisa — disse o Sr. Parker. — Você vai se acabar. Não deveria sair de novo após o jantar.

— De jeito nenhum, não deveria mesmo — exclamou sua esposa. — Pois "jantar" é apenas uma palavra para vocês três, que não comem quase nada. Conheço o apetite de vocês.

— Meu apetite melhorou muito nos últimos tempos, posso lhe assegurar. Tenho tomado uns amargos preparados por mim mesma, que realizaram verdadeiros milagres. Susan nunca come, pode ter certeza; e neste momento *eu* não vou querer nada. Nunca como durante mais ou menos uma semana após uma viagem. Mas, quanto a Arthur, ele é disposto até demais para comer. Muitas vezes temos de contê-lo.

— Mas você não me contou nada sobre o *outro* grupo que vem a Sanditon — disse o Sr. Parker, enquanto a acompanhava até a porta da casa. — O internato Camberwell. Temos uma boa chance com *eles*?

— Sim, com certeza. Eu havia me esquecido deles por um momento. Mas recebi uma carta três dias atrás de minha amiga, a Sra. Charles Dupuis, que me garantiu sobre Camberwell. Eles virão para cá com certeza, e logo, logo. *Aquela* boa mulher (não sei o nome dela), não sendo tão rica ou independente como a Sra. Griffiths, pode viajar e escolher as acomodações por si mesma. Vou lhe contar como cheguei a *ela*. A Sra. Charles Dupuis mora praticamente ao lado de uma senhora que tem um parente que há pouco tempo se estabeleceu em Clapham, e que na verdade frequenta o internato e dá aulas de eloquência e literatura para algumas das moças. Consegui para esse homem uma lebre de um dos amigos de Sidney, e ele recomendou Sanditon. Sem que *eu* aparecesse, entretanto. A Sra. Charles Dupuis cuidou de tudo.

Capítulo 10

Não fazia nem uma semana que a Srta. Diana Parker fora advertida, por seus sentimentos, de que o ar marítimo seria, naquele momento, a morte para ela; e agora ela estava em Sanditon, pretendendo permanecer ali e sem dar sinais de uma mínima lembrança de ter escrito ou sentido nada disso. Era impossível, para Charlotte, não suspeitar de uma boa dose de fantasia em um estado de saúde tão extraordinário. Distúrbios e recuperações tão fora do comum pareciam mais uma diversão de mentes ávidas em busca de ocupação do que reais aflições e alívios. Os Parkers eram, com certeza, uma família de imaginação e sentimentos à flor da pele e, embora o irmão mais velho tivesse encontrado algum alívio para sua superabundância de sensações na função de empreendedor, as irmãs talvez estivessem concentradas em dissipar a sua inventando estranhas queixas.

Não que a vivacidade mental delas estivesse *inteiramente* empregada nisso; parte dela era empregada em um esforço para ser útil. Pareceria que elas precisavam ou estar demasiadamente ocupadas com o bem dos outros ou então extremamente doentes. Alguma fragilidade de constituição, de fato, com uma infeliz mania pela medicina, especialmente pela medicina charlatã, as havia precocemente imbuído de uma tendência a vários distúrbios em várias ocasiões; o restante de seus sofrimentos vinha da imaginação, do amor ao destaque pessoal e da imaginação. Elas tinham corações caridosos e muitos sentimentos afáveis; mas um espírito de inquieta atividade, e a glória de fazer mais que todo mundo, tinham sua parcela em cada exercício de benevolência; e havia vaidade em tudo o que faziam, bem como em tudo o que suportavam.

O Sr. e a Sra. Parker passaram grande parte da noite no hotel; mas Charlotte só teve duas ou três visões da Srta. Diana cruzando o campo atrás de uma casa para essa senhora que ela nunca tinha visto e que nunca a havia contratado. Ela só foi apresentada aos outros no dia seguinte, quando, tendo sido transferidos para alojamentos e continuando todos bem, o irmão e a irmã e ela mesma foram convencidos a tomar chá com eles.

Estavam em uma das casas do Terraço; e ela os encontrou acomodados para a chegada da noite em uma pequena sala de estar bem-arrumada, com uma bela vista para o mar se eles quisessem; mas, embora tivesse feito um belo dia de verão inglês, não só não havia uma única janela aberta como o sofá e a mesa e todos os elementos do cômodo em geral estavam todos do lado oposto da sala, junto a uma crepitante lareira. Lembrando-se de que a Srta. Parker havia arrancado três dentes de uma só vez, Charlotte se aproximou dela com um grau peculiar de respeitosa compaixão. Ela não era muito diferente da irmã em sua pessoa ou modos, embora fosse mais magra e abatida por doenças e remédios, mais relaxada em sua postura e mais branda em sua voz. Ela falou, entretanto, durante a noite inteira, tão incessantemente quanto Diana; e, a não ser pelo fato de carregar nas mãos sais medicinais, sorver duas ou três vezes gotas de um dos frascos já acomodados no console da lareira e fazer muitas caras e contorções estranhas, Charlotte não percebia nenhum sintoma de doença que ela, na coragem de sua própria boa saúde, não teria cuidado de curar apagando o fogo, abrindo a janela e descartando os sais e as gotas com o auxílio do fogo ou da janela.

Ela tinha ficado bastante curiosa para conhecer o Sr. Arthur Parker; e, tendo imaginado que ele fosse frágil e tivesse uma aparência delicada, sendo fisicamente o menor de uma família não muito robusta, ficou atônita ao constatar que ele era tão alto quanto o irmão e muito mais corpulento, troncudo, não tendo nenhum outro traço de uma pessoa doente a não ser por uma tez sem viço.

Diana era evidentemente a chefe da família, quem tudo decidia e fazia. Estivera de pé durante toda a manhã, cuidando dos negócios da Sra. Griffiths ou os da própria família, e ainda era a mais alerta dos três. Susan havia apenas supervisionado a remoção final deles do hotel, trazendo nos próprios braços duas pesadas caixas, e Arthur havia considerado o ar tão frio que tinha apenas caminhado de um prédio para o outro com toda a agilidade possível, após o que se gabou de ter sentado junto à lareira até conseguir um bom fogo. Diana, cujas atividades tinham sido por demais domésticas para ser calculadas, mas que, como ela mesma afirmava, não havia se sentado uma única vez no espaço de sete horas, confessou estar um pouco cansada. Tinha, entretanto, obtido muito sucesso para sentir um excesso da fadiga; pois não apenas havia conseguido, após superar mil dificuldades, assegurar uma casa decente a oito guinéus por semana para a Sra. Griffiths como também tinha feito tantos acordos com cozinheiras, criadas, lavadeiras e acompanhantes de banhos de mar que a Srta. Griffiths não teria quase nada a fazer quando chegasse a não ser mover a mão para reuni-las à sua frente e escolher alguma delas. Seu último esforço na causa fora escrever algumas polidas linhas de informação para a própria Sra. Griffiths, sendo que o tempo não lhe permitira valer-se da corrente de contatos que vinha utilizando até o momento; e agora ela se deleitava com a possibilidade de abrir as primeiras trincheiras de uma amizade com tão poderosa demonstração de favores inesperados.

O Sr. e a Sra. Parker e Charlotte haviam visto as duas *post--chaises* cruzando o campo até o hotel enquanto partiam, uma visão alegre que trazia muita curiosidade. A Srtas. Parkers e

Arthur também tinham visto algo; puderam ver de sua janela que *alguém* tinha chegado ao hotel, mas não sabiam dizer quantas pessoas eram. Os visitantes haviam respondido por duas carruagens de aluguel. Poderiam ser do grupo de Camberwell? Não, não. Se tivesse chegado uma terceira carruagem, poderiam ser; mas em geral era consenso que duas carruagens de aluguel não dariam conta de um internato. O Sr. Parker alimentava esperanças de que fosse uma nova família.

Quando estavam todos acomodados, após alguns movimentos para olhar o mar e o hotel, Charlotte se sentou perto de Arthur, que estava sentado perto do fogo com tamanho grau de satisfação que realçou sua polidez em oferecer sua cadeira a ela. Não havia nada duvidoso no modo como ela recusou a oferta, e ele se sentou de novo com muita alegria. Ela afastou sua cadeira para valer-se de toda a vantagem de tê-lo como um aparador que a protegesse do calor do fogo, e ficou muito agradecida a cada centímetro de suas costas e ombros que ultrapassava as dimensões por ela pressupostas. Arthur tinha o olhar tão pesado quanto sua compleição, mas de forma alguma era avesso a uma conversa; e, enquanto os outros quatro estavam trocando ideias entre si, ele evidentemente não se sentiu penalizado por ter junto a si uma jovem tão bela que demandava, por simples cortesia, alguma atenção. Seu irmão mais velho observou a cena satisfeito, percebendo a indubitável necessidade de um motivo para ação, algum poderoso estímulo que animasse Arthur.

Tão forte era a influência da juventude e do viço dela, que ele até começou a esboçar um pedido de desculpas por ter o fogo aceso.

— Não deveríamos ter uma lareira em casa — disse ele —, mas o ar marítimo é sempre úmido. Nada me atemoriza mais que a umidade.

— Tenho tanta sorte — disse a moça — que nem percebo se o ar está úmido ou seco. Sempre há nele alguma propriedade que é saudável e revigorante para mim.

— *Eu* gosto do ar também, tanto quanto qualquer pessoa pode gostar — respondeu Arthur. — Gosto muito de ficar parado junto a uma janela quando não há vento. Mas, infelizmente, o ar úmido não gosta de *mim*. Ele me causa reumatismo. A senhorita não sofre de reumatismo, suponho?

— Não, de modo algum...

— Essa é uma enorme bênção. Mas talvez sofra dos nervos?

— Não, acho que não. Não acho que eu seja nervosa.

— *Eu* sou muito nervoso. Para dizer a verdade, os nervos correspondem à mais grave de minhas queixas, na *minha* opinião. Minhas irmãs acham que sofro do fígado, mas duvido disso.

— O senhor tem todo o direito de duvidar, tenho certeza.

— Se eu sofresse do fígado — continuou ele —, a senhorita entende, o vinho me faria mal, mas, ao contrário, sempre me faz bem. Quanto mais vinho bebo (moderadamente, é claro), melhor fico. Sempre fico melhor após o entardecer. Se a senhorita tivesse me visto hoje antes do jantar, teria julgado que sou uma pobre criatura.

Charlotte bem podia acreditar. Entretanto, manteve uma expressão imparcial e disse:

— Pelo que sei sobre as queixas nervosas, acho que o ar livre e os exercícios são muito eficazes para apaziguá-los. Exercícios diários regulares. E recomendaria ao *senhor* que se exercitasse mais do que suspeito que está acostumado a fazer.

— Ora, eu gosto muito de exercícios — respondeu ele — e pretendo caminhar bastante durante o tempo que passar aqui, se o clima estiver ameno. Vou sair todas as manhãs antes do café e dar várias voltas em torno do Terraço, e a senhorita vai sempre me ver na Trafalgar House.

— Mas o senhor considera que uma caminhada até a Trafalgar House é um bom exercício?

— Não pela distância em si, mas a colina é tão íngreme! Subir aquela colina, no meio do dia, me deixaria todo suado! A senhorita me veria ensopado quando eu chegasse lá! Sou muito vulnerável à perspiração, e não pode haver sinal mais evidente de nervosismo.

Nesse momento eles estavam avançando tanto no campo da saúde que Charlotte considerou a entrada de um criado com os apetrechos do chá uma feliz interrupção, que produziu uma mudança grande e imediata. As atenções do jovem foram subitamente desviadas. Ele pegou o próprio chocolate da bandeja, tão repleta de bules que parecia haver um para cada pessoa presente (a Srta. Parker bebia um tipo de chá de ervas enquanto a Srta. Diana tomava outro), e voltou-se completamente para o fogo, ficou avivando e mexendo as brasas para sua própria satisfação e tostando algumas fatias de pão que haviam sido trazidas já preparadas em uma assadeira; e, até que a tarefa estivesse finalizada, ela não ouviu a voz dele, a não ser por algumas frases interrompidas que, num murmúrio, expressavam autocongratulações.

Quando sua labuta terminou, entretanto, ele afastou a cadeira e a recolocou numa posição galante como sempre, e provou que não estivera trabalhando apenas para si mesmo, oferecendo a ela tanto chocolate quanto torradas. Ela já se servira de chá, o que o deixou surpreso, de tão concentrado que estivera.

— Pensei que ia preparar a bebida a tempo — disse ele —, mas o chocolate demora muito para ferver.

— Fico imensamente grata — respondeu Charlotte —, mas prefiro chá.

— Então vou me servir — disse ele. — Nada é melhor para mim do que uma boa xícara de chocolate bem fraco todas as noites.

Chamou a atenção dela, no entanto, quando ele despejou o tal chocolate bem fraco, que o líquido surgiu forte e escuro; e no mesmo momento as duas irmãs exclamaram:

— Oh, Arthur, você faz seu chocolate cada vez mais forte...

A resposta de Arthur, que, meio inibido, reconheceu que o chocolate estava bem mais forte do que deveria naquela noite, convenceu Charlotte de que ele não gostava nem um pouco de passar fome como as irmãs desejariam ou como ele mesmo julgava adequado. Com certeza ele ficou muito feliz em mudar o assunto para o tema das torradas secas e não ouvir mais os apelos das irmãs.

— Espero que a senhorita prove algumas destas torradas — disse ele. — Considero-me um ótimo tostador. Nunca queimo minhas torradas, nunca as coloco muito perto do fogo no início. E, mesmo assim, a senhorita pode ver que não há nem um pedacinho delas que não esteja bem tostado. Espero que a senhorita goste de torrada seca.

— Com uma razoável quantidade de manteiga espalhada em cima dela, gosto muito, — disse Charlotte. — Mas de outro jeito não.

— Eu também não — disse ele, extremamente satisfeito. — Pensamos muito parecido nesse aspecto. Ao contrário de achar que torradas secas sejam saudáveis, acho que fazem muito mal para o estômago. Sem a manteiga para amolecer as torradas, elas machucam a parede do estômago. Tenho certeza disso. Terei o prazer de espalhar um pouco de manteiga na sua torrada, e em seguida vou espalhar também na minha. Fazem muito mal mesmo para a parede do estômago. Mas não há como convencer *algumas* pessoas. Elas irritam o estômago como um ralador de noz-moscada.

Ele não pôde conseguir a manteiga, no entanto, sem algum esforço, pois suas irmãs o acusaram de comer demais e declararam que não deviam confiar nele, e ele manteve que só comia o suficiente para proteger a parede de seu estômago e, além disso, só queria a manteiga agora para a Srta. Heywood.

Esse argumento acabou vencendo. Ele conseguiu a manteiga e a espalhou na torrada dela com uma precisão de julgamento que pelo menos deliciou a ele próprio. Mas, quando a torrada dela estava pronta e ele pegou a sua, Charlotte quase não se conteve quando o observou olhando para as irmãs enquanto escrupulosamente passava a manteiga na torrada para, num momento propício, acrescentar uma grande porção antes de leva-la à boca. Certamente as alegrias do Sr. Arthur Parker na invalidez eram muito diferentes das de suas irmãs, e de forma alguma espiritualizadas. Havia nelas uma boa dose de impureza mundana. Charlotte não podia deixar de suspeitar que ele adotava esse estilo de vida principalmente pela comodidade de um temperamento indolente, e estava determinado a ter apenas aqueles distúrbios que exigiam cômodos aquecidos e boa nutrição.

Em um particular, entretanto, ela logo percebeu que ele adquirira algo vindo *delas*.

— O quê?! — disse ele. — A senhorita se arrisca a tomar duas xícaras de chá verde concentrado em uma única noite? Deve ter nervos de aço! Como a invejo. Ora, se *eu* tomasse apenas uma xícara, que efeito a senhorita acha que isso causaria em mim?

— Talvez o mantivesse acordado durante toda a noite — respondeu Charlotte, na intenção de derrubar os esforços dele para se surpreender com a grandiosidade das concepções dela.

— Ah, se fosse só isso... — exclamou ele. — Não, o efeito em mim é como o de um veneno, e eu ficaria com o lado direito completamente adormecido em menos de cinco minutos após tê-lo ingerido. Parece quase inacreditável, mas aconteceu comigo com tanta frequência que não posso mais duvidar. O meu lado direito fica totalmente inutilizado por várias horas!

— Parece muito estranho mesmo, com certeza — disse Charlotte, num tom indiferente. — Mas arrisco dizer que seria a coisa mais fácil do mundo para aqueles que estudaram cientificamente lados direitos e chás entender todas as possibilidades dos efeitos de uns sobre os outros.

Logo após o jantar, a Srta. Diana Parker recebeu uma carta que vinha do hotel.

— É da Sra. Charles Dupuis — disse ela. — De algum mensageiro particular.

Após ter lido algumas linhas, ela exclamou em voz alta:

— Bem, isto é muito extraordinário! Muito extraordinário mesmo! Que as duas tenham o mesmo nome. Duas Sras. Griffiths! Esta é uma carta de recomendação e apresentação da senhora de Camberwell; e o nome *dela* também é Griffiths!

Mais algumas linhas, entretanto, e o rubor subiu-lhe às faces; e, muito perturbada, ela acrescentou:

— A coisa mais estranha que já aconteceu! Uma Srta. Lamb, também! Uma jovem das Índias Ocidentais de grande fortuna. Mas *não pode* ser a mesma. É impossível que seja a mesma.

Ela leu a carta em voz alta para obter consolo. Era simplesmente para apresentar a portadora, a Sra. Griffiths de Camberwell, junto com as três jovens sob seus cuidados, à Srta. Diana Parker. A Sra. Griffiths, não conhecendo Sanditon, estava ansiosa por uma apresentação respeitável. E, portanto, a Sra. Charles Dupuis, na qualidade de amiga intermediária, lhe entregara aquela carta, sabendo que não poderia fazer à querida Diana gentileza maior do que a de lhe dar meios de ser útil. A maior preocupação da Sra. Griffiths era com a acomodação e o conforto de uma das jovens sob seus cuidados, uma Srta. Lamb, uma jovem das Índias Ocidentais, detentora de grande fortuna e de saúde delicada.

Era muito estranho! Muito esquisito! Muito extraordinário! Mas todos concordaram em decidir como *impossível* que não houvesse duas famílias; dois grupos tão diferentes de pessoas apresentadas nos relatos tornavam a questão quase certa. *Devia* haver duas famílias. Impossível que fosse o contrário. "Impossível" e "impossível" foi uma palavra repetida muitas e muitas vezes com grande fervor. Uma acidental semelhança de nomes e situações, embora surpreendente no início, não era nada incrível, e assim ficou tudo resolvido.

A própria Srta. Diana lançou mão de uma vantagem colateral para compensar sua perplexidade. Ela devia jogar o xale sobre os ombros e sair por aí outra vez. Mesmo cansada como estava, devia voltar imediatamente ao hotel para investigar a verdade e oferecer seus serviços.

Capítulo 11

Mas não adiantou. Nada do que toda a raça Parker pudesse dizer entre si pôde produzir um desenlace mais feliz do que aquele em que o grupo de Surrey e o grupo de Camberwell eram um único grupo. As ricas pessoas das Índias Ocidentais e o internato de jovens tinham todos entrado em Sanditon em duas carruagens de aluguel. A Sra. Griffiths que, segundo sua amiga Sra. Darling, tinha hesitado em vir e manifestado sua incapacidade de viajar, era a mesma Sra. Griffiths cujos planos estavam, no mesmo período (mas sendo intermediada por outra pessoa), perfeitamente decididos, e que não tinha nem temores nem dificuldades.

Tudo o que tinha aparência de incongruência nos relatos das duas poderia muito apropriadamente ser atribuído à vaidade, à ignorância ou aos erros crassos das muitas pessoas engajadas na causa pela vigilância e cuidado da Srta. Diana Parker. Suas amigas íntimas deviam ser obsequiosas como ela própria; e o assunto tinha produzido cartas e recados e mensagens em número suficiente para fazer tudo parecer o que não era. A Srta. Diana provavelmente se sentiu um pouco desconcertada ao ter de admitir seu erro. Uma longa viagem feita desde Hampshire à toa, um irmão desapontado e uma casa dispendiosa sob sua responsabilidade por uma semana haviam sido algumas de suas ponderações imediatas; e muito pior que todas as outras deve ter sido a sensação de ser menos perspicaz e infalível do que acreditava ser.

Mas nada disso, entretanto, pareceu incomodá-la por muito tempo. Havia tantas pessoas para partilhar a vergonha e a culpa que, provavelmente, quando ela tivesse dividido as partes adequadas entre a Sra. Darling, a Srta. Capper, Fanny Noyce, a Sra. Charles Dupuis e a vizinha da Sra. Charles Dupuis, não sobraria quase nada digno de repreensão para ela mesma. De qualquer forma, ela foi vista durante toda a manhã seguinte caminhando pelo lugar em busca de acomodações junto com a Sra. Griffiths, lépida como nunca.

A Sra. Griffiths era uma mulher muito fina e educada, que se sustentava hospedando aquelas ótimas garotas e jovens que precisassem de preceptores para terminar seus estudos ou um lar para iniciar o treinamento de seus dotes. Havia muitas outras sob seus cuidados além das três que tinham vindo a Sanditon, mas todas estavam ausentes. Dessas três, e na verdade entre todas as outras, a Srta. Lamb era, acima de qualquer comparação, a mais importante e preciosa, já que pagava proporcionalmente à sua fortuna. Tinha cerca de dezessete anos, era meio mestiça, tranquila e terna, tinha uma criada própria, e deveria ter as melhores acomodações e era sempre o elemento mais importante em todos os planos da Sra. Griffiths.

As outras duas moças, duas Srtas. Beauforts, eram o tipo de jovem que pode ser encontrado em pelo menos uma entre três famílias em todo o reino. Tinham uma tez tolerável, figura vistosa, uma postura decidida e uma expressão segura. Eram muito talentosas e muito ignorantes, sendo que seu tempo era dividido entre as atividades que pudessem atrair admiração e os trabalhos e expedientes de hábil engenhosidade pelos quais elas conseguiam se vestir em um estilo muito acima do que elas *teriam* podido pagar. Estavam entre as primeiras a adotar novas modas. E o objetivo disso tudo era cativar algum homem de renda muito maior a delas.

A Srta. Griffiths preferira um lugar pequeno e isolado como Sanditon por causa da Srta. Lamb; e as Srtas. Beauforts, embora naturalmente preferissem qualquer coisa à pequeneza e ao isolamento, tendo no decorrer da primavera incorrido nos gastos de seis novos vestidos cada uma para uma visita de três dias, foram obrigadas a se satisfazer com Sanditon até que conseguissem recuperar os investimentos. Ali, com o aluguel de uma harpa para uma e a compra de alguns papéis de desenho para a outra, e todas as coisas finas que já estavam em seu poder, elas pretendiam ser muito econômicas, muito elegantes e muito isoladas; com a esperança, da parte da Srta. Beaufort, de receber elogios e ganhar celebridade junto a todos os transeuntes que ouvissem o som de seu instrumento, e da parte da Srta. Letitia, a curiosidade e o enlevo de todos os que passassem perto enquanto ela estivesse desenhando; e, da parte das duas, o consolo da ambição de serem as mais elegantes moças do lugar. A particular apresentação da Sra. Griffiths à Srta. Diana Parker garantiu imediatamente a elas estabelecer um vínculo com a família da Trafalgar House e com os Denhams. Assim, as Srtas. Beauforts logo ficaram felizes com "o círculo em que elas passaram a frequentar em Sanditon", para usar uma expressão adequada, pois todos agora deviam "frequentar um círculo", e ao predomínio desse movimento rotativo talvez se deva atribuir a tontura e os passos em falso de muitas pessoas.

Lady Denham tinha outros motivos para visitar a Sra. Griffiths além de agradar aos Parkers. Na Srta. Lamb estava a jovem, doentia e rica, que ela vinha pedindo; e ela fez o contato por causa de Sir Edward e por causa de suas jumentas *leizeiras*. Quanto sucesso teria em relação ao baronete ainda não se sabia, mas, quanto às jumentas, ela logo percebeu que todos os seus cálculos de lucro tinham sido inúteis. A Sra. Griffiths não estava disposta a permitir que a Srta. Lamb tivesse o menor sintoma de piora em sua saúde ou qualquer efeito deletério que possivelmente o leite de jumenta pudesse causar. A Srta. Lamb estava sob os cuidados constantes de um experiente médico, e as prescrições dele deviam ser seguidas à risca. E, exceto em favor de algumas pílulas fortificantes, frutos de um negócio em que um sobrinho dela investia, a Sra. Griffiths nunca se desviava das rigorosas recomendações médicas.

A casa de esquina do Terraço foi aquela em que a Srta. Diana Parker teve o prazer de acomodar suas novas amigas; considerando-se que a frente tinha vista para o passeio preferido de todos os visitantes de Sanditon, e de um dos lados, para tudo o que pudesse estar ocorrendo no hotel, não poderia haver um ponto mais favorável para o isolamento das Srtas. Beauforts. E assim, muito antes de terem conseguido o instrumento musical e o papel de desenho, já eram capazes, pela frequência com que apareciam nas baixas janelas do andar superior, a fim de fechar as venezianas ou abrir as venezianas, para arranjar um vaso de flores na sacada ou observar coisa nenhuma através de um telescópio, de atrair muitos olhares para cima e fazer muitos fitadores fitá-las de novo.

Um pouco de novidade tem grande efeito em um lugar pequeno. As Srtas. Beauforts, que não significariam nada em Brighton, não podiam se mover em Sanditon sem serem notadas. E até o Sr. Arthur Parker, embora pouco disposto a exercícios excessivos, sempre saía do Terraço para ir à casa do irmão passando por essa esquina, para dar uma olhada nas Srtas. Beauforts, embora esse contorno fosse de meio quarto de milha e adicionasse dois degraus à subida da colina.

Capítulo 12

Fazia dez dias que Charlotte estava em Sanditon sem visitar Sanditon House, já que todas as tentativas de visitar Lady Denham haviam sido frustradas por um encontro com ela antes de a visita se concretizar. Mas agora a tentativa seria feita de forma mais resoluta, mais cedo, para que nenhuma atenção a Lady Denham pudesse ser negligenciada nem nenhuma diversão ser roubada de Charlotte.

— E, se tiver um momento oportuno, meu amor — disse o Sr. Parker, que não pretendia acompanhá-las —, acho que você deve mencionar a situação dos pobres Mullins e sondar a senhora sobre uma possível subscrição em benefício deles. Não aprecio subscrições de caridade em uma cidade como Sanditon (é um tipo de imposto sobre todos os que vêm). Mas, como a penúria deles é muito grande e quase prometi à pobre mulher ontem que tomaria alguma providência em favor dela, acredito que devemos dar andamento a uma subscrição e, portanto, quanto mais cedo melhor. E o nome de Lady Denham encabeçando a lista será um começo muito necessário. Você não tem nada contra mencionar esse assunto, tem, Mary?

— Farei tudo o que desejar que eu faça — respondeu a esposa —, mas você o faria melhor do que eu. Não saberei o que dizer.

— Minha querida Mary — exclamou ele. — É impossível que realmente se sinta perdida. Não existe nada mais simples. Você deve apenas apresentar a situação aflitiva em que a família se encontra no momento, o veemente pedido que fizeram a mim e minha disposição de promover uma pequena subscrição com a finalidade de ajudá-los, contanto que a senhora a aprove.

— A coisa mais fácil do mundo! — acrescentou a Srta. Diana Parker, que por acaso os estava visitando naquele momento. — Tudo pode ser dito e feito em menos tempo que vocês levaram agora para comentar o assunto. E, quando você estiver mencionando a subscrição, Mary, eu lhe agradeço se puder mencionar a Lady Denham um caso muito melancólico que me foi apresentado nos termos mais aflitivos. Há uma mulher pobre em Worcestershire, em quem alguns amigos meus estão extremamente interessados; eu me comprometi a coletar o que for possível para ela. Se você pudesse mencionar esse caso para Lady Denham! Lady Denham *pode* fazer uma doação, se adequadamente abordada. E calculo que ela seja o tipo de pessoa que, uma vez convencida a abrir a bolsa, daria prontamente cinco ou dez guinéus. E portanto, se encontrá-la em uma disposição generosa, você pode também falar a favor de outra caridade a que eu e mais algumas pessoas somos muito apegadas: a instituição de um Bazar de Caridade em Burton on Trent. E além disso há a família do pobre homem que foi enforcado após o último julgamento em York, embora nós realmente *tenhamos* levantado a soma que desejávamos e que era necessária para lhes dar um primeiro apoio; mesmo assim, se você *puder* conseguir dela um guinéu para eles, seria ótimo.

— Minha cara Diana! — exclamou a Sra. Parker. — Para mim seria tão difícil mencionar essas coisas a Lady Denham quanto voar.

— Onde está a dificuldade? Eu gostaria de poder acompanhá-la em pessoa. Mas daqui a cinco minutos devo estar com a Sra. Griffiths encorajando a Srta. Lamb a tomar seu primeiro banho de mar. Ela tem tanto medo, pobrezinha, que prometi ir junto e animá-la e acompanhá-la na cabine, se ela quiser. E assim que estiver tudo terminado preciso correr para casa, pois Susan vai receber uma aplicação de sanguessugas à uma hora, e isso vai demorar umas três horas. Assim, não tenho um momento a perder. Além disso, cá entre nós, eu já deveria estar deitada a esta hora, pois mal consigo parar em pé. E, quando as sanguessugas tiverem sido aplicadas, arrisco dizer que nós duas vamos para nossos aposentos e lá ficaremos pelo resto do dia.

— Lamento ouvir isso, verdadeiramente. Mas, se for assim, espero que Arthur possa nos acompanhar.

— Se Arthur seguir minha recomendação, vai também se deitar, pois, se ele ficar acordado sozinho, com certeza vai comer e beber mais do que deveria. Mas, você compreende, Mary, como é impossível para mim acompanhá-la até a residência de Lady Denham?

— Pensando bem, Mary — disse o Sr. Parker —, não vou incomodá-la pedindo que mencione os Mullins. Vou arrumar uma oportunidade de encontrar-me eu mesmo com Lady Denham. Sei como é ruim para você ficar impondo certos assuntos para uma mente que é tão pouco acolhedora.

Tendo o pedido *do Sr. Parker* sido assim retirado, sua irmã não pôde mais insistir nos dela; e esse fora o objetivo dele, pois percebia a impropriedade das solicitações da irmã e como elas teriam um efeito negativo em relação à sua própria, que era mais sensata. A Sra. Parker ficou deliciada em se ver assim livre da obrigação e foi muito feliz, com sua amiga e sua filhinha, caminhando para Sanditon House.

O tempo estava encoberto e enevoado quando elas atingiram o cume da colina naquela manhã. Assim, não conseguiram, durante algum tempo, divisar que tipo de carruagem estava subindo. Parecia, de um momento a outro, desde um trole até um fáeton, parecia ter de um a quatro cavalos, e, assim que elas estavam prontas para se decidir por uma condução de dois cavalos, os jovens olhinhos da pequena Mary distinguiram o cocheiro e ela toda entusiasmada gritou:

— É o tio Sidney, mamãe, é ele mesmo!

E ela tinha razão.

O Sr. Sidney Parker, vindo com seu criado numa carruagem muito aprumada, logo estava diante delas, e todos pararam por alguns minutos. As maneiras dos Parkers eram sempre agradáveis quando eles estavam entre si; e ocorreu um encontro muito amigável entre Sidney e sua cunhada, que generosamente supôs que ele se dirigia a Trafalgar House. Isso ele negou, entretanto. Havia acabado de vir de Eastbourne com o propósito de passar em Sanditon dois ou três dias, se possível. Mas ficaria no hotel. Ele esperava se encontrar ali com um ou dois amigos.

O resto da conversa foi composto de perguntas e observações, com uma gentil atenção à pequena Mary, e uma muito elegante reverência e saudação à Srta. Heywood ao ser apresentada a ele; e se separaram, para se encontrar novamente em algumas horas.

Sidney Parker tinha entre vinte e sete e vinte e oito anos, uma ótima aparência, uma expressão de tranquilidade refinada e um semblante animado. Esse inesperado encontro gerou uma agradável discussão durante algum tempo. A Sra. Parker mencionou toda a alegria do marido quando encontrasse Sidney e exultou com a alegria que Sidney traria ao lugar.

A estrada para Sanditon House era um caminho largo e bonito, ladeado por árvores, que se abria entre campos cultivados, conduzindo, após um quarto de milha, através de portões para um terreno que, embora não muito extenso, tinha toda a beleza e respeitabilidade que pode ser proporcionada por uma abundância de belas árvores. Esses portões de entrada ficavam tão no canto do terreno ou padoque, tão próximos a um dos limites, que uma cerca externa a princípio quase invadia a estrada, até que um ângulo aqui e uma curva ali os posicionasse melhor. A cerca era uma bela paliçada em excelentes condições, com aglomerados de belos olmos ou fileiras de velhos espinheiros ladeando quase toda a propriedade. *Quase toda*, pois havia espaços vazios, e através de um deles, Charlotte, assim que elas entraram na propriedade, viu de relance por sobre a paliçada um vulto branco e feminino no campo do outro lado. Foi uma visão que trouxe imediatamente a Srta. Brereton à sua mente; e, caminhando até a paliçada, ela viu de fato, com toda a certeza, apesar da névoa, a Srta. Brereton sentada não muito longe dela, aos pés do declive que descia da parte externa da paliçada e parecia ser acompanhado de uma estreita trilha. A Srta. Brereton estava sentada, aparentemente muito composta, tendo a seu lado Sir Edward Denham.

Estavam sentados tão perto um do outro e pareciam tão engajados numa calma conversação que Charlote sentiu imediatamente que não havia nada a fazer exceto afastar-se sem dizer uma palavra. Com certeza, privacidade era o que eles queriam. Era impossível para ela não olhar com olhos desfavoráveis a atitude de Clara; mas a situação dela não devia ser julgada com severidade.

Ela ficou feliz em notar que nada fora percebido pela Sra. Parker. Se Charlotte não fosse consideravelmente mais alta que ela, as fitas brancas da Srta. Brereton talvez não tivessem ficado ao alcance dos *seus* olhos mais observadores. Entre outros pontos de reflexão moralizante que a visão daquele encontro íntimo causou, Charlotte não pôde deixar de pensar na extrema dificuldade que aqueles que namoravam secretamente deviam ter em encontrar lugares para seus furtivos encontros. Ali, talvez, eles tivessem achado que estavam perfeitamente seguros de qualquer observação (com todo o campo aberto diante deles; e por trás um declive íngreme e uma paliçada que nunca tinha sido transposta por pés humanos, além de uma névoa muito densa que também os favorecia). E mesmo assim ela os tinha visto. Realmente, era difícil a situação deles.

A casa era grande e elegante. Duas criadas apareceram para recebê-las e tudo tinha um ar adequado de propriedade e ordem. Lady Denham valorizava sua ampla morada e tinha grande alegria na ordem e importância de seu estilo de vida. Elas foram conduzidas à sala de estar de costume, bem proporcionada e bem mobiliada, embora a mobília, que era de boa origem e estava bem conservada, não fosse nova nem pomposa E, como Lady Denham não estava ali, Charlotte teve a oportunidade de examinar tudo e ouvir da Sra. Parker que um retrato em tamanho natural de um imponente cavalheiro colocado sobre a lareira, que capturava imediatamente a atenção, era o retrato de Sir Harry Denham; e que um entre os muitos retratos diminutos em outra parte da sala, pouco discernível, era o do Sr. Hollis. Pobre Sr. Hollis! Era impossível não sentir que ele tinha sido injustiçado: ser obrigado a se retrair em sua própria casa e ver o melhor lugar sobre a lareira sendo constantemente ocupado por Sir Harry Denham.

© Copyright desta tradução: Editora Martin Claret Ltda., 2019.
Título original em inglês: *Lady Susan and other stories.*

direção MARTIN CLARET
produção editorial CAROLINA MARANI LIMA
MAYARA ZUCHELI
direção de arte JOSÉ DUARTE T. DE CASTRO
ilustração de capa MSDE / MANU SANTOS DESIGN
diagramação GIOVANA QUADROTTI
revisão ALEXANDER BARUTTI / CAROLINA LIMA
impressão e acabamento CROMOSETE

Este livro segue o novo Acordo Ortográfico da Língua Portuguesa.

Dados Internacionais de Catalogação na Publicação (CIP)
(Câmara Brasileira do Livro, SP, Brasil)

Austen, Jane, 1775-1817.
  Lady Susan e outras histórias / Jane Austen; tradução e apresentação: Lenita Maria Rimoli Pisetta. — São Paulo: Martin Claret, 2022.

  Título original: *Lady Susan and other stories.*
  ISBN 978-65-5910-221-1

  1. Ficção Inglesa I. Pisetta, Lenita Maria Rimoli II. Título

22-122074   CDD-823

Índices para catálogo sistemático:
1. Ficção: Literatura inglesa 823
Cibele Maria Dias – Bibliotecária – CRB-8/9427

EDITORA MARTIN CLARET LTDA.
Rua Alegrete, 62 – Bairro Sumaré – CEP: 01254-010 – São Paulo, SP
Tel.: (11) 3672-8144 – www.martinclaret.com.br
Impresso - 2022.

CONTINUE COM A GENTE!

- Editora Martin Claret
- editoramartinclaret
- @EdMartinClaret
- www.martinclaret.com.br